Querverlag

Roland Gramling

Sehnsucht nach Sonne

Roman

Alle Charaktere, Schauplätze und Handlungen in diesem Roman sind frei erfunden. Ähnlichkeiten mit lebenden und toten Personen sind unbeabsichtigt.

Umschlag und grafische Realisierung von Sergio Vitale unter Verwendung einer Fotografie von Karim Konrad.

Druck und Weiterverarbeitung: Finidr
ISBN 978-3-89656-183-1
Printed in the Czech Republic

Bitte fordern Sie unser Gesamtverzeichnis an:
Querverlag GmbH und Salzgeber & Co. Medien GmbH
Mehringdamm 33, 10961 Berlin
www.querverlag.de • www.salzgeber.de

„Ich knutsch halt manchmal …“

DJ barbecute björn im gab-Magazin (02/2010)
auf die Frage nach einem „Sexy Club-Erlebnis“

Prolog

Für einen kurzen Augenblick, kaum mehr als den Bruchteil einer Sekunde, hatte sich eine nervöse, erwartungsvolle Stille über die Stadt gesenkt. Dann erklangen plötzlich ohrenbetäubende Detonationen, gefolgt von farbenfrohen Explosionen.

Grün. Blau. Rot. Gelb. Wieder ein lauter Knall.

Die Erde schien zu erzittern. Oder war es nur das Trommelfell? Ein Heulen, die Menge seufzte bewundernd.

Zügig zog dichter Smog auf, umhüllte als giftiger Schleier die Hochhäuser, dunkle Riesen, die sich geduldig wartend vor dem Nachthimmel abzeichneten.

Die Menschen auf den Straßen jubelten, lachten, umarmten sich. Frankfurt begrüßte das neue Jahr. All jene, die mit sich und ihrem Leben im Reinen waren, hofften, das Schicksal möge es auch weiterhin gut mit ihnen meinen. Und all jene, die sich im alten Jahr ohne Erfolg abgekämpft hatten, gescheitert waren, fieberten besseren Zeiten entgegen. Alles neu. Alles anders.

Das ist ohnehin eine Modeerscheinung unserer Zeit, Ereignisse, die alles veränderten. Allein im ersten Jahrzehnt dieses Jahrtausends hatten wir dreieinhalb dieser Art gehabt: den elften September, den Klimawandel, die Finanzkrise und ein bisschen Schweinegrippe.

Geblieben war die beruhigende Erkenntnis, dass es trotzdem irgendwie weitergehen würde. Der Weltuntergang wurde immer wieder aufs Neue vertagt. Womöglich tanzen wir an jedem Jahreswechsel auch wegen dieses Wissens euphorisch auf den Straßen. Berauscht von einer obskuren Mischung aus Vorfreude, Nostalgie und Abschied – und vom Alkohol.

„Luke, mein Kleiner, beküss mit mir das neue Jahr!“, rief Meiko. Seine überschwängliche Umarmung hätte mich beinahe umgerissen. Auffordernd suchten seine Lippen die meinen.

„Aber wir können doch nicht knutschen!“, wehrte ich halbherzig ab.

„Heute ist Silvester. Heute können wir alles!“

Und so küssten wir uns. Einfach so. Dieser Kuss hatte nichts zu bedeuten, doch er fühlte sich trotzdem gut an. Schließlich war ja Silvester.

Auf Einladung von Tina, meiner Vermieterin, hatten wir alle gemeinsam in der Ackerpflaumenallee 33 den Abend verbracht und waren um Mitternacht ans Mainufer gezogen, um in der Menschenmenge das neue Jahr zu begrüßen. In einem kurzen Anflug nostalgischer Silvesterstimmung blickte ich verträumt in die Runde. Meine Freunde. Meine Ankerpunkte. Was würde ich ohne sie machen?

Da war zunächst einmal natürlich Meiko, bester Freund, Mentor und Arbeitgeber in einem. Obwohl uns mehr als ein Jahrzehnt Lebenserfahrung trennte, waren wir in den vergangenen Jahren so etwas wie Blutsbrüder geworden. Ich, der kleine Junge vom Land, der mit Anfang zwanzig noch immer damit beschäftigt war, sich im Großstadtdschungel zurechtzufinden. Er, der exzentrische Universal-Schwule, der im Lederclub genauso zu Hause war wie auf einer Vernissage. Meiko versuchte mir – seitdem wir uns kennen und oftmals mit penetranter Selbstsicherheit – das Leben zu erklären. Vorgelebter Frontalunterricht wäre wohl der geeignete Vergleich, um zu beschreiben, wie er mir seine Lektionen näherbringen wollte. Mit unterschiedlichem Erfolg.

Subtiler, aber nicht weniger unnachgiebig ging da schon seine ältere Schwester Tina vor. Sie war nicht nur meine Vermieterin, sondern zugleich der Mittelpunkt, das Scharnier unserer Clique. Die Hausherrin der Ackerpflaumenallee 33 war Meikos leibliche und unser aller gefühlte ältere Schwester. Eine Rolle, die sie manchmal sogar gegenüber ihrem festen Freund Jörg einnahm. Was vielleicht auch dem großen Altersunterschied zwischen den beiden geschuldet war. Jörg, mit seinen langen Haaren und der heterosexuellen Lässigkeit, war mir mit seinen siebenundzwanzig Jahren zwar altersmäßig am nächsten, doch mental trennten uns Welten. Wir mochten einander, doch es fehlte einfach der gemeinsame Nenner.

Dann gab es noch Thomas Markward, Banker aus Leidenschaft und überzeugter Anzugträger (natürlich auch an Silvester!), und Marco Bergius, Altenpfleger und durchtrainierte Drecksau. Das Spießerpärchen in unserer Runde wohnte nicht nur zusammen, sondern hatte auch die Singularform der ersten Person beinahe komplett aus dem Wortschatz verbannt. „Wir" schien ihr Beziehungscredo. Meiko fand das natürlich widerlich, doch ich glaube, er braucht diesen Kontrapunkt. Und sei es nur, um Witze auf Toms Kosten reißen zu können. Die beiden kannten sich seit dem Studium und waren sich in beständiger und liebevoller Abneigung verbunden. Ich beneide Tom und Marco für ihre offenbar perfekte glückliche Beziehung. Sie mussten nicht mehr als Singles durchs Leben stolpern und im Misthaufen der Männer nach einem Traumprinzen stochern. Sie hatten sich, so schien es, wahrhaftig gefunden.

Überhaupt schien die ganze Welt – nicht nur in dieser Neujahrsnacht – aus Pärchen zu bestehen. Tina und Jörg. Tom und Marco. Und natürlich meine beste Freundin Sarah mit Basimah an ihrer Seite. Die beiden Lesben machten unsere Clique komplett.

Sie alle waren trotz anfänglicher Komplikationen immer noch zusammen. Mein einzig verbliebener Rettungsanker als Single war Meiko. Aber das zählte nicht, denn eigentlich war Meiko mit sich selbst liiert. Und das äußerst erfolgreich.

Nachdem die letzte Rakete verschossen, das letzte Feuerwerk erloschen war, folgten wir schwankend dem Strom der Menschen, der sich über den Römerberg in die Innenstadt ergoss.

„Und was machen wir jetzt?", fragte Jörg, nachdem wir einige Zeit ziellos durch die Straßen geirrt waren.

„Ich will nach Hause!", seufzte Tina. Ihre Aussprache war verwaschen und sie machte insgesamt einen leicht derangierten Eindruck. Die kurzen schwarzen Haare waren von der klammen Feuchtigkeit kraus geworden, der dezent aufgetragene Lidschatten verwischt.

„Auf keinen Fall, Schwesterlein! Heute ist Silvester! Wir gehen noch aus!", flötete Meiko. „Was haltet ihr davon, wenn ich nur für uns das Blue *aufschließe und wir dort noch einen privaten Bar-Abend machen? Wir plündern die Alkoholbestände, tanzen auf der Theke und bestellen ein paar Stricher!"*

Ich fand den Vorschlag gut. Nicht die Stricher, sondern die Idee, ins Blue zu gehen. Seitdem Meiko die kleine Bar übernommen hatte, war sie zu meinem zweiten Wohnzimmer geworden. Regelmäßig stand ich als Barkeeper hinter dem Tresen und manchmal, wenn der Examensstress besonders schlimm war und mir die Decke in meiner kleinen Dachgeschosswohnung auf den Kopf zu fallen drohte, schloss ich mich tagsüber im Halbdunkel der Bar ein. Im fahlen, rötlichen Licht der Thekenstrahler kämpfte ich mich durch die deutsche Literaturgeschichte oder quälte mich mit Althochdeutsch herum.

„Du hast recht, Bruderherz! Wir gehen ins Blue*!", lallte Tina und ließ knallend unsere letzte Sektflasche zu Boden fallen. Dann übergab sie sich direkt vor dem Eingang des Museums für Moderne Kunst – und auf die Spitzen ihrer Prada-Stiefeletten. Das war*

für meine Vermieterin dann auch das Ende dieser Nacht. Jörg (der Arme!) musste sie nach Hause bringen.

„Nachdem die Heten endlich weg sind, kann der Spaß ja losgehen!“, befand Meiko, hakte sich bei mir unter und dirigierte uns durch die Straßen der Stadt in Richtung Blue, wo wir uns dem Alkohol hingaben.

Einige Stunden, und vor allem viele Promille später, trat ich in die kalte Winternacht hinaus. Es schneite. Die Straßen und Gehwege waren mit einer feinen, weißen Puderzuckerschicht überzogen.

Es war fünf Uhr morgens und langsam kam die Stadt zur Ruhe. Die Welt um mich herum schien friedlich und ruhig. Meine Gedanken wanderten zurück und ich erlebte das vergangene Jahr noch einmal im Zeitraffer. Augenscheinlich war es erstaunlich unspektakulär verlaufen. Ohne große Dramen und tragische Zwischenfälle – in unser aller Leben.

Sogar mein Germanistikstudium verlief in geordneten Bahnen. Mein Traum, eines Tages ein bedeutender Journalist zu werden, war ebenso kindisch wie verlockend. Aber es war ein Ziel, das mich morgens aus den Federn trieb, mich unbezahlte Praktika machen ließ und für das sich all der Stress bei Hausarbeiten und Prüfungen zu lohnen schien.

Ich hatte zum ersten Mal Weihnachten nicht mit meinen Eltern und meiner Schwester in Reinherzhausen verbracht. Als Vorwand hatte ich Examensvorbereitungen angegeben. Doch die Wahrheit war, ich hatte keine Lust auf sie gehabt. Mir war klar, dass diese räumliche und auch emotionale Distanz vor allem meine Mutter schmerzte.

Seit ich im Alter von neunzehn Jahren Hals über Kopf nach Frankfurt geflohen war, hatte ich mehr als ein Mal versucht, den Graben, der sich seit meinem Coming-out zwischen uns aufgetan hatte, zu überwinden. Erfolglos. Schlimmer noch, wenn ich bei ihnen war, fühlte ich mich missverstanden, nicht akzeptiert und nicht länger Teil dieser Familie. Ich spürte, sie schämten sich für mich, wollten mein wahres Gesicht verstecken, vor den Nachbarn, den Großeltern, der Verwandtschaft. Dieses Wissen machte mich nur noch wütender, trieb mich immer weiter von ihnen weg.

Tina fand, ich sollte mit meinen Eltern nicht so hart ins Gericht gehen, wahrscheinlich sagte sie das, weil sie selbst Mutter von drei Kindern war. Doch es hätte mich nicht glücklich gemacht, Weih-

nachten in Reinherzhausen zu feiern. Ich hätte mich verstellen müssen und das konnte und wollte ich nicht mehr. Dafür war in den vergangenen drei Jahren zu viel geschehen. Ich hatte mich weiterentwickelt, verändert.

„Stör ich?“ Sarahs Stimme holte mich aus meinen Gedanken.

„Nein. Ich habe über mich und das Leben im Allgemeinen siniert.“

„Und zu welchem Schluss bist du gekommen?“

„Das vergangene Jahr ist ein gutes gewesen. Kein perfektes, aber insgesamt doch äußerst erfüllend.“

„Das stimmt“, antwortete sie nachdenklich und es klang in meinen Ohren etwas zu melancholisch. Ich musterte sie durchdringend. Im matten Schein der Straßenlaterne wirkte Sarah mit ihrer dunklen Haut und der schwarzen, krausen Haarmähne, die sie meistens mit einem Gummiband zu bändigen versuchte, noch einen Tick exotischer. Sie ist die attraktivste Frau, die ich kenne.

„Ist alles in Ordnung?“, fragte ich.

Sie nickte und lächelte tapfer. Doch ihre großen Bambi-Augen leuchteten traurig.

„Eine alte Freundin hat mir einmal gesagt, es wird nicht alles besser, aber anders.“ Ich stockte und musste mich sammeln, um wieder zu wissen, worauf ich hinauswollte. Es ist eben nicht einfach, volltrunken zu philosophieren.

„Ich glaube“, führte ich den Gedanken zögernd fort, „sie hat sich geirrt. Auf seltsame Art und Weise hat sich offenbar alles zum Guten gewendet. Ich habe das Gefühl, als könnte mich gerade nichts aufhalten. Noch nicht einmal das Leben! Ich bin mit mir selbst im Reinen.“

Sarah lächelte mich frech an. „Du bist besoffen!“

„Und wie!“, gestand ich grinsend.

Lachend umarmten wir uns und genossen dann bei einem gemeinsamen Joint die friedliche Stille des frühen Neujahrsmorgens.

Ja, sie hätte uns verdächtig vorkommen müssen, diese trügerische Ruhe. Doch wir waren von der wohligen Ereignislosigkeit der vergangenen zwölf Monate eingelullt, wie in einem Berg rosaroter Wattebällchen. Auf einer Woge der Glückseligkeit glitten wir durch die Nacht, dem Morgen und dem neuen Jahr entgegen. Es war mein viertes in Frankfurt. Und es sollte so einiges durcheinanderwirbeln.

In dunklen Zeiten

Pierre Müller beobachtete das Feuerwerk um Mitternacht seltsam teilnahmslos. Er hörte die jubelnden Menschen in den Straßen, bemerkte sein aufgeregt vibrierendes Handy. Zahlreiche SMS-Neujahrsgrüße gingen bei ihm ein, warteten ungeduldig darauf, gelesen und beantwortet zu werden. In den vergangenen Jahren war er ebenfalls Teil dieses Silvesterzeremoniells gewesen, hatte gehofft und gefeiert. Doch diesmal verweigerte er sich. Für Pierre kam das neue Jahr zu früh. Oder zu spät?

Zu früh, zu spät, was spielte das für eine Rolle? Es war Mitternacht und er war allein. Pierre hatte auf ihn gewartet und er war nicht gekommen. Um der Einsamkeit zu entgehen, schaltete er das Radio an. Der Moderator schwafelte etwas von Vorsätzen und Neujahrswünschen.

Was war aus seinen Vorsätzen geworden? Wohin waren seine Träume entschwunden?

Statt zu feiern, ein weiteres Jahr hinter sich gebracht zu haben, stopfte er Antidepressiva in sich hinein, rauchte eine Zigarette nach der anderen und spülte den faden Geschmack des Versagens mit reichlich Wodka hinunter.

„Scheiß Silvester", grollte er. Dann schnappte er sich sein Handy und tippte mit zitternden Fingern die Nummer ein. Eine Nummer, die er längst auswendig kannte, die sich in sein Gedächtnis eingebrannt hatte und nicht mehr gelöscht werden konnte.

Sein Handydisplay zeigte einen blinkenden Pfeil. Das Signal ging auf Suche, quälte sich durch hoffnungslos überforderte Netze, die in der Neujahrsnacht vor dem Ansturm zeitgleicher Zugriffe kapitulierten. Auch so eine postmoderne Silvestertradition.

Pierre hatte Glück, das Signal bahnte sich seinen Weg, fand tatsächlich den angewählten Anschluss.

Es klingelte.

Sein Herz begann schneller zu schlagen. Ein Moment zwischen Hoffen und Bangen. Würde er abnehmen?

Unvermittelt und brutal wurde das Läuten unterbrochen und eine metallische Frauenstimme stellte freundlich, aber unverbindlich fest: „Ihr gewünschter Gesprächspartner ist derzeit leider nicht erreichbar. Bitte versuchen Sie es zu einem späteren Zeitpunkt noch einmal."

Dann war die Leitung tot. Schweigen. Stille. Nicht einmal die Option, eine Nachricht auf der Mailbox zu hinterlassen, wurde ihm gewährt.

Das heftige Pochen seines Herzens wich einem schmerzhaften Stechen. Das Gefühl der Einsamkeit überflutete Pierre, zog ihn nach unten in den Abgrund. Er griff nach der Wodkaflasche, seinem Strohhalm. Er öffnete sie mit zitternden Händen, ignorierte das Glas auf dem Tisch, führte die Flasche stattdessen direkt zum Mund und nahm einen kräftigen Schluck. Der Alkohol brannte in seiner Kehle; wie ein Feuer breitete er sich in seinem Innern aus, heiß und doch angenehm. Nicht stark genug, um die Einsamkeit auszumerzen, doch immerhin intensiv genug, um ihm kurzes Wohlbefinden zu bescheren. Doch mehr konnte er wohl auch nicht erwarten. Nicht heute.

Was sollte er jetzt tun? Er konnte doch nicht die ganze Silvesternacht in seinem Pyjama auf dem Sofa herumlungern. Wie konnte ein neues Jahr schon werden, das derart armselig begann?

Wankend hievte er seinen Körper hoch, schlurfte zum Fenster und starrte paralysiert in die Dunkelheit. Der farbenfrohe Glanz des Feuerwerks war längst erloschen. In einigen Stunden würde der Morgen grauen und den Blick freigeben auf mit Müll besudelte Straßenzüge, Alkoholleichen und Übriggebliebene, die sich nach einer viel zu langen Party durch die Nacht schleppten.

Wo *er* jetzt wohl gerade war? Etwa unterwegs mit seiner Frau? Seinen Kindern? Seinen Freunden? Wo auch immer, *er* war unendlich und unerreichbar weit weg. In einem anderen Leben, in dem für Pierre kein Platz war. Höchstens in seinen Träumen.

Seit über zehn Tagen hatten sie sich nicht gesehen. Zehn lange Tage hatte er auf einen Anruf gewartet, auf ein Lebenszeichen. Selbst in den Weihnachtsfeiertagen war keine SMS von ihm gekommen.

„Noch nicht einmal 160 Zeichen bin ich ihm wert", murmelte Pierre wütend. Ein resigniertes Schluchzen.

Durch den Schleier der Tränen, die ihm in die Augen stiegen, fiel sein Blick auf das eigene, schemenhafte Spiegelbild in der Fensterscheibe.

Was für eine armselige Erscheinung! Was für ein armseliges Leben!

Er lief einem heterosexuellen Mann hinterher. Niemals würde dieser Mann sein Leben für ihn ändern. Ausgerechnet für ihn, einen nicht einmal durchschnittlichen Schwulen aus der zweiten Reihe. Einen einfachen IT-Administrator, einen Langweiler!

Was hatte das alles für einen Sinn?

Benommen stolperte Pierre zurück zum Sofa, griff zur Wodkaflasche und genehmigte sich einen weiteren, zu großzügigen Schluck. Dann kippte er vornüber auf die Kissen und fiel in einen unruhigen, alkoholgetränkten Schlaf.

Als Pierre wieder zu sich kam, neigte sich die erste Nacht des Jahres langsam ihrem Ende zu. Das Morgenlicht kündigte sich mit einem sanften, diffusen Silberstreifen am Horizont an.

Benommen tastete er nach seinem Handy. Keine neuen Nachrichten. Keine entgangenen Anrufe.

Plötzlich stieg eine unbändige Wut in ihm empor. Wie eine Stichflamme schoss sie durch seinen Körper, vertrieb die Benommenheit aus seinem Kopf.

Im grauen Licht des Morgens schien alles so einfach, so klar. Ein kurzes, gewinnendes Lächeln umspielte Pierres Lippen. Er wusste endlich, was zu tun war. Hastig tippte er eine kurze, aber eindringliche Nachricht.

„Und raus damit, bevor ich es mir anders überlege“, brummte er. Senden … Gesendet …

Erleichterung durchflutete ihn. Endlich war er nicht mehr zur Untätigkeit verdammt!

Pierre ließ sich ein Bad ein, entledigte sich seiner schmutzigen Kleidung. Mit einem zufriedenen Seufzer sank er in die Wanne. Wodka, Tabletten und Zigaretten in Griffreichweite. Nur zur Beruhigung.

Doch er wollte sich nicht weiter abschießen, höchstens seinen Geist in andere, freundlichere Sphären lotsen. Nur nicht zu weit abtreiben, schließlich musste er frisch und ausgeruht sein, wenn *er* sich mit ihm treffen wollte. Und *er* würde ihn wegen seiner letzten SMS sehen wollen, da war sich Pierre sicher.

Pierre seufzte zufrieden und begann, sich endlich zu entspannen. Die Schaumberge knisterten sanft. Das heiße Wasser umspielte seinen Körper, drang in die verschwitzten und verschmutzten Poren seiner Haut ein und spülte den Dreck des alten Jahres fort.

Die Hitze, angereichert mit den Aromen seines giftgrünen Badezusatzes, stieg ihm zu Kopf, vertrieb den kalten, alkoholischen Nebel. Und während draußen der erste Morgen des neuen Jahres seine Tristesse in voller Pracht entfaltete, beglückwünschte sich Pierre Müller für den unglaublich raffinierten Schachzug.

Zurück in der Ackerpflaumenallee

Die Ackerpflaumenallee an der Stadtteilgrenze zwischen Bornheim und Nordend war ein idyllisches Kleinod innerstädtischer Architektur. Am Rande eines kleinen Parks gelegen, verbargen sich die schmucken Fassaden der Gründerzeitvillen im Sommer hinter dem üppigen Grün altehrwürdiger Kastanienbäume. Ein kleiner Lebensmittelladen, eine Bio-Bäckerei und eine Boutique waren die Shopping-Highlights der kleinen Stichstraße. Hinzu kam ein magentafarbener Handy-Shop, der vielen Bewohnern seit der Eröffnung ein Jahr zuvor ein Dorn im Auge war. Diese Geschäfte seien wie Tumore, die ihre Metastasen durch die ganze Stadt schleuderten, hatte sich Tina Sternheim, unangefochtene Society-Queen der Straße, damals beschwert.

Das herrschaftlich anmutende Stadthaus befand sich seit Generationen im Besitz der Sternheims. Nur während der Nazizeit war es nicht von der Familie bewohnt worden.

Die Fassade mit ihren kunstvollen Steinskulpturen, den verspielten Erkern und drei kleinen, blütenweiß gestrichenen Balkonen hatte etwas von einem nostalgischen Puppenhaus.

Umrahmt wurde das Gebäude von einem weitläufigen Garten. Manch einer mochte ihn als ungepflegt bezeichnen, doch die meisten Besucher schwärmten von dem märchenhaft anmutenden Grundstück mit seinen wilden Rosenhecken, einem kleinen Teich, der alten, weit verzweigten Eiche und einem von schweren Steinen umfriedeten Kräutergarten. Der Boden war im Sommer an einigen Stellen von einem dichten Netz aus

Walderdbeeren überzogen. Die roten, kleinen Früchte strahlten wie Perlen in einem Meer aus Grün.

Im rückwärtigen Teil des Gartens baumelte dann zwischen Kirsch- und Apfelbaum eine Hängematte und überall war Kinderspielzeug verstreut, darunter das obligatorische Dreirad und mindestens fünf verschiedene Fußbälle. Jetzt, im Winter, war das Areal jedoch in einen Dornröschenschlaf gefallen, darauf wartend, von der Frühlingssonne wachgeküsst zu werden.

Seit ihre Eltern in ihr neues Anwesen am Rande Sachsenhausens gezogen waren, residierte Tina mit ihren drei Kindern Sören, Daniel und Helga im Erdgeschoss der Ackerpflaumenallee 33. Die beiden anderen Stockwerke hatte sie seit einigen Jahren an Sarah und Luke vermietet.

Traditionell lud Tina am Neujahrstag zu einem späten Brunch am Nachmittag. Es war eines jener Events, zu denen sich ihre gesamte Wahlfamilie in der Ackerpflaumenallee vereinte und die freundschaftliche Bande pflegte.

Für Tina waren diese Zusammenkünfte von großer Bedeutung, konnte sie doch dadurch den Kontakt zu ihren Freunden halten, auch wenn sie als Alleinerziehende nicht Abend für Abend, Wochenende für Wochenende mit ihnen ausgehen und feiern konnte. Ihr Freundeskreis bildete das für sie dringend notwendige Gegengewicht zu ihrem Dasein als Mutter.

Zu Luke und Sarah hatte Tina, allein wegen der räumlichen Nähe, ein besonders inniges Verhältnis. Doch ihren Bruder Meiko und ihren alten Freund Tom sah sie, nach eigenem Ermessen, viel zu selten.

Früher hatten sie zu dritt in der Ackerpflaumenallee 33 gelebt oder – wie es die alte Frau Häckerich von gegenüber gerne ausdrückte – „gewütet". Es waren legendäre Zeiten gewesen, und wenn die Mauern des alten Hauses erzählen könnten, würden sie wohl vor allem von den heftigen Drogenexzessen, Meikos wilden Orgien und wahnwitzigen Studentenfeten berichten. Das Motto war stets: chic ins Koma.

Doch das war lange her. Inzwischen lebte Meiko in einem weitläufigen Loft am Westhafen und Tom war mit Marco zusammengezogen.

Nach einer gescheiterten Ehe, zahlreichen unglücklichen Affären, zwei schmerzhaften Entbindungen und einem Kaiserschnitt, war Tinas Leben vergleichsweise beschaulich geworden. Aber das war wohl normal, schließlich wurde mit ihr auch der gesamte Freundeskreis älter, gesetzter und wohl etwas vernünftiger. Sogar Meiko hatte diese Tendenzen, wenn auch nicht derart ausgeprägt wie gemeinhin üblich.

Tina war eigentlich kein Mensch, der vergangenen Zeiten hinterhertrauerte, doch zum Jahreswechsel verfiel sie nur allzu gerne in nostalgische Wehmütigkeit. Es war nicht nur die Erinnerung an längst vergangene Tage, sondern auch die Trauer darüber, dass schon wieder ein Jahr vorüber war. Die Zeit schritt voran und Tina hatte bisweilen das Gefühl, als würde sie von ihr überholt werden. Wie immer am ersten Januar stellte sie sich die bange Frage, wann das Leben begonnen hatte, in einer derartigen Geschwindigkeit zu rasen.

Glücklicherweise verschwand dieses Gefühl des Ausgeliefertseins und des Nicht-mithalten-Könnens stets, sobald sie die ersten Januartage unbeschadet überstanden hatte. Meistens waren bereits am Dreikönigstag die schlimmsten depressiven Verstimmungen verflogen.

Sie brauchte eben etwas länger, um mit einem neuen Jahr warm zu werden. Auch diesmal würde sie, da war sich Tina sicher, schnell wieder Tritt fassen, im wohlvertrauten Takt der Zeit ihr Leben weiterleben. Ein Leben, mit dem sie doch eigentlich sehr zufrieden war. Nur nicht am ersten Januar.

Als Tina langsam aus ihrem traumlosen Schlaf zu sich kam, war es bereits hell. Jörg lag eng an sie gekuschelt neben ihr und schlief noch friedlich. Ein seliges Lächeln umspielte seine Lippen. Von was er wohl gerade träumte?

Langsam und bedächtig nahm Tinas Gehirn seine Arbeit auf. Bruchstücke der vergangenen Sylvesternacht prasselten in ungeordneter Reihenfolge auf sie hernieder. Hatte sie sich etwa übergeben müssen?

Im selben Moment, als sie zwischen all den Erinnerungsfetzen nach einer Antwort fahndete, setzte der stechende Kopfschmerz ein. Ihr ganzer Körper schien nach Aspirin und nach klarem, kaltem Wasser zu schreien.

Beides fand sie neben sich auf dem Nachttisch. Ob Jörg diese Erste-Hilfe-Utensilien vorausschauend dort deponiert hatte? Wahrscheinlich.

Dankbar schluckte sie die Tablette hinunter und leerte das Glas in einem Zug. Schlagartig, so bildete sie sich zumindest ein, ging es ihr besser.

Sie beugte sich leise zu ihrem Freund hinüber. Behutsam strich sie eine Strähne seines langen braunen Haares, das Jörg bald bis zum Po reichte, aus dem Gesicht und küsste ihn sanft auf die Wange, die von einem rauen Dreitagebart geziert wurde.

Er reagierte mit einem leisen Murmeln, weigerte sich aber standhaft die Augen zu öffnen.

Erst jetzt fiel ihr der rosafarbene kleine Stöpsel in seinem Ohr auf. Ein wenig schmeichelhafter Beweis dafür, dass sie wohl wieder geschnarcht hatte. Ein lästiges, untrügliches Zeichen ihres vorangeschrittenen Alters. Früher ...

Tina verbannte den Gedanken aus ihrem Kopf. Nicht schon so kurz nach dem Aufwachen in die Neujahrsnostalgie verfallen, ermahnte sie sich streng.

Leise schlüpfte sie aus dem wohlig warmen Bett, zog sich schnell ein Paar dicke Wollsocken und ihren Morgenmantel über, bevor es der Kälte des alten Holzdielenbodens gelang, sie von den Füßen aufwärts zu durchdringen.

Als sie in den Flur trat, schwappte das leise Gemurmel des Fernsehers aus dem Wohnzimmer zu ihr herüber. Die Kinder hatten sich also bereits selbstständig eine Beschäftigung gesucht. Alles war wie immer, stellte sie beruhigt fest.

Doch diese tröstende Gewissheit hielt nur kurz an, denn plötzlich fiel ihr wieder ein, dass Sören gar nicht bei seinen Geschwistern saß. Er hatte schließlich die Sylvesternacht bei einem Freund verbracht. Zum ersten Mal war er zum Jahreswechsel auf eine eigene Party eingeladen gewesen. Bald würde er nicht mehr ihr kleiner Junge sein. Bald wäre er ihr entwachsen.

Tina versuchte sich damit zu trösten, dass er noch eine ganze Weile auf sie angewiesen sein würde, doch dieser Gedanken half nicht wirklich. Sören war erst zwölf Jahre alt und bereits auf Partys eingeladen! In Kürze würde er mitten in der Pubertät stecken!

Tina verscheuchte die Gedanken an ihren Ältesten und begrüßte stattdessen Daniel und Helga im neuen Jahr.

Von den quietschenden Stimmen der Zeichentrickfiguren, die in der morgendlichen Kinderstunde über den Bildschirm tanzten, wurden ihre Kopfschmerzen wieder schlimmer. Nachdem sie mit den beiden Kindern ausgiebig geschmust und geknuddelt hatte, zog sie sich einen Wintermantel über und trat in die geräumige Diele. Von hier aus führte eine ausladende Treppe in die oberen Stockwerke, wo Sarah und Luke wahrscheinlich noch friedlich schlummerten. Das alte Haus ächzte leise. Vorsichtig, als könnte ihr ein Schwall winterlicher Kälte ernste Verletzungen zufügen, öffnete sie die Haustür und begrüßte zögerlich den kühlen Neujahrsmorgen. Obwohl die Sonne gerade erst aufgegangen war, schien sie sich bereits wieder verabschieden zu wollen. Es war ein diffuses, unwirkliches Licht. Schneewolken jagten über den Himmel.

Tina war kein Winterkind. Sie konnte der dunklen Jahreszeit allenfalls bis Weihnachten oder Chanukka etwas abgewinnen. Sobald das Lichtermeer in den Straßen erlosch und damit auch die festliche Stimmung entschwand, war der Winter für sie nichts weiter als eine sich scheinbar endlos dahinziehende Aneinanderreihung von Kälte, Dunkelheit und Tristesse. Ohne Sinn und ohne besonderen Reiz.

Tina verspürte einen unstillbaren Hunger nach Sonne und Wärme, nach lauen Abenden und heißen Tagen, wenn die Hitze der Stadt die Luft zum Flimmern und den Asphalt zum Schmelzen brachte.

Sie schloss kurz die Augen, als könnte sie den Sommer allein kraft ihrer Gedanken herbeizaubern. Doch alles Wünschen, alle Sehnsucht halfen nichts. Die graue Realität eines Neujahrsmorgens blieb, manifestierte sich mit jedem Moment nur noch mehr.

Überall in der Ackerpflaumenallee konnte sie die Überbleibsel der vergangenen Nacht ausmachen. Die zerfetzten Reste von Raketen und Feuerwerkskörpern lagen in den Vorgärten oder zierten, wie kleine hässliche Furunkel, die kahlen Kronen der Kastanienbäume. Leere Sektflaschen, achtlos weggeworfene Verpackungen und allerlei Getränkedosen hatten die Straßen und Gehwege in Müllkippen verwandelt. Und dann diese verkaterte Stille! Kein Autolärm. Kein Kinderlachen. Frankfurt schien verstummt, als wäre es von der Partynacht noch zu mitgenommen, um sich zu regen, endlich zu erwachen.

Tina spürte, wie die graue Realität des Morgens ihre Neujahrsverstimmung intensivierte. Aber immerhin hatte die Kälte ihre Kopfschmerzen zurückdrängen können.

Ohne einen weiteren Blick auf die Ackerpflaumenallee zu riskieren, wandte sie sich um und ging zurück ins Haus, setzte einen Kaffee auf und machte den Kindern Marmeladenbrote mit Kakao.

Erst nach der Koffeinzufuhr wagte sie es, im Badezimmer einen kurzen, skeptischen Blick in den Spiegel zu werfen. Die kurzen schwarzen Haare waren zerzaust, und im hinterhältigen Neonlicht blitzten vereinzelte, silbergraue Härchen auf. Sie musste sich unbedingt mal wieder eine Tönung auf den Kopf schmieren, befand Tina. Zumindest jene Folgen des Alters, die sich ohne große Anstrengungen bereinigen ließen, sollten unsichtbar gemacht werden. Auch die Augenringe, die sich nach Partynächten nun immer deutlicher und immer öfter abzeichneten, waren mit etwas Make-up oder getönter Feuchtigkeitscreme zu kaschieren. Komplizierter wurde es bei den beständig an Kontur gewinnenden Fältchen in ihrem Gesicht. Sicher, Jörg beteuerte immer, sie sähe damit erst so richtig sexy aus, doch auf diese Einschätzung wollte sich Tina nicht verlassen.

Auch beruflich war sie noch immer die hippe und angesagte Jugend- und Kinderbuchautorin. Und nicht die Märchen-Oma. Ihr Verleger mochte sie als durchgeknallte Teenie-Versteherin und dementsprechend wurde sie vermarktet. Doch wie lange konnte sie dieses Image noch aufrechterhalten? Ihre letzten beiden Romane hatten sich zwar gut verkauft, doch es war ihr schon wesentlich schwerer gefallen, den gerade aktuellen, jugendlichen Slang zu treffen.

Und so war mit der herannahenden Pubertät ihres Sohnes auch eine kreative Hoffnung verbunden. Er würde ihr ohne Frage neue Einblicke in die Jugendkultur gewähren. Und wenn alle Stricke rissen, konnte sie immer noch Erziehungsratgeber verfassen – mit dem pädagogisch verkümmerten Zeigefinger einer dreifachen, alleinerziehenden Mutter, die lieber mit ihrem schwulen Bruder die Nächte durchfeierte, als zu Hause bei den lieben Kleinen zu verweilen. Ein Thema für einen Bestseller! Nach der Veröffentlichung würde wahrscheinlich das Jugendamt an der Tür klingeln.

Tina wandte sich skeptisch von ihrem Spiegelbild ab und ging zurück in die Küche. Sie musste mit den Vorbereitungen für den Brunch beginnen. Schließlich würden in allerhöchstens vier Stunden ihre Freunde einfallen.

Sie begann mit der Zubereitung des hausgemachten Vanillepuddings, nach einem Familienrezept ihrer Großmutter. Der Duft frischer Vanille und warmer Milch weckte unwillkürlich Kindheitserinnerungen. Kurze Szenen und Bilder blitzten vor ihrem geistigen Auge auf. Die alten, faltigen Hände ihrer Großmutter, wie sie einen Schneebesen fest umklammerte und die Milch schlug. Wie sie die Stirn runzelte, wenn die Creme nicht stocken wollte. Oder wie sie ihre kleine Enkelin von dem Holzkochlöffel heißen Pudding naschen ließ. Regelmäßig verbrannte sich Tina dabei die Zunge, weil sie nicht genügend pustete und es nicht abwarten konnte, von dem süßen Pudding zu kosten.

Ihre Freunde spotteten oft, Tina habe kein glückliches Händchen in der Küche. Und das stimmte auch. Gut kochen konnte sie nicht. Was ihr an einem Tag gelang, vermochte sie nur wenige Zeit später nicht mehr hinzubekommen. Deshalb orderte sie bevorzugt beim Lieferservice.

Doch es gab ein paar Gerichte, vornehmlich Desserts und Süßspeisen wie Pudding oder Palatschinken, die Tina immer gelangen. Es waren alles Rezepte, die sie bereits als kleines Mädchen von ihrer Großmutter oder ihrer Mutter abgeschaut hatte.

Vollkommen in ihre Arbeit versunken, bemerkte sie nicht, dass Jörg in die Küche gekommen war. Erst als er sanft über ihre Schulter strich und ihr mit einem Kuss in den Nacken einen guten Morgen wünschte, war sie sich seiner Anwesenheit bewusst.

„Schon so früh so fleißig“, flüsterte er und begann an ihrem Ohrläppchen zu knabbern. Ein wohliger Schauer jagte durch ihren Körper. Sie seufzte zufrieden, inhalierte seinen Duft und ließ sich vertrauensvoll gegen ihn sinken.

„Guten Morgen, Süßer.“

„Guten Morgen, meine Gebieterin.“

Sie lächelte. Sie konnte rückblickend gar nicht mehr sagen, wann er sie zum ersten Mal so genannt hatte. Doch was anfangs als Stichelei gedacht war, hatte sich zu einem liebevoll gemeinten Kosenamen entwickelt, der allerdings bei Uneingeweihten immer wieder für Verwirrung sorgte. Vor allem, da Helga gerade in einer Phase war, in der sie Jörg gerne imitierte und daher ihre Mutter auch des Öfteren mit Gebieterin ansprach.

„Kommst du noch mal zurück ins Bett?", fragte Jörg und rieb dabei seine Lenden auffordernd an Tinas Körper.

„Es ist noch so viel zu tun und bald kommen die …"

Energisch drehte Jörg sie zu sich um und brachte sie mit einem Kuss zum Schweigen.

„Es gibt auch im Schlafzimmer noch einiges zu erledigen, bevor unsere Freunde hier einfallen", sagte er und zog sie aus der Küche.

Tina wehrte nur halbherzig seine Versuche, sie ins Bett zu bekommen, ab. Schließlich war Sex die beste Medizin, um der Neujahrsdepression zu entgehen. Der Pudding konnte warten.

Zweisamkeit

Eine Faust bahnte sich ihren Weg. Zitternde Köper, zuckende Muskeln. Stöhnen und Ächzen. Ketten klirrten in der Dunkelheit. Ein Schweißtropfen rann über eine schlecht rasierte Wange. Das fahle Halblicht des Tages ausgesperrt durch zwei schwere Vorhänge, ein Wimmern um Gnade, ein sadistisches Lächeln. Dann spritzten die beiden Männer ab. Synchron, nur durch das Flackern in den Augen des jeweils anderen wussten sie, wann der Zeitpunkt gekommen war.

Sein Seufzen. Sein erlösendes Stöhnen.

„Du bist das Geilste, was mir jemals untergekommen ist", seufzte Marco. Er gab seinem Freund einen sanften Klaps auf den Po, erhob sich dann wankend aus dem Bett und streifte vorsichtig den schwarzen Latexhandschuh ab. Dann befreite er Toms Beine aus den Schlingen und tupfte mit dem in weiser Voraussicht bereitgelegten Handtuch den feuchten Bauch seines Freundes trocken.

„Wow! Das war heftig."

Marco nickte stumm, mit einem selbstzufriedenen, zustimmenden Lächeln auf den Lippen. Schnell schlüpfte er in seine Shorts.

Tom beobachtete ihn erschöpft dabei, wie er sich anzog. Das Piercing in der rechten Brustwarze funkelte im matten Schein der Nachttischlampe. Umrahmt wurde es von einer Krone braunen Flaums. Ansonsten war Marcos definierter Oberkörper weitgehend haarlos. Was hatte er doch für einen attraktiven Freund, schoss es Tom durch den Kopf. Er seufzte glücklich. Gleich würde er ihm noch einen sanften Kuss auf den Mund geben und dann nach draußen auf den Balkon gehen, um eine zu rauchen. So wie immer.

Manche Menschen hätten angesichts dieser Vorhersehbarkeit sicherlich panisch die Flucht ergriffen. Doch Tom war schon immer jemand gewesen, der das Konstante und Beständige schätzte. Mehr noch: Er brauchte es, um glücklich zu sein. Und so war die Beziehung mit Marco das Beste, was ihm jemals passieren konnte. Denn trotz Alltag und Vorhersehbarkeit gab es eben auch genau jene schmutzigen, dunklen Seiten in ihrem gemeinsamen Leben. Und die hatten nicht etwa im Laufe der vergangenen Jahre abgenommen. Im Gegenteil.

In vorhersehbarer, traditioneller Beständigkeit hatten sie gemeinsam immer wieder ihre bisherigen Grenzen überschritten, neue definiert, nur um sie einige Zeit später erneut hinter sich zu lassen. Die schwarzen Schlingen, die jetzt im Schlafzimmer von der Zimmerdecke baumelten, waren ein Sinnbild dafür.

Auch wenn Tom nicht gern darüber sprach, mit Marco hatte er mehr Fetische und sexuelle Spielarten ausgetestet (und vor allem genossen), als mit allen vorherigen Männern in seinem Leben zusammengenommen. Selbst Meiko hätte wohl so manches, was in der Abgeschiedenheit ihrer Wohnung vonstattenging, überrascht.

Dabei war sich Tom, unmittelbar nachdem er von Marcos HIV-Infektion erfahren hatte, nicht einmal sicher gewesen, ob er den Sex mit ihm jemals wieder entspannt und ohne Sorge würde genießen können. Sicher, im Nachhinein eine absurde und vor allem zutiefst irrationale Sorge, für die er damals von Tina wenig Verständnis und von Meiko verbale Prügel erhalten hatte. Aber was sollte er tun? Damals waren sie frisch zusammen gewesen und er hatte gerade die Hochzeit mit seinem Exfreund abgesagt. Da konnte man doch mal Panik bekommen! Er war nun einmal ein etwas ängstlicher Mensch, der nicht so sorgenfrei und unbeschwert durchs Leben tanzen konnte, wie etwa Meiko.

Dieses Gen, das die Sternheim-Geschwister zur Genüge hatten, schien bei Tom zu fehlen. Doch vielleicht war es genau diese

Gegensätzlichkeit, die die Freundschaft zu den beiden über all die Jahre so besonders und beständig gemacht hatte.

„Ich geh eine rauchen." Marco knöpfte sich das Hemd zu.

„Mich bekommt nichts und niemand aus diesem Bett heraus", seufzte Tom nur und rollte sich in die Bettdecke ein.

„Das wird Tina aber nicht gerne hören. Wir haben nicht mehr viel Zeit, dann müssen wir zum Neujahrsappell antreten", entgegnete Marco lakonisch.

Verträumt beobachtete Tom, wie sich sein Freund in eine dicke Winterjacke zwängte, lässig eine Zigarette hinters Ohr steckte und dann mit skeptischem Blick die Balkontür öffnete. Ein eisiger Windhauch wehte herein, brachte die staubig-grünen Blätter des Ficus Benjamini zum Tanzen.

„Verdammt, ist das kalt!", grummelte Marco und trat hinaus. Insgeheim verfluchte er Tom, der in ihrer gemeinsamen Wohnung ein Nichtraucher-Gebot durchgesetzt hatte. Ganz egal, wie gemein das Wetter auch war.

Es war einer der nicht verhandelbaren Punkte gewesen, als sie sich vor einem Jahr entschlossen hatten zusammenzuziehen. Eine Entscheidung, die für Tom der furiose Endpunkt einer aufreibenden Zeit gewesen war. Monate der Veränderung hatten hinter ihm gelegen. Nach den weltweiten Börseneinbrüchen und einigen katastrophalen Fehlspekulationen hatte das kleine, private Bankhaus *Löffler & Mauer* schließlich aufgeben müssen. Und so war er plötzlich auf der Straße gestanden. Von einem auf den anderen Tag.

Noch heute jagte ihm die Erinnerung an diesen Augenblick, als er mit einer Kiste unterm Arm sein Büro verließ, eine Gänsehaut über den Rücken. Hilflos hatte er sich gefühlt. Verzweifelt. Ratlos. Als würde er mit heruntergelassenen Hosen durch die Stadt laufen müssen. Die Tage danach verschwammen zu einem grauen, konturlosen Alptraum. Er hatte in seiner Wohnung dahinvegetiert, ohne Ziel und ohne Kraft.

Zwar bekam Tom, nicht zuletzt durch seine freundschaftlichen Verbindungen zu der Familie Sternheim, relativ schnell eine Anstellung, doch die Konditionen waren nicht vergleichbar. Das große Fressen war – zumindest für Tom – vorüber. Anstatt in einem kleinen Bankhaus arbeitete er nun in einem internationalen Konzern, hetzte mit dem Blackberry von Termin zu Termin und musste sich mit einem Bruchteil des Gehalts zufrieden geben. Er war eben auch nur ein Angestellter unter vielen – und für die sah es nach der Finanzkrise sicherlich nicht besser aus als zuvor. Auch wenn die Rendite- und Gewinnerwartungen inzwischen wieder an Vorkrisenzeiten heranreichten.

Den Entschluss zusammenzuziehen, hatten sie beide jedoch nicht aus finanziellen Überlegungen getroffen. Viel mehr war es eine spontane Entscheidung gewesen, aus einer wortwörtlichen Sektlaune heraus.

Eigentlich war Tom nicht der Typ für unüberlegte Abenteuer. Er folgte in der Regel keinen irrationalen Wünschen und Sehnsüchten. Doch er hatte seine letzte Beziehung aus Vernunft geführt. Und diese war letztlich grandios gescheitert.

Tom mochte ein vorsichtiger, überlegt handelnder Mensch sein. Doch er war niemand, der einen kapitalen Fehler zweimal machte. Und so verließ er sich bei seiner Beziehung zu Marco auf sein Bauchgefühl, seinen Instinkt, sein Herz. Und zwang sich, so oft wie möglich seinen Kopf auszuschalten.

Als Marco von seiner morgendlichen Zigarette zurückkehrte, waren seine Wangen purpurrot angelaufen. Es schien wirklich kalt zu sein.

„Beweg deinen sexy Arsch aus dem Bett! Wir müssen brunchen gehen!“, befahl er.

„Ich will nicht! Es ist so schön warm hier drin“, jammerte Tom.

Ohne einen Funken Mitleid zog Marco die Bettdecke von ihm herunter.

„Los jetzt! Das neue Jahr wartet nicht!“

„Willst du mit mir zusammenziehen?“

Jörgs Frage beendete die postkoitale Entspannung abrupt. Tina musste sich alle Mühe geben, ihre Gesichtszüge nicht entgleiten zu lassen. So ganz schien es ihr allerdings nicht zu gelingen, denn schnell ergänzte er, sie nicht überfordern oder gar schockieren zu wollen. Er habe nur kurz darüber nachgedacht. Doch die traurigen Augen und der enttäuschte Dackelblick straften seine Worte Lügen.

„Ich soll mit drei Kindern in dein kleines Apartment ziehen? Glaubst du nicht, es wird etwas eng?“, scherzte Tina bemüht.

„Zieh es nicht ins Lächerliche", antwortete Jörg gekränkt. Die Sehnsucht, die in seiner Stimme lag, brachte ihr Herz beinahe zum Zerbersten. Doch sie konnte gerade nicht über seinen Vorschlag nachdenken. Nicht heute, nicht am ersten Tag eines neuen Jahres, wenn sie sowieso schon alten Zeiten hinterhertrauerte und sich für das Neue wappnete. Hatte er dafür etwa immer noch kein Gespür entwickelt? Nach der langen Zeit, die sie inzwischen zusammen waren, musste er doch wissen, dass er sie mit einem solchen Vorschlag nicht am Neujahrstag überfallen durfte. Er war einfach noch zu jung. Zu jung und zu stürmisch. Aber alles konnte damit auch nicht entschuldigt werden. Ihm musste doch inzwischen klar sein, wie sie tickte. Zumindest in Ansätzen. Groll baute sich in Tina auf.

Der rationale Teil in ihr registrierte noch kurz als geistige Randnotiz, wie sie die Wut über ihr eigenes Unvermögen, mit solchen Situationen umzugehen, ganz bequem auf Jörg projizierte. Sie war kurz davor, eine leichtsinnige, zickige Bemerkung zu machen, als sie hörte, wie die Haustür aufgeschlossen wurde.

Sören war zurück.

Dankbar für die willkommene Ablenkung flüchtete Tina im Morgenmantel aus dem Schlafzimmer, um ihren Ältesten im neuen Jahr zu begrüßen.

Doch anstatt einer Umarmung, eines Lächelns oder gar eines Kusses ließ er seinen Rucksack achtlos auf den Fußboden in der Diele fallen, schaute sie mit einem übertrieben angewiderten Gesicht an und raunzte: „Mensch, Mama, kannst du dir nichts Richtiges anziehen!"

„Ich wünsch dir auch ein frohes neues Jahr!", antworte Tina und drückte ihn an sich. Er ließ sie widerwillig gewähren, entzog sich aber schnell und stampfte in die Küche.

„Wie war die Party?", fragte Tina neugierig.

„Gut."

„Wer war alles da? Was habt ihr gemacht?"

„Was geht dich das an? Ich frage ja auch nicht, wie viel du getrunken hast!"

„Du hast was getrunken?"

Zu ihrer Neugier gesellte sich eine mütterliche Sorge. Und angesichts seiner frechen Einsilbigkeit auch eine gewisse Gereiztheit.

„Mann, nerv nicht und fang nicht schon wieder an mich zu bossen! Hast du etwa deine Tage?"

Mit diesen Worten ließ Sören seine Mutter in der Küche stehen und knallte seine Zimmertür hinter sich zu.

Erschöpft ließ sich Tina auf einen Stuhl sinken. Das neue Jahr begann gar nicht so, wie sie es sich erhofft hatte. Über die Neujahrsnacht war ihr Sohn zum pubertierenden Teenager mutiert und ihr Freund wollte plötzlich mit ihr zusammenziehen.

Warum schienen alle Heteromänner in ihrem Leben versuchen zu wollen, den Start ins neue Jahr so schwer wie möglich zu machen? Es wurde Zeit, dass Meiko und die anderen endlich kamen.

Schwule Jungs waren eben doch die bessere Alternative, dachte Tina und musste über sich selbst schmunzeln: Sie war nun mal – und würde es auch im neuen Jahr bleiben – ein echtes Schwulenmuttchen.

Neujahrsgrüße

„Du bist gemein! Ich hasse dich!", schrie Sören mit wutverzerrter Fratze.

„Du kannst dich jetzt so lange und so laut aufführen, wie du willst, aber du bekommst keinen Sekt", entgegnete Tina ungerührt. Kurz glitt ihr Blick über die Gesichter ihrer Freunde.

Luke, Tom, Marco, Basimah, Sarah, alle starrten konzentriert auf die Tischplatte oder stocherten in ihren halbleeren Tellern herum. Nur Meiko saß aufrecht in seinem Stuhl, die Beine übereinandergeschlagen, das Glas mit Champagner gefüllt und beobachtete das Schauspiel voller Faszination und Entzücken. Allerdings machte auch er keinerlei Anstalten, sich in die Auseinandersetzung zwischen Mutter und Sohn einzumischen. Und Jörg war wohlweislich bereits beim ersten Anzeichen einer Konfrontation aus dem Raum geflohen. Er vermied es grundsätzlich, sich in Erziehungsfragen einzumischen. Einerseits war ihm Tina dafür dankbar, da es so wenigstens zu keinerlei Konflikten zwischen ihnen beiden kam. Andererseits hasste sie ihn dafür, da er auf diese Weise immer der strahlende Stern am Erwachsenenhimmel bleiben würde. Bei ihren drei Kindern genoss er Götterstatus, wurde verehrt und angehimmelt. Kein Wunder, schließlich war sie es, die harte Verbote aussprechen und Sanktionen verhängen musste.

„Aber alle in meiner Klasse dürfen schon Alkohol trinken!“, protestierte Sören.

„Das bezweifle ich. Und selbst wenn, nur weil alle anderen Kinder von der Klippe springen, musst du noch lange nicht“, entgegnete Tina.

„Und solange du deine Füße unter meinen Tisch …“, ergänzte Meiko spitz und schnappte sich demonstrativ die Flasche Champagner vom Tisch.

„Meiko!“ Tinas schneidend scharfe Stimme ließ ihren Bruder kurz zusammenzucken. Die schmunzelnden Gesichter der anderen ignorierte sie geflissentlich.

„Das ist so was von gemein!“, schrie Sören, schmiss wütend sein noch halb volles Glas Orangensaft um und stürmte polternd davon. Türen knallten. Er schrie noch etwas Unverständliches und dann erklang *Sido* in voller Lautstärke aus seinem Zimmer.

„Tja, liebes Schwesterlein, jetzt bereust du sicher all das Koks, das du während der Schwangerschaft mit Sören geschnupft hast.“

„Ich habe niemals Koks genommen, als ich schwanger war.“

„Nun, dann solltest du das vielleicht von jetzt an behaupten“, schlug Meiko vor und lächelte selbstzufrieden über seinen eigenen Scherz. Er hatte seit der vergangenen Nacht noch kein Auge zugemacht und konnte sich nur mit einer Mischung aus Drogen und Koffeintabletten auf den Beinen halten. Wahrscheinlich machte es nur diese Mischung aus Rausch- und Aufputschmitteln für ihn möglich, das Geschrei mit stoischer Ruhe zu ertragen. Bei allen anderen am Tisch hatten sich die Kopfschmerzen zurückgemeldet. Tom rieb sich mit schmerzverzerrter Miene die Schläfe, beugte sich zu Marco hinüber und flüsterte leise: „Wenn ich jemals einen Kinderwunsch äußern sollte, erinnere mich an diesen Morgen.“

„Keine Sorge, das werde ich“, versprach ihm sein Freund. „Keine Kinder. Höchstens Hund oder Katze.“

Tina starrte missmutig vor sich hin. Sie rang mit ihrer Fassung. Dieser Neujahrstag verlief gar nicht so, wie sie es sich erhofft hatte.

„Gräme dich nicht. Dein Pudding ist wie immer hervorragend", versuchte Sarah sie aufzuheitern. „In ein paar Jahren ist Sören sowieso ausgezogen."

„Das sind ganz normale Konflikte zwischen pubertären Jungs und ihren Eltern. Die hatte ich auch – vor gar nicht allzu langer Zeit", sprang Luke ihr bei.

Wie auf ein geheimes Zeichen hin, klingelte genau in diesem Augenblick sein Handy. „Mama ruft an", stand auf dem Display. In ihm flackerte der Funke eines schlechten Gewissens auf. Obwohl sich der erste Tag des neuen Jahres bereits seinem Ende zuneigte, hatte er seine Eltern noch immer nicht angerufen, um ihnen alles Gute zu wünschen.

„Frohes neues Jahr, Mama!"

„Das wünsche ich dir auch, mein Junge. Und auch schöne Grüße von Papa und deiner Schwester."

„Danke. Wie habt ihr …"

Doch er kam nicht dazu, seine Frage zu stellen.

„Ich habe mir schon beinahe Sorgen gemacht, weil du noch nicht angerufen hast. Man hört ja immer wieder von diesen schlimmen Unfällen in der Silvesternacht. Ich dachte schon, du liegst womöglich im Krankenhaus."

Luke verzog sein Gesicht zu einer genervten Fratze.

„Es ist alles in Ordnung, Mama. Ich sitze gerade mit Freunden beim Brunch."

„Hier gab es ja auch viele Unfälle in letzter Zeit."

Warum telefonierte sie überhaupt mit ihm, wenn sie sich nicht für sein Leben zu interessieren schien?

„Der Helmut, du weißt schon, der Onkel von Patrick und Isabella ist von der Leiter gefallen und hat sich das Fersenbein gebrochen. Langwierig ist das. Und die Ingeborg …"

Im Schnelldurchlauf brachte ihn seine Mutter auf den neusten Stand bezüglich des Dorflebens. Skandale und Skandälchen, Krankheiten und Todesfälle, Geburten und Schwangerschaften, Hochzeiten und Scheidungen – in nicht einmal zehn Minuten war Luke wieder auf dem Laufenden über die Geschehnisse in Reinherzhausen.

„Seit der Scheidung ihres Sohnes hat Frau Diller ihre eigene Enkelin nicht mehr gesehen. Kannst du dir das vorstellen? Wann kommst du eigentlich mal wieder? Dein Vater hat zwar gesagt, ich solle dich nicht fragen, aber ich tue es trotzdem. Du kannst deine Eltern doch nicht so vernachlässigen!"

Wieder blitzte Lukes schlechtes Gewissen auf …

„Noch nicht einmal an Weihnachten bist du nach Hause gekommen. Was sollen denn da die Nachbarn denken?"

… und war schlagartig verflogen.

Jede nostalgische Wehmut wich der altbekannten Wut und Enttäuschung über das Verhalten seiner Eltern. Interessierten sie sich wirklich für ihn oder nur dafür, was die Nachbarn, das Dorf, die Verwandten dachten? Er schluckte eine scharfe Erwiderung hinunter. Nicht heute. So viel schlechtes Karma gleich zu Beginn des neuen Jahres wäre nicht gut, befand Luke.

Stattdessen beschränkte er sich auf Plattitüden und nichtssagende Oberflächlichkeiten. Als seine Mutter schließlich auflegte, mit dem Hinweis, er möge sich doch bald mal wieder melden, hörte er längst nicht mehr zu. Es lagen ihm so viele Worte auf der Zunge, die er hätte aussprechen können. Doch er hatte die Hoffnung aufgegeben, zu seinen Eltern durchzudringen, ihnen jemals begreiflich machen zu können, was ihn wirklich beschäftigte und warum er nicht mehr nach Reinherzhausen kam.

„Tschüss, Mama", sagte er, war sich aber nicht sicher, ob sie ihn noch gehört hatte.

„Und wie ist die Lage an der Heimatfront?", fragte Sarah besorgt. Sie konnte offenbar an seinem Gesichtsausdruck ablesen, was ihm durch den Kopf ging.

„Front ist genau das richtige Wort", entgegnete Luke.

„Geh nicht zu hart mit ihnen ins Gericht. Sie sind deine Eltern", befand Tina. „Ich möchte auch nicht, dass meine Kinder eines Tages nur noch damit beschäftigt sind, mir auszuweichen. Deine Mutter liebt dich. Und sie leidet unter deiner Zurückweisung."

„Du wirst deinen Kindern auch keinen Grund dafür geben", beruhigte Luke sie. Tina lächelte schwach – und auch etwas skeptisch.

„Du solltest wirklich mal wieder nach Hause fahren", tadelte sie Luke, wobei ihre Stimme genau jenen vorwurfsvollen und zugleich mitfühlenden Tonfall annahm, in dem sie normalerweise nur mit ihrem jüngeren Bruder Meiko sprach, wenn er mal wieder über die Stränge schlug.

Luke ließ sie gewähren. Seine Vermieterin sah sich nun mal auch in der Rolle einer großen Schwester.

Und so nickte er artig und dachte still bei sich, dass er doch schon längst zu Hause war, an diesem Ort, mit diesen Menschen.

Auf der Couch

Das sanfte Plätschern eines Wasserfalls und das aufgeregte Zwitschern von Vögeln waren zu hören. Der Duft von Blumen lag in der Luft. Ein Hauch von Lavendel wehte ihr in die Nase. Es roch nach Sommer. Sommer im Wald. Die mächtigen Eichen, Buchen und Birken standen in saftigem Grün und ihre Äste wogen sich in einer angenehmen Brise. Von irgendwoher erklang das Klopfen eines Spechtes.

Sarah lächelte zufrieden. Sie spürte das zarte Gras unter ihren nackten Füßen. Sie trug keine Kleidung, war, wie Gott sie geschaffen hatte. Würde die blonde Frau auch diesmal aus dem Dickicht des Waldes auftauchen, sie schweigend berühren, streicheln und schließlich küssen? Plötzlich erklang das vertraute Rascheln von altem Laub. Dieses Geräusch kündigte stets das Erscheinen der Fremden an. Sarah spähte in den Sommerwald hinein und auf einmal sah sie die Frau …

„Langsam kehren wir zurück", ertönte die ruhige Stimme von Doktor Katharina Birnstiel. Obwohl sich ihre Therapeutin um einen sanften Tonfall bemühte, zuckte Sarah – wie immer, wenn sie aus ihrem Tagtraum gerissen wurde – erschrocken zusammen.

Das Ritual, sich an einen Ort der Ruhe zu begeben, hatte Birnstiel am Beginn einer jeden ihrer wöchentlichen Sitzungen installiert. Es sollte Sarah helfen, sich zu beruhigen, den Stress des Alltags zu vergessen und sich ganz auf sich selbst zu konzentrieren.

Das Problem war nur: Sobald sich Sarah in den Wald geträumt hatte, wollte sie ihn gar nicht mehr verlassen. Das lag vor allem an der Erscheinung einer jungen, blondgelockten Waldfee, die Sarah seit einigen Wochen regelmäßig in ihren Tagträumen aufsuchte.

Sie hatte Birnstiel allerdings noch nie von dieser Fremden erzählt. Sie schämte sich dafür, da ihr das Ganze wie eine billige Porno-Fantasie vorkam. Sie wollte es Birnstiel nicht erzählen, auch wenn ihr natürlich klar war, diese Therapie konnte nur funktionieren, wenn sie schonungslos ehrlich war.

Zu ihrer eigenen Verteidigung versuchte sich Sarah immer wieder einzureden, dass es eben Übung erforderte, eine Therapie zu machen. Vielleicht hätte sie doch auf Vivian, ihre lesbische Kollegin von der Sitte, hören sollen. Sie hatte Sarah angeboten, Tarot-Karten für sie zu legen. Das täte sie auch immer, wenn sie sich gerade in einer Lebenskrise befände, hatte Vivian erklärt. Typisch Lesbe!

Sarah war für solche paranormalen Aktivitäten allerdings viel zu rational. Sie glaubte nicht an Wahrsagungen und übernatürliche Phänomene. Stattdessen konzentrierte sie sich lieber auf das, was sie mit ihrem Verstand und dem bloßen Auge erkennen konnte. Auf Wissenschaft und Logik und nicht auf irgendeinen gespenstischen Schabernack. Vielleicht war sie auch deshalb so gut in ihrem Job als Ermittlerin im Dezernat für Wirtschaftsdelikte. Sie war in der Lage, komplizierte und verschachtelte Zusammenhänge zu durchschauen, Zahlenkolonnen durchzuarbeiten und Bankbewegungen zu analysieren. Für Bilanzen brauchte man kein Einfühlungsvermögen, da war vielmehr Kombinationsgabe gefragt.

„Wir lösen uns …“

„Ist schon passiert“, unterbrach Sarah ihre Therapeutin und öffnete die Augen. Sie lag auf der schlichten, aber sehr bequemen dunklen Ledercouch. Und wenn sie ihren Kopf nach rechts wandte, sah sie direkt zwischen Birnstiels gebräunte Beine hindurch in das Dunkel ihres Minirocks. Auf magische Weise schaffte sie es stets, dass der kurze Rock, egal wie hoch er rutschte, niemals ein schlüpfriges Detail preisgab, keinen allzu tiefen Einblick gewährte.

Auch ansonsten glänzte Birnstiel mit einer stets tadellosen Erscheinung. Die braunen Haare waren zu einem strengen Dutt zusammengebunden, ein sanfter, nur angedeuteter Lidschatten umrahmte ihre Augen und leicht gerötete Bäckchen zierten ihr Gesicht, wobei Sarah noch immer nicht mit Sicherheit sagen konnte, ob sie Rouge benutzte oder die Farbe ein natürlicher Effekt war.

Ebenso aufgeräumt wie die Therapeutin selbst war das kleine Zimmer, in dem sie Sarah empfing. Außer dem wuchtigen Ledersofa und einem entsprechend abgestimmten Sessel befand sich als dominierendes Möbelstück ein Eichenholzschreibtisch in dem Raum. Dahinter gewährte ein großes Fenster einen beruhigenden Blick in die Idylle des Stadtwalds.

In einer Ecke stand ein friedlich vor sich hin plätschernder Zimmerbrunnen. Daneben eine Bananenstaude im Terrakottatopf.

Birnstiel legte missbilligend ihre Stirn in Falten. „Ich habe Ihnen doch gesagt, Sie sollen sich bei Ihrer Rückkehr mehr Zeit lassen."

„Ich weiß, aber sobald ich Ihre Stimme höre, verschwindet alles. Sie sind wie eine grausame Göttin, die mich von einer Sekunde auf die andere wegteleportieren kann. Oder ein Computer, der willkürlich eine Simulation beendet und seinen Nutzer vor einem dunklen Bildschirm zurücklässt. Oder eine Zauberin, die …"

„Ich denke, ich habe verstanden. Nun ja … daran sollten wir noch arbeiten. Ebenso wie an Ihrer Eigenheit, unglückliche Vergleiche zu wählen", unterbrach Birnstiel.

Sarah schmunzelte und setzte sich auf.

„Nun, wo wollen wir anfangen?"

Sarah nahm all ihren Mut zusammen und antwortete: „Bei der blonden Frau."

„Bei welcher blonden Frau?"

„Der Frau aus meinen Tagträumen. Die mich im Wald verführt."

Birnstiel runzelte kurz die Stirn.

„Ich wusste nicht, dass Ihnen eine Frau in Ihren Tagträumen erscheint. Das ist … ungewöhnlich."

„Sie kommt immer wieder. Sie berührt mich und sie küsst mich und sie erregt mich."

„Sie sagen das so, als hätten Sie deswegen ein schlechtes Gewissen."

„Na, das habe ich auch. Schließlich bin ich doch mit Basimah zusammen und ich sollte doch eigentlich von ihr träumen. Sollte mir nicht meine Freundin erscheinen, an einem Ort, an dem ich mich rundum geborgen fühle, wo ich entspannt bin?“

„Sagen Sie es mir.“

Sarah nickte. „Sie haben recht. Vielleicht ist genau das der Punkt, über den wir reden sollten.“

Und so begann Sarah mit Birnstiel zum ersten Mal seit Beginn ihrer Therapie ausführlich und schonungslos ehrlich über ihre Beziehung mit Basimah zu sprechen. Über Höhen und Tiefen, Alltagsprobleme und Streitigkeiten, schöne Momente und Romantik.

„Eigentlich hört sich das für mich alles ganz gut an“, stellte Birnstiel fest.

„Eigentlich?“, fragte Sarah vorsichtig zurück.

„Nun, es drängt sich mir der Eindruck auf, Sie würden über ein wesentliches Detail schweigen. Einen Aspekt haben Sie vollkommen ausgeklammert. Ein Stück Beziehung, das uns zurück zu dieser mysteriösen blonden Frau aus Ihren Tagträumen bringt.“

Sarah schaute sie fragend an. Birnstiel hob skeptisch die rechte Augenbraue. Ihr Blick stellte eine vorwurfsvolle Frage: Willst du mich absichtlich nicht verstehen?

„Was meinen Sie?“, fragte Sarah.

„Sex“, stellte ihre Therapeutin trocken fest. „Sie haben kein einziges Mal über das gemeinsame Sexualleben gesprochen.“

„Wir haben kein Sexualleben“, schoss es aus Sarah wütend heraus. Sie war über ihren eigenen, angreifenden Tonfall überrascht und fuhr mit milderer Stimme fort: „… Und das ist ein Problem.“

Birnstiel nickte bedächtig und schaute dann diskret auf die Armbanduhr.

„Wir haben heute wirklich Fortschritte gemacht“, resümierte sie nüchtern. „Wir sollten uns jetzt darauf konzentrieren, warum Sie beide keinen Sex mehr haben.“

„Na, weil wir Lesben sind. Zwei Frauen.“

Der Anflug eines Lächelns huschte über das ansonsten versteinerte Gesicht der Therapeutin. „Das ist leider keine ausreichende Antwort“, antwortete sie.

„Ich hatte es befürchtet."

„Aber", schränkte Birnstiel ein, „nach allem, was ich inzwischen von Ihnen erfahren habe, würde ich sagen, es ist zumindest ein Ansatzpunkt, den wir aufgreifen können."

Prinzen und Prinzessinnen

„Ich bin so was von bereit!", verkündete Luke.

„Bereit für was? Bereit für das Alter? Den Tod? Bereit für Stil und Geschmack? Nun, Letzteres hättest du angesichts deiner blondierten Spitzen tatsächlich nötig!", antwortete Meiko lakonisch, während er selbstbewusst an der Schlange von Frauen, die allesamt auf Einlass warteten, vorbeistolzierte.

Luke trottete ihm hinterher.

„Was hast du gegen blonde Spitzen?", fragte er empört.

„Das ist inzwischen so was von vorbei."

„Mir gefallen sie trotzdem. Aber zurück zum Thema. Ich bin bereit für einen Freund. Für eine feste Beziehung. Und ich habe es im Gespür, heute ist mein Abend."

„Du weißt schon, dass wir im Begriff sind, eine Fotzenparty zu entern? Und das war nicht meine Idee!"

Inzwischen hatten die beiden den Eingangsbereich des Clubs erreicht. Meiko begrüßte die Türsteherin überschwänglich und sie wurden durchgewunken. Es hatte eben Vorteile, ein Szene-VIP zu sein. Sie gaben ihre Jacken an der Garderobe ab und gönnten sich erst einmal einen Begrüßungssekt an der Bar. Meiko ließ seinen Blick über die Tanzfläche schweifen.

Jeden ersten Freitag im Monat versammelte sich die Lesbenszene zu einer rauschenden Party in einem stillgelegten Straßenbahndepot. Meiko und Luke hatten sich lange Zeit geweigert, gemeinsam mit Sarah auf diese Veranstaltung zu gehen. Doch es war ein neues Jahr und so hatte sie es ihr versprochen, es wenigstens einmal zu versuchen.

Meiko ließ skeptisch seinen Blick durch die riesige Halle wandern. Er hatte nichts gegen Frauen, aber mussten es gleich so viele sein? Kurzhaarige Landlesben, kahlrasierte Brummer und durchgestylte L-Word-Victims mischten sich zu einem für Meiko undurchschaubaren Brei. Das meiste erschien ihm die typische Landprominenz aus Wetterau und Taunus zu sein, die hier für wenige Stunden der dörflich-überschaubaren Realität entfloh.

Es besserte nicht unbedingt Meikos Stimmung, dass er mehr als ein Mal einer geschlechtlichen Fata Morgana auf den Leim ging. Gerade, wenn er glaubte, einen süßen Jungen entdeckt zu haben, wurde er spätestens dann eines Besseren belehrt, wenn er seinen Blick von dem Gesicht nach unten richtete und zwei, zumeist kleine, aber unübersehbare Hügel ausmachte. Alles Fische!

„Hörst du mir überhaupt zu?" Luke riss ihn aus seinen Gedanken.

„Ich hab plötzlich Heißhunger auf Fisch", stellte Meiko fest. „Woran das wohl liegt? Ach, richtig, wir sind auf einer Lesbenparty."

„Ja und?", fragte Luke.

„War nur eine Feststellung. Hast du schon Sarah gesehen?"

„Nein. Und du hast kein Wort von dem gehört, was ich sagte. Oder?"

„Hä?"

„Ich bin endlich bereit. Bereit für eine feste Beziehung, und ich hab so ein Gefühl. Wie eine Vorahnung. Ich glaube, heute finde ich einen Mann, mit dem es etwas werden könnte. Es muss …"

„Du hast eine Vorahnung? So etwas wie eine Vision?"

„Genau!"

„Mann, Kleiner, hast du dir etwa von irgendeiner Lesbe die Tarot-Karten legen lassen? Was schwafelst du heute für einen Mist. Dir geht es doch gut, also mach dich locker. Was kommt, das kommt!"

„Klar geht es mir gut. Aber mit einem attraktiven, geilen Freund würde es mir noch besser gehen."

Meiko zuckte mit den Achseln und lächelte. „Du hast doch mich."

„Das ist nicht dasselbe."

Noch bevor Meiko zu einer spitzen Bemerkung ansetzen konnte, entdeckten die beiden Sarah, die sich, an eine Flasche Bier geklammert, mit suchendem Blick ihren Weg durch die

Menge bahnte. Sie hatte die schwarzen krausen Haare zu einem strengen Zopf zusammengebunden. Ihr Gesicht hellte sich auf, als sie die beiden Männer entdeckte.

„Ihr seid doch noch gekommen. Zum Glück. Basimah scheint sich mal wieder zu verspäten und ich kenn hier niemanden", begrüßte Sarah sie erleichtert.

„Es ist großartig hier!", stellte Luke begeistert fest und fiel ihr übermütig um den Hals.

Meiko stöhnte genervt. „Es ist die Unerfahrenheit, die aus ihm spricht. Ich für meinen Teil beginne bereits zu bereuen, gekommen zu sein."

„Es könnte schlimmer sein, immerhin legt die DJane bisher keine lesbischen Evergreens auf!", stellte Sarah trocken fest. Wie auf ein geheimes Kommando ertönte plötzlich die Stimme von Melissa Etheridge. *Like the way I do*. Was sonst!

Die Menge tobte. Meiko schüttelte nur missmutig den Kopf. Ohne harten Alkohol würde er diesen Abend nicht überleben. Elegant ließ er sich auf einen Barhocker sinken, schlug die Beine übereinander und verkündete: „Ich werde diesen Platz heute nicht mehr verlassen."

Dann orderte er eine Flasche Jägermeister.

Auch Luke musste zugeben, es fühlte sich seltsam an, allein inmitten von Hunderten von Frauen zu sein. Doch Sarah wich nicht von seiner Seite.

„Ich hab das Gefühl, alle starren mich an", gestand er.

„Blödsinn, die nehmen dich gar nicht wahr", beruhigte sie ihn. „Ich frage mich, wo Basimah bleibt. Sie wollte eigentlich längst hier sein."

„Du kennst doch unsere kleine Prinzessin. Sie ist niemals pünktlich. Wahrscheinlich ist sie wieder in ihre Märchenwelt abgetaucht und kommt erst kurz vor Schluss auf die Party."

Sarah verzog das Gesicht zu einer missmutigen Grimasse.

„Was ist? Früher hast du mir immer vorgeschwärmt, wie toll es ist, eine Freundin zu haben, die sich – ich zitiere – die kindliche Fähigkeit bewahrt hat, in ihre eigene Welt abzutauchen."

„Das ist genau der Punkt: Am Anfang war das toll, exotisch, geheimnisvoll. Heute ist es einfach nur nervig."

Luke runzelte irritiert die Stirn. Er hatte Sarah nie zuvor so reden hören. Bisher war ihm die Beziehung zwischen den beiden immer als ideale Partnerschaft erschienen, frei von Konflikten und Streitigkeiten. Es war, als wären die beide füreinander bestimmt.

Doch natürlich konnte er nachvollziehen, was Sarah meinte. Er stand des Öfteren gemeinsam mit Basimah im *Blue* hinter der Theke und es war schon mehrmals vorgekommen, dass sie Stunden zu spät erschienen war. Manchmal hatte sie sogar ihre Schichten schlichtweg vergessen.

Er wollte Sarah gerade fragen, ob alles in Ordnung sei, als Nenas röhrende Stimme neunundneunzig Luftballons steigen ließ.

Sarah lächelte. „Auch so ein scheiß-lesbischer Evergreen. Aber er ist eben auch scheiße gut."

Sie packte Luke am Handgelenk und zerrte ihn auf die Tanzfläche. Plötzlich inmitten all dieser tanzenden Frauen zu sein, in dieser – sich mehr oder weniger rhythmisch bewegenden – Masse, schüchterte Luke noch mehr ein. Steif und verkrampft stand er neben Sarah und ließ seine Beine hilflos im Takt mitwippen.

„Entspann dich! Und zeig diesen Weibern endlich mal, wie ein echter Schwuler tanzt!", rief Sarah und lächelte.

„Ich brauch vorher noch etwas zu trinken!"

„Erst wird zu Nena getanzt, dann gibt es was zu trinken!", befand Sarah. Und sie hielt Wort.

Nach zwei weiteren Runden Jägermeister war Luke schließlich mutig genug, um sich alleine auf die Tanzfläche zu wagen, während sich Sarah mit Bekannten unterhielt oder auf der Suche nach Basimah herumstreunte.

Der Alkohol hatte eine befreiende Wirkung und Luke fühlte sich zu seinem eigenen Erstaunen plötzlich zwischen den ganzen Frauen nicht länger unwohl und deplaziert.

Mehr noch: Er verstand jetzt sehr genau, warum sich Hetero-Frauen gerne auf Schwulenpartys amüsierten. Es war ein sehr erfrischendes und entspannendes Gefühl, auf einer vollen Tanzfläche zu stehen und zu wissen, dass sich keiner um einen herum dafür interessierte, wie man tanzte oder aussah.

Und so tauchte Luke in die Welt der Lesben ein und er fühlte sich dabei so wohl, wie schon lange nicht mehr. Er musste niemandem beweisen, wie toll er war. Er musste niemandem gefallen, sich keine Gedanken darüber machen, ob wohl gerade ein

Typ mit ihm flirtete. Jeder Druck und jede Anspannung fielen von Luke ab und die als Hintergrundrauschen ständig vorhandene Hoffung und Erwartungshaltung, beim Ausgehen seinem Traummann zu begegnen, spielten keine Rolle mehr.

Und genau in diesem Augenblick, als sich Luke vollkommen dem donnernden Bass hingab, sah er es. Im ersten Moment war, durch die grellen Blitze der Lichtmaschinen und den Disco-Nebel, nichts weiter auffällig an diesem Gesicht. Eben nur eine weitere Kurzhaarlesbe, die als verdammt hübscher Junge hätte durchgehen können.

Doch als Luke einen zweiten Blick riskierte, entdeckte er einen unverkennbaren Dreitagebart, ein Teppich aus braunen Stoppeln, die sich gleichmäßig von Mundpartie und Kinn bis zur Schläfe ausbreiteten.

Schlagartig gewann das hoffnungsvolle Hintergrundrauschen wieder an Intensität. Da war noch ein Mann auf der Party. Und er stand, nur einige Meter entfernt, am Rande der Tanzfläche. Ihre Blicke trafen sich.

Beobachtet er mich etwa, fragte sich Luke. Er tanzte weiter, jetzt jedoch wieder drauf achtend, sich möglichst männlich zu bewegen. Noch vor zwei Jahren hätte Luke das plötzliche Interesse des Dreitagebarts an seiner Person derart nervös werden lassen, dass er kaum noch in der Lage gewesen wäre, auf den Takt der Musik zu achten. Doch seitdem hatte er mehr als einmal dieses Spiel gespielt. Inzwischen beherrschte er die Regeln.

Während sein cooles und entspanntes Auftreten Desinteresse heuchelte, huschte sein Blick immer wieder zu dem Jungen hinüber. Erst als sich Luke sicher war, auch von seinem Gegenüber eingehend gemustert zu werden, wagte er einen längeren und aufmunternden Blick. Eine Geste, die mit einem kurzen Zucken der Mundwinkel belohnt wurde. Der Ansatz eines Lächelns.

Luke triumphierte still. Ohne sich allzu offensichtlich zu bewegen, wechselte er seine Position auf der Tanzfläche, nährte sich langsam dem Objekt seiner Begierde an.

Luke hatte höchstens einige Sekunden den Blick von ihm abgewandt, da war der Dreitagebart verschwunden, untergetaucht in der schummrigen Dunkelheit des Clubs. Innerlich fluchend begab sich Luke aus der Deckung seiner gespielten Coolness und blickte suchend umher. Anstatt des Dreitagebarts entdeckte er Sarah und Meiko an der Bar. Zwischen ihnen eine sich schnell leerende Jägermeisterflasche.

Vorsichtig bahnte er sich einen Weg durch die tanzenden Frauen.

„He, Kleiner! Amüsierst du dich?", fragte Sarah.

„Ja schon. Sagt mal, habt ihr auch schon den dritten Mann auf dieser Party entdeckt?"

Meiko lachte gehässig. „Nein. Nur jede Menge Jungs, die keine sind."

„Die hab ich auch schon bemerkt. Aber einer von denen ist echt. Er hat sogar einen Bart."

„Und du bist dir sicher, der ist nicht angeklebt?", fragte Sarah skeptisch.

„Ja. Ganz sicher. Und ich glaube, er findet mich toll."

„Bevor ich Basimah kennengelernt habe, war ich jahrelang auf dieser Party und bin immer alleine nach Hause gegangen. Wenn du es tatsächlich schaffst, heute eine Nummer abzustauben oder – Gott bewahre – sogar mit einem Typ abzuziehen, dann hast du es wirklich drauf. Dann bist du ein echter Flirtgott."

In diesem Augenblick tauchte der Dreitagebart wie aus dem Nichts hinter Sarah auf und lehnte sich lässig an den Tresen. Luke lächelte erfreut, gönnte sich eine eingehende Musterung seiner potenziellen Beute. Die schwarzen krausen Haare waren zerzaust, sahen aus, als wäre er gerade aufgestanden, waren aber tatsächlich in mühevoller Kleinarbeit mit Gel und Haarwachs zu diesem sexy Morgen-danach-Look gestylt worden. Die behaarten sehnigen Unterarme, buschige Augenbrauen und eine ziemlich markante Nase verliehen ihm ein raues Aussehen, das Luke unglaublich anziehend fand.

Er schob sich galant, mit einem gewinnenden Lächeln auf den Lippen, an Sarah vorbei, stellte sich neben den Dreitagebart und sagte: „Hallo. Sag mal, sind die Stoppeln in deinem Gesicht echt oder angeklebt?"

Ein offenes Lächeln. „Die sind echt."

„Gott sei Dank! Ein weiterer Kerl!", triumphierte Luke übertrieben.

„Wenn ich hetero wäre, würde ich mich hier wohl wie im Paradies fühlen. Aber als Schwuler langweile ich mich zu Tode", antwortete der Dreitagebart.

Was für eine Vorlage, dachte Luke, zögerte nicht und erwiderte forsch: „Dann sei mal froh, dass du mich getroffen hast."

Der Rest des Abends bestand aus einem nicht enden wollenden Flirtgefecht aus Worten, Gesten und Berührungen, das von Sarah und Meiko auf den Zuschauerrängen mit Spannung verfolgt wurde.

Der Dreitagebart hieß Cem, war 23 Jahre alt und mit drei Freundinnen unterwegs.

Sarah konnte es nicht glauben. „Hier sind fünfhundert Frauen, die meisten davon Singles und auf der Suche nach ihrer persönlichen Traumprinzessin. Und wer findet sich?"

„Natürlich die beiden einzigen Männer, die verloren in dieser fettigen Tittensuppe treiben", beantwortete Meiko die rhetorische Frage.

„Aber das ist unfair. Wir sind auf einer Lesbenparty. Eigentlich müsste Luke mir dabei zusehen, wie ich die Herzen der Frauen gleich reihenweise breche und eine Telefonnummer nach der anderen abstaube."

„Aber ich dachte, ihr Frauen seid immer mit dem zufrieden, was ihr habt", bemerkte Meiko sarkastisch, doch auch mit einem Hauch echter Verwunderung.

„Was hab ich denn schon?"

„Na, Basimah!"

„Meiko, ich muss dir ein Geständnis machen. Aber schwör, es für dich zu behalten!"

„Ich werde mein Möglichstes versuchen", gelobte er wahrheitsgemäß. Sarah wusste, mehr konnte sie von ihm nicht erwarten. Sie gab sich einen Ruck: „Wir haben seit über einem halben Jahr keinen Sex mehr gehabt."

Selbst im blinkenden Licht der Schweinwerfer, trotz Disconebel und schummrigroter Thekenbeleuchtung konnte Sarah sehen, wie für einen kurzen Moment jede Farbe aus dem Gesicht ihres Freundes wich. Dann fing er hysterisch an zu gackern.

„Das ist nicht witzig."

„Nein, ist es nicht!", stammelte Meiko lachend. „Aber ich kann nicht anders. Sarah, du bist eine typische, frigide Lesbe geworden."

„Anstatt mich zu beleidigen, solltest du mir besser helfen."

„Schätzchen, mit so etwas kenn ich mich nicht aus. Ich hab schon von diesen schwesterlichen Lila-Lesben-Lieben gehört, aber helfen kann ich dir nicht. Mit Problemen solchen Ausmaßes habe ich keinerlei Erfahrung."

Plötzlich stiegen Sarah Tränen in die Augen. „Meiko, ich bin damit überfordert! Ich liebe sie, aber irgendwie ..."

Es verschlug ihr die Sprache und sie schämte sich für ihren Gefühlsausbruch. Ausgerechnet vor Meiko. Vor jedem anderen, nur nicht vor ihm.

Doch zu ihrer Überraschung ergriff ausgerechnet der unsensible Meiko ihre Hand, zog sie an sich und nahm sie tröstend in den Arm.

Als sie sich wieder beruhigt hatte, schaute er sie verständnisvoll an, wischte ihr eine Träne von der Wange und fragte dann: „Hast du mit ihr darüber geredet. Das soll angeblich helfen."

Sarah verzog das Gesicht zu einer Schnute. „Reden! Wir reden die ganze Zeit, ohne dass es was bringt. Wir drehen uns im Kreis und sie scheint das noch nicht einmal so zu sehen. Sie findet es super, wenn wir uns stundenlang unterhalten. Das bringe uns einander näher, sagt sie. Was soll ich tun?"

„Ich kann dir keinen Rat geben, der zu dir passt oder dich weiterbringt", gestand Meiko.

„Das dachte ich mir."

„Aber wenn ich in einem gut bin, dann darin, Menschen abzulenken. Also, wir leeren jetzt diese verfickte Flasche Jägermeister und dann stürmen wir die Tanzfläche."

Keine halbe Stunde später gelang es Sarah langsam, ihren Kummer wegzutanzen.

„*Yes, I'm ready to jump*", schrie Meiko sie animierend an.

„Ich liebe Madonna!", rief er überschwänglich, als ob daran noch ein Zweifel hätte bestehen können. Sarah lächelte. Die Musik, der Alkohol, die feiernden Frauen um sie herum und natürlich Meiko hatten ihre Stimmung schnell wieder gehoben. Sie fühlte den Beat, ließ sich vom Takt und der Stimmung tragen, schloss kurz die Augen, nur um festzustellen, dass sich alles drehte.

Als sie sie wieder öffnete, stand Basimah vor ihr. Von Meiko keine Spur. Wie eine Fata Morgana war ihre Freundin aus dem Nichts aufgetaucht. Eine Prinzessin aus Tausendundeiner Nacht hätte nicht atemberaubender, nicht exotischer, nicht erotischer sein können.

Basimah strahlte sie mit ihrem bezaubernden Lächeln an, nahm sie in den Arm und wog sie beide im Takt der Musik. Ihr dunkles, volles Haar roch so vertraut und so anziehend zugleich. Im grellen, aufblitzenden Licht konnte Sarah die Tätowierung auf ihrem rechten Schulterblatt ausmachen. Eine aufspringende Rosenknospe, die nur durch zarte, schwarze Linien angedeutet war. Sie spürte die weiche Haut unter ihren Fingern.

Und plötzlich waren wieder alle Zweifel verschwunden. Sarah war sich ihrer Sache, ihrer gemeinsamen Sache, wieder sicher. Bei all ihren Problemen, sie würden es schaffen.

„Ich liebe dich", flüsterte sie und schmiegte sich fest an ihre Freundin. Und trotz der lauten Musik und der feiernden Meute um sie herum schien Basimah ihr Liebesgeständnis verstanden zu haben. Sie klammerte sich an Sarah, küsste ihren Nacken und flüsterte zurück: „Ich dich auch."

Unter Männern

Als sich Meiko an diesem Abend umringt sah von all den tanzenden Lesben mit ihren wippenden Brüsten, wurde ihm wieder bewusst, warum er es für wichtig erachtete, dass es reine Männer- und dementsprechend auch reine Frauenpartys gab. Und so flüchtete er, sobald Basimah aufgetaucht war, von der Party hinaus in die kalte Winternacht.

Auf dem kleinen Platz vor dem alten Straßenbahndepot hatte sich der weiße Pulverschnee längst in den typischen innerstädtischen braunschwarzen Matsch verwandelt.

Meiko atmete tief durch, sog die klare Luft in sich ein – und zündete sich erst einmal eine Zigarette an. Ein schneller Blick auf die Uhr. Kurz nach Mitternacht. Es war noch längst nicht an der Zeit, nach Hause zu gehen. Doch was waren die Alternativen?

Meiko erwog kurz, auf einen Sprung bei seiner Schwester vorbeizuschauen. Doch Tina war sicherlich schon im Bett. Oder vögelte gerade ihren Freund. Seit Tina und Jörg vor zweieinhalb

Jahren, nach längerem Hin und Her, offiziell ein Paar geworden waren, musste Meiko erkennen, wie er langsam, aber sicher den Platz als wichtigster Mann im Leben seiner älteren Schwester einbüßte. Hartnäckig eroberte sich Jörg eine Domäne nach der anderen.

Das war sicherlich ein natürlicher Prozess in festen Beziehungen. Doch Meiko beobachtete diese Entwicklung mit einer Mischung aus Eifersucht und Sorge. Seine Schwester wusste sicherlich, was sie wollte und vom Leben erwartete. Doch in Sachen Beziehungen war ihr in der Vergangenheit oft genug übel mitgespielt worden. So sorgte sich Meiko, als Bruder und Freund, sehr um sie. Jörg war mit gerade einmal fünfundzwanzig Jahren deutlich jünger als sie. Bei Schwulen mochten Beziehungen mit großen Altersunterschieden funktioniert, doch Meikos Erfahrung nach konnte man diese Tatsache nicht so einfach auf heterosexuelle Beziehung übertragen.

Hinzu kam, dass sich Jörg inzwischen nicht nur einen festen Platz an Tinas Seite erkämpft hatte, sondern auch eine Konstante im Leben ihrer Kinder geworden war. Meikos Neffen und besonders die kleine Helga hatten Jörg in ihr Herz geschlossen. Und Kinderherzen dürfen nicht gebrochen werden, fand Meiko.

Doch um Jörg gegenüber gerecht zu sein, bot dieser nicht den geringsten Anlass, um sich begründete Sorgen zu machen. Im Gegenteil. Er ertrug Tinas Launen und Zickereien mit bewundernswertem Gleichmut und war den Kindern gegenüber ein besserer Vater, als es die biologischen Erzeuger jemals hätten sein können.

Und so gönnte sich Meiko einfach weiterhin, wenn auch heimlich und im Stillen, ein bisschen Eifersucht und war ansonsten gegenüber Jörg so freundlich wie möglich.

Der Vibrationsalarm seines Handys begann in der Hosentasche sanft, aber bestimmt gegen seinen Oberschenkel zu streicheln.

Wer rief ihn jetzt wohl an? Umständlich kramte er das Telefon aus seiner Tasche und blickte verwundert auf das Display.

„Unterdrückte Nummer", murmelte er missmutig.

In einem ersten Impuls wollte er den anonymen Anrufer wegdrücken, doch dann siegte seine Neugier.

„Hallo?"

„Meiko?"

„Ja. Und wer ist dort?"

„Die Nummer stimmt noch! Super! Hier ist Jochen."

In Meikos Kopf begann es zu rattern und sein Gedächtnis mischte, ähnlich einem Einarmigen Banditen, Namen, Gesichter und Begebenheiten. Doch er kam einfach nicht auf die richtige Kombination.

„Du hast keine Ahnung, wer ich bin, oder?"

„Um ehrlich zu sein … nein."

„Jochen aus Köln. Wir haben uns vor fünf Jahren mal regelmäßig getroffen, als ich noch in Frankfurt gewohnt habe. Der Apotheker."

Endlich konnte Meiko Namen, Gesicht und Begebenheit in Zusammenhang bringen. Er hatte den Apotheker im Netz kennengelernt. Die Chemie zwischen ihnen hatte gestimmt und so war aus einem One-Night-Stand eine kurze, heftige Affäre geworden. Inklusive Medikamentenmissbrauch.

„Der Apotheker mit dem sexy Muttermal auf der Oberlippe."

„Ich sehe, du erinnerst dich."

„Was verschafft mir nach all den Jahren die Ehre?"

„Ich bin heute in Frankfurt und hab es mir in einem Hotelzimmer im *Le Jardin* gemütlich gemacht. Wenn du spontan Lust hast, komm doch auf einen Sprung vorbei. Ich hab etwas Stoff hier, jede Menge Alk und einen netten jungen Herrn, der uns beiden zur Verfügung steht und macht, was immer wir wünschen. Das gefällt dir doch sicher."

Meiko lächelte. Der Apotheker hatte sich nicht verändert. Eine Ausgeburt an Derbheit und Perversion.

„Soweit ich mich erinnere, mein Lieber, bist du es damals gewesen, der gemacht hat, was immer ich wollte."

„Zeiten und Vorlieben ändern sich", entgegnete Jochen.

„Das will ich sehen! Ich bin in fünf Minuten da", sagte Meiko kurzentschlossen.

Das kehlige Lachen des Apothekers erklang am anderen Ende der Leitung. „Ich gebe dem Nachtportier Bescheid."

Meiko war zufrieden: So schnell konnte man von einer Lesbenparty zu einem Sex-Date im Hotel kommen. Alles war im Fluss und das Leben schien für ihn stets um Ausgleich bemüht.

Von Geilheit und Kälte getrieben, suchte er sich ein Taxi und ließ sich zum *Le Jardin* bringen. Hinter dem exklusiven Namen des Hotels verbarg sich ein schmuckloser Siebziger-Jahre-Bau, dessen Hauptattraktion ein Dachgarten war, von dem aus die Gäste einen Blick über die Frankfurter Skyline genießen konnten. Der Hotelkomplex lag in unmittelbarer Nähe zum Hauptbahnhof.

Da gerade keine größere Messe in Frankfurt stattfand und die Weihnachtsurlauber ebenfalls längst wieder abgereist waren, herrschte eine ziemliche Flaute in den Hotels der Stadt. Wie Meiko erwartet hatte, war die Lobby um diese Uhrzeit dementsprechend menschenleer. Hinter der Rezeption saß ein gelangweilt dreinblickender Mann Mitte fünfzig, der Meiko neugierig musterte. Er hatte keine Ahnung, was Jochen dem Nachtportier gesagt oder wie viel Geld er ihm gezahlt hatte. Auf jeden Fall wurde er bei Nennung seines Namens mit einem freundlichen Lächeln begrüßt und zu den Aufzügen auf der anderen Seite der Lobby geleitet.

„Sechstes Stockwerk, Zimmer 625a", erklärte der Portier, als sich nach kurzer Wartezeit die Aufzugtüren mit einem leisen Läuten öffneten.

Was für ein zuvorkommender Service!

Der Aufzug spuckte Meiko in einem schummrig beleuchteten Flur aus, der bei ihm sofort Assoziationen mit den endlos lang erscheinenden Korridoren aus *The Shining* wach rief. Kurz war ihm etwas mulmig zumute. Doch dann maßregelte er sich selbst, nicht derart hysterisch zu sein. Die Tür zu 625a befand sich zu seiner Rechten.

Meiko klopfte an.

Einige Sekunden verstrichen, ohne dass etwas geschah, und er vermutete bereits, reingelegt worden zu sein. Doch eigentlich wäre ein solcher Scherz nicht der Stil des Apothekers gewesen. Gerade als sich Meiko abwenden wollte, hörte er, wie sich auf der anderen Seite Schritte näherten. Dann schien jemand durch den Spion zu schauen. Schließlich wurde das Schloss entriegelt und die Tür einen schmalen Spalt geöffnet. Ein Schwall feuchtheißer Luft, getränkt mit Poppers und Zigarettenrauch, wehte auf den Flur hinaus. Meiko trat einen Schritt zurück. Im selben Augenblick lugte der Kopf des Apothekers in den Flur.

„Schön, dich zu sehen!", begrüßte er ihn. „Ich würde ja rauskommen und dich umarmen, aber ich bin schon nackt. Komm doch einfach rein!"

Das Hotelzimmer war noch schlechter beleuchtet als der Hotelflur und im ersten Moment konnte Meiko nur Umrisse erkennen. Die einzige Lichtquelle war der große Plasmabildschirm an der Wand, auf dem gerade ein Porno lief. Auf dem Bett saßen zwei Jungs, ein Skin-Typ mit slawisch anmutenden Gesichtszügen und ein dünner Blonder, dessen schüchternes Lächeln Meiko sofort an Luke erinnerte. Beide waren sie nackt und rauchten. Auf dem kleinen Glastisch mit Goldumrandung machte er eine fein säuberliche Linie Koks aus.

Die Skin-Glatze wurde ihm als Dejan vorgestellt, der andere hieß Paul, wobei der sich nach einer schnellen Zigarette bereits wieder anzog.

„War geil mit dir. Noch 'ne schöne Nacht", sagte der Apotheker zum Abschied.

„Seit wann läuft diese Session?", fragte Meiko leise.

„Die Frage muss korrekt lauten, seit wie vielen Männern", entgegnete der Apotheker süffisant grinsend und setzte sich an den kleinen Schreibtisch und klappte sein Notebook auf. Auf dem Bildschirm erschien die Benutzeroberfläche von Gayromeo.

„Und, wie viele waren es?"

„Drei. Oder vier."

Meiko erfasste ein aufgeregtes Kribbeln und die Geilheit durchzuckte seinen Körper wie ein Stromschlag. Diese Session war genau nach seinem Geschmack und er wusste schon jetzt, dass Tina schockiert sein würde, wenn er ihr beim nächsten Kaffeeklatsch davon berichtete. Warum dachten die meisten Menschen bloß immer, solche Szenen gäbe es nur in Filmen und Pornos? Irgendwoher mussten die Drehbuchautoren ihre Ideen doch schließlich bekommen.

Dejan erhob sich vom Bett, drückte den Zigarettenstummel in einem überquellenden Aschenbecher aus und verschwand im Bad. Dabei huschte er kurz durch den Schein der kleinen Stehlampe. Das Licht offenbarte eine aufregend erscheinende, kleine Narbe unter dem rechten Auge. Ein Schönheitsfehler, der ihn nur noch anziehender machte.

„Der ist süß. Teuer?", fragte Meiko.

„Nein. Nicht besonders. Und für die anderen musste ich nicht zahlen. Die kamen ganz von alleine und freiwillig her, sobald ich ihnen Bilder von Dejan und mir geschickt hatte", erklärte der Apotheker.

„Er ist also dein Köder?"

„Habe ich das nötig?"

Meiko musterte ihn eindringlich. Tatsächlich war der Apotheker kaum gealtert. Er hatte noch immer einen beneidenswert durchtrainierten Körper und durch seine rasierte Glatze fiel es auch nicht weiter auf, wie wenige Haare er inzwischen nur noch hatte.

„Nein, das hast du nicht", antwortete er schließlich wahrheitsgemäß.

„Danke. Du bist ein Schatz. Bevor es losgeht, noch ein bisschen Koks?"

Meiko ließ sich erschöpft neben Dejan aufs Bett fall. Der Apotheker war unter der Dusche und wusch sich Schmutz und Schweiß der vergangenen Stunden ab.

Meiko streichelte sanft über den Rücken des jungen Slawen.

Dejan hatte während der ganzen Zeit kaum mehr als drei Wörter gesagt. Dafür hatte er beim Sex umso lauter gestöhnt, wobei Meiko manchmal der Verdacht gekommen war, das wäre nur eine gut einstudierte Show, die der Stricher routiniert für seinen Auftraggeber vorführte.

Meiko erhob sich und stolperte durch das Halbdunkel des Hotelzimmers zur Minibar.

„Auch was zu trinken?", fragte er.

„Nein", lautete die einsilbige Antwort.

Meiko zuckte gleichgültig mit den Schultern und mixte sich einen Gin Tonic. Dejan blieb unbeteiligt auf dem Bett liegen. Inzwischen war es bereits weit nach vier Uhr morgens. Doch Drogen, Alkohol und der Rausch des Sex' hatten bei Meiko jeden Anflug von Müdigkeit im Keim erstickt. Er nahm einen Schluck von seinem Drink und setzte sich dann wieder aufs Bett neben Dejans nackten Körper.

In diesem Augenblick kam der Apotheker, nur mit einem Handtuch um die Hüften, aus dem Badzimmer gestolpert. Verschmitzt lächelnd warf er Meiko eine Packung Viagra zu.

„Ich sehe, du hast noch was vor.“

„Der Morgen ist noch fern! Jetzt suchen wir uns auf den blauen Seiten noch einen Gute-Nacht-Happen!“, antwortete Jochen und schaltete sein Notebook wieder an.

Frühstück

Auch wenn Meiko schon viele Jahre nicht mehr in der Ackerpflaumenallee zu Hause war, beschlich ihn stets ein heimeliges Gefühl, sobald er das quietschende Gartentor öffnete. Wie ein Magnet zog ihn dieses Haus immer wieder an. Auch wenn sein Besuch an diesem Samstagmorgen nicht ganz freiwillig war. Er hatte seinem Neffen Daniel versprochen, gemeinsam mit Tina am Rand des Spielfeldes zu stehen und ihm, dem Stürmer mit der Nummer neun, zuzujubeln. Ein Versprechen, das er leichtsinnigerweise in einem Anflug beinahe väterlicher Zuneigung gegeben hatte. Damals hatte er ja unmöglich ahnen können, dass er sich die Nacht zuvor dank des Apothekers mit einer exzessiven Mischung aus Sex, Drogen und Alkohol um die Ohren hauen würde.

Wie so oft war Meiko zu spät und so fand er, als er sich die Treppen zur Eingangstür hochschleppte, nur einen Zettel an der Klinke kleben. Er erkannte Tinas gekritzelte Handschrift: *Konnten nicht länger warten. Fußballplatz am Torgraben. Wehe, du kommst nicht. Ich schmeiß alle deine Pillen ins Klo!*

Meiko stöhnte verärgert. Er war doch höchstens fünf Minuten zu spät. Was stellte sich Tina so an? Wahrscheinlich wollte sie nur wieder Jörg anhimmeln. Aus ihrem jugendlichen Geliebten war nämlich nicht nur ein fester Lebenspartner geworden; jetzt trainierte er auch noch Daniels Fußballmannschaft.

Meiko riskierte einen Blick auf sein Handy. Es war Viertel nach zehn.

„Verdammt!“, entfuhr es ihm. Er war nicht fünf Minuten zu spät, sondern eine Stunde und fünf Minuten. Meiko erwog kurz, nicht mehr zu dem Spiel zu fahren. Doch er hatte es Daniel versprochen. Und er wollte schließlich – Drogen und Sexpartys hin oder her – ein guter Onkel sein.

In den vergangenen zwei Jahren hatte Luke schon so manchen Mann mit in seine Wohnung genommen und war bei mindestens ebenso vielen aufgewacht. Doch geblieben zum Frühstück war er meistens nicht. Bei flüchtigen Affären, die in alkoholgeschwängerten Nächten in Bars und Clubs ihren Ausgangspunkt hatten, wandelte Luke häufig auf dem schmalen Grat zwischen Geilheit und erotischer Anziehung einerseits und Fluchtreflexen andererseits.

Letztere setzten manchmal schon beim Flirten, beim ersten Kuss oder auf dem gemeinsamen Heimweg ein. Es war nicht so, dass Luke die Männer nicht attraktiv oder anziehend fand, doch der letzte Kick, der Funke, der ein Feuer entzünden konnte, fehlte meist. Und so wandelte sich das Gegenüber nüchtern betrachtet – und bei Tageslicht – schnell vom aufregenden Flirt zur nichtssagenden Bettgeschichte. Je nach Alkoholpegel war die Fallhöhe unterschiedlich.

Luke fühlte sich deswegen nicht schlecht oder als wahllose Schlampe, die sich die Männer schöntrank. Im Gegenteil, er genoss in vollen Zügen und fand es spannend, diese Erfahrungen an Zügellosigkeit und Ungebundenheit zu machen. Anfangs, nachdem er seine große Liebe Samuel verlassen hatte, in der bitteren Erkenntnis, dass es zwischen ihnen einfach nicht funktionieren konnte, war er häufig demselben Typ Mann verfallen. Schlechte Samuel-Duplikate, die verständlicherweise nicht an das Original mit all seinen Fehlern heranreichen konnten.

Doch nach einigen Monaten hatten die Blaupausen ihren Reiz verloren. Seitdem hatte er kein festes Schema mehr, dementsprechend waren seine Affären kaum miteinander vergleichbar.

Er wachte in Hotelzimmern, Studenten-WGs und durchgestylten Einrichtungstempeln auf. Hinter jedem Aufriss steckte eine andere Geschichte, in der Luke meist nur eine Nebenrolle spielte. Er fand es spannend, von diesen Fremden für kurze Zeit in ihr Leben gelassen zu werden. Hinter jedem One-Night-Stand versteckte sich eine unbekannte Welt. Nur wenige waren reizvoll genug, um nachhaltiger entdeckt zu werden.

Und so vermisste Luke immer häufiger das Gefühl, mit jemandem aufzuwachen und sich geborgen zu fühlen, mit jemandem aufzuwachen und sich auf ein gemeinsames Frühstück zu freuen. Diesmal jedoch startete der Morgen danach vielversprechend. Mindestens ebenso vielversprechend, wie die vergangene Nacht geendet hatte.

Er war zusammen mit Cem von der Lesbenparty in dessen Wohnung gewankt, eine WG mitten in Sachsenhausen. Und Cem hatte Luke den geilsten Blowjob seit Langem verschafft.

Nachdem sie gemeinsam abgespritzt hatten, sanken sie angetrunken und befriedigt nebeneinander auf das Wasserbett. Luke spürte durch den dichten Nebel aus Alkohol und Müdigkeit nur noch am Rande, wie sich Cem an ihn kuschelte. Er murmelte noch ein undeutliches „gute Nacht" und war dann auf sanft wogenden Wellen in ein traumloses Dunkel getragen worden.

Das Nächste, was Luke wahrnahm, waren zwei Hände, die sanft über seinen Po glitten, die Unterschenkel streiften und schließlich begannen, seinen angesteiften Schwanz zu massieren. Er stöhnte. Allerdings nicht unbedingt aus Lust. Die stellte sich zwar auch ein, sobald ihm bewusst wurde, wo er sich befand und wer hinter ihm lag. Doch seiner Geilheit gelang es nur mühsam, den stechenden Kopfschmerz zu übertünchen.

Cem deutete das Stöhnen als klare Aufforderung weiterzumachen. Er begann, Lukes Pobacken sanft, aber bestimmt durchzukneten.

„Ich bin noch nicht wach", murmelte Luke schläfrig. Cem lachte und beugte sich noch näher an ihn heran.

Luke konnte seinen heißen Aten spüren. Und riechen. Zum morgendlichen Mundgeruch gesellte sich eine strenge Alkoholfahne.

Luke wurde kurz übel; die Kopfschmerzen verschlimmerten sich.

„Nicht jetzt!", sagte er.

„Du hast es mir gestern Nacht versprochen. Morgen früh, hast du gesagt, morgen früh darfst du mich ficken."

„Daran kann ich mich nicht erinnern", antwortete Luke. Und das war sogar die Wahrheit. Allerdings hielt er es auch nicht für abwegig, dieses Versprechen gegeben zu haben.

Cem rieb seinen Schwanz an Lukes Schenkeln.

„Ich bin ein echter Türken-Macho. Ich akzeptiere kein ‚Nein' als Antwort", säuselte er.

„Du bist Türke?", fragte Luke. „Das wusste ich gar nicht."

„Und dabei kennen wir uns schon so lange!", entgegnete Cem ironisch. „Woher dachtest du, kommt mein Name?"

„Ich dachte, das sei irgendeine Abkürzung."

„Nein, das heißt auf alt-arabisch König. Ich bin der *King*!"

Luke lächelte und streichelte dabei gedankenverloren durch die schwarze gekräuselte Brustbehaarung seines Gegenübers. Er musste kurz an seinen neuesten Pornofilm denken. Held des Streifens war ein blonder Jüngling mit blauen Augen, glatter Brust und einem kleinen, knackigen Hintern. Der naive Junge schlitterte auf seinem ersten Berlin-Trip von einer sexuellen Eskapade in die nächste. Lukes persönlicher Höhepunkt war, als der Titelheld von einer Türken-Gang in einem gammeligen Kreuzberger Hinterhof hart rangenommen wurde. Luke hatte sich mehr als einmal vorgestellt, dieser Junge zu sein. Die Identifikation mit dieser Rolle war ihm leicht gefallen. Und das lag nicht nur daran, dass auch er selbst jetzt blonde Spitzen hatte.

„Ändert das etwas, dass ich Türke bin?", fragte Cem.

„Das ändert alles!", antwortete Luke lächelnd. „Ich steh auf Südländer. Und ganz besonders auf Türken."

„Umso besser", sagte Cem, drehte Luke ruckartig auf den Bauch, drückte ihn hart auf die Matratze und begann, seinen Hals zu lecken. Dann arbeitete er sich langsam über Schulterblatt und Rücken in Richtung des kleinen, kompakten Arschs vor, der nur von einem feinen Flaum geschmückt wurde. Er drückte grob die Pobacken auseinander und fuhr mit seiner Zunge hinein.

Luke stöhnte. Der Dreitagebart kratzte rau auf der Haut, die feuchte, heiße Zunge umkreiste sein Loch, stieß vorsichtig, aber bestimmt hinein.

Langsam vermischten sich Realität und die Sequenzen des Pornofilms. Und während Cem von hinten in ihn eindrang, dabei seinen Kopf auf das Kissen drückte oder zu sich hochzog, um sein wimmerndes Stöhnen mit tiefen Zungenküssen zu ersticken, stellte Luke sich vor, auf einer Matratze in einem Kellerverlies in Kreuzberg zu liegen. Cems Türkenfreunde beobachteten sie.

Mit quietschenden Reifen hielt das Taxi neben dem Eingang zum Fußballplatz, und einer Filmdiva gleich entstieg wenige

Augenblicke später Meiko dem Gefährt – stilecht mit großer Pilotensonnenbrille, wehendem Schal und einer Papiertüte mit Croissants in der Hand.

Obwohl der Morgen inzwischen weit fortgeschritten war, lag noch immer ein schwerer, grauer Dunst über der Stadt. Die schwache Wintersonne konnte sich nicht durchsetzen. Es roch nach Schnee.

Nur eine Handvoll Eltern hatte sich frierend am Spielfeldrand eingefunden und beobachtete ihre Sprösslinge dabei, wie sie auf dem mit Reif überzogenen Rasen höchst motiviert einem Ball hinterherrannten.

Tina lehnte, gehüllt in einen bodenlangen Ledermantel, lässig an einem Pfosten.

„Guten Morgen, Schwesterlein", begrüßte Meiko sie mit honigsüßer Stimme.

„Morgen", entgegnete sie nur und schüttelte missmutig den Kopf, als Meiko ihr die Tüte mit Croissants vor die Nase hielt.

„Noch warm. Genau das richtig bei diesen Temperaturen", lockte er.

„Ich friere nicht."

„Schwesterlein, du vielleicht nicht. Aber die Jungs dort draußen auf dem Spielfeld tragen sogar kurze Hosen! Das ist kein Sport, das ist Folter. Lass das mal nicht den Kinderschutzbund erfahren. Warum spielen die eigentlich nicht in der Halle?"

„Einsturzgefährdet", lautete Tinas schlichte Antwort. Sie war offensichtlich noch angefressen, weil Meiko zu spät gekommen war. Er ignorierte es und begann vom gestrigen Abend zu erzählen. In aller Ausführlichkeit schilderte er die Abgründe der Lesbenparty und war gerade bei dem Anruf des Apothekers angelangt, somit kurz vor dem eigentlichen Höhe- und Wendepunkt der Geschichte, als Tina sich vom Spielfeld abwandte und ihn wütend anstarrte.

„Du hattest es Daniel versprochen und …"

Plötzlich ertönender Jubel unterbrach Tinas vorwurfsvolle Ansprache. Sie drehte sich wieder dem Spielfeld zu und fragte verwirrt: „Was ist passiert?"

„Dein Sohn hat gerade ein Tor geschossen", antwortete Meiko lapidar und holte sein zweites Croissant aus der Tüte. „Willst du doch nicht was Warmes, liebes Schwesterlein?"

„Ich liebe es, Deutsche zu ficken!", gestand Cem mit einem Grinsen auf den Lippen und erhob sich mit einem zufriedenen Seufzen aus dem Bett.

„Das habe ich gemerkt", antwortete Luke und beobachtete, wie Cem mit einem suchenden Blick durch das Halbdunkel des Zimmers tapste. Schließlich entdeckte er einen unordentlichen Kleiderstapel auf dem Fußboden, zog sich eine Jogginghose an und streifte sich ein Unterhemd über. Ein Proleten-Türkengott! Schlagartig schoss wieder Blut in Lukes Schwanz.

Wäre er Cem in diesem Aufzug auf der Straße begegnet, hätte er jeden Blickkontakt vermieden, aus der diffusen Befürchtung heraus, für einen Flirtversuch mit der Faust im Gesicht bestraft zu werden.

„Lust auf ein Frühstück?", fragte der Türke. „Oder musst du nach Hause zu deinem Freund?"

„Welch eine geschickte Formulierung, um herauszufinden, ob ich solo bin", antwortete Luke grinsend.

„Und bist du?"

„Ja."

„Gut, ich auch. Wollt es nur wissen, hab keinen Bock auf Stress."

Mit diesen Worten verabschiedete sich Cem in die Küche. Luke ließ sich zurück in die Kopfkissen sinken. Was für eine Nacht! Er konnte es kaum erwarten, Meiko davon zu erzählen. Neugierig ließ Luke seinen Blick durch das Zimmer schweifen. Direkt gegenüber dem Bett befand sich ein mächtiger, antiker Kleiderschrank. Vor dem Fenster stand ein Schreibtisch und daneben bogen sich die Einlegeböden zweier Billy-Regale unter der Last zahlreicher Bücher.

Auf dem Nachttisch waren mehrere Bilderrahmen sorgfältig drapiert worden. Viele der Aufnahmen zeigten Cem im Kreise seiner Familie. Einen besonderen Stellenwert schien eine alte Frau mit sonnengegerbter, faltiger Haut und einem schwarzen Kopftuch einzunehmen. Ihre rehbraunen Augen blickten entweder traurig in die Ferne oder leicht irritiert in die Kamera, als könnte sie nicht ganz verstehen, warum in diesem Augenblick ein solches Aufhebens um sie gemacht werde. Sie war sicher schon siebzig oder achtzig Jahre alt. Trotzdem konnte man ihre einstige Schönheit noch erahnen.

Ein Foto zeigte sie mit einem pubertären Cem neben sich. Sie schaute ihn verliebt und voller Stolz an, schien das von hässlichen Pickeln und Mitessern heimgesuchte Gesicht des Jungen nicht zu bemerken.

„Das ist meine Großmutter. Meine *anneanne.*" Cem war unbemerkt ins Zimmer zurückgekehrt und stand wieder vor dem Bett. Luke wandte beinahe beschämt seinen Blick von den Bildern ab. Er fühlte sich ertappt, als hätte er herumgestöbert und wäre erwischt worden.

„Trinkst du Kaffee?", fragte Cem und ignorierte Lukes Unbehagen, wenn er es überhaupt bemerkte.

„Ja bitte."

Cem verschwand wieder.

Luke hing noch einigen Minuten seinen zerfaserten Gedanken nach und schlug schließlich widerstrebend die wärmende Decke zurück. Er hätte noch stundenlang in dem abgedunkelten Raum dösen können. Er fand es hier gemütlich, fühlte sich wohl. War er doch schon in ganz anderen Wohnungen wieder zu sich gekommen.

Da hingen mitunter bei den süßesten Typen Hirschgeweihe und Wolpertinger an der Wand. Gestandene Männer führten ihm postkoital vor, wie sich kleine Modelleisenbahnen durch aufwendig gestaltete Miniaturwelten quälten. Ein Hobby, das er noch von seinem Vater kannte und das ihn schon damals furchtbar gelangweilt hatte. Oder die penibel durchgestylten, minimalistischen Apartments in Chrom und Schwarz entpuppten sich als genauso seelenlos und langweilig wie ihre Bewohner.

Bei Cem schien dagegen alles stimmig zu sein. Zumindest auf den ersten Blick. Wer vermochte schon zu wissen, welcher Abgrund unter dieser ansprechenden Oberfläche lauerte?

Doch das kümmerte Luke an diesem Morgen nicht. Warum auch, schließlich befand er sich gerade in seinem eigenen Porno. Und er konnte noch jederzeit die Off-Taste drücken.

Es dauerte noch etwas, bis sich Tinas Groll gelegt hatte. Doch das warme Croissant und die, wie sie zugeben musste, anregend schmutzige Geschichte vom Gangbang in einem Hotelzimmer besserten ihre Laune. Abgesehen davon konnte sie ihrem jüngeren Bruder nie besonders lange böse sein.

Ausgerechnet in der achtundachtzigsten Minute schoss die gegnerische Mannschaft das Ausgleichstor und so ging das Spiel in die Verlängerung. Fasziniert beobachtete Meiko, wie Jörg seine kleinen Helden um sich versammelte, sie sanft kritisierte, lobte und darauf einschwor, den sichergeglaubten Sieg nicht zu verspielen. Die Jungs schienen ihn als Trainer hundertprozentig zu akzeptieren. Mehr noch, sie vergötterten ihn. Und das wiederum imponierte Meiko. Er mochte Jörg nicht besonders, und seine latente Abneigung beruhte Meikos Einschätzung nach auch auf Gegenseitigkeit. Trotzdem bewunderte er ihn dafür, wie ihn seine Fußballjungs anhimmelten. Er war ihr Vorbild.

Sicher, seine beiden Neffen liebten ihren schwulen Onkel. Sie hatten Spaß mit ihm und respektierten ihn, doch als Vorbild eignete sich Meiko einfach nicht. Wer wollte schon so werden, wie eine Tunte in den späten Dreißigern?

Jörg hingegen war nicht nur gute zehn Jahre jünger, sondern entsprach mit seinen langen braunen Haaren, dem akkurat gestutzten Kinnbart, einer tiefen Stimme und dem durchtrainierten Oberkörper der modernen Heldenversion vieler Jungs. Ein cooler Großstadt-Cowboy, der ihre Sprache gebrauchte, ohne sich lächerlich zu machen. Er war einer von ihnen und zugleich eine höhergestellte Autorität.

Der einzige schwule Mann, den Meiko kannte, der diese Ausstrahlung ebenfalls zumindest im Ansatz hatte, war Marco. Kein Wunder also, dass sich die beiden so gut verstanden. Sie waren Arbeitskollegen, beste Freunde und Vertraute. Manchmal beneidete er Marco und Jörg um ihre Freundschaft. Es konnte sicherlich sehr erfrischend sein, eine männliche, heterosexuelle Sicht auf die Dinge zu erfahren. Zunächst hatte Meiko vermutet, Jörg sei auch nur eine weitere Klemmschwester. Immerhin arbeitete er als Pfleger in einem schwulen Altenheim und hatte damals noch mit Marco in einer WG gewohnt. Umso skeptischer und abweisender war Meiko gewesen, als er bemerkte, dass sich die vermeintliche Schwuchtel im Hetero-Gewand an seine Schwester heranmachte. Zwar unterstellte er Jörg bis heute noch, dass er bisexuelle Tendenzen habe, doch das war nichts Besonderes. Meiko unterstellte allen attraktiven Männern, dass sie mindestens ein bisschen schwul seien.

„Bitte sag es ihm nicht, aber letztlich ist Jörg ein prima Kerl", fasste er seinen Gedanken laut zusammen.

Tina blickte ihn verwundert an. „Welche Pillen hast du denn gestern Nacht eingeworfen?"

„Ich werde auf meine alten Tage eben doch noch harmoniebedürftig."

Tina lächelte und wandte sich wieder dem Spielgeschehen zu.

„Er hat mich gefragt, ob wir zusammenziehen wollen", sagte sie plötzlich, ohne den Blick vom Fußballfeld abzuwenden.

Meiko hätte sich beinahe an dem letzten Stück lauwarmen Croissant verschluckt.

„Und was hast du geantwortet?"

„Ich sagte, ich würde es mir überlegen. Außerdem müsste ich vorher die Kinder fragen."

„Machst du Witze? Deine Kinder lieben ihn. Alle drei."

„Es war auch nur eine Ausrede."

„Du hast Zweifel?"

„Eher Angst. Realistisch betrachtet würde er bei mir einziehen. Ich müsste ihm also Platz machen. Er würde, vollkommen zu Recht, ein Stück meines kleinen Reiches beanspruchen. Ich weiß nicht, ob ich bereit dafür bin."

Meiko nickte verständnisvoll. Er konnte es sich auch nicht vorstellen, seine Wohnung mit jemandem zu teilen. Dafür war er nicht der Typ.

„Wie lange hast du Bedenkzeit?"

„Keine Ahnung. Bis das Thema wieder angesprochen wird. Es gibt kein festes Datum."

„Dumme Sache."

„Ja, allerdings", gab Tina zu.

In diesem Augenblick schoss Daniel sein zweites Tor. Der Sieg war wieder zum Greifen nahe. Dann fing es an zu schneien.

Der Duft von frischem Kaffee und die Hitze des Backofens, in dem zwei Brötchen langsam goldbraun wurden, standen im krassen Gegensatz zu der Welt jenseits der dünnen Fensterscheibe, durch die Luke spähte. Ein wildes Schneetreiben hatte ohne Vorwarnung eingesetzt. Windböen peitschten von einem Moment auf den anderen weiße Flocken durch die Straßen. Wegen des Sturms war die gegenüberliegende Straßenseite kaum zu erkennen.

„Weltuntergangsstimmung", stellte Cem fest, als er einen kurzen Blick aus dem Fenster warf.

„Zum Glück sind wir hier drinnen", sagte Luke, drehte sich zu ihm um und küsste ihn. „Ein perfekter Wintermorgen."

„Und ein geiler noch dazu", ergänzte der Türke.

Sie schauten sich für einen kurzen Augenblick tief in die Augen, gerade so lange, wie man es bei einem beinahe Fremden zulassen konnte. Es war dieser Moment, als Luke zum ersten Mal ein Kribbeln in der Magengegend verspürte. Es war wohl auch dieser Moment, mitten im Schneegestöber, als im Backofen die Brötchen langsam schwarz wurden, als aus dem Pornostreifen ein Liebesfilm wurde. Nur, ob es eine schnulzig-romantische Komödie oder doch eher ein französisches Drama werden sollte, war noch nicht geklärt.

Genauso unvermittelt, wie es begonnen hatte, endete das Schneetreiben und es schien, als würden die Wolken nicht schnell genug die Stadt hinter sich lassen können.

Sie hatten ihren schweren, weißen Ballast abgeworfen und zogen zügig weiter. Jetzt hatte die Sonne ihre Chance, den grauen Schleier, der sich seit Tagen an der Stadt festgeklammert hatte, aufzulösen. Unvermittelt begann es doch noch, ein kalter, klarer Wintertag wie aus dem Bilderbuch zu werden. Nachdem das Fußballspiel wegen des Unwetters abgebrochen worden war und er Daniel für seinen Einsatz ausgiebig gelobt hatte, beschloss Meiko, sobald es die Witterungsverhältnisse wieder zuließen, trotz seiner Müdigkeit zu Fuß nach Hause zu gehen. Die frische Luft tat ihm gut.

In den Einkaufsstraßen herrschte plötzlich eine geschäftige Ruhelosigkeit. In Mäntel und Schals eingemümmelte Menschen stürmten in nachweihnachtlichem Fieber die Konsumtempel. Auch am Mainufer herrschte reges Treiben. Spaziergänger genossen die Sonnenstrahlen und den frisch gefallenen Schnee und flanierten die Promenade entlang. Dazwischen tollten Kinder übermütig umher. Schneebälle flogen durch die Luft. Wer konnte, nutzte die seltene, weiße Pracht. Wohlwissend, dass in Frankfurt innerhalb kürzester Zeit nur noch braungrauer Matsch davon übrig sein würde. Von der Wasseroberfläche des Flusses stieg Dampf auf. Es schien beinahe so, als würde der Main kochen.

Obwohl er Mühe hatte, sich auf den Beinen zu halten, beschlich Meiko unvorbereitet eine prickelnde Euphorie. Er atmete tief ein, sog die kalte Winterluft wie berauschendes Poppers in sich auf und lächelte glücklich. Ein perfekter Morgen.

Er hatte die Nacht über gefeiert und gevögelt, sich dem Rausch hingegeben und es zugleich morgens noch geschafft, seinen sozialen Verpflichtungen nachzukommen. Tina, die Kinder, seine Freunde, das waren die wichtigsten Menschen in seinem Leben, die Säulen, auf denen sein privates Glück ruhte. Sie waren es, die ihm Sicherheit und Rückhalt gaben, ihn nach den durchfeierten Nächten zurückholten in die Realität, in das normale Leben. Sie gaben ihm das Wissen, nicht alleine zu sein. Meiko liebte sein Leben und nichts oder niemand hatte es in den vergangenen Jahren geschafft, ihn aus der Bahn zu werfen.

An einem Morgen, wie dieser einer war, wurde selbst Meiko manchmal sentimental und hätte er an Gott geglaubt, so hätte er vermutlich ein dankendes Stoßgebet gen Himmel geschickt.

So aber lächelte Meiko nur stumm in sich hinein, flanierte am Mainufer entlang und erfreute sich seines gottlosen Lebens. Während der Strom an Spaziergängern rund um Römer und Holbeinsteg beständig zugenommen hatte, ebbte er, sobald Meiko das Westhafenviertel erreichte, schlagartig ab. Die modernen Apartmenthäuser rund um die Hafenmole ruhten wie Bauklötze in der Sonne. Ihre Fassaden spiegelten sich im Wasser des Beckens. Vereinzelte Eisschollen trieben ziellos umher. Ein Schwarm Möwen sonnte sich an der Kaimauer.

Eine andächtige Ruhe lag über den Häuserkomplexen. Im Hintergrund ragten die Schlote des alten Heizkraftwerks in den blauen Himmel empor. Sie waren Relikte aus einer vergangenen Zeit, als der Westhafen noch ein pulsierendes Industriegebiet gewesen war. Inzwischen war das Viertel, wie in zahlreichen anderen Großstädten auch, längst zu einem schicken, versnobten Wohngebiet avanciert. Meikos Apartment befand sich in einem Komplex auf der kleinen Halbinsel, deren Spitze weit in den Fluss hineinragte.

Sobald er die Wohnungstür hinter sich geschlossen hatte, verdunkelte Meiko die breiten Panoramafenster, stolperte wenig elegant aus seiner Kleidung und ließ sich erschöpft, aber mit dem beruhigenden Gefühl der absoluten Glückseligkeit auf das Bett fallen. Er schaffte es noch, seinen Wecker zu stellen, schließlich musste er um acht Uhr wieder fit sein und hinter dem Tresen seiner Bar stehen. Dann ließ er sich bereitwillig von seiner Müdigkeit übermannen.

Seine letzten Gedanken wanderten ziellos durch die vergangenen Stunden, irgendwo zwischen der Orgie im Hotelzimmer und seinem kleinen Neffen, der ihm voller Stolz berichtete, wie er die zwei Tore geschossen hatte. Ja, sein Leben lebte von Gegensätzen. Und ja, Meiko Sternheim war glücklich. Er war mit sich selbst und der Welt im Reinen, gefangen in einem Zustand beständiger Zufriedenheit.

Der Tote in der Badewanne

Kriminalhauptkommissar Hans Theodor Teichmann hasste Klischees. Und er hasste es noch viel mehr, selbst eins zu sein.

Er gab dem Fernsehen die Schuld daran. Seit skandinavische Kommissare quasi täglich im Abendprogramm ermittelten, war er als Sohn einer Dänin und eines Deutschen zum Inbegriff eines Klischees geworden. Ein mürrischer, alter Mann, respektiert und geachtet ob seiner herausragenden Fähigkeiten als Kriminalist. Gefürchtet wegen seiner schlechten Laune und seiner scharfen Zunge. Ein einsamer Wolf, so sahen ihn die meisten seiner Kollegen. Geschieden, natürlich. Freunde? Kaum einer seiner Kollegen kannte ihn privat und überhaupt war es unvorstellbar, es gäbe Menschen, die ihre Zeit freiwillig mit dem Alten verbrachten.

Teichmann war es stets einerlei gewesen, was seine Kollegen und Vorgesetzten von ihm hielten. Er hatte lange Jahre mit einem Achselzucken zur Kenntnis genommen, dass er nicht beliebt, höchstens geachtet war. Es hatte ihn nie gestört, nicht zu einem feierabendlichen Umtrunk eingeladen zu werden, auf Geburtstagspartys oder zu Hochzeiten. Das alles hatte ihm nichts bedeutet, bis zu jenem Tag, als ihm seine Frau, damals gerade einmal dreißig Minuten seine Exfrau, gesagt hatte, er sei der schlechteste Abklatsch eines skandinavischen Fernsehkommissars, der ihr jemals untergekommen sei. Ihre Scheidung füge sich, so hatte sie ihm kühl entgegengeschleudert, bestens in das einfallslose Drehbuch seines Lebens ein.

In der langen Reihe ihrer Kränkungen war diese Beleidigung die mit Abstand nachhaltigste gewesen. Linda hatte eben immer gewusst, wie sie ihn treffen konnte. Nicht nur in ihrem Beruf – sie war eine begnadete Schönheitschirurgin – ging sie mit erschreckender Präzision vor. Wie bei einer Operation jeder ihrer Schnitte perfekt war, so war auch jedes Wort, jede noch so beliebig erscheinende Formulierung ein sorgfältig vorbereiteter und mit Bedacht ausgeführter Schlag ins Gesicht ihres Gegenübers.

Linda schrie selten und war niemals hysterisch. Sie war kühl und berechnend, brutal und schonungslos. Genau das hatte er stets an ihr bewundert. Und genau das hatte ihre Scheidung äußerst schmerzhaft werden lassen.

Hans vermisste sie selten. Nur an verregneten Wintertagen, wenn sich der dichte, nasskalte Nebel hartnäckig in den Straßen hielt, sehnte er sich nach ihr. Dann flammten alte, tief begrabene Erinnerungen an glücklichere Zeiten auf. An ihr ausgewaschenes, blaues Flanellhemd, das sie trotz aller Eitelkeit so sehr liebte. Sie trug es nur an kalten und frostigen Wintertagen und nur zu Hause. Sie brühte sich einen Süßholz-Tee auf, nahm ein gutes Buch zur Hand und kuschelte sich auf das Sofa.

Meistens hatte sie ihm in solchen Momenten einen Kuss auf die fliehende Stirn gedrückt, einen skeptischen Blick durch das Fenster hinaus ins nasskalte Grau geworfen und gesagt, wie glücklich sie sich doch schätzen könnten, in wärmender Zweisamkeit der eisigen Tristesse entkommen zu können.

Damals hatte er kalten, grauen Wintertagen einen gewissen Reiz abgewinnen können, hatte sich darauf gefreut, in der heimeligen Atmosphäre ihres Reihenhauses am Stadtrand Schutz zu finden.

Heute flüchtete er an genau solchen Tagen aus seiner Wohnung, streunte durch die Straßen, den unheimlich wirkenden Stadtwald oder ging ins Kino, ließ sich entführen in fremde Welten, märchenhafte Länder. Am liebsten schaute er sich Zeichentrickfilme an, mit sprechenden Tieren und singenden

Prinzessinnen. Oder eines dieser animierten Abenteuer, in denen sich böse Ironie und schwarzer, hintergründiger Humor mit albernem Slapstick abwechselten.

Und so stand Hans Theodor Teichmann auch an diesem ekelhaft nasskalten Donnerstagnachmittag im Januar an der Kinokasse. Er wollte gerade ein Ticket für den neuen Disney-Film lösen, als sein Handy lautlos drängend in der Hosentasche vibrierte. Der Preis moderner, ständiger Erreichbarkeit.

Mürrisch kramte er es heraus. Auf dem nervös blinkenden Display konnte er die Nummer seines Assistenten lesen. Er überlegte kurz, ob er den Anruf überhaupt entgegennehmen sollte. Schließlich hatte er doch Urlaub. Und hätten sich die Dinge entwickelt wie erhofft, wäre er heute noch immer in Nürnberg. Doch dort hatte er es nicht länger ausgehalten. Nicht nach allem, was er hatte erfahren müssen.

Wenn er jetzt sowieso schon wieder zurück in Frankfurt war, konnte er genauso gut arbeiten. Es würde ihm womöglich sogar guttun, ihn zumindest ablenken.

Jürgen Kortsch, sein Assistent, schien überrascht, dass er abnahm. Demutsvoll berichtete er dem Alten von einem Leichenfund. In einer Wohnung in Oberrad. Fremdeinwirkung nicht ausgeschlossen. Sogar wahrscheinlich, zumindest laut dem Beamten, der den Toten gefunden hatte. Ob er trotz seines Urlaubs den Tatort inspizieren wolle, fragte Kortsch, die Antwort bereits ahnend.

Natürlich wolle er, knurrte der Alte. „Holen Sie mich am Metropolis-Kino ab. Ich warte vor dem Haupteingang."

Fröstelnd trat Teichmann aus dem Kino hinaus in den nasskalten Nebel. Reflexartig wollte er sich eine Zigarette anzünden, um die Wartezeit zu verkürzen. Hielt sich dann aber zurück. Er hatte doch versprochen aufzuhören. Und so schlenderte er vor dem Kinogebäude umher. Wartend. Ruhelos. Kurz, nur für einen Sekundenbruchteil gestattete er sich einen letzten Gedanken an seine Exfrau. Ob sie wohl gerade ihr Flanellhemd trug und Süßholz-Tee aufbrühte? Wem sie heute wohl einen Kuss auf die Stirn hauchte?

Keine halbe Stunde später stand der Alte in einer Drei-Zimmer-Wohnung in Oberrad. Durch die großen Fenster hatte man einen herrlichen Blick auf die ferne Skyline und die Bürogebäude am Kaiserlei-Kreisel.

Der Apartmentkomplex war Teil einer grauen Achtziger-Jahre-Wohnsiedlung am Rande von Oberrad. Idyllisch gelegen an einem Hang, nahe dem Stadtwald. Doch von einer eintönigen Hässlichkeit, die durch das triste Wetter zusätzlich unterstrichen wurde.

Die Wohnung des Toten war dagegen einladend und gemütlich. Vielleicht etwas zu vollgestopft.

Das Arbeitszimmer war verwüstet, Schreibtischschubladen herausgerissen, der Boden mit Papieren übersät. Einige Bücher waren achtlos aus den Regalen geworfen worden. Entweder hatte der Tote in einem Anflug von wütendem Wahn sein eigenes Büro ins Chaos gestürzt, was der Alte durchaus schon erlebt hatte, oder, das hielt er für wesentlich wahrscheinlicher, jemand hatte in großer Eile nach etwas gesucht.

Bargeld oder Wertgegenstände seien jedoch unangetastet – bis auf das Handy und den Computer des Toten. Von beidem fehle jede Spur, erklärte der Leiter der Spurensicherung.

Die Brieftasche mit zweihundert Euro lag auf dem Küchentisch. Damit konnte Beschaffungskriminalität oder Wohnungseinbruch mit Bereicherungsabsicht ausgeschlossen werden.

Als Teichmann die Tür zum Badezimmer aufstieß, schlug ihm ein Schwall eklig-fauliger Luft entgegen. Ihm war der typische Gestank von verrottendem Fleisch schon aufgefallen, als er das Wohnzimmer betreten hatte.

Kortsch würgte kurz.

„Wenn Sie sich übergeben müssen, dann tun Sie das gefälligst draußen", blaffte der Alte nur.

Sein Assistent winkte ab und blieb tapfer an seiner Seite.

Wie aufgebart lag der Leichnam eines jungen Mannes in der Badewanne. Die Verwesung war bereits weit fortgeschritten. Doch da er in einem abgeschlossenen Raum gelegen hatte, waren wenigstens nicht viele Insekten über den toten Körper hergefallen. Der Alte hatte schon wesentlich schlimmere Anblicke ertragen müssen. Verweste Körper im Wald, höchstens einige Tage tot und schon von einem Schwarm an Käfern, Fliegen und auch größeren Säugetieren angefressen und bis zur Unkenntlichkeit entstellt. Oder die von Fischen angenagten Wasserleichen, die sie immer wieder aus dem Main holten.

Auf den ersten Blick schätzte Teichmann, dass der Mann höchstens zwei Wochen hier lag. Der Tod war also irgendwann zwischen Weihnachten und Neujahr eingetreten. Genaueres würde ihm die Gerichtsmedizin sagen können.

Ob ihn jemand als vermisst gemeldet hatte? Warum hatten die Nachbarn nichts bemerkt? Und vor allem nichts gerochen?

Als hätte er seine Gedanken erraten, erklärte Kortsch, dass die unmittelbaren Nachbarn zwei Wochen lang im Urlaub gewesen seien. Die eine Familie in Österreich Skifahren, das Pärchen von gegenüber auf den Malediven. Der Alte nahm die Information nickend zur Kenntnis und fuhr mit der eingehenden Betrachtung des Leichnams fort. Für ihn war der Tote kein Mensch, noch nicht einmal die Überreste eines Menschen. Er war ein Fall. Ein Rätsel, das es zu lösen galt.

Um den Hals trug der Mann – das war ebenso auffällig wie seltsam – eine gold-schwarz-gestreifte Krawatte. Ansonsten war er komplett nackt. Ein Föhn lag neben dem verwesenden Körper. Wasser befand sich nicht mehr in der Wanne. Es hatte sich wohl einen Weg durch den undichten Abfluss gesucht. Welche Spuren, Indizien und Beweise es wohl mitgenommen hatte?

„Mann, das is' kein schöner Anblick! Erinnert mich an diesen Politiker. Diesen Barsch. Den haben Fotografen doch auch so gefunden", stellte Kortsch leichtsinnigerweise fest.

„Dieser *Politiker* hieß Barsch-*el.* Uwe Barschel. Und im Gegensatz zu diesem bemitleidenswerten jungen Mann wurde er nicht mit einem Föhn in der Badewanne gefunden. Um genau zu sein, starb Barschel an einer Überdosis Medikamente. Im Hotel, nicht in der eigenen Wohnung", fletschte der Alte. „Es gibt also beinahe keine Übereinstimmungen mit diesem Fall. Mit einer Ausnahme, beide Männer lagen tot in einer Badewanne."

Sein Assistent nickte schweigend. Eine kluge Entscheidung, dachte sich der Alte genervt und wandte sich an den Gerichtsmediziner, einen in die Jahre gekommenen dicklichen Bayern, den er als einen der wenigen Mitarbeiter des Frankfurter Polizeiapparats im Laufe der Jahre ob seiner Genauigkeit und unaufgeregten Art schätzen gelernt hatte. Für einen Mediziner sprach er vor allem in einfachen, verständlichen Sätzen und flüchtete sich nicht ins Nebulöse des medizinischen Fachjargons.

„Was haben Sie für mich?", fragte Teichmann. Wie immer bewegte er beim Sprechen kaum die Zähne auseinander, knurrte die einzelnen Silben mehr, als dass er sie artikulierte.

„Nicht viel, abgesehen von dem Offensichtlichen. Das Opfer starb auf jeden Fall an einem Stromschlag, verursacht von einem Föhn, der ins Badewasser gelangt ist. Fremdeinwirken kann in so einem Fall selten wirklich ausgeschlossen werden. Könnte aber genauso gut Unfall oder Suizid gewesen sein", entgegnete der Arzt, ohne sich von der Leiche abzuwenden.

„Wie lange liegt er schon?"

„Ich schätze etwas über eine Woche. Höchstens zehn Tage. Genaues kann ich erst nach der Autopsie sagen. Die Heizkörper waren in der gesamten Wohnung abgestellt. Daher war es hier drinnen wie in einem Kühlschrank. Das hat die Verwesung verlangsamt."

Der Alte nickte. Also definitiv nach Weihnachten.

„Der Tote hieß Pierre Müller. Angestellter bei einem Finanzinstitut", mischte sich Kortsch ein.

Der Alte wollte ihn gerade um mehr Informationen bitten, als aus dem Hausflur laute Stimmen zu ihnen drangen. Eine Frau versuchte an den Streifenbeamten vorbei in die Wohnung zu gelangen.

„Was ist das für ein Lärm zum Teufel! Kortsch, kümmern Sie sich darum!", knurrte der Alte, während er seinen Blick langsam durch das Badezimmer schweifen ließ.

Sein Assistent eilte nach draußen und für eine kurze Zeit herrschte im Wohnungsflur tatsächlich Ruhe. Doch kaum hatte sich Teichmann nach einer kurzen, oberflächlichen Inspektion des Tatorts wieder der Leiche zugewandt, ging das Gezeter von Neuem los. Er wollte gerade nach draußen gehen und selbst nach dem Rechten sehen, als eine junge Frau in den Türrahmen stolperte, gefolgt von Kortsch, der sie erfolglos hatte daran hindern wollen.

„O mein Gott!", entfuhr es ihr, als sie die Leiche sah.

„Wer sind denn Sie zum Teufel?", schrie der Alte aufgebracht und musterte die Dunkelhäutige giftig.

Am Ende irgendeine Prostituierte! Hoffentlich keine Illegale.

Er fluchte innerlich. Falls sie in den Fall verwickelt war, würde er sich wieder mit der Ausländerbehörde rumschlagen müssen. Dort wurde er nämlich nach den zahlreichen Auseinandersetzungen der Vergangenheit nicht gerade als ein Freund betrachtet.

„Kommissarin Sarah Tetzer, Dezernat Wirtschaftsdelikte. Und Sie?"

Die Frau holte ihren Dienstausweis hervor und fuchtelte damit vor seiner Nase herum. Kurz musste er über seine eigenen Vorurteile schmunzeln. Von wegen aufgeklärt und tolerant, du alter Sack, maßregelte er sich selbst. Dann hatte er sich wieder unter Kontrolle, war wieder Profi.

„Hauptkommissar Hans Teichmann. Mordkommission", sagte er nur, ohne auch nur daran zu denken, sich auszuweisen.

„Sehr erfreut", antwortete sie artig.

„Das kann ich nicht behaupten", sagte der Alte nur. „Und jetzt verschwinden Sie und schnüffeln Sie sich wieder durch Ihre Bilanzen. Oder was auch immer Sie so den lieben langen Tag über treiben. Wir haben hier zu arbeiten."

Ohne die Frau weiter zu beachten, wandte er sich erneut der Leiche zu. „Kortsch, finden Sie raus, ob der Tote Mieter oder Eigentümer dieser Wohnung war und wer eventuell noch einen Schlüssel haben könnte."

Sein Assistent nickte devot und wollte gerade das Badezimmer verlassen, als ihn Sarah zurückhielt.

„Die Mühe können Sie sich sparen. Der Eigentümer dieser Wohnung liegt tot in der Badewanne. Sein Name ist, wie Sie vielleicht bereits wissen, Pierre Müller. Und er hätte heute Morgen eigentlich zu einer Befragung bei mir im Büro erscheinen sollen. Er war Mitarbeiter des Finanzberaters Richard Ullmenau."

Mit einem Schlag hatte Sarah die ungeteilte Aufmerksamkeit des Alten gewonnen. Er war sogar wütend auf sich selbst, dass er nicht sofort daran gedacht hatte zu fragen, was sie überhaupt hier wollte. Früher wäre ihm das nicht passiert. Aber seit seinem Besuch in Nürnberg … Er schob den Gedanken beiseite.

„Ullmenau, das Finanzgenie?", fragte er.

„Ja. Ich hatte mir von Müllers Aussage viel erhofft. Er war IT-Administrator in Ullmenaus Firma", sagte Sarah und starrte nachdenklich auf die Leiche. Es war nicht das erste Mal, dass sie einen Toten sah. Doch der Anblick schockierte sie immer wieder aufs Neue.

„War er ein Zeuge? Ein Verdächtiger?", fragte der Alte und legte automatisch einen drohenden Unterton in seine Stimme, als ob er im Verhörraum säße und einen potentiellen Mörder zum Geständnis bringen wollte.

„Beides. War es … war es ein Unfall?"

„Ein Föhn und eine Badewanne. Sicherlich könnte es ein Unfall gewesen sein. Doch abgesehen davon, dass der Tote eine Krawatte trug, was sehr untypisch für jemanden ist, der nur ein Bad nehmen will, gibt es ein entscheidendes Indiz, das gegen einen Unfall spricht."

Sowohl Sarah als auch Kortsch schauten ihn erwartungsvoll an. Von der Bilanzschnüfflerin war er nicht weiter überrascht, doch dass Kortsch nach all den Jahren noch immer wie ein blinder Elefant durch einen Tatort trampelte, deprimierte den Alten.

Ihm war schon seit einiger Zeit klar, dass sein Assistent ihm niemals das Wasser würde reichen können, doch eine derartige Begriffsstutzigkeit machte ihn rasend. Und so konzentrierte er sich auf die junge Kommissarin, hielt sie mit seinem starren, unnachgiebigen Blick gefangen. Sie wich ihm nicht aus.

„Schauen Sie sich den Toten genau an, Schätzchen. Achten Sie auf seinen Kopf. Wie Sie feststellen werden, hat er eine Haarlänge von, ich würde vermuten, höchstens fünf Millimetern. So jemand braucht keinen Föhn", dozierte der Alte.

Sarah nickte bedächtig, wandte dann ihren Blick ab und ging aus dem Badezimmer hinaus, ohne ein weiteres Wort zu verlieren.

„He, Schätzchen! Warten Sie!", rief ihr der Alte nach und folgte fluchend.

Sarah hatte inzwischen das Wohnzimmer des Toten erreicht.

„Wenn Sie jetzt schon hier sind und den Tatort verunreinigen, würde Sie mir dann bitte freundlicherweise sagen, in welchem Fall der Tote eine Aussage hätte machen sollen?"

„Schwerer Betrug, Steuerhinterziehung, Bilanzfälschung. Suchen Sie sich was aus. – Es war also Mord?"

Der Alte seufzte. Das habe er nicht behauptet, entgegnete er. Auch ein Suizid könne nicht ausgeschlossen werden. Möglicherweise habe auch eine eifersüchtige Freundin den Föhn in die Wanne geschmissen.

„Eine Freundin? Das bezweifle ich. Wenn, dann war es ein Freund."

Der Alte schaute sie irritiert an.

„Ich weiß zwar nicht, was hier passiert ist, aber eines ist mal sicher: Der Tote war homosexuell", erklärte Sarah mit selbstzufriedenem Stolz.

„Hat er Ihnen das gesagt?"

Sie lächelte vielsagend, genoss es sichtlich, ihm etwas vorauszuhaben. Der Alte hasste sie dafür.

„Schauen Sie sich doch mal hier genau um, Herr Kommissar. Erstens, über dem Sofa hängt das gerahmte Poster eines durchtrainierten, halbnackten Mannes. Eine Zeichnung von Tom of Finland, einem schwulen Künstler, einer Ikone. Zweitens, im Badezimmer findet sich ein wahres Arsenal an teuren Parfüms, kein einziges davon ist für eine Frau. Und drittens, neben dem Sofa steht eine riesige Glasschüssel die randvoll ist mit Kondomen. Das alles sind Indizien dafür, dass wir es mit einem schwulen Mann zu tun haben. Ich bin mir sicher, wenn Sie weitersuchen, werden Sie noch mehr Hinweise finden."

„Vielleicht versteckte er seine Neigungen vor seinem Umfeld?", mutmaßte der Alte.

„Bei einem solchen Poster im Wohnzimmer gibt es nicht mehr viel zu leugnen."

Der Alte starrte sie mit zusammengekniffenen Augen an. „Sie sind aufmerksam. Für eine Bilanzschnüfflerin zumindest."

In seinem Blick lag Misstrauen, doch in seiner Stimme aufrechte Bewunderung.

Sarah lächelte unverbindlich und beschloss, die Gunst des Augenblicks zu nutzen. Dezent schob sie sich an ihm vorbei und schritt in Richtung des wuchtigen, antiken Sekretärs aus dunklem Ebenholz, der beinahe die gesamte Rückwand des kleinen Wohnzimmers ausfüllte.

Doch sie war nicht schnell genug. Noch bevor sie die Schubladen aufziehen und einen schnellen Blick hinein erhaschen konnte, geschweige denn ein Dokument hätte an sich nehmen können, war der Alte mit einer erstaunlichen Agilität, die sie ihm nicht zugetraut hatte, an ihre Seite gesprungen und umfasste grob ihre Schultern.

„Wagen Sie es nicht, irgendetwas anzufassen. Das hier ist ein potenzieller Tatort."

„Kommen Sie schon! Eine Hand wäscht die andere!", versuchte Sarah ihn mit sanfter Stimme und einem verführerischen Augenaufschlag zu bezirzen. Doch er schien immun gegen diese Waffe. Sein Blick blieb hart.

„Sie brauchen gar nicht versuchen, mich zu bezirzen. Ich steh nicht auf schwarz. Nur beim Kaffee."

Sie ignorierte den rassistischen Seitenhieb auf ihre Hautfarbe. Das hatte sie wohl verdient, wenn sie versuchte, ihn über die Flirtmasche zu bekommen.

„Sobald unsere Ermittlungen abgeschlossen sind, werde ich ihnen alle Unterlagen zur Verfügung stellen."

„Und wie lange wird das dauern?"

Der Alte grinste böse. „So lange, wie es eben dauert, Schätzchen."

Der Kunde ist König

Sein Schwanz glitt entschlossen in den feuchten, weichen Mund. Lustvoll grunzte der Mann, schaute mit einem devoten Blick zu Dejan auf. Doch der hatte die Augen geschlossen, ließ sich vom Alkohol davontragen. Sein Körper lief auf Automatik, seine Hüfte schwang vor und zurück.

Vor und zurück.

Während Dejan in die Fresse des Mannes fickte, stellte er sich vor, wie es wohl wäre, dem Kerl stattdessen die Fresse zu polieren. Ihn mit einem gezielten Faustschlag zu Boden zu strecken.

Vor und zurück.

Warum er wohl heute Kopfschmerzen hatte? Dabei war er doch gestern zeitig und vor allem nüchtern ins Bett gegangen? Er würde doch nicht krank werden?

Vor und zurück.

Das Grunzen des Kunden wurde lauter und er fing an, seinen kleinen, steifen Schwanz zu wichsen. Dabei veränderte er ungünstigerweise die Sitzposition. Kurz streiften seine Zähne Dejans Schwanz. Er fluchte, presste wütend seine Hände auf den kahlen Kopf des Mannes und stieß fester zu, erhöhte die Taktzahl. Er wollte es zu einem Ende bringen. Die fettige Glatze unter seinen Händen ignorierte er.

Der Kniende musste würgen, bedeutete ihm, weniger tief vorzustoßen.

Dejan gehorchte. Schließlich war der Kunde König. Auch in diesem Gewerbe.

Er ließ den Kopf des Mannes los und schaute kurz und möglichst unauffällig auf seine Armbanduhr. Seit fünfundzwanzig Minuten waren sie zugange. Es war an der Zeit für den Höhepunkt. So oder so.

Als schien der Mann Dejans Gedanken zu erahnen, begann er, schneller und entschlossener zu wichsen, dabei saugte er gierig an Dejans Schwanz, der allerdings inzwischen leicht erschlafft im Mund des Kunden lag.

Als der Freier endlich abgespritzt hatte, knöpfte sich Dejan schweigend die Hose zu und stieg demonstrativ über den noch vor ihm Knienden hinweg. So war die Vereinbarung gewesen.

Kommen, abspritzen, gehen. Nichts sagen, keine freundlichen Gesten, kein Small Talk.

Wahrscheinlich stand der Mann auf Erniedrigung. Dejan konnte sich schon vorstellen, auf welche extremeren Praktiken der Typ noch abfuhr. Die standen allerdings nicht in Dejans Portfolio.

Schnell zog er sich seine Jacke über und tastete zur Sicherheit nach den Geldscheinen in der Hosentasche. Bezahlung immer im Voraus, das hatte er schnell gelernt.

Sobald er den muffigen Geruch des Apartments hinter sich gelassen hatte, verschwanden auch seine Kopfschmerzen. Entspannt schwang sich Dejan auf sein altes Drei-Gang-Damenrad und machte sich auf den Heimweg.

Es war noch nicht einmal Mitternacht.

Normalerweise streunte er dann durch die einschlägigen Anmach-Bars und zwielichtigen Schuppen im schwulen Bermudadreieck rund um die Alte Gasse, eine eher hässliche und unscheinbare Seitenstraße, einen Steinwurf von der Konstablerwache entfernt.

Doch die Geschäfte waren gut gelaufen heute. Meistens kam tagsüber bei der Online-Akquise nicht viel rum. Heute allerdings hatte er seit dem späten Nachmittag gleich drei Freier gehabt, einer davon ein langjähriger Stammkunde. Nichts sprach also dagegen, es für jetzt gut sein zu lassen. Morgen begann das Wochenende, dann musste er fit sein.

Die meisten seiner Kollegen glaubten nicht daran, doch Dejan war überzeugt, dass er immer dann einen besonders guten Lauf hatte, wenn er ausgeruht in den Abend startete. Allerdings benötigte er dann mehr Alkohol, um locker zu werden. Selbst Wodka schlug an solchen Tag nicht so heftig durch wie eigentlich gewünscht.

Abgesehen davon, dass er seinen Schlaf dringend brauchte, hatte er seit einigen Tagen auch keine rechte Lust, sich in die Szene zu stürzen. Ihm ging das ewige, neidische Gezänke auf den Geist. Wenn es für ihn gut lief, nahm er eine aggressive Stimmung unter seinen Kollegen wahr. Missgünstig waren selbst diejenigen, die er, wenn nicht als Freunde, dann wenigstens als gute Bekannte tituliert hätte. Sicher, das Business war hart, aber wer halbwegs gut aussah, konnte seinen Schnitt machen. Ein paar Hundert Euro schaffte Dejan eigentlich jeden Monat. Und das, ohne seine Kunden zu bestehlen.

In seinen Augen rentierten sich diese kleinen Diebstähle sowieso nicht. Das Risiko war hoch und viel kam dabei nicht rum. Ein großes Ding zu drehen, das war etwas ganz anderes, doch diese Gelegenheit hatte sich bisher nicht geboten.

Einige seiner Kollegen nahmen regelmäßig Freier aus. Doch Dejan war der Überzeugung, dass diese Strategie zu kurzfristig gedacht war. Wer einmal ausgeraubt wurde, kam nicht ein zweites Mal und würde sicherlich kein Stammkunde werden. Aber viele seiner Kollegen betrachteten ihre eigenen Freier als Gesindel, als elendige Arschficker und nicht als zahlende Kundschaft. Vor allem die Marokkaner fürchtete Dejan wegen ihrer

Aggressivität. Mit denen wollte er nichts zu tun haben. Noch nicht einmal sein Koks kaufte er von ihnen.

Wenn ihn jemand von außerhalb fragte, womit er seinen Lebensunterhalt verdiene, so sagte er immer, er sei Fitnesstrainer. Die boten ja schließlich auch eine körperbetonte Dienstleistung an, so wie er auch. Sex war ein ganz normales Servicegewerbe, zumindest versuchte er sich das einzureden.

Natürlich konnte er in seiner Heimat, in einem kleinen Ort in Bulgarien, niemandem sagen, womit er sein Geld verdiente. Ob seine Mutter es wohl auch noch nehmen würde, wenn sie wüsste, was ihr kleiner Junge tat? Und Janika? Sie hätte weniger Skrupel. Ihr konnte auch egal sein, wie er das Geld aufbrachte, um dabei zu helfen, ihrem gemeinsamen Sohn – wie alt war er jetzt? – ein halbwegs anständiges Leben zu bieten.

Sie würde sich vor ihm ekeln; sein Geld würde sie aber trotzdem nehmen. In dieser Hinsicht war sie immerhin konsequent. Vielleicht hatte ihr Bruder Vladan inzwischen auch alles gestanden. Schließlich war er es gewesen, der ihn überhaupt auf die Idee gebracht hatte. Vladan hatte ihn in die Szene Sofias eingeführt und später mit nach Berlin genommen. Fünf Jahre waren sie gemeinsam auf Tour gewesen. In der Stricherszene hatte sie jeder als die „Zwillinge“ gekannt.

Wo Vladan jetzt wohl war? Ihr Abschied war alles andere als freundschaftlich verlaufen. Dejan hoffte trotzdem, dass er nicht unter die Räder geraten war. Er hatte ihn gemocht, zumindest in den Zeiten zwischen den Ausrastern. Er war der einzige Typ, mit dem der Sex Spaß gemacht hatte.

Als Dejan endlich zu Hause ankam, war es bereits weit nach Mitternacht. Er hatte einmal quer durch die Stadt radeln müssen und das brauchte selbst in einer überschaubaren Metropole wie Frankfurt seine Zeit.

Dejan hatte sich in einem alten, heruntergekommenen Wohnwagen eingemietet. Es gab fließendes Wasser, Strom und sein Vermieter hatte ihm sogar eine kleine Elektroheizung besorgt. Manchmal träumte Dejan davon, sich eine richtige Wohnung zu mieten. Irgendwo in der Innenstadt. Oder wenigstens ein kleines Zimmer. Doch wer würde schon einen Illegalen nehmen? Noch dazu ohne Gehaltsnachweis. Abgesehen davon war es ja nicht für lange. Er hatte vor, bald nach Bulgarien zurückzugehen. Er war schon zu lange hier. Viel zu lange. Aus geplanten sechs Monaten waren inzwischen über sechs Jahre geworden.

Erschöpft ließ sich Dejan auf sein Bett fallen, eine mit Matratzen ausgelegte Ecke des Wohnwagens. Die wenigen Quadratmeter waren sein Rückzugsraum, sein kleines Reich, in dem das andere Leben, seine Arbeit, nicht existierte. Niemals wäre es ihm in den Sinn gekommen, einen Freier hierher mitzunehmen. Die Grenze zwischen Beruflichem und Privatem verlief genau an der Tür zu dem alten, klapprigen Wohnwagen, der auf zwei platten Rädern und einem kunstvoll aufgeschichteten Holzstapel ruhte.

Um ihn herum breitete sich ein kleiner, schmutziger Trailerpark aus, der bereits seit einigen Jahrzehnten von Sinti und Roma, Wohnsitzlosen, illegalen Einwanderern, Prostituierten und gealterten Hippies bevölkert wurde. Zwischen einer spießigen Kleingartenanlage und einem schicken Reihenhausviertel gelegen, war die Siedlung vielen Nachbarn schon seit Langem ein Dorn im Auge. Doch bisher hatte es kein Lokalpolitiker und kein Beamter gewagt, den Trailerpark aufzulösen.

Dejan empfand keine besonders innige Beziehung zu seinem Wohnquartier und hatte kaum Kontakt zu den Nachbarn. Doch er war froh, ein halbwegs nässeundurchlässiges Dach über dem Kopf zu haben.

Es war ja nicht für immer. Bald würde er hier raus sein. Er wusste, seine biologische Uhr tickte. Noch waren die Narbe unter seinem Auge, der zarte Dreitagebart und die kurz rasierten Haare markante, aber zugleich exotische Alleinstellungsmerkmale. Doch nicht mehr lange und er würde einfach zu alt sein, um noch in das Beuteschema der meisten Kunden zu passen. Danach musste er aufhören oder sich auf ungewöhnliche Praktiken spezialisieren. S/M wäre sicher ein Geschäftsmodell, doch darauf hatte er keine Lust. Die richtig harte Schiene war nicht sein Fall. Da war die Option, sich aus diesem Business zu verabschieden, schon verlockender. Raus aus seinem Job, raus aus diesem Loch. Einfach nur raus.

Dann würde er endlich auf der Sonnenseite des Lebens stehen, am längeren Hebel sitzen. Dann wäre er endlich einmal …

Langsam begann Dejan wegzudämmern und in seinem unruhigen Halbschlaf mischten sich die letzten Gedanken mit den ersten Träumen der Nacht. Er stellte sich vor, in einer schicken Wohnung zu sitzen und sich einen Stricher zu bestellen. Und in Dejans Traum war er es selbst, der zur Tür hereinkam, zu seinem reichen Ich ging und es fickte. Er tat genau das, was Dejan mochte, was er bestellt und wofür er bezahlt hatte. Schließlich war der Kunde König. Auch in diesem Geschäft.

Seifenoper am Montag

In einer kleinen, düster wirkenden Seitenstraße im überschaubaren schwulen Bermudadreieck Frankfurts befand sich eine nicht weniger düster wirkende, kleine Bar.

Zu Wochenanfang verirrte sich immer nur eine Handvoll Gäste in das wohlige Dämmerlicht des *Blue* und so hatten Meiko und Luke Zeit, über das vergangene Wochenende zu philosophieren und sich gegenseitig auf den neusten Stand zu bringen. Inzwischen war es sogar Tradition geworden, dass Sarah und Basimah auf einen Cocktail vorbeischauten und sie sich zu viert durch den Abend tratschten – und ganz nebenbei mit ihren Gesprächen die ganze Bar unterhielten.

Gerüchteweise hieß es, dass es bereits Stammgäste gab, die extra am Montag auf einen Sprung vorbeischauten, nur um ihren Gesprächen zu folgen. Es musste für sie so etwas wie eine wöchentliche Seifenoper sein.

An diesem Montagabend stand alles im Zeichen von Cem, der zwar nicht körperlich anwesend, aber unangefochten Gesprächsthema Nummer eins war. Und während draußen Schneeschauer Weltuntergangsstimmung verbreiteten, ein feucht-kalter Wind durch die Straßen fegte und sich um die dunklen Spitzen der Hochhaustürme Kronen aus schweren Wolken auftürmten, hingen die Gäste der *Blue*-Bar, allen voran Sarah und Basimah, an Lukes Lippen. Bei einem Glas Absinth berichtete er von den vergangenen Tagen mit Cem, von wildem, spontanem Sex, tiefgründigen Gesprächen und entspannten Winternachmittagen.

Und natürlich davon, wie aufregend und wunderschön es war, endlich wieder jenes legendäre Kribbeln zu verspüren. Die

Leichtigkeit und die Unschuld der Frischverliebten zu erleben, die sich noch nicht an Alltagskonflikten aufrieben und einfach nur durch rosarote Welten voller Glückseligkeit trieben.

Eine unerträglich romantische Stimmung hatte sich wie ein feiner Schleier über die Szenerie gelegt. Basimah und Sarah sogen jedes Wort mindestens genauso begierig auf wie ihre Gin Tonics. Auch die anderen Gäste der Bar – die meisten hockten alleine und verloren vor ihren Gläsern, schienen in nostalgischer Erinnerung zu schwelgen – partizipierten an Lukes Verliebtheit, an seinem Glück.

„Ich habe Flugzeuge im Bauch. Und ich spreche nicht von kleinen Propellermaschinen, sondern von echten Jumbojets", schloss Luke und leerte mit einem letzten entschiedenen Schluck sein Glas.

„So, nachdem du uns alle mit dieser kitschigen Märchenstunde erfreut hast, kannst du ja wieder weiterarbeiten. Es warten jede Menge Gläser darauf, gespült zu werden."

Meikos vor Sarkasmus triefende Stimme zerschlug die Stimmung brachial und erbarmungslos.

„Tu mir den Gefallen und verschon mich bitte mit weiteren Details, Kleiner! Die gleichen schnulzigen Storys musste ich mir bei deinen letzten drei Stechern schon anhören. Und nach ein paar Wochen war sowieso alles wieder vorbei."

„Lass dich nicht von dieser verbitterten, alten Jungfer entmutigen. Frisch verliebt zu sein ist etwas Wunderbares. Koste jede Minute aus. Ich …" Sarah unterbrach sich schlagartig, als ihr bewusst wurde, was sie hatte sagen wollen. Ich wäre auch gerne wieder verliebt, hatte sie gedacht und diesen Satz beinahe laut ausgesprochen. Und das in Anwesenheit ihrer Freundin!

Was war nur mit ihr los? Ein mulmiges Gefühl stieg in ihr auf, es war die diffuse Sehnsucht nach etwas Neuem. Es war eine gefährliche Sehnsucht, begleitet von einem drängenden Gefühl der Verunsicherung.

Was war das nur für ein seltsamer Gefühlszustand, in dem sie sich befand? Sie konnte ihre Emotionen nicht einordnen, hatte noch nie in ihrem Leben derart verwirrend empfunden.

„Es gibt Momente, in denen du echt zum Kotzen bist, Meiko!" Lukes Wut gab der Unterhaltung einen erneuten Schub und lenkte zu Sarahs Erleichterung von ihr ab.

„Danke, ebenso. Aber ich meine es nur gut mit dir. Du steigerst dich – mal wieder – hoffnungslos in etwas hinein. Und in ein paar Wochen ist es dann an mir, die Scherben aufzusammeln. Aber diesmal, das sage ich dir, mein Lieber, hör ich mir dein weinerliches, selbstmitleidiges Gejammer nicht an."

„Immer, wenn ich dir von Cem erzähle, machst du ihn und das, was wir miteinander haben, schlecht. Das geht mir tierisch gegen den Strich. Nicht jeder will so wie du als einsamer Wolf Nacht für Nacht auf Beutezug gehen. Mag sein, ich bin jung und naiv, mag sein, ich steigere mich leicht in etwas hinein. Aber wenigstens bin ich noch begeisterungsfähig und nicht so abgestumpft wie du", schleuderte Luke seinem Freund, Chef und Mentor entgegen. Dann wandte er sich mit einem aufgebrachten Schnauben von Meiko ab und begann Gläser zu spülen.

„Naiv ist, wenn man es nicht besser wissen *kann*. Doch du, du bist längst kein naiver Junge mehr. Du weigerst dich einfach, aus deinen Erfahrungen zu lernen. Das nennt man dumm – nicht naiv", giftete Meiko ihm hinterher.

Basimah und Sarah schauten irritiert zwischen den beiden Männern hin und her. Es war das erste Mal, dass sie Zeugen einer solchen Auseinandersetzung geworden waren. Zwischen Tom und Meiko herrschte ein beständiges, von Sticheleien und kleinen Gemeinheiten geprägtes Dauerfeuer, doch Meiko und Luke waren, wie es Tina zu sagen pflegte, „ein Kopp und ein Arsch".

„Warum gehst du so hart mit ihm ins Gericht? Man könnte beinahe glauben, du seiest eifersüchtig!", fragte Sarah mit gesenkter Stimme.

Sie war die Erste, die das unangenehme Schweigen brach, darauf achtend, Luke auch wirklich außer Hörweite zu haben.

„Mach dich nicht lächerlich, Sarah. Ich bin einfach nur genervt."

„Aber warum? Lass ihn doch …"

„Er kann machen, was er will", unterbrach Meiko sie. „Aber er soll mich damit in Ruhe lassen. Ich muss mir seit bald zwei Wochen diesen Verliebtheitskitsch anhören. Irgendwann ist es genug. Punkt."

Damit war die Unterhaltung beendet. Und der Montagabend gelaufen. Ausgelassene Stimmung mochte einfach nicht mehr aufkommen. Die meisten Gäste verabschiedeten sich früh in die Winternacht und auch Sarah und Basimah traten, nachdem alle Vermittlungsversuche gescheitert waen, recht schnell ihren Heimweg an.

Kurz vor Mitternacht, es war nur noch ein trauriger Rest versprengter Gäste in der Bar, fragte Luke, ob er Schluss machen könne.

„Geh nur. Ich schließe ab", sagte Meiko kühl. Es sollten die letzten Worte sein, die sie für lange Zeit miteinander wechselten.

Sehnsucht nach Sonne

Gedankenverloren starrte Basimah in die nervös flackernden Flammen. Solange sie sich erinnern konnte, hatte sie davon geträumt, eines Tages in einem Haus mit einem großen, altmodischen Kamin zu wohnen. Einen, wie sie ihn aus den amerikanischen Weihnachtsfilmen kannte und an dem an Heiligabend bunte Strümpfe für die Geschenke aufgehängt wurden.

Unzählige Bilder hatte sie als kleines Mädchen von diesem Kamin gezeichnet. Daneben saß stets eine kleine Familie. Vater, Mutter, zwei kleine Mädchen mit geflochtenen Zöpfen und ein kleiner weißbraun gefleckter Hund. Eines der Mädchen trug ein goldenes Krönchen. Das sollte sie selbst sein. Basimah, die kleine Prinzessin, wie sie von ihrer Mutter immer genannt wurde.

Die Bilder waren Ausdruck dessen gewesen, was sie selbst niemals besessen hatte. Sie kannte kein geordnetes Familienleben. Genauso wenig wie ihren Vater. Und eine Schwester hatte sie auch nicht gehabt. Stattdessen eine Mutter, die mehr Freundin war als Erziehungsberechtigte.

Leider hatte sich der Traum von dem romantischen Kaminzimmer bis heute nicht erfüllt. Basimah bummelte stattdessen durch ihr Studium, hatte zwei Jobs, mit denen sie sich über Wasser hielt. Doch sie war niemand, der sich mit der Realität und den sich daraus ergebenden Grenzen zufrieden gab. Und so hatte sie über die vergangenen Monate hinweg konsequent gespart und sich zu Weihnachten einen würdigen Ersatz geschenkt.

Ein kleiner Ethanolkamin zierte jetzt Basimahs Wohnzimmer. In einem runden, vasenartigen Gefäß loderte eine nervöse, kleine Flamme.

Allein der Anblick ließ Basimah warm ums Herz werden. Und während draußen Dunkelheit und Kälte vorherrschten, genoss sie es, in ihrem kleinen, warmen Reich zu sitzen. Es war kurz vor Mitternacht und verträumt schlürfte sie an ihrem Pfefferminztee.

Nachdem sie gemeinsam mit Sarah das *Blue* verlassen hatte, waren sie getrennt voneinander nach Hause gegangen. Es hatte nur einen keuschen Gute-Nacht-Kuss gegeben und eine kurze Umarmung. „Schlaf gut, Süße", hatte Sarah gesagt und war dann, ohne sich noch einmal umzudrehen, davongegangen.

Wie so oft in den vergangenen Wochen hatte sich Basimah voller Sorge auf den Heimweg gemacht. Etwas stimmte nicht, das sagte ihr dieses mulmige Bauchgefühl. Ein drohender Schatten …

Seit beinahe zwei Jahren waren sie jetzt ein Paar. Da blieb es nicht aus, dass sich der Charakter einer Beziehung veränderte, der Alltag immer mehr Platz einforderte. Die Leidenschaft weniger oder zumindest anders wurde. Auf Dauer hielt doch keiner die nervenaufreibende Sturm- und Drangphase des Neubeginns aus.

Sicher, am Anfang war ihre Beziehung sexueller, spannungsgeladener und aufregender gewesen. Vor allem die äußeren Umstände waren daran schuld. Eifersüchtige Exfreundinnen und nicht aufgearbeitete Beziehungen. Sarah war zu Beginn immer wieder aufs Neue vor ihrem eigenen Gefühlschaos geflohen.

Es war ein mehrmonatiges Auf und Ab gewesen. Als wären sie mit einem elastischen Gummiband aneinandergebunden, waren sie wieder und wieder aufeinander zu getrieben und voneinander weggestoßen worden. Irgendwann war diese Elastizität verschwunden. Die Verbindung wurde fester, stabiler. Doch seit einiger Zeit schienen sie sich wieder voneinander wegzubewegen. Oder besser gesagt, Sarah schien sich immer weiter von ihr zu entfernen. Doch diesmal war es nicht so, dass sie automatisch zu ihr zurückgezogen wurde. Vielmehr schien es, als würde das Band zwischen ihnen immer spröder, rissiger, dünner.

Sie hatte schon öfter versucht, mit Sarah darüber zu sprechen, doch sobald sie das Thema anschnitt, erntete sie nur ein aufmunterndes Lächeln, die Versicherung, es sei alles in Ordnung, oder einen flüchtigen Kuss.

Das unruhig flackernde Feuer nahm ihren letzten Gedanken auf und trug ihn davon. Sie spürte, wie sie langsam einzunicken drohte. Alleine, vor ihrem kleinen Kamin. So hatte sie sich das nicht vorgestellt. Vielmehr hatte sie davon geträumt, mit ihrer Freundin im Schein des Feuers auf einer kuscheligen Decke zu schlafen, zu kuscheln, zu vögeln. Doch dazu war es in den vergangenen Wochen nicht gekommen.

Ein weiterer Punkt, der sie beunruhigte. Körperlichkeit war inzwischen beinahe vollkommen ausgeblendet, unterdrückt. Vor allem wenn sie daran dachte, wie sexuell ihre Beziehung gestartet war, damals kaum mehr als eine Affäre, ein „verbindliches Verhältnis", wie sie es scherzhaft genannt hatten. Kein gemeinsamer Abend war vergangen, an dem sie nicht voller Geilheit übereinander hergefallen waren. Knutschend rollten sie über den Dielenboden, leckten sich in der Küche, an ein wackeliges Regal lehnend, kuschelten nackt auf dem Balkon, fickten in der Badewanne mit einem monströsen Doppeldildo.

Ihre beiden Wohnungen wurden in dieser stürmischen, aufreibenden Anfangszeit zu wahren Lusthöhlen. Alles an ihr – Haut, Kleidung, Haare – hatte wochenlang nach Sex gerochen.

Inzwischen waren die Erinnerungen verblasst. Wohl auch, weil sich der Charakter ihrer Beziehung so grundlegend verändert hatte. Basimah vermisste den Sex, die Lust, die Geilheit. Doch sie konnte noch nicht einmal sagen, ob Sarah genauso empfand. Sie wusste nur, all ihre Versuche, sie beide wieder in diese Richtung zu bringen, waren kläglich gescheitert. Sie hatte es bisher immer auf die subtile Art versucht, das Problem jedoch niemals direkt angesprochen. Teils aus Angst vor Sarahs Reaktion, teils aber auch aus falsch verstandener Rücksichtsnahme. Sie wollte Sarah nicht mit ihren Problemen oder gar irgendwelchen Hirngespinsten belasten. Vielleicht bildete sie sich ja alles auch nur ein.

Waren ihre Gedanken erst einmal laut ausgesprochen, gab es kein Zurück mehr. Und vor dieser letzten, unabwägbaren Konsequenz hatte Basimah, die kleine Prinzessin, Angst. Und so blieb ihr am Ende des Abends nur die Sehnsucht. Die Sehnsucht nach Sarah, nach der Hitze des Feuers.

Eine kalte, aber doch angenehme Ruhe hatte sich über die Stadt gelegt. Nebelschwaden durchzogen die Dunkelheit wie ein silberner Schleier. Es waren kaum Fußgänger unterwegs und selbst auf dem Cityring, der Hauptschlagader innerstädtischen Verkehrs, raste nur gelegentlich ein Wagen dahin.

Als Luke nach dem Ende seiner Schicht im *Blue* durch die Stille der Stadt nach Hause ging, musste er wehmütig an die lauten, hitzig-schwülen Sommernächte denken, wenn Frankfurt vor Leben und Lust pulsierte.

Er sehnte sich danach, wieder bis spät in die Nacht in den Hinterhöfen der Apfelweinlokale zu sitzen, an heißen Sommertagen in den Parks oder am Mainufer lethargisch auf der Wiese zu liegen oder sich schlichtweg nach seiner Arbeitsschicht nicht mit Schal, Mantel und Mütze durch die kalte Stadt schleppen zu müssen, sondern stattdessen in Shorts und T-Shirt auf dem Fahrrad unterwegs zu sein.

Er sehnte sich nach Sonne.

Es war eine Sehnsucht, die ihn jeden Winter, sobald die Weihnachtszeit vorüber war, überkam. Immer dann, wenn der Januar einfach nicht enden wollte, der Februar mit seinen Kälteeinbrüche noch bevorstand und der Frühlingsanfang in unendlicher Ferne schien.

Doch diesmal war alles halb so schlimm. Stattdessen empfand er den Winter als eine unheimlich chillige und entspannende Zeit. Man konnte sich einmümmeln und ohne schlechtes Gewissen den Tag im Bett verbringen.

Das hatte natürlich vor allem mit Cem zu tun. Seit er ihn kannte, war Luke von einer unglaublichen Leichtigkeit erfüllt. Es war jene sorgenlose Euphorie, die nur Frischverliebte in ihrem duseligen, rauschhaften Wahn empfinden können. Es war genau dieser Gefühlzustand, den er schon so lange vermisst hatte, nach dem er sich, mehr als nach allem anderen, gesehnt hatte.

Meiko irrte sich. Luke mochte vielleicht in den vergangenen Monaten die eine oder andere Affäre gehabt haben, in die er Hoffnungen gesetzt, Gefühle interpretiert hatte, doch so wie mit Cem schien es schon eine lange, lange Zeit nicht mehr gewesen zu sein. Er war mehr als nur verknallt und geil. Er war verliebt, zum ersten Mal seit …

Für einen Sekundenbruchteil tauchte das Bild von Samuel vor seinem geistigen Auge auf. Seinem Jugendschwarm, seiner ersten großen Liebe. Der Mann, wegen dem er ursprünglich nach Frankfurt gekommen war. Natürlich gab es kein Happy End für sie, und auch wenn er seinem Ex bereits während ihrer Beziehung entwachsen war, so hatte sich in den vergangenen Jahren ein kleiner Teil von ihm immer nach Samuel und nach dem, was er für ihn empfunden hatte, gesehnt.

Es gab keine Sehnsucht mehr, keine Vergleiche, kein Hineininterpretieren. Die Gefühle, das Kribbeln, die Leichtigkeit – das alles war genau so wie damals bei Samuel. Mehr noch: Es war besser, intensiver, größer, realer. Meiko konnte da noch so viele gehässige Salven an Bösartigkeiten auf ihn schießen.

Je länger er über Meiko nachdachte, desto schlechter wurde seine Laune. Er erwog kurz, das Problem einfach aus der Welt zu schaffen und ihm eine versöhnliche SMS zu schicken. Inzwischen wusste er genau, wie er Meiko um den kleinen Finger wickeln konnte. Er musste nur einen selbstironischen Kommentar über seine eigene Unwissenheit äußern, Meikos Ego auf subtile Weise schmeicheln und vielleicht noch eine versaute Äußerung machen. Schon war jede Auseinandersetzung beendet, der Groll verflogen.

Und normalerweise verzieh Luke ihm auch jede spitze Bemerkung, jede Gemeinheit. Genauso wie es Tina, Tom, Sarah und all die anderen stets taten. Doch diesmal, diesmal würde Luke nicht so einfach nachgeben. Jemand musste Meiko doch endlich einmal in seine Schranken weisen, ihm deutlich machen, dass selbst er sich nicht alles erlauben konnte.

Und so holte er zwar sein Handy hervor, doch anstatt seinem besten Freund eine kurze Nachricht zu senden, rief er eine ganz andere Nummer auf.

„Ja?“, erklang nach einigen Klingelzeichen Cems etwas verschlafene Stimme.

„He, hier ist Luke. Hab ich dich geweckt?“

„War gerade am Eindösen. Was gibt’s?“

„Ich steh hier in der Kälte, habe mich mit meinem besten Freund gestritten und … und ich bin geil.“

Einen kurzen Augenblick herrschte Stille am anderen Ende der Leitung und Luke befürchtete bereits, zu weit gegangen zu sein.

„Das hört sich so an, als solltest du auf dem schnellsten Weg zu mir kommen", sagte Cem schließlich und erlöste ihn aus seiner Unsicherheit.

Deckenstuck

Der Geruch von Zigarettenqualm, Poppers und altem Sperma vermengte sich in der stickigen Luft zu einer dicken Suppe.

Meiko liebte diesen Duft. Es roch nach Sex. Nach Leben. Nach heimlichen Lastern, die nur in der diskreten Dunkelheit der Nacht, im schummrigen Licht eines Pornokinos ausgelebt werden konnten. Das war Meikos Welt nach Dienstschluss. Seine kleine Oase, in die er sich zurückzog, wenn er abschalten, die Welt um sich herum vergessen wollte.

Er kam hierher grundsätzlich alleine, immer dann, wenn er genug von belanglosen Konversationen oder gar tiefgreifenden Gesprächen hatte. Hier konnte er sein Leben, seine Freunde, seine Familie vergessen und hinter sich lassen. Er war alleine und doch nicht einsam, denn um ihn herum, in der Anonymität der Dunkelheit, lauerten sie. Die Jäger. Die Gejagten. Die Übriggebliebenen der Nacht. Die Ruhelosen. Seine Beute.

Meiko nahm einen Zug von seiner Zigarette, ließ den Rauch in seinem Körper zirkulieren, schloss kurz die Augen und genoss die Stille, die nur gelegentlich von einem leisen Zucken, einem fordernden Stöhnen, einem schleichenden Rascheln unterbrochen wurde. Die meisten Gestalten, die im Halbdunkel an ihm vorbeizogen, würdigte er keines Blickes. Nur selten gelang es einem der Schatten, seine Aufmerksamkeit zu erregen.

Erschöpft ließ er den Kopf auf die Lehne des gammeligen Kinosessels zurücksinken. Anstatt auf die Leinwand konzentrierte er sich auf die beruhigenden, gleichmäßigen Muster des Deckenstucks.

Das Pornokino nahe dem Hauptbahnhof war ein Geheimtipp, untergebracht in einem alten Gründerzeitbau, mit reich verzierter Außenfassade. Dementsprechend war auch die Architektur der Räume. Deckenstuck und alte Flügeltüren, an denen allerdings die blassgrüne Farbe bereits größtenteils abgeblättert war, erinnerten daran, dass dieses Gebäude früher, in längst vergangenen Zeiten, einmal ein prachtvolles Geschäftshaus gewesen war, Teil eines ehemaligen, innerstädtischen Boulevards. Doch von diesen glorreichen Zeiten zeugte im heutigen Rotlichtviertel allenfalls noch ein flüchtiger, matter Glanz, der im frivolen Schein blinkender Leuchtreklamen verblasste. Ob die ehemaligen Besitzer sich jemals hätten träumen lassen, welch lasterhaftes Treiben eines Tages in diesen Zimmer vonstattengehen würde?

Nur einmal hatte Meiko mit seiner eigenen Regel gebrochen und Luke mit hierher gebracht. Der Junge war fasziniert und schockiert zugleich. Und, wie es sein Lehrmeister nicht anders erwartet hatte, tauchte auch Luke nach einer kurzen Akklimatisierungsphase in die Dunkelheit ein, wurde auch er ein Schatten. Doch dann passierte, was stets geschah, sobald Luke auf einen Typen traf, der halbwegs attraktiv war und wenigstens einen Funken Verstand hatte. Er verfiel ihm, verknallte sich. In einen Schatten der Nacht!

In freundschaftlicher Gutmütigkeit hörte sich Meiko geduldig erst Lukes euphorische Lobgesänge und später das Gejammer an. Denn wie nicht anders zu erwarten, überstand die Affäre der beiden nur wenige Tage, einige geile Augenblicke.

Im Nachhinein verfluchte sich Meiko, nicht damals schon hart durchgegriffen zu haben. Er war einfach zu nachsichtig mit dem Jungen gewesen. Diesen Fehler würde er nicht noch einmal begehen. Er wollte nichts von Lukes neuem Schwarm wissen. Ein Türke! Was sollte das? Warum konnte sich Luke nicht einfach einmal entspannt durchficken lassen, ohne gleich die ganz große Liebe dahinter zu vermuten? Was hinderte ihn daran, endlich einmal glücklich zu sein? Seit über einer Woche herrschte jetzt schon weitgehend Funkstille zwischen ihnen. Seit der Auseinandersetzung im *Blue* hatten sie sich nicht mehr unterhalten, waren sich aus dem Weg gegangen. Und auch wenn Meiko es sich nur ungern eingestand, inzwischen vermisste er Luke.

Unvermittelt blieb einer der umherstreifenden Schatten neben ihm stehen und ließ sich in den Kinosessel zu seiner Rechten sinken. Irritiert wandte sich Meiko um. Wer wagte es, ihn zu stören?

„Schätzchen! Wochenlang nichts mehr von dir gehört und jetzt treffe ich dich ausgerechnet hier!“, juchzte Marge und ein dezent vorwurfsvoller Unterton schwang in der Stimme der alternden Drag Queen mit. In ihrem wild gemusterten Poncho und der schwarzen Perücke hätte sie im Dunkeln auch als lateinamerikanischer Indio durchgehen können, der mit seiner Flöte in der Fußgängerzone stand und seine Ethnomusik zum Besten gab.

„Marge! Schön, dich zu sehen!“, heuchelte Meiko und drückte seiner alten Freundin einen Kuss auf die mit reichlich Puder getünchte Wange.

„Lügner!“, entgegnete sie nur. „Ich weiß genau, du kommst hierher, wenn du auf den Rest der Welt keinen Bock hast und niemanden sehen oder sprechen willst!“

„Du kennst mich einfach zu gut“, antwortete er nur.

„Das stimmt wohl!“, pflichtete sie ihm bei, machte aber keinerlei Anstalten aufzustehen. Stattdessen zündete sie sich eine Zigarette an, schlug die Beine übereinander und zupfte sich ihren viel zu kurzen Rock in Position.

„Wolltest du nicht gehen?“, fragte Meiko.

„Keine Sorge, du musst mich nicht lange ertragen. Mein Date kommt sicher gleich.“

„Date?“

„So ein junger Bi, der auf Transen steht. Internet.“

Meiko nickte nur, hoffend, die Unterhaltung damit beendet zu haben. Doch er irrte sich. Marge begann, ihm im Schnelldurchlauf zu berichten, was sie die vergangenen Wochen alles erlebt hatte. Und Meiko blieb nichts anderes übrig, als ihr zuzuhören. Stumm fluchte er über sich selbst. Bei jedem anderen konnte er ganz einfach sagen, er solle die Klappe halten und verschwinden. Doch bei Marge brachte er das einfach nicht fertig. Sie war eine Respektsperson. Er kannte sie noch aus seiner Uni-Zeit und sie war damals zu einer Art schwulen Hebamme für Tom und ihn geworden.

Nachdem Marge aus ihrem Kölner Exil, wohin sie sich wegen eines manisch eifersüchtigen Freundes geflüchtet hatte, zurückgekehrt war, hatten sie schnell wieder zueinandergefunden. Bei

Veranstaltungen und Partys im *Blue* fungierte sie regelmäßig als Gesellschaftsdame, Türsteherin und Entertainerin.

„… und dann bin ich noch ohne Perücke dem kleinen Luke über den Weg gelaufen. Sag mal, wie geht es dem Herzchen eigentlich? Ich hoffe gut. Er hat mir damals von einem neuen Typen vorgeschwärmt. Einem Türken."

Meiko zuckte innerlich zusammen.

„Erinnere mich nicht an Luke! Der schwärmt jedem von seinem türkischen Stecher vor. Ich kann es nicht mehr hören! Soll er sich doch meinetwegen das Hirn rausvögeln und sein Herz rausreißen lassen, is' mir egal!"

„Na, na, Meiko, was ist denn mit dir los? So kenne ich dich gar nicht. Du wirkst auf mich …"

„Desillusioniert?"

„Eigentlich wollte ich sagen, kaltherzig wie ein Stück gefrorene Hundekacke."

„Ich schaue mir den Jungen an und sehe mich selbst. Daher weiß ich einfach, was Sache ist. Er ist nicht für die monogame, ewige Liebe geboren und er sollte sich das endlich eingestehen."

„Ist dir einmal in den Sinn gekommen, dass du dich irren könntest. Nur dieses eine Mal. Vielleicht sehnt sich Luke tatsächlich nach einer spießigen Zweierbeziehung."

Meiko zog missbilligend die Augenbrauen nach oben.

„Ich weiß", ergänzte Marge, „ein ketzerischer Gedanke. Aber ich kenne dich, Meiko Sternheim. Du glaubst mal wieder zu wissen, was für die Menschen um dich herum das Beste ist. Und meistens liegst du ja auch haargenau richtig."

„Meistens?"

„Genau das ist dein Problem. Manchmal liegst du nämlich auch haarscharf daneben und dann steht dir dein Stolz im Weg, um es zuzugeben." Marge zuckte resigniert mit den Schultern. „Aber selbst wenn du recht hast, vielleicht benötigt Luke einfach seine Zeit, um es zu bemerken. Nicht jeder kann sich selbst so gut einschätzen, wie du es tust."

Meiko schwieg. Er war kurz davor, Marge zuzustimmen.

„Selbst wenn er wirklich aus tiefstem Herzen glücklich ist, ich finde, wenn Menschen nichts Schlechtes über eine Beziehung sagen können, sollten sie gar nichts sagen", versuchte er sich zu rechtfertigen.

„Jetzt klingst du verbittert. Davon abgesehen wäre es wirklich schade“, fuhr die Drag Queen fort, „wenn du diese Freundschaft wegen eines so banalen Streits …“

„Ein banaler Streit?“, unterbrach Meiko sie aufgebracht. Er konnte es nicht leiden, wenn seine eigenen Konflikte herabgesetzt und zu Nichtigkeiten erklärt wurden. „Darwin und die Kreationisten haben einen banalen Streit! Das mit Luke ist …“

„Schätzchen, wie immer, wenn du aufgebracht bist, neigst du zu hysterischen Übertreibungen. Ich empfehle dir dringend …“ Marge setzte zu einem ausufernden Monolog an, wurde jedoch abgelenkt. Ihr Blick richtete sich auf die Eingangstür zu dem kleinen Kinosaal, in der soeben ein gut aussehender Braunhaariger erschienen war. In seinem Mundwinkel hing lässig-cool eine qualmende Zigarette.

„Wie auch immer, denke über meine Worte nach. Ich muss jetzt gehen. Das da ist mein Date.“

„Diese geile Drecksau ist dein Date? Respekt!“

„Er steht eben auf alte Transen!“, erklärte Marge stolz.

Obwohl Meiko so ziemlich jede sexuell auch noch so abwegige Spielart, jedes noch so perverse Vergnügen mit seinem eigenen, dehnbaren Moralbegriff vereinbaren konnte, lief ihm bei der Vorstellung, wie dieser braunhaarige Jungmacho es mit einer faltigen, alten Tunte trieb, ein Schauer den Rücken hinunter.

Er beobachtete mit einer Mischung aus Abscheu und Geilheit, wie die beiden nach einer kurzen Begrüßung in einer abschließbaren Kabine verschwanden.

Endlich wieder ungestört! Meiko ließ den Kopf zurück auf die Lehne des Kinosessels sinken und starrte wieder die beruhigend symmetrischen Muster des Deckenstucks an. Langsam begannen seine Gedanken erneut davonzutreiben, wobei er sich allerdings zwanghaft bemühte, Luke daraus zu verbannen. Er würde sich morgen damit auseinandersetzen, ob er vielleicht überreagierte, sich womöglich sogar irrte.

Und gerade als Meiko im Begriff war, sich selbst von der Last zu befreien, stets zu wissen, was gut für seine Freunde war, da trat einer der Schatten aus der Dunkelheit hervor ins fahle Licht der flimmernden Leinwand. Der junge Typ würdigte ihn nur eines kurzen, unberührten Blickes, ohne ihn bewusst wahrzunehmen oder gar zu erkennen. Doch Meiko wusste sofort, wer er war. Sie hatten sich nur einmal kurz gesehen, waren sich nicht vorgestellt worden. Doch er hatte seitdem beinahe täglich von ihm erzählt bekommen. Kein Wunder also, dass er Cem sofort erkannte.

Der nächtliche Anruf

Es dauerte eine Weile, bis das Klingeln zu Tom durchdrang. Langsam und widerstrebend löste sich sein Geist aus der Traumwelt und sein Körper begann, die wichtigsten Funktionen hochzufahren. Doch selbst im umnebelten Halbschlaf wurde Tom schnell klar, das Klingeln gehörte nicht hierher. Nicht um diese Uhrzeit. Und vor allem war es nicht das wohlvertraute, melodische Summen seines Handys, das ihn jeden Morgen weckte.

Abgesehen davon war auf Toms innere Uhr verlass. Er war meistens schon wach, bevor der Alarm anging. Selbst am Wochenende war sein Körper bereits auf diesen Rhythmus geeicht. Ausschlafen war für seinen disziplinierten und kontrollierten Charakter einfach zu schwer zu akzeptieren. Selbst samstags und sonntags, egal, wann er die Nacht zuvor ins Bett gefallen war, wurde er oft von seinem auf Gewohnheit getrimmten Bio-Rhythmus aus dem Schlaf getrieben.

Und so wusste Tom sofort, noch bevor er das Klingeln zuordnen konnte, dass etwas nicht stimmte. Er öffnete die Augen und es brauchte einen Moment, bis er sich orientieren konnte. Obwohl er jetzt schon bald ein Jahr mit Marco eine Wohnung teilte, geschah es immer noch, dass er mitten in der Nacht aufwachte und sich wunderte, warum nichts an seinem gewohnten Platz war. Ein Teil von ihm, wenn auch wohl nur sein Unbewusstes, verharrte noch immer hartnäckig in seinem alten Schlafzimmer, in seinem alten Leben.

Die Erkenntnis, dass etwas Merkwürdiges vor sich ging, dass etwas nicht stimmte, veranlasste sein Gehirn dazu, sich im Eiltempo aus dem Schlafmodus zu befreien. Marco hingegen schlummerte weiterhin friedlich neben ihm. Wahrscheinlich konnte die Welt untergehen und sein Freund würde es verschlafen. Kein Wunder also, dass er sich vor jedem Frühdienst gleich zwei Wecker und den Alarm seines Handys stellen musste.

Es war drei Uhr. Mitten in der Nacht. Das Telefon klingelte weiter.

Noch während er in seinem Kopf diese Mosaiksteinchen zu einem Gesamtbild zusammensetzte, kroch sein Körper unter der Bettdecke hervor und erhob sich. Vorsichtig tastete sich Tom im Halbdunkel ins Wohnzimmer vor.

Durch die Jalousien fiel silberfahles Mondlicht.

Das Telefon auf der kleinen Kommode rief ihn weiter unaufhörlich mit seinem schrillen Klingeln. Das Display leuchtete nervös. Wer das wohl sein mochte? Wahrscheinlich irgendein Spinner. Oder jemand, der sich verwählt hatte, dachte Tom grimmig. Er fluchte leise. Unterdrückte Nummer, stand auf dem Display. Natürlich!

Er nahm ab.

„Ja?", fragte Tom vorsichtig und warf dabei einen schnellen, kontrollierenden Blick in den Spiegel, als könnte der Anrufer ihn sehen. Sein Pyjama war zerknittert, die Haare zerzaust. Aber in Anbetracht der Umstände war er mit seiner nur leicht derangiert wirkenden Erscheinung zufrieden.

„Marco? Bist du es?", fragte eine kratzige, weinerliche Frauenstimme, die er nicht zuordnen konnte.

„Nein. Hier spricht Tom Markward."

„Ähm … hallo, hier ist Karola. Marcos Tante."

Jede Restschläfrigkeit verflog.

„Stimmt etwas nicht?"

Statt einer Antwort hörte er ein leises Schluchzen.

„Ich hole Marco", sagte Tom mit einem Anflug von Panik in der Stimme.

Es dauerte einen Augenblick, bis er seinen Freund wachgeschüttelt hatte. Manchmal beneidete er ihn um seinen festen Schlaf. Doch jetzt nervte es einfach nur, dass Marco sich mit aller Gewalt daran klammerte.

„Was ist denn?", motzte er verschlafen.

„Deine Tante." Tom hielt ihm das Telefon ans Ohr.

„Hallo? Karola? Was ist …?"

Selbst aus einem Meter Entfernung konnte Tom das erneute Aufheulen am anderen Ende der Leitung hören.

„O Gott, Karola! Ist etwas mit Mama?"

Der Neffe

Wie die abgenagten Knochen abertausender Finger ragten die Weinstöcke aus der zarten Schneedecke in den klaren, violetten Morgenhimmel empor. Die Straße schlängelte sich nervös am Rheinufer entlang, an herrschaftlichen Anwesen und kleinen Gehöften, Burgen und Klöstern vorbei. Doch Marco hatte keinen Blick für die winterlich-dezente Schönheit der Region. Seit dem Tod seiner Mutter vor einigen Nächten war er beinahe täglich von Frankfurt in den Rheingau gefahren. Und so war er inzwischen von den Unzulänglichkeiten, den zahlreichen Ortsdurchfahrten und Ampeln zu genervt, um sich auf die Umgebung einlassen zu können, die doch jedes Jahr Heerscharen von Touristen anlockte. Abgesehen davon hatte er schon lange jeden noch so nostalgischen, verklärten Bezug zu seiner ehemaligen Heimat verloren.

Edle Rebsäfte waren seit vielen Jahrhunderten das Lebenselixier des Rheingaus. Auch Marcos Familie war seit Generationen der Winzertradition verpflichtet, war dadurch nicht reich, aber doch zumindest wohlhabend geworden.

Marcos Mutter hatte es ihm niemals verziehen, dass ihr einziges Kind nicht bereit gewesen war, sein eigenes Leben dem Weinanbau zu widmen. Doch Marco kannte die Schattenseiten. Die Arbeit im Weinberg war hart und hatte gar nichts mit der hoffnungslos romantisierten Vorstellung des Winzerberufs gemein.

Selbst in begünstigten Lagen war die Natur wesentlich öfter Gegenspieler als Partner. Marco konnte nicht zählen, wie oft sein Vater in den Kellern gestanden und vor Wut und Frustration gegen die Fässer getreten hatte, weil der Traubenmost sich anders entwickelte, als er es sich in den Kopf gesetzt hatte.

Hagel, Sturm, übermäßiger Regen oder das Ausbleiben desselbigen machten ganze Ernten minderwertig oder gar zunichte. Von Schädlingen und Krankheiten, die die Reben befallen konnten, ganz zu schweigen. Körperlich besonders beschwerlich war die Arbeit in den steilen Hanglagen der Familien nahe Assmannshausen, wo der Einsatz von Maschinen kaum möglich war. Zeit seines Lebens hatte sein Vater daher an Rückenproblemen gelitten. Bis zu seinem viel zu frühen Tod.

Immerhin war dieser genau so, wie es einem Winzer gebührte: ein schneller, tödlicher Herzinfarkt an einem sonnigen Tag inmitten der eigenen Weinberge. Das hatte Marcos Mutter freilich wenig Trost gespendet. Auch wenn seine Eltern eine konfliktreiche und wenig harmonische Ehe geführt hatten – wüste Beschimpfungen und Hasstiraden waren an der Tagesordnung gewesen –, hatten sie sich doch geliebt. Irgendwie. Sicherlich hätte dieses Gefühl nicht unbedingt Marcos Ansprüchen an eine Beziehung Genüge getan. Doch seine Eltern hatte eine karge, ehrliche und beständige Zuneigung verbunden. Nach dem Tod ihres Mannes hatte Rosa Bergius nicht wieder geheiratet. Stattdessen residierte sie verbittert über das riesige Weingut in einem herrschaftlichen Wohnhaus mit Blick auf den Rhein. Nur ihrer Halbschwester Karola leistete ihr dort gelegentlich Gesellschaft.

Karola war die einzige Vertraute seiner Mutter gewesen. Vielleicht sogar deren einzige echte Freundin. Wobei er ihr Verhältnis niemals als ebenbürtig beschrieben hätte. Wahrscheinlich war es für seine Mutter auch eine Prämisse gewesen, bei zwischenmenschlichen Beziehungen stets die dominantere Rolle innezuhaben. Das war bei Marcos ruhigem und eher zurückhaltendem Vater so, und auch ihn hatte sie stets versucht zu bevormunden.

Sie brachte es einfach nicht über sich, Marcos Neigungen zu akzeptieren. Nach seinem Coming-out – damals war er immerhin schon einundzwanzig Jahre alt – hatte sie ihn ultimativ aufgefordert, diese „Entscheidung“ rückgängig zu machen. Das sei ihr ausdrücklicher Wunsch, sagte sie. Und als Mutter habe sie jedes Recht darauf, dies einzufordern.

Als sich Marco ihrer Macht und Bevormundung entzog, kam es zu einem Bruch, den sie nie wieder hatten kitten können. Viele Jahre korrespondierten Mutter und Sohn nur über Karola als Mittlerin.

Auch nachdem es wieder zu einer Annäherung kam, blieb Marcos Privatleben weitgehend ausgeklammert. Sie lud Tom und Marco nur einmal – ausdrücklich gemeinsam – zum Essen ein. Der Abend konnte, im Rahmen der Möglichkeiten, als gelungen und kurzweilig bezeichnet werden, doch dieser ersten Einladung sollte keine weitere folgen. Seitdem fuhr Marco meistens alleine zu seiner Mutter oder Tom flanierte für einige Stunden durch die schnuckeligen Städtchen des Rheingaus, während sein Freund den familiären Pflichten nachkam. Vor den Besuchen bei seiner Mutter war Marco stets angespannt und nervös, während er danach meist übellaunig und genervt seine Frustration über das gestörte Verhältnis an Tom ausließ.

Zu Marcos großer Bewunderung ertrug sein Freund die monatlichen Sonntagsausflüge mit stoischer Gelassenheit, wohl auch deswegen, weil er selbst ein zutiefst bürgerlich-konservativer Mensch war, der die Werte von Familie und Heimat hochhielt. Tom hätte ihm die Anspannung und Gereiztheit niemals vorgeworfen.

Bis heute empfand Marco den Ort seiner Kindheit als bedrückend, luftraubend, einschränkend – trotz oder gerade wegen der offenen Weite endlos erscheinender Weinberge und Ebenen.

Reihe um Reihe. Rebe um Rebe.

Während des Sommers, wenn die Region in saftigem Grün leuchtete oder im Herbst, wenn sich die Reben in feuriges Rot kleideten, gestand er seiner Heimat eine gewisse Schönheit zu, die zumindest objektiv betrachtet die Touristenströme rechtfertigte. Im Winter jedoch hing eine Aura der Vergänglichkeit wie eine unsichtbare Smogglocke über der Landschaft. Wohl hauptsächlich wegen der kahlen Weinberge, gespickt mit ihren in Reih und Glied stehenden Skelettfinger-Reben. Ein dicker Kloß bildete sich in seinem Hals, stieg langsam empor.

Im selben Augenblick tauchte in nicht allzu weiter Ferne das Weingut Bergius auf. Ein wuchtiges Landhaus mit spitz zulaufenden Giebeln, kunstvollem Fachwerk und blauschwarz gedecktem Dach. Umgeben war das Wohnhaus von zahlreichen Nebengebäuden, wobei eine große Fachwerkscheune und die kleine Familienkapelle, etwas abseits der eigentlichen Wohnanlage platziert, besonders ins Auge stachen. Umzäunt war das Anwesen von einer flachen Steinmauer. Von der Landstraße ausgehend führte ein breiter Kiesweg geradewegs zu dem Anwesen. Marco war angekommen.

Das traurige Ächzen und Stöhnen der Holzdielen erfüllte die unnatürliche Stille des Hauses. Karola lauschte andächtig dem nostalgischen Gesang. Es war kurz nach sieben Uhr. Ihr Rücken schmerzte von der Nacht. Sie hatte auf dem unbequemen Sofa im Wohnzimmer geschlafen und über das leere Haus gewacht. Wahrscheinlich hätte Rosa sie für diese unangebrachte Gefühlsduselei sofort zurechtgewiesen.

Karola wischte sich eine Träne aus dem Augenwinkel. Seitdem ihre Schwester gestorben war, wurde sie immer wieder von Weinkrämpfen heimgesucht. Dabei war ihr Ableben alles andere als überraschend gekommen. Die Diagnose Lungenkrebs war vor einem halben Jahr gefallen und seitdem hatte sich Rosas Zustand beinahe täglich verschlechtert. Aufgehört zu rauchen hatte sie trotzdem nicht. Plötzlich fiel Karola auf, dass es das erste Mal seit vielen Jahren in dem Haus nicht nach kaltem Zigarettenqualm stank. Die saubere Luft war ungewohnt, beinahe störend.

Gedankenverloren schaltete sie den Wasserkocher an und kippte aufs Geratewohl Instant-Kaffeepulver in eine Tasse. Cappuccino Vanille. Ein eklig süßes Gesöff, das jeden Italiener wahrscheinlich zum Weinen gebracht hätte. Aber sie trank es seit Jahren, hatte sich an den Geschmack gewöhnt.

Plötzlich ertönte das leise, gleichmäßige Brummen eines Wagens. Der feuchte Kies in der Hofeinfahrt knirschte. Karola ging müde zum Fenster und schob die Gardine zur Seite.

Marcos Wagen kroch zögerlich die breite Einfahrt des Weinguts hinauf. Ein kurzes, erwartungsvolles Lächeln huschte über Karolas Lippen. So oft wie seit dem Tod seiner Mutter war der Junge viele Jahre nicht mehr hier gewesen. Warum musste sich erst ein Trauerfall ereignen, um den verlorenen Sohn heimkommen zu lassen? Selbst Rosas Krebserkrankung hatten die Intervalle zwischen seinen Besuchen kaum verkürzt. Ein Teil von ihr nahm Marco dieses Verhalten übel. Doch zugleich wusste sie, er hatte kurz nach der Diagnose ein klärendes Gespräch mit seiner Mutter gesucht und war von ihr brüsk abgewiesen worden.

„Nur weil ich sterbe, brauchen wir doch jetzt nicht mit einer Familientherapie anfangen“, sagte sie. Trotzdem, sie war seine Mutter! Er hätte sich mehr kümmern müssen.

Verärgert über ihre eigenen egoistischen Gedanken schüttelte Karola den Kopf. Sie tat Marco unrecht. Wer, wenn nicht sie, wusste, welch ein Tyrann Rosa Bergius sein konnte. Wer, wenn nicht sie, konnte nachvollziehen, warum er seinem Zuhause, dem letzten traurigen Rest seiner Familie, den Rücken zugekehrt hatte?

Trotzdem, verziehen hatte Karola ihm nie, wie er einfach so verschwunden war. Entschwunden aus ihrem Leben. Sie war gerade einmal achtzehn Jahre alt, als Marco zur Welt kam, und sie war vom ersten Tag an viel mehr als seine Tante.

Bereits wenige Wochen nach der Entbindung war Rosa wieder an die Arbeit gegangen, hatte sich voller Hingabe um das Weingut und die Geschäfte gekümmert. Oft war Karola mit dem Säugling alleine, gab ihm die Flasche, schaukelte ihn in den Schlaf. Manchmal, wenn sie sicher war, unbeobachtet zu sein, ließ sie ihn sogar an ihrer Brust nuckeln, sich nichts sehnlicher wünschend, als ihn stillen zu können. Sie brachte ihm Fahrradfahren bei, begleitete ihn zu seinem ersten Schultag und vermittelte bei Auseinandersetzungen mit seinen Eltern. Doch sie war es genauso, die ihn, falls notwendig, maßregelte. Und ihr vertraute er sich zuerst an, Monate bevor er sich gegenüber seiner Mutter outete.

Gedankenverloren goss Karola das heiße Wasser in die Tasse, beobachtete abwesend, wie sich das Kaffeepulver zu kleinen Klumpen verdickte, rührte um. Sie wärmte ihre Hände kurz an dem Porzellan. Dann trat sie aus der traurigen Stille hinaus in den kalten, klaren Wintermorgen.

„Hallo!", rief sie Marco zu. Und obwohl es sich dem Anlass entsprechend wenig schickte, gelang es Karola nicht, aus ihrer Stimme einen beschwingten, freudigen Unterton zu verbannen. Sollte er doch ruhig spüren, wie glücklich es sie machte, ihn in ihrer Nähe zu haben.

„Guten Morgen! Gut geschlafen?", fragte Marco und umarmte sie herzlich.

„Wenn ich mal ein Auge zubekommen habe."

Gemeinsam gingen sie ins Haus und Karola setzte einen Filterkaffee auf. Als Marco das Bettzeug auf dem Sofa im Wohnzimmer bemerkte, lächelte er kurz. Es schien ihm zu gefallen, dass sie über das Haus wachte. Das Haus …

Plötzlich fiel Karola ein, sie hatte ganz vergessen, ihm eine Nachricht von Notar Schrebermann auszurichten. Er hatte Marco um einen Termin gebeten. Möglichst bald.

Karola konnte sich schon vorstellen, worum es ging. Ob sie ihn warnen sollte? Es wäre Marco gegenüber nur fair, vor allem, bevor er es von jemand anderem erfahren würde. Unvorbereitet.

Sie wusste, im Dorf wurde bereits getuschelt. Doch es würde wohl niemand wagen, ihn direkt darauf anzusprechen. Zumindest nicht vor der Beerdigung.

Die Blumen! Die Gärtnerei wartete noch auf eine Bestellung bezüglich der Kränze. Und im *Goldenen Hirschen* hatte sie auch noch nicht zurückgerufen. Der Leichenschmaus musste doch organisiert werden! Ob Marco wohl die Verwandtschaft seines Vaters informiert hatte?

„Ach, an so vieles muss gedacht werden!", seufzte sie schwer und holte dann den kleinen Prospekt aus der Schublade, den ihr der Gärtner gegeben hatte.

„Marco, wir müssen über die Blumen sprechen!", sagte sie.

Bis zum frühen Nachmittag zogen sich die Vorbereitungen für die Beerdigungen hin. Und so traurig der Anlass auch war, Karola blühte förmlich auf. Es bereitete ihr Freude, so viel Zeit mit Marco zu verbringen, endlich wieder ein gemeinsames Projekt zu haben.

Als sich Karola nach einem kargen Mittagessen – Hausmacherwurst und eingelegte Essiggurken hatten sie in der Speisekammer noch gefunden – auf den Weg ins Dorf machte, umarmten sie sich zum Abschied.

„Du riechst noch wie früher", sagte Marco und vergrub sein Gesicht in ihren Haaren. Seit er denken konnte, wurde Karolas zartes Gesicht von einer Mähne aus vollem braunen Haar umrahmt, auch wenn inzwischen graue Strähnen aufblitzten. Zum ersten Mal seit vielen Jahren wurde sich Marco bewusst, dass sie noch längst nicht die alte Frau war, zu der er sie immer gemacht hatte. Sie hatte die fünfzig erst vor Kurzem hinter sich gebracht. Und doch wirkte sie auf Marco stets wie eine alte, graue Jungfer. Nicht verbittert und biestig, das sicher nicht. Aber dem wilden Treiben der Welt, dem Lauf der Dinge entrückt.

Zum hundertsten Mal fragte er sich, wie es Karola so lange mit seiner Mutter ausgehalten hatte. Sie waren Halbschwestern gewesen. Doch abgesehen von ihrem gemeinsamen Vater verband sie nichts. Sie trennten fünfundzwanzig Jahre und charakterlich hätten sie nicht verschiedener sein können. Karola war stets eine fürsorgliche, hilfsbereite und ruhige, immer mit Bedacht handelnde Frau. Wahrscheinlich litt sie schon Zeit ihres

Lebens an einem unheilbaren Helfersyndrom. Was wiederum erklärte, warum sie als Kindergärtnerin so beliebt war.

Demgegenüber stand Rosa, eine herrische, eigenwillige, manipulierende und mitunter auch bewusst bösartige Matriarchin. Seine Mutter hatte ihre Familie, das Weingut, ja, das gesamte Dorf stets mit eiserner Hand geführt und im Griff gehabt. Er war der Einzige, der sich ihr bewusst widersetzt und letztlich ihrer Kontrolle entzogen hatte. Deshalb hatte sie ihn bestraft. Mit Missachtung und Liebesentzug. Marco konnte nur erahnen, wie schwer es für Rosa gewesen sein musste, als der gesellschaftliche Wandel auch in ihrem Heimatdorf Einzug gehalten hatte. In den letzten Jahren war der Einfluss der ehemals stolzen Familiendynastie auf die Dorfpolitik stetig zurückgegangen. Zuletzt hatte seine Mutter sogar die Ländereien an das städtische Weingut verpachten müssen. Das war sicher ein schwerer Schlag gewesen. Mangels Nachfolge war die Winzerei Bergius inzwischen Geschichte.

Und so war zu all den negativen Charaktereigenschaften seiner Mutter eine weitere hinzugekommen: Verbitterung.

Marco vermutete, dass der Verlust von Einfluss und Macht sie mindestens ebenso sehr geschmerzt hatte wie sein Weggang. Vielleicht sogar noch mehr. Rosa wurde im Laufe der vergangenen Jahre immer verbissener, einsilbiger, herrschsüchtiger. Er hatte den Eindruck gehabt, sie würde mit jedem seiner Besuche ein Stück weit mehr ihre beherrschende Aura gegen die einer bösartigen, aber doch zahnlosen Frau tauschen. Sie war immer eine Hexe gewesen, doch am Ende, und das war das Einzige, weswegen er einen Hauch von Mitleid für sie verspürt hatte, war sie zu einer machtlosen Hexe geworden.

Nur über Karola hatte sie weiterhin verfügen und gebieten können. Sie war ihr bis zum Tod – und darüber hinaus – treu ergeben. Und als vor ein paar Monaten der Arzt die Krebsdiagnose gestellt hatte, war es Karola, die sich sofort unbezahlten Urlaub nahm und bei ihr blieb. Sie pflegte, ihre noch schlimmer werdenden Launen ertrug.

Marco hätte seine Mutter, ohne mit der Wimper zu zucken, in ein Seniorenstift oder ein Hospiz gesteckt. Und das, obwohl er selbst Altenpfleger war. Doch er hätte für sich nicht garantieren können. Marco hielt es durchaus für möglich, dass er ihr in einer

Kurzschlusshandlung ein Kissen aufs Gesicht gedrückt hätte. Das Band zwischen ihnen war zerrissen. Daran konnte auch eine Krankheit nichts mehr ändern. Weder Rosas Krebs noch sein HIV. Marco hatte kurz nach seinem positiven Testbefund vor einigen Jahren in einem kurzen Moment der Schwäche mit dem Gedanken gespielt, es ihr zu sagen. „Hab ich es dir nicht gesagt? Das ist jetzt die gerechte Strafe!", hätte sie ihm wohl entgegengeschleudert. Ohne Mitleid. Ohne Einfühlungsvermögen. Heute war er froh, dieser Sehnsucht nach mütterlichem Beistand nicht erlegen zu sein.

Das Klingeln des Telefons holte ihn aus seinen Gedanken. Es war der Priester. Es ging um den Trauergottesdienst. Die Predigt. Die Beerdigung. Ja, er würde zu ihm ins Pfarrhaus kommen für ein kurzes Gespräch, sicherte Marco missmutig zu. Auf die geheuchelte Anteilnahme der Kirche konnte er verzichten, aber es wäre seiner Mutter wichtig gewesen. Nicht aus Überzeugung, sondern nur um den Schein zu wahren. Und so machte Marco einen Termin mit dem Pfarrer aus, hoffend, dass Karola ihn begleiten würde.

Kurz schoss Marco der Gedanke durch den Kopf, was seine Tante wohl mit dem Haus und dem riesigen Anwesen, all den Weinbergen und der Kelterei machen würde. Sie war doch sicherlich Alleinerbin. Er konnte sich nicht vorstellen, dass seine Mutter ihm nach allem, was vorgefallen war, testamentarisch bedachte. Abgesehen davon hatte Karola und niemand sonst dieses Erbe verdient. Redlich verdient. Was sollte er mit einem Weinberg anfangen? Er war gerade einmal ein paar Stunden am Stück hier und schon löste dieses Haus wieder Beklemmungen in ihm aus. Nein, er gehörte hier nicht hin.

Und er war froh, dieses Kapitel seines Lebens endgültig abzuschließen, sobald seine Mutter unter der Erde war.

Konfrontation

Der Alte schaute nicht auf, als Sarah sein Büro betrat.

„Warum geben Sie die beschlagnahmten Unterlagen nicht frei?", fragte sie ohne Umschweife.

Der Kommissar würdigte sie weiterhin keines Blickes, schlug stattdessen demonstrativ die vor ihm liegende Tageszeitung auf.

„Hätten Sie die Ehre, mir eine Antwort zu geben?“, keifte Sarah.

Teichmann seufzte hörbar, nahm einen Schluck von seinem Kaffee und gönnte ihr einen kurzen, betont gleichgültigen Blick.

„Ich weiß ja nicht, woher Sie kommen, aber bei uns in Frankfurt klopfen wir an, bevor wir einen Raum betreten. Man grüßt Kollegen außerdem mit einem herzlichen „Guten Tag“ oder zumindest einem kurzen Hallo. Und dann, und nur dann, beginnt man, Fragen oder gar Forderungen zu stellen.“

Sarah spürte, die auflodernde Wut würde ihr schnell Tränen in die Augen treiben. Sie atmete einmal tief durch.

„Was soll das heißen, die Anspielung auf meine Herkunft? Woher ich komme? Nur weil ich dunkelhäutig bin, heißt das noch lange nicht, dass ich in einer afrikanischen Lehmhütte aufgewachsen bin! Und selbst wenn … Ihre rassistischen Äußerungen können Sie sich …“ Es verschlug ihr die Stimme.

„Aber werte Frau Kollegin!“, ergriff Teichmann energisch das Wort und es lag zu ihrer Überraschung keinerlei Ironie oder Sarkasmus in seiner Stimme. „Ich habe nicht auf Ihre Hautfarbe angespielt. Vielmehr zielte meine spitze Bemerkung auf Ihren fränkischen Akzent ab. Aber ich bitte wirklich vielmals um Verzeihung für dieses Missverständnis. Das war sicherlich eine ungeschickte Bemerkung. Wirklich, entschuldigen Sie.“

Sarah schaute ihn prüfend an. Nicht nur seine Stimme klang aufrichtig, auch in seinen Augen lag echtes Bedauern. Während ihres Lebens und ihrer beruflichen Laufbahn hatte sie mehr als einmal mit rassistischen Vorurteilen zu kämpfen gehabt. Von offener Feindseligkeit bis hin zu versteckten Vorurteilen reichte die Palette. Und so hatte sie ein feines Gespür für die Wahrhaftigkeit von Entschuldigungen entwickelt.

„Wie Sie sich vorstellen können, reagiere ich etwas sensibel auf manche Äußerungen“, sagte Sarah zögerlich.

Teichmann nickte nur und grummelte, als dunkelhäutige Frau hätte sie es ja sicherlich nicht immer leicht. Und ergänzte dann mit fester Stimme, dass er trotzdem nicht vorhabe, ihr die Unterlagen auszuhändigen.

„Und mit welcher Begründung?“, entfuhr es Sarah. Für einen kurzen Augenblick hatte sie beinahe Sympathie für den Alten empfunden. Doch diese verflog so schnell, wie sie gekommen war.

„Bis nicht geklärt ist, ob sich Pierre Müller selbst gerichtet hat, bei einem Unfall ums Leben gekommen ist oder ermordet wurde, bleiben sämtliche Unterlagen unter Verschluss. Wir können nicht riskieren, dass Sie wie ein Elefant im Porzellanladen durch diese Ermittlung poltern und durch ungeschicktes Agieren dem Mörder, falls es einen gibt, unfreiwillig entscheidende Ermittlungserkenntnisse zukommen lassen."

„Halten Sie mich für eine begriffsstutzige Anfängerin?"

„Nein, nur für eine Bilanzschnüfflerin", antwortete Teichmann wahrheitsgemäß. „Und jetzt entschuldigen Sie mich. Ich habe einen Termin in der Gerichtsmedizin."

Schwungvoll erhob sich der Alte aus seinem Stuhl, warf sich das braune Cordsakko über die Schulter und schob Sarah galant, aber bestimmt aus seinem Büro hinaus.

„Wegen Pierre Müller?", fragte sie neugierig, während er die Tür hinter sich abschloss.

Er wisse zwar nicht, was sie das angehe, aber sie habe recht.

„Ich komme mit!", befand Sarah schnell.

Ein kurzes, bewunderndes Lächeln umspielte die Lippen des Alten. Ihre Hartnäckigkeit beeindruckte ihn. Trotzdem schüttelte er den Kopf.

„Sicher nicht!", sagte er nur und eilte davon.

Für einen Augenblick war Sarah zu perplex, um zu reagieren. Sie konnte nicht glauben, dass er sie einfach stehen ließ.

„Bleiben Sie stehen, Teichmann!", rief sie ihm hinterher.

Seit Monaten war sie an diesem Fall dran, sammelte Indizien und Beweise, wertete Bankdaten und Kontobewegungen aus, befragte Zeugen und Geschädigte. Im Zentrum ihrer Ermittlungen stand Richard Ullmenau, Finanzbaron und schillernder Teil der Frankfurt Gesellschaft. Angeblich war er mit dem Präsidenten der Europäischen Zentralbank befreundet, hatte hervorragende Kontakte in die Bundesbank und natürlich auch in den Römer. Ullmenau selbst nannte sich „Finanzberater". Eine Untertreibung, zumindest, wenn man seinem Ruf glauben schenken konnte, Renditen von bis zu einhundert Prozent realisieren zu können. Und das trotz oder gerade wegen der Finanzkrise. Es war, nach Sarahs Überzeugung, ein Ruf, der sich auf kriminellen

Methoden und der geschickten Vorspiegelung falscher Tatsachen begründete.

Doch Teichmann schien die Brisanz des Falles nicht zu erkennen oder erkennen zu wollen. Statt auf sie zu warten, beschleunigte er sein Tempo und schlüpfte im letzten Moment, bevor sich die Türen schlossen, in den Aufzug.

Sarah blieb laut fluchend zurück.

Seltsame Vögel

Mit kindlicher Faszination drückte sich Luke seine Nase an der dicken Glasscheibe platt und starrte gebannt in die dunklen, zu einem schmalen Schlitz zusammengezogenen Augen seines Gegenübers. Nur wenige Zentimeter trennten Luke von seinem Namensvetter Lukas. Doch obwohl keine ganze Armlänge zwischen ihnen lag, war es eine schier unüberwindbare Distanz. Zum Glück für Luke. Denn der Löwe Lukas mochte zwar gerade träge im Sand herumlungern, doch selbst durch die dicke Glasscheibe hindurch war die dösende Raubkatze mit der stattlichen Mähne eine Respekt einflößende Erscheinung.

„Der würde dich zum Nachtisch verspeisen, ohne mit der Wimper zu zucken", stellt Cem fest.

„Mag sein. Er tut mir trotzdem leid", sagte Luke und griff beinahe schon instinktiv nach der Hand seines Begleiters.

„Warum das?"

„Seine Verwandten streifen durch die Weiten der Savanne und der Arme sitzt hinter Glas eingesperrt im bitterkalten Frankfurt. Wahrscheinlich hat er furchtbare Sehnsucht nach seiner Heimat."

„Lukas, geboren 2002 im Zoo Antwerpen", las Cem von einem Schild ab. „Du meinst also, er will zurück in seine belgische Heimatstadt?"

Luke musste grinsen. „Blödmann, du weißt genau, was ich meine."

„Nein, Deutsch-Mann. Erklär es mir!", äffte Cem. „Er hat doch alles, was er braucht. Er kriegt was zu fressen, hat ein warmes Zuhause und seine Familie um sich herum." Mit einem

Kopfnicken deutete er in Richtung der Löwin, die mit zwei kleinen, süßen Jungen auf einem künstlichen Felsvorsprung lag.

„Schon, aber es ist wie mit den Türken. Die gehören ja eigentlich auch nicht hierher nach Deutschland."

„Vorsicht, Lan, sonst hau ich disch auf Fresse!"

Eine Zoowärterin mit Pippi-Langstrumpf-Zöpfen, die gerade an ihnen vorbeiging, schaute Cem schockiert an und beeilte sich, möglichst schnell einen Sicherheitsabstand zu ihm zu bekommen.

Die beiden blickten ihr schweigend nach und prusteten, kaum war sie außer Sichtweite, laut los. Seit über drei Wochen trafen sich Luke und Cem und das Spiel mit deutsch-türkischen Klischees und Vorurteilen gehörte inzwischen zu ihrem festen Repertoire.

Gut gelaunt schlenderten die beiden Jungs durch den winterlichen Zoo. Die meisten Tiere, vor allem jene aus wärmeren Gefilden, waren zum Schutz vor der beißenden Kälte aus den Freianlagen in die beheizten Häuser evakuiert worden.

Aus dem One-Night-Stand mit gemeinsamem Frühstück war so etwas wie eine verbindliche Affäre geworden – auch wenn beide es bisher vermieden hatten, genauer zu definieren, was das zwischen ihnen war.

Luke war diese Zurückhaltung zwar mehr als schwergefallen, doch Cem sendete keine eindeutigen Signale aus, die es gerechtfertigt hätten, weiter vorzupreschen. Immerhin war der Zoobesuch ihre erste gemeinsame Unternehmung jenseits der eigenen Wohnungen.

Und auch wenn Cem nicht leugnen konnte, dass Luke ihn mehr als nur körperlich reizte, so war er doch noch nicht bereit, dieses „mehr" zu beschreiben. Wenn er ganz ehrlich zu sich selbst war, so hemmte es ihn ungemein, sich ausgerechnet zu einem Deutschen hingezogen zu fühlen. Multikulturellen Illusionen hatte sich Cem niemals hingegeben. Dafür war er in seinem Leben zu oft an die unsichtbaren Grenzen der Mehrheitsgesellschaft gestoßen. Sowohl von der einen als auch von der anderen Seite.

Seine Eltern mochten sich zwar inzwischen – so assimiliert waren sie dann eben doch – mit der Homosexualität ihres Erstgeborenen abgefunden haben, einen deutschen Freund würden sie jedoch nicht so ohne Weiteres akzeptieren. Insgeheim, so glaubte er, träumte seine Mutter sowieso davon, dass er eines Tages mit einem türkischen Schauspieler oder Sänger zusammenkam. Das waren nämlich auch die einzigen offen schwulen Türken, die sie kannte.

Und wenn sie schon mit dem Makel eines homosexuellen Sohnes leben musste, so sollte er doch wenigstens einen reichen Türken finden. Und keinen deutschen, mittellosen Studenten anschleppen.

Aber nicht nur seine Eltern hatten diese Präferenz. Auch Cem hielt sich normalerweise an türkische Jungs. Mit den Deutschen konnte er Spaß haben, verliebt hatte er sich jedoch grundsätzlich nie in einen.

Er fand die Mentalitätsunterschiede dann doch zu abschreckend. Umso verwirrter war er über die langsam aufkeimende Zuneigung für Luke. Ein Deutscher und ein Türke? Das konnte nicht gut gehen. Der Bruder einer Freundin einer Cousine zweiten Grades war auch mit einer deutschen Frau verheiratet gewesen. Die Ehe war nach nur zwei Jahren geschieden worden. Cem konnte sich zwar nicht mehr an den Grund erinnern, aber die Beziehung war sicherlich auch an fundamentalen Mentalitätsunterschieden gescheitert. Abgesehen davon rochen Deutsche einfach anders. Und die meisten hatten gar keine richtigen Haare am Oberkörper, sondern nur diesen Flaum. Sie jammerten immer über alles, waren Kontrollfreaks, rechthaberisch und sie gaben ihm oftmals den Eindruck, dass er als Türke eigentlich nur als Wichs-Vorlage diente.

Auch Luke hatte sich anfangs manch einen Ausrutscher geleistet. Mit Grauen erinnerte sich Cem daran, wie Luke ihn dafür in Sippenhaft genommen hatte, dass es in Frankfurt immer wieder zu schwulenfeindlichen Übergriffen durch, wie er es ausgedrückt hatte, „arabisch-stämmige" Jugendliche kam. Es hatte Zeit gebraucht, ihm klarzumachen, dass er keine arabischen, sondern türkische Wurzeln hatte! Das war doch schließlich ein bedeutender Unterschied! Auch die Überraschung in Lukes Gesicht, als er erfuhr, dass Cem an der Fachhochschule Ingenieurswissenschaften studierte, nahm er ihm noch etwas krumm. Traute er Türken etwa nur zu, Gemüseverkäufer oder Dönerbuden-Besitzer zu sein?

„Schau mal, der ist ja witzig!" Lukes Stimme holte Cem aus seinen Gedanken, bevor er sich in die Unvereinbarkeit von Deutschen und Türken weiter hineinsteigern konnte.

Sie befanden sich in einem Vogelhaus im Stil einer Tropenhalle. Zwischen Palmen, Kletterpflanzen und allerlei exotischen Gewächsen flatterten kleine, bunte Vögel umher. Scheinbar ohne jede Scheu.

Durch ein breites Sichtfenster wurde den Besuchern der Blick auf eine Futterstation gewährt. Auf einem großen Tisch befanden sich allerhand Eimer mit Früchten und Gemüse, aber auch mit Fleischstückchen, Fischen und Insektenlarven. Dahinter stand, vollkommen regungslos wie in Stein gemeißelt, ein großer, grauer Vogel mit einem mächtigen, ungewöhnlich breiten Schnabel in einem kleinen Käfig. Das rechte Bein des Tieres war mit einer weißen Binde umwickelt.

„Ein Schuhschnabel!", entfuhr es Cem begeistert.

„Ein was?", fragte Luke.

„Du hast wohl niemals *Urmel aus dem Eis* geschaut, wa?"

Durch die Glasscheibe hindurch beobachteten sich die Jungs und der Schuhschnabel aufmerksam.

„Ob wir da wohl reingehen dürfen?"

„Auf der Tür steht ‚Nur für Personal'. Oder kannst du etwa kein Deutsch lesen?", entgegnete Luke. Doch da hatte Cem auch schon die Klinke nach unten gedrückt.

Mit einem lauten Quietschen sprang die Metalltür auf. Der Schuhschnabel flatterte unruhig und stieß dabei mit seinen Flügel mehrmals an das engmaschige Absperrgitter seines Käfigs.

Luke wollte einwenden, es sei nicht erlaubt, doch Cem stand bereits auf der anderen Seite der Glasscheibe und winkte ihm frech lächelnd zu.

Luke schaute sich noch einmal prüfend in der Vogelhalle um, ob tatsächlich niemand in Sichtweite war, und trat dann ebenfalls in den Futterraum. Ein muffiger, beinahe fauliger Geruch lag in der Luft. Und in riesigen Terrarien am anderen Ende des Raumes konnte Luke jetzt Hunderte, wenn nicht Tausende von Schaben, Fliegen, Motten und Faltern ausmachen.

Cem stand ehrfürchtig vor dem Schuhschnabel und bestaunte den großen Vogel aus nächster Nähe. Selbst in seinem kleinen Käfig, mit dem lächerlich wirkenden Verband um das dünne

Beinchen strahlte der Schuhschnabel hartnäckige Erhabenheit aus.

Luke trat eng von hinten an Cem heran und ließ seinen Kopf auf dessen Schultern sinken.

„Wie kann ein Tier mit einem Schuh im Gesicht so lächerlich und gleichzeitig so Ehrfurcht einflößend sein?“, stellte Luke fest.

Cem nickte nur geistesabwesend. Neben dem fauligen Gestank der Futterstation umspielte ein zarter Duft nun seine Nase. Es roch nach Sommer. Nach Blumenwiese. Nach Licht und frischer Luft. Es war Luke, der diesen Duft ausstrahlte. Für einen Deutschen roch er wirklich angenehm. Gar nicht fremd oder hart. Warum ihm das wohl ausgerechnet jetzt auffiel?

Wie auf ein geheimes Kommando hin, versteifte sich sein Schwanz und stieß unnachgiebig gegen die Naht seiner Jeanshose. Er trug, wie immer, keine Shorts. Eine kleine Macke von ihm.

Die meisten Deutschen fanden diese Angewohnheit bestenfalls seltsam, in der Regel jedoch schlichtweg unhygienisch. Doch Luke schien sich nicht daran zu stören, es noch nicht einmal für erwähnenswert zu halten.

„Ich will dich ficken“, sagte Cem unvermittelt.

„Hier?“

„Hier und jetzt!“

Cem drehte sich um, drückte Luke einen harten Kuss auf den Mund und schubste ihn gegen den Tisch, der in der Mitte des Raumes stand.

„Aber was ist, wenn hier plötzlich ein Wärter reinkommt?“

„No risk no fun!“, antwortete Cem lapidar und schob ihm den Pullover nach oben, begann mit der Zunge seine Brustwarzen zu umspielen. Schlagartig wurde Luke geil. Er stöhnte lustvoll, schloss die Augen und ließ ihn gewähren.

„Ich wollte schon immer an einem öffentlichen Ort Sex haben. Das macht mich total an“, säuselte Cem.

Langsam arbeitete er sich mit seiner Zunge von den Brustwarzen abwärts in Richtung Bauchnabel, folgte dem Flaum der Haare bis zum Bund der Jeans, hielt dann abrupt inne, stellte sich wieder auf, fasste ihm auffordernd grob zwischen die Beine. Luke verzog das Gesicht vor Lust und Schmerz zugleich.

„Du tust mir weh“, stöhnte er. Aber es war offensichtlich, dass er Cem nicht auffordern wollte, gefühlvoller zu sein.

„Das braucht ihr deutschen Jungs doch."

Luke lächelte und öffnete die Augen. Sein Blick kreuzte sich erst mit dem von Cem. Doch dann wanderte er hinter ihn und er schaute direkt in die schwarzen, starren Pupillen des Schuhschnabels. Das Tier musterte die beiden Jungs interessiert und regungslos.

„Ich fühle mich beobachtet", sagte Luke.

Cem drehte sich um und schaute in den Käfig.

„Von einem Vogel?"

„Von einem Schuhschnabel", berichtigte ihn Luke. „Abgesehen davon, vielleicht sind hier auch Kameras installiert."

„Videoüberwachung in einer Futterstation?", entgegnete Cem skeptisch. „Selbst wenn … Der Gedanke törnt mich nur noch mehr an."

„Mich aber nicht."

„Schnauze, Deutscher!", befahl Cem lachend.

„Von einer Türkenfresse muss ich mir doch nichts sagen lassen!", antwortete Luke herausfordernd, riss sich los und rannte um den Tisch mit Futterschüsseln herum. Sie standen sich genau gegenüber.

Der Schuhschnabel beobachtete die beiden noch immer skeptisch.

„Na, warte!" Cem griff in einen Eimer, nahm eine Handvoll grob geschnittener, brauner Apfelstückchen und warf sie nach Luke, der sich allerdings rechtzeitig duckte. Das Obst verfehlte ihn und knallte platschend gegen die weiß geflieste Wand.

Cem nutzte die Ablenkung, stürmte um den Tisch und drückte Luke auf den Boden.

"Igitt! Das ist doch schmutzig hier!"

„Stell dich nicht so an. Jetzt kann der blöde Vogel uns wenigstens nicht mehr sehen."

„Aber …"

„Immer am Rumnölen! Halt die Klappe und lass dich ficken!"

Luke war kurz davor nachzugeben, seine Nervosität zu vergessen und Cem gewähren zu lassen. In diesem Augenblick flog die Tür auf und die Zoowärterin mit den oten Zöpfen stürmte herein. Als sie die beiden auf dem Boden liegenden Männer sah, hielt sie abrupt inne und starrte sie irritiert an.

Luke und Cem nutzten das Überraschungsmoment, rappelten sich auf und stürmten an der Frau vorbei. Sie rannten durch das Vogelhaus und den Zoo in Richtung Ausgang, stoppten erst, als sie die Parkmauern hinter sich gelassen hatten.

„Das war knapp", stellte Luke überflüssigerweise fest. Dann trafen sich ihre Blicke und sie brachen zeitgleich in schallendes Gelächter aus. Wie zwei kleine Jungs, die etwas ausgefressen hatten und jetzt froh waren, wider Erwarten nicht erwischt worden zu sein.

„Du bist ja ein richtiger, deutscher Lausbub!", sagte Cem, als sie sich beruhigt hatten, umarmte Luke und küsste ihn.

Drei Tage später beschloss Cem, entgegen seiner Vorbehalte und Vorurteile und entgegen all seiner eigenen Erwartungen, der Beziehung mit Luke Benzer eine neue Dimension zu verleihen. Zumindest gerade so viel, ohne ihre Leichtigkeit und ihre Unverbindlichkeit in Gefahr zu bringen. Er suchte sich im Internet das Bild eines Schuhschnabels, druckte es aus und malte neben den Vogel eine Sprechblase. „Du bist toll. – Für einen Deutschen", ließ er ihn sagen. Dann faltete er das Papier fein säuberlich zusammen und warf es Luke in den Briefkasten.

Der Kamelhaarmantel

Zu Beginn der Beziehung hatte sich der Kamelhaarmantel schon etwas gewundert, plötzlich von einem Mann getragen zu werden. Das war neu für ihn. Hatte er doch zeit seiner Existenz nur Begleiterinnen gehabt. Angefangen von der chinesischen Näherin über die Eigentümerin einer schicken Hamburger Modeboutique bis zu seiner ersten Besitzerin, einer mondänen Gräfin alten deutschen Adelgeschlechts. Und deren Putzfrau nicht zu vergessen, die ihn heimlich trug, wenn die Gräfin nicht zu Hause weilte.

Rückblickend waren die kurzen Ausflüge am Körper der dicken Polin, die mit ihm durch das kleine Schloss tanzte und dabei Staub wischte, die Höhepunkte in seiner Zeit als blaublütiges Kleidungsstück.

Nach ein paar Jahren war er dann fatalerweise aus der Mode gekommen. Obwohl er doch ein zeitloses Design sein Eigen nennen konnte! Es war die Tochter der Gräfin, die seiner Ära in Adelskreisen ein abruptes Ende setzte.

Die zickige, kleine Prinzessin war dank einer eingebildeten Erleuchtung – er glaubte bis heute, dass sie von irgendwelchen Drogen zu viel genommen hatte – über Nacht Vegetarierin geworden und engagierte sich zu allem Überfluss auch noch bei PETA. Sie lag ihrer Mutter über ein Jahr lang damit in den Ohren, bei ihrer Garderobe auf Pelze und allerlei andere tierische Materialien zu verzichten. Und so hatte die Gräfin schließlich, um des Haussegens willen, jedes Kleidungsstück, das in einem früheren Dasein einmal durch die Natur gelaufen war, ausgemistet.

Immerhin brachte sie es nicht fertig, Kamelhaarmantel, Fuchspelzstola und Krokohandtasche in die Altkleidersammlung zu geben. Stattdessen landeten sie in einer Secondhand-Boutique.

Die Monate zwischen mottenzerfressenen Designerkleidern, Kunstlederjacken, Faltenröcken und allerlei anderem geschmacklosen Zeugs waren die schlimmsten seiner Existenz. Wie dankbar war er daher, als ihn eines Tages ein androgynes Mischwesen, nicht Frau, aber auch nicht Mann, entdeckte und von seinem Plastikbügelhalter befreite.

So landete er schließlich in einem überfüllten, aber doch gemütlichen Kleiderschrank, das Heim zahlreicher aufgetragener Designerstücke, modischer Extravaganzen und Selbstgenähtem.

Sein neuer Besitzer nannte sich Marge und er war offensichtlich ein Fashion-Victim, befallen von einer Sammelleidenschaft und Kaufwut, die man beinahe schon als manisch bezeichnen konnte. Nach anfänglichen Dissonanzen in ihrem Verhältnis, vor allem den unklaren Geschlechterrollen geschuldet, erkannte der Kamelhaarmantel schließlich, dass dieses neue Leben um einiges aufregender war als sein altes. Früher war er auf langweiligen, gesellschaftlichen Pflichtveranstaltungen getragen worden. Außerdem hatte ihn die Gräfin oftmals mit Missachtung gestraft, da sie nicht an zwei hintereinanderfolgenden Auftritten in der Öffentlichkeit mit demselben Kleidungsstück gesehen werden wollte. Diese Marotte hatte zur Folge gehabt, dass er in einer Wintersaison höchstens zehnmal aus dem Schrank genommen wurde. Und an Weihnachten, zur Christmette oder an Neujahr durfte sowieso immer der widerliche Kaschmirmantel mitkommen. Die eingebildete Ziege! Seine neue Besitzerin, wobei sich der Mantel über das Geschlecht weiterhin nicht ganz klar war, trug ihn hingegen durchgehend von Dezember bis Februar. Zumindest wenn es die Temperaturen erträglich machten, denn er war dick gefüttert und bei Plusgraden absolut untauglich. Weswegen er auch neulich, als er mal wieder im Wohnzimmer abgelegt worden war, mit großem Interesse in den Hauptnachrichten den Bericht zur globalen Erwärmung verfolgt hatte. Welch eine Enttäuschung es doch war, als sich die mächtigen Regierungschefs der Welt mal wieder nicht auf ein Abkommen einigen konnten! Dachten sie etwa nicht an die Belange der Winterbekleidungsindustrie?

Für Menschen mochte das Jahr 2050 in weiter Ferne sein, für einen Kamelhaarmantel mit zeitloser Optik war dieses Datum quasi übermorgen.

Doch ähnlich wie seine neue Besitzerin hatte er beschlossen, das Hier und Jetzt der Existenz zu genießen. Schließlich konnte man nie vorhersehen, wann man wieder das Eigentum einer depressiven Gräfin mit Alkoholproblem sein würde (Gin brennt fürchterlich, wenn er auf ungeschütztes Kamelhaar verschüttet wird!). Oder ob man nicht gar eines Tages von einer radikalen PETA-Anhängerin aufgeknöpft werden würde! Und so hatte der Mantel viel Spaß an diesem zweiten gemeinsamen Winter mit Marge.

Es war an einem der letzten Januartage, als sie sich ihn schnappte und gut gelaunt zu einem Spaziergang durch Frankfurt aufbrach. Die Sonne schien kalt vom klaren, strahlend blauen Himmel, schaffte es jedoch kaum, die Temperaturen über den Gefrierpunkt zu hieven.

Die Parkanlagen waren mit einer weißen Puderzuckerschicht überzogen und an den Straßenrändern türmten sich dreckige Berge grauschwarzen Schneematsches auf.

Der Mantel liebte dieses Wetter und auch Marge störte die Kälte nicht. Unter modischen Gesichtspunkten war sie sogar dankbar für die niedrigen Temperaturen. Winterkleidung schmeichelte nämlich ihrem fortgeschrittenen Alter und überdeckte noch dazu manch einen maskulinen Makel. Der schwarze Kaschmirschal umhüllte ihren faltigen Hals und den Adamsapfel; der lange Wintermantel kaschierte die an manchen Stellen doch deutlich männliche Statur. Und unter dem Kopftuch wirkte die sündhaft teure Echthaarperücke ein Stück authentischer.

Tatsächlich sah Marge in ihrem mondänen Winter-Dress aus wie eine typische Vertreterin des Frankfurter Geldadels und wäre mit ihrem Pierre-Cardin-Täschchen unter dem Arm auf der Goethestraße auch nicht weiter aufgefallen. Doch Marge schaffte es auch diesmal, alle Aufmerksamkeit auf sich zu ziehen. Auch dafür bewunderte und liebte sie der Kamelhaarmantel. Er stand nämlich mindestens ebenso gerne im Mittelpunkt wie seine Besitzerin.

Marge hatte sich die Kopfhörer ihres MP3-Players aufgesetzt. Allerdings bezeichnete sie das winzige Gerät im Briefmarkenformat als Walkman. Falls es jemand wagte, sie zu korrigieren, konterte sie mit dem Verweis, jeder sei eben „ein Kind seiner Zeit".

Peter Fox bellte in ihr Ohr: „Ich jag meine Bude hoch, alles, was ich hab, lass ich los. Mein altes Leben schmeckt wie labbriger Toast. Brat mir ein Prachtsteak, Peter kocht jetzt feinstes Fleisch."

Der harte, treibende Rhythmus dröhnte in Marges Kopf und sie hüpfte im Takt über das Kopfsteinpflaster. Angesichts ihrer lilafarbenen Stiefelchen mit Pfennigabsatz ein wahrlich tollkühnes Unterfangen. Sie fühlte sich cool und neu und sie wusste, warum ihr der Song zusagte: Er spiegelte die letzten Monate ihres Lebens wider. Eineinhalb Jahre hatte sich Marge mit dem Gedanken, nach Frankfurt zurückzukehren, intensiv beschäftigt. Es war nicht so, dass sie Kölns plötzlich überdrüssig geworden wäre. Doch sie fühlte sich, das musste sie sich schließlich eingestehen, etwas einsam. Sicher, sie hatte Party-Freunde, Bar-Bekanntschaften und flüchtige Affären. Doch einen Freundeskreis wie in Frankfurt hatte sie auch nach vielen Jahren in Köln nicht aufgebaut. Es gab zwei oder drei engere Freunde. Ihr schwuler Nachbar, Pilot von Beruf, ihr Friseur und eine Visagistin namens Traudel. Doch Marge war klar geworden, dass sie wochenlang tot in ihrer Wohnung liegen könnte, ohne dass es jemandem auffallen würde.

Der Pilot jettete quer durch die Welt, ihr Friseur war viel zu oft zugekokst, als dass man sich auf ihn hätte verlassen können, und die Visagistin würde sich wahrscheinlich keine Sorgen machen, sondern wochenlang schmollen, weil sie vermutete, Marge schneide sie absichtlich. Der Gedanke, im eigenen Saft zu liegen, langsam in der Heizungsluft zu verwesen und mitunter von Ungeziefer angeknabbert zu werden, ekelte sie an. Schließlich musste man doch auch als Leiche noch gut aussehen. Und so beschloss Marge kurzerhand, ein weiteres Mal in ihrem Leben die Zelte abzubrechen.

Doch diesmal ging es nicht auf zu neuen Ufern; davon hatte sie vorerst genug, zumindest seit ihrem Vorhaben, in einem alten VW-Bus, ganz Priscilla-like, einmal quer durch den ehemaligen Ostblock zum *Grand Prix* nach Moskau fahren zu wollen. Tatsächlich kam sie nicht einmal bis Warschau. Dann gab ihr pinkfarbener Bus den Geist auf und sie musste mit fünf Koffern voller Fummel im Zug zurückreisen. Welch eine Schmach!

Ihr Kamelhaarmantel erinnerte sich mit Grauen an dieses Abenteuer. Und nicht nur er! Marges komplette Garderobe war froh, dass sie ihren Hang zu waghalsigen Abenteuern und Selbstfindungstrips aufgegeben hatte. Stattdessen wagte sie zum ersten Mal in ihrem Leben einen Schritt zurück. Zurück nach Frankfurt.

Arbeit war schnell gefunden. In einer kleinen Boutique, die sich darauf spezialisiert hatte, Männer mit transsexuellen Neigungen zu mehr oder weniger perfekten Frauen umzustylen, hatte sie eine Anstellung. Die Besitzerin des Ladens, Lady T-Ray, war eine alte Drag-Freundin aus vergangenen Tagen, in jener verruchten Dekade, als die amerikanischen Soldaten in der Region stationiert gewesen waren. Damals, vor Aids, Coffee to go, Globalisierung und Internet – für Marge die großen Übel der Zeit. Auch wenn sie eigentlich nicht so genau wusste, was die beiden Letzteren mit ihrem Leben zu tun hatten. Doch es blieb das ungefähre Gefühl, sie seien schuld an all den unliebsamen Veränderungen.

Vor allem die globale Finanzkrise hatte auch sie getroffen. Anfangs, als die Kreditblase geplatzt war, die Aktienkurse strauchelten und die reichen Eliten jammerten, hatte Marge, wie viele ihrer Freunde – größtenteils mittellose Künstler und Kreative – nur müde gelächelt. Auch ein Hauch Schadenfreude war dabei gewesen. Frei nach dem Motto: Wer nichts hat, hat keine Sorgen.

Doch schnell wurde klar, die Finanzkrise und die verpufften Milliarden würden auch auf ihr Leben Auswirkungen haben. Wenn plötzlich vermögende Gönner und Förderer kein Geld mehr hatten, um die Kreativen zu unterstützen, und in den öffentlichen Kassen Ebbe herrschte, war auch die selbst ausgerufene künstlerische Alternativ-Elite in ihrer Existenz gefährdet. Vor allem Freunde und Kollegen aus Berlin jammerten über Finanzierungslücken, ausbleibende Aufträge und knapp werdende Budgets.

Marge war noch einmal mit einem blauen Auge davongekommen. Aber nur, weil sie sich rechtzeitig umorientiert hatte. Sie hängte die Performancekunst und die Lyrik an den Nagel und konzentrierte sich wieder auf das, was sie wohl auch am besten konnte: Männer und gestandene Kerle in Prinzessinnen zu verwandeln – oder zumindest in Karikaturen davon.

„Ich bin die Abrissbirne für die deutsche Szene. Hey, alles glänzt so schön neu! Hey! Wenn's dir nicht gefällt – mach neu!", brüllte Peter Fox ihr ins Ohr.

Ja, Marge sah sich tatsächlich als eine Art Abrissbirne. Oder doch zumindest als ein frisches Lüftchen. Sie wehte durch Frankfurt und drängte den in manch einer Ecke lauernden Kleinstadtmief zurück. Sie brachte schrägen Glamour an den Main. Köln, Hamburg und Berlin waren sicherlich schmutziger, androgyner, wilder. Doch dort fiel Marge nicht weiter auf, war ein schräger Paradiesvogel unter vielen. In Frankfurt hatte es gerade einmal drei Monate Party-Hopping und beinahe eine Handgreiflichkeit mit einem konservativen, schwulen Römer-Abgeordneten benötigt, um es in die Klatschspalten der Stadtmagazine und Regionalzeitungen zu schaffen. Und so fühlte sie sich in ihrer neuen alten Heimatstadt nicht nur wohl, sondern auch ihrer Bedeutung entsprechend gewürdigt. Eine klassische Win-win-Situation: Die Stadt tat ihr gut. Und sie tat der Stadt gut.

„... steig auf den Berg aus Dreck ...", knallte Peter Fox gegen ihr Trommelfell.

Erst die irritierten Blicke der Passanten machten Marge klar, dass sie laut mitgesungen hatte. Sie lächelte, hob ihre Stimme noch leicht an und drehte dabei eine Pirouette. Ein schickes, aber schlecht operiertes Westend-Frauchen nahm ihre beiden Mädchen, die wie Miniaturausgaben der Mutter aussahen, schützend an die Hand und beschwor sie, nicht zu auffällig in Richtung der tanzenden Verrückten zu starren. Immer schnell weitergehen! Die aufgepumpten Lippen des Frauchens vibrierten aufgeregt.

Der Mantel schämte sich kurz, doch dann gab er sich dem Augenblick des Ruhmes hin. Auch die Drag Queen war mit ihrer kurzen Showeinlage zufrieden und lächelte glücklich. Ja, Frankfurt braucht mich, dachte sie, griff nach einem Laternenpfosten und drehte sich um die eigene Achse.

Marge war wie euphorisiert, warf ihre Arme in die Luft, tänzelte weiter stilsicher über das Kopfsteinpflaster. Nebenbei registrierte sie, dass ihre Perücke verrutscht war. Nur das Kopftuch bewahrte sie davor, ihre Haarpracht zu verlieren.

„Mach neu!", forderte Peter Fox. Der Song steuerte seinem Finale entgegen.

Marge schloss kurz die Augen, gestattete sich eine letzte Pirouette und wäre dabei beinahe mit einer Passantin zusammengestoßen, die in diesem Augenblick mit einer kleinen unscheinbaren Tüte in der Hand aus *Tiffany* stolperte.

Dem Kamelhaarmantel stockte der Atem. Es war die Gräfin! Seine alte Besitzerin. Ihre Augen weiteten sich schockiert, als sie das androgyne Etwas sah, das auf sie zuflog wie eine einparfümierte Handgranate. Im letzten Augenblick trat sie einen Schritt zurück und verhinderte nur so einen frontalen Zusammenstoß. Ihren treuen Begleiter von einst, ihren edlen Kamelhaarmantel, erkannte sie allerdings nicht.

„'tschuldigung!", trällerte Marge fröhlich und warf der Gräfin eine Kusshand zu. Dabei streifte der Kamelhaarmantel kurz seine ehemalige Besitzerin. Sie duftete noch immer wie in seiner Erinnerung. Ein strenges Parfüm, das ihre aristokratische Aura unterstreichen sollte.

Die Haut, dank dem privaten Solarium im Keller ihres Schlosses, stets perfekt gebräunt, war etwas faltiger geworden. Und in ihren Augen lag immer noch diese gelangweilte Traurigkeit, die sie mit Shopping und Alkohol zu ertränken versuchte.

Der Mantel gab sich kurz der Sehnsucht und der Erinnerung an diese alten, blaublütigen Zeiten hin. Dachte an die Empfänge und Wohltätigkeitsveranstaltungen, pompöse Bälle, schicke Restaurants und sein altes Heimatschloss. Dann war der Moment vorüber. Marge tänzelte davon und die Gräfin wurde zu einem grauen Schatten mit *Tiffany*-Tüte in der Hand.

Sicher, mit seiner neuen Besitzerin war auch nicht immer alles eitler Sonnenschein. Immer wieder fand sich der Mantel an der Garderobe eines dunklen, zwielichtigen Schuppens, war froh, wenn er nicht von einem Stricher geklaut wurde und niemand Poppers über ihn schüttete.

Auch manch ein irritierter Blick von Passanten, wenn die Perücke mal wieder verrutscht oder der Bart schlecht rasiert und mangelhaft überschminkt war, beschämte ihn immer wieder aufs Neue. Doch aufregender war seine Existenz ohne Frage geworden. Und dafür war er unglaublich dankbar. Und mal ganz abgesehen davon: Wie merkwürdig war ein Wesen zwischen Mann und Frau im Vergleich zu einem Kamelhaarmantel, der sich seiner eigenen Existenz bewusst war?

Große Erwartungen

Plötzlich einsetzendes Tauwetter bereitete dem Winter ein vorläufiges Ende. Der andauernde Nieselregen tröpfelte sanft, aber beständig die letzten Reste des Schnees hinfort. Dicke Nebelschwaden umhüllten ein ganzes Wochenende lang die Stadt. Doch trotz der trüben Aussichten lag ein Hauch von Frühling in der Luft. Sicher, es war nur ein erster zaghafter Vorstoß, doch nach Wochen des Dauerfrostes wurden auch fünf Grad über null als angenehm warm empfunden. Und obwohl jeder wusste, dass es Anfang Februar jederzeit zu einer schlagkräftigen Rückkehr von Frost und Eis kommen konnte, weckte dieser erste Ansturm des Frühjahrs allerhand Begehrlichkeiten. Die Natur stand ungeduldig in den Startlöchern, bereit auszubrechen, loszulegen.

In gespannter Erwartung und zugleich in nervenaufreibender Unsicherheit befand sich auch Luke. Seit Wochen geisterte ihm eine Frage durch den Kopf. Anfangs hatte es ihm durchaus gefallen, dass Cem und er ihre gemeinsame „Sache“ nicht näher definierten, sich nicht damit aufhielten, das, was zwischen ihnen war, zu beschreiben und es stattdessen einfach lebten.

Doch der anfängliche Reiz des Unverfänglichen war inzwischen einer belastenden Unsicherheit gewichen. Und die Frage, was zwischen ihnen war, nistete sich penetranterweise in seinem Kopf ein. Früher hatte Luke in solchen Augenblicken immer Meikos Rat eingeholt. Er war es, der ihm gegebenenfalls auf den Boden der Tatsachen zurückholte und ihm die rosarote Brille vom Gesicht riss.

Doch seit jenem Montagabend im *Blue* stand diese dumme Auseinandersetzung zwischen ihnen. Sicher, sie sprachen noch miteinander. Doch meistens beschränkten sie sich auf nichtssagende Plattitüden oder es ging um Arbeitszeiten und Dienstpläne in der Bar.

Meiko zeigte kein Interesse daran, den Graben zwischen ihnen, der mit jeder Woche, die verging, tiefer wurde, zuzuschütten. Es wäre wohl einfacher gewesen, hätten sie sich einen handfesten Streit geliefert, doch so stand eine eigentlich nebensächliche, aber nicht zum Ende geführte Auseinandersetzung zwischen ihnen. Und keiner der beiden wollte das Thema wieder anschneiden.

Stattdessen beschränkten Sie sich auf freundliche Oberflächlichkeiten. Ihre Freunde schienen nichts von der neuen Disharmonie zu bemerken. Abgesehen von Tina.

Ihr war die gedämpfte Stimmung zwischen Meiko und Luke sofort aufgefallen. Doch nach einigen zaghaften Vermittlungsversuchen hatte sie beschlossen, sich nicht weiter einzumischen. Sie kannte ihren Bruder. Je mehr er gedrängt wurde, das eine zu tun, umso eher tendierte er zum genauen Gegenteil. Außerdem – daran hatte sie keinen Zweifel – würden sich die beiden Jungs schon wieder einkriegen.

„Ihr seid keine Frauen, ihr könnt nicht ewig aufeinander sauer sein. Irgendwann geht ihr zusammen einen saufen und schafft das Problem aus der Welt, ohne drüber zu sprechen“, hatte sie Luke versichert. Seinen Einwand, sie seien aber immerhin schwul, schmetterte sie mit einem Achselzucken ab und erklärte ihm mit einem lakonischen Lächeln auf den Lippen: „Ihr seid vielleicht schwul, aber ihr seid trotzdem Männer. Ihr seid nun mal einfach gestrickt, aber wenigstens weiß man bei euch, woran man ist.“

Luke konnte und wollte dieser Einschätzung weder zustimmen, noch verstand er so recht, was diese Theorie mit seiner Freundschaft zu Meiko zu tun hatte. Und erst recht half sie ihm nicht bei seinem Dilemma mit Cem weiter. Vor allem deswegen, da er eben *nicht wusste*, woran er bei ihm war. So viel zu Tinas Männerkenntnissen.

Mehrmals hatte er in den vergangenen Tagen dann versucht, wenigstens Sarah zu erreichen. Doch es kam ihm so vor, als würde sie inzwischen im Büro schlafen. In der Ackerpflaumenallee hatte er sie auf jeden Fall schon seit langer Zeit nicht mehr gesehen und seine Anrufe beantwortete sie mit gestresster Stimme und einsilbigen Kommentaren. Sie war ihm also auch keine große Hilfe. Dieser ominöse Fall schien ihre gesamte Aufmerksamkeit in Anspruch zu nehmen. Ihr Verhalten hatte beinahe schon manische Züge, wie Luke fand.

Und so war keiner da, der ihm sagen konnte, dass es manchmal im Leben einfach darum ging zu genießen, anstatt zu hinterfragen, dass es womöglich der Zwang war, immer alles dingfest machen zu wollen, der ihn daran gehindert hatte, in den vergangenen Jahren dauerhafter mit einem Mann zusammen zu sein. Meiko hätte ihm das womöglich alles gesagt, wenn auch in einer direkten, gar ausfallenden Art und Weise.

Doch so stellte Luke schließlich nach einem gemeinsamen Abend mit Cem jene Frage, die er seiner Wahrnehmung nach sowieso irgendwann hätte stellen müssen. Er hatte es nicht geplant, vielmehr ließ er sich von seiner Stimmung leiten, einer spontanen Eingebung folgend.

Sie hatten vor dem Fernseher herumgelungert, bei reichlich Rotwein und fettiger Pizza vom Lieferservice. Und da sie zu faul waren, auf den Balkon zu gehen, rauchten sie den Joint zum Dessert im Wohnzimmer.

Alle Viere von sich gestreckt lagen sie nebeneinander auf dem Sofa. Rauchschwaden drifteten durch die Luft. Es herrschte eine entspannte Stimmung, wohlige Lethargie hatte sich breit gemacht. Und obwohl es ein perfekter Abend war und obwohl sie sich so nahe waren wie noch nie zuvor, wäre er bis zu diesem Zeitpunkt nicht auf die Idee gekommen, jene Frage zu stellen. Doch dann tat Cem etwas Unglaubliches, etwas, das Luke noch einmal auf einprägsame Weise verdeutlichte, wie nahe sie sich wirklich waren: Cem pinkelte bei offener Klotür.

Dabei schien er sich noch nicht einmal darum zu scheren, dass er beobachtet wurde. Er stand einfach breitbeinig vor der Kloschüssel. Das gleichmäßige Plätschern erfüllte die Wohnung. Im ersten Moment war Luke irritiert, beinahe schon angeekelt. Doch trotzdem konnte er den Blick nicht abwenden. Plötzlich fühlte er eine undefinierbare Euphorie in sich aufsteigen. Von dieser ganz alltäglichen Vertrautheit war er begeistert. Und noch etwas kam hinzu: Er fand es geil, ihm beim Pissen zuzuschauen. Cem schüttelte ab, spülte, wusch sich artig die Hände und kehrte dann ins Wohnzimmer zurück.

Mit einem theatralischen Seufzen ließ er sich wieder auf der Couch nieder. In diesem Augenblick schoss die Frage aus Luke heraus.

„Sind wir jetzt eigentlich zusammen?"

Cem, schläfrig die Augen zu einem schmalen Schlitz zusammengezogen, zuckte müde mit den Schultern. „Ist das wichtig?"

„Es ist unhöflich, auf eine Frage mit einer Gegenfrage zu antworten."

„Warum ist das wichtig?", fragte Cem und grinste frech, wissend, Lukes Zurechtweisung erneut ignoriert zu haben.

„Ich will es ganz einfach wissen", gestand er. „Denn entweder bin ich solo, frei und unabhängig oder ich bin liiert."

Cem stutzte und seine Stirn legte sich in nachdenkliche Falten.

„Erklär mir, Deutsch-Mann, das Gegenteil von solo, frei und unabhängig ist aneinander gefesselt, unfrei und abhängig?"

Luke antwortete mit einem gedehnten „Nein".

Und Cem musste wieder grinsen. „Keine Sorge. Ich will dich nicht verarschen. Ich verstehe, was du mich fragst. Aber ich kann dir keine Antwort geben. Noch nicht. Ist das schlimm?"

Luke schüttelte den Kopf, wissend, dass er mit dieser Antwort nicht nur Cem, sondern auch sich selbst belog.

„Gut, denn egal, was zwischen uns ist, es macht mir verdammt viel Spaß", sagte Cem. Dann küsste er Luke und begann ihn langsam, Kleidungsstück für Kleidungsstück, auszuziehen.

Es *noch nicht* zu wissen, ist nicht die schlechteste aller Antworten, dachte Luke und ließ ihn gewähren.

Beerdigung einer Hexe

Misstrauisch und neugierig zugleich, so ließen sich die Blicke beschreiben, mit denen die Fremden gemustert wurden. Marco war den meisten Trauergästen noch bekannt – zumindest von früher. Und natürlich hatten sie davon gehört, dass der „junge Bergius" angeblich schwul sein sollte.

Umso schwieriger wurde die Einordnung seiner vier Begleiter. Der Mann im schwarzen Anzug, der nicht von Marcos Seite wich und seine Hand hielt, wirkte in den Augen vieler gar nicht so, wie sie sich einen Schwulen aus der Stadt vorstellten. Die Haare waren zu einem akkuraten Seitenscheitel gekämmt und auch ansonsten hatten die sparsam eingesetzten Gesten und Gesichtsregungen so gar nichts von jenen Schwulen, die die meisten Dorfbewohner aus dem Fernsehen kannten. Dem Klischee einer Großstadttunte entsprach hingegen voll und ganz der Dritte im Bunde. Der trug zwar auch einen Anzug, doch anstatt einer Krawatte hatte er einen rosafarbenen Seidenschal um den Hals geschlungen. Seine Augen versteckte er trotz des regnerischen Wetters hinter einer riesigen Sonnenbrille. Den schwarzen Regenschirm mit dem weißen Löwenkopf schwang er beim Gehen wie einen Spazierstock, was ihm etwas von einem englischen Dandy aus einer schlechten Oscar-Wilde-Verfilmung verlieh.

Viele der Trauergäste vermuteten, dass der vierte Mann, optisch deutlich jünger als die anderen, mit seinen langen Haaren und der auffallend legeren Kleidung, der Lustknabe des Dandys war.

Nicht weniger exotisch wirkte die einzige Frau, die im Windschatten der Männer an der Trauerfeier teilnahm. Sie trug einen langen schwarzen Ledermantel, aufreizend hohe Lederstiefel und einen nicht weniger aufreizend kurzen Rock. Ihr Gesicht wurde von einem zarten Netzschleier verdeckt und aus dem plüschigen, schwarzblauen Hut, auf dem vereinzelte Strasssteinchen wie Sterne am Firmament glitzerten, ragte eine weiße Feder empor, die allerdings durch das Gewicht der daran haftenden Wassertropfen etwas von ihrer geschwungenen Eleganz eingebüßt hatte.

Der Priester hatte den Städtern schon einen offen missbilligenden Blick zugeworfen, als sie sich während des Trauergottesdienstes in die erste Reihe gesetzt hatten. Aber was sollte er tun? Er konnte ja schlecht den Sohn der Verstorbenen und dessen Begleiter von der Beerdigung ausschließen. Nach dem Gottesdienst zog die Trauergemeinde von der barocken Kirche hinüber zum Friedhof, wo die Beisetzung stattfinden sollte. Als sich der Mann mit dem rosafarbenen Schal und dem Löwenkopfregenschirm während des kurzen Trauermarschs eine Zigarette anzündete, war der Skandal perfekt. Die meisten glaubten, jetzt könne es nicht mehr schlimmer und blasphemischer werden. Doch sie hatten sich getäuscht. Allerdings sollten es nicht die Exoten sein, die den kurz darauffolgenden Zwischenfall verursachen würden.

Die Trauergemeinde hatte sich unter einem riesigen Kastanienbaum versammelt und starrte gebannt auf das ausgehobene Grab, über dem der braune, schlichte Eichenholzsarg, von einer modernen, silbern glänzenden Metallhalterung getragen, schwebte.

„Ich fühle mich beobachtet", gestand Meiko, dandyhaft auf seinen Regenschirm gestützt. Mit gespielter Nervosität zupfte er an seinem Schal herum.

„Aber du stehst doch gerne im Mittelpunkt", antwortete Tina.

„Nicht, wenn ich den Eindruck habe, von der Dorfmeute ins Visier genommen zu werden. Gleich rotten sie sich zusammen und gehen auf uns los. Ich glaube, sie haben es vor allem auf mich abgesehen. Sie wollen das Biest lynchen! Das bedeutet, dir bleibt vielleicht genug Zeit zu entkommen."

Tina musste ein Lächeln unterdrücken. Es schickte sich schließlich nicht, auf einer Beerdigung fröhlich zu sein. „Ich dachte, du bist eher die Schöne und nicht das Biest."

„Das liegt, wie so oft, im Auge des Betrachters", entgegnete Meiko pathetisch. „Aber keine Sorge, Schwesterherz, ich werde mich opfern, um dich zu retten."

„Bemühe dich nicht. Mit den Schuhen kann ich sowieso nicht rennen. Keine drei Meter würde ich kommen."

Meiko gluckste. „Aber im Ernst, wenn ich vor dir sterben sollte, bitte sorge dafür, dass meine Beerdigung nicht so ein armseliges Trauerspiel wird, sondern eine Party."

„Mit jeder Menge Go-go-Boys und Drag Queens?", fragte Tina.

„Das wäre ein Anfang. Und sorg bitte dafür, dass ich ein Fläschchen Poppers im Sarg liegen habe. Man weiß ja nie, ob es auf der anderen Seite so etwas gibt."

„Glaub mir, dort, wo du nach deinem Tod landen wirst …"

„Psst!", zischte Tom und warf den beiden einen verärgerten Blick zu. Meiko verdrehte genervt die Augen.

„Und dieser schwule SS-Aufseher wird sich sicher an die Spitze der Dorfmeute stellen und mir voller Freude den Garaus machen", flüsterte er seiner Schwester ins Ohr.

Tina lachte leise. „Aber er ist doch dein Freund. Er würde niemals …"

„Etwas mehr Respekt bitte!", unterbrach Tom sie leise flüsternd.

Tina und Meiko warfen sich einen vielsagenden Blick zu und verfielen in Schweigen.

Das war nun einmal Tom, dachte Meiko missmutig bei sich. Im Herzen ein Spießer und stets darum bemüht, sich konform und der Situation angemessen zu verhalten. Nur nicht auffallen!

Meiko fragte sich manchmal, warum sie beide eigentlich so gute Freunde waren. Eine Antwort darauf hatte er bis heute nicht gefunden. Es waren wohl die Gegensätze, die ihre Freundschaft ausmachten. Typisch, dass Tom derjenige war, der Meiko maßregelte. Marco schien hingegen gefasst und erstaunlich entspannt am Grab seiner Mutter zu stehen – das Getuschel ignorierend. Meiko hatte ihn noch keine einzige Träne vergießen sehen.

Nur die leicht zitternden Hände verrieten, dass er zumindest aufgeregt, wenn nicht sogar emotional aufgewühlt war. Manchmal tastete er nach Toms Hand und drückte sie kurz. Oder er suchte den Blickkontakt zu Jörg. Alle anderen Menschen um ihn herum schien er gar nicht richtig wahrzunehmen.

Er hatte ihnen gegenüber noch vor wenigen Stunden gesagt, wie traurig er einerseits war und wie erleichtert andererseits. Seine Mutter, so hatte es Marco erklärt, habe er bereits vor langer Zeit verloren und bereits vor langer Zeit habe er diesen Verlust betrauert. Abgesehen davon sei sie eine durchtriebene Hexe gewesen.

Das Räuspern des Priesters holte Meiko aus seinen Gedanken und gebannt richtete er seinen Blick auf den Mann in dem violetten Gewand. Dazu würde sein eigener Schal bestens passen!

„Wir nehmen heute Abschied von Rosa Bergius …“, begann der Priester mit monotoner Stimme.

Auch wenn Meiko durch und durch Atheist war, faszinierten ihn doch die archaischen Rituale der monotheistischen Religionen. Vor allem der Katholizismus mit seinem Weihrauch, dem kannibalisch anmutenden Glauben an die Fleischwerdung bei der Kommunion und den tuntigen Gewändern übte auf ihn einen besonderen Reiz aus.

Er fand, dass gerade hier die heidnischen Ursprünge des Christentums noch gut erkennbar waren. Auch wenn das Ganze natürlich wesentlich lustfeindlicher gestaltet war als die alten Naturreligionen. Ich wäre sicherlich ein guter Priester für Fruchtbarkeitskulte gewesen, dachte Meiko und lächelte still in sich hinein.

„… sie war eine vorbildliche Christin. Mutter, Freundin, Schwester und Nachbarin, eine Stütze der Gemeinde und wir werden sie vermissen. Eine wahrhaft tugendhafte Frau, die sich …“

„So ein Schwachsinn!“, ertönte plötzlich eine aufgebrachte Stimme aus der Menge der Trauernden. Die Augen der meisten Anwesenden richteten sich instinktiv auf die vier Fremden aus der Stadt. Doch keiner von ihnen war der Störenfried. Zögerlich teilte sich die Gemeinde und gab den Blick auf die Querulantin frei.

„Karola!“, entfuhr es Marco mit stockender Stimme.

„Sie war eine Hexe! Eine verschlagene, bösartige Hexe!“

Einen kurzen Augenblick verharrte die Trauergemeinde in Schockstarre. Dann löste sich Marco schließlich von Toms Arm und ging auf Karola zu, legte seine Hand mitfühlend auf ihre Schulter.

„Beruhig dich. Bitte. Es ist für uns alle …“

„Junge, du musst es doch auch wissen! Eine Hexe war sie. Sie hat sich in alles einmischen müssen. Auch in Dinge, die sie gar nichts angingen. Euch alle hat sie in der Hand gehabt! Sie kannte eure kleinen, schmutzigen Geheimnisse und hatte keine Skrupel, dieses Wissen einzusetzen.“

Karola ließ ihren Blick über die schockierten Gesichter der Trauergemeinde schweifen. Plötzlich schoss ihr Arm nach vorne und sie zeigte mit zitternder Hand auf den Priester.

„Und Sie, Sie müssen es auch wissen! Stellen sich hierher und sprechen heuchlerisch von einer Tugendhaften! Dabei sind Sie doch wie alle anderen froh, dass Rosa endlich unter der Erde ist!“

„Bei allem Respekt, aber …“ Doch der Priester kam nicht dazu, den Satz zu vollenden. Karola ließ einen gellenden, wütenden Schrei fahren.

„Schnauze!“, blaffte sie aufgebracht. „Rosa wusste, dass Sie regelmäßig in den Puff gehen …“

Die Trauergemeinde hielt den Atem an. Karola lachte hysterisch und wieder schoss ihr Arm nach vorne und ihr anklagender Zeigefinger deutete auf den Bürgermeister. „Und Sie! Sie sind auch keinen Deut besser. Mit der Frau des Küsters treiben Sie es.“

Ein aufgeregtes Raunen ging durch die Menge. Meiko entfuhr ein entzückter Schrei.

Dann geschahen mehrere Dinge innerhalb weniger Sekunden: Zur Erleichterung der Beschuldigten fiel Karola in Ohnmacht, bevor sie noch mehr ausplaudern konnte. Zeitgleich stürmte der Küster nach vorne und schlug dem Bürgermeister seine Faust ins Gesicht. Mit einem lauten Grunzen – im Stammtisch würden sie sich später erzählen, es habe sich angehört, als hätte ein Walross gerülpst – ging der übergewichtige Politiker zu Boden.

„Du fette Sau! Dir zeig ich es!“, rief der Küster und schmiss sich mit Kampfgeschrei auf den am Boden liegenden Bürgermeister.

Der Pfarrer, dem die Schamesröte im Gesicht stand, preschte in einem Anflug von Heldentum zu den beiden sich prügelnden Männern, um sie auseinander zu halten. Dummerweise standen ihm die Blumenkränze im Weg. Er stolperte und fiel unglücklich gegen den Eichenholzsarg, der sich durch den Stoß mit einem lauten Quietschen aus der Verankerung löste und zu Boden krachte.

Für den Bruchteil einer Sekunde herrschte absolute Stille. Und dann, dann brach auf dem kleinen katholischen Friedhof des kleinen, beschaulichen Dorfs im Rheingau die Hölle aus.

Weichenstellung

„Das habe ich in ihrer Handtasche gefunden." Mit besorgtem Gesichtsausdruck stellte Tom eine halbleere Flasche Korn auf den Küchentisch.

Nachdem die Beerdigung in einem handgreiflichen Durcheinander unterzugehen drohte, hatte der angeschlagene Pfarrer alle Mühe gehabt, seine Schäfchen wieder zu bändigen. Freunden des Küsters war es schließlich gelungen, ihn vom Hals des Bürgermeisters loszureißen.

Der Politiker hatte sich, so gut es ging, den Schmutz vom Anzug gewischt und war dann laut fluchend verschwunden.

Kaum war der Zwischenfall vorüber, kam auch Karola wieder zu sich. Marco hievte sie vorsichtig auf einen Stuhl, von dem aus sie zusammengesackt den Rest der Trauerfeier apathisch verfolgte. Den Leichenschmaus sagte er ab. Stattdessen brachte er Karola erst einmal in sein Elternhaus. Der eilig herbeigerufene Hausarzt gab ihr ein Beruhigungsmittel.

„Das wird schon wieder", hatte der grauhaarige Doktor mit der Ausstrahlung eines freundlichen, alten Onkels versichert. „Sie sollten Ihrer Tante allerdings nahelegen, nicht so früh am Tag zu trinken. Wenn sie sich nicht besser in den Griff bekommt, könnte das wirklich zu einem Problem werden."

Marco konnte seinen Schock, aber auch seine Ungläubigkeit über diese Anspielung nur schwer verstecken. Die stets so vorbildliche, zurückhaltende Karola hatte ein Alkoholproblem?

Der Arzt klopfte ihm aufmunternd auf die Schulter und gab ihm seine Privatnummer. Für Notfälle.

Sobald er gegangen war, hatte Marco seine Freunde nach Frankfurt zurückgeschickt. Nur Tom war bei ihm geblieben.

Zwar hatte Meiko eingewendet, es sei sicherer, sie würden bleiben und sich bewaffnen, falls die Dorfmeute doch noch einen Lynchmord planen sollte, doch Marco hatte nicht über den Scherz lachen können. Und Tom regte sich sowieso nur wieder auf. „Nichts kannst du ernst nehmen! Sei doch mal ein bisschen sensibel. Wir haben heute Marcos Mutter beerdigt", hatte er Meiko wütend angezischt.

So sehr es ihn rührte, dass sein Freund ihn verteidigte und um ihn besorgt war, so sehr irritierte Marco, dass Tom noch immer dachte, ihm gehe der Tod seiner Mutter wirklich nahe. Hatte er ihm bisher noch nicht deutlich genug zu verstehen gegeben, was für eine Frau sie gewesen war? Letztlich lag ihm Meikos Sarkasmus wesentlich näher als Toms Trauermiene.

Gedankenverloren blickte Marco auf die Flasche Korn auf dem Tisch.

„Ich glaube, einen Schnaps könnte ich jetzt auch gebrauchen", fand er und schenkte sich einen großzügigen Schluck ein. Er ignorierte geflissentlich Toms missbilligenden Gesichtsausdruck, prostete ihm stattdessen zu und leerte das Glas in einem Zug.

„Schau nicht so skeptisch, Schatz. Ich werde schon nicht zum Alkoholiker. Aber dieser Zirkus heute war doch etwas nervenaufreibend", wischte er Toms stumme Vorbehalte beiseite.

„Das verstehe ich doch. Immerhin ist deine Mutter …"

„Ach, hör auf! Sie war meine Mutter, aber sie war eine bösartige, alte Frau. Mich hätte es wesentlich härter getroffen, wenn Karola plötzlich gestorben wäre!", schoss es aus ihm heraus. Er konnte einen gereizten, vorwurfsvollen Tonfall nicht unterdrücken.

Tom sah ihn überrascht an. „Ich dachte ja nur …"

„Ich weiß, was du dachtest. Aber so ist es nicht. Und es ist keine große Hilfe, wenn du mir mit deiner Trauermiene immer wieder vor Augen führst, was für ein schlechter Mensch ich bin, nur weil ich nicht angemessen auf diesen Verlust reagieren kann. Es ist schwer genug, vor Karola und den Leuten hier im Dorf so zu tun, als ginge mir ihr Tod nahe. Muss ich jetzt auch noch meinem Freund etwas vorgaukeln?"

Wütend sprang Marco auf. Der Küchenstuhl kippte krachend zu Boden.

„Ich geh mal frische Luft schnappen", sagte er und flüchtete nach draußen.

Verunsichert schaute ihm Tom hinterher. Er konnte mit dem seltsam teilnahmslosen Verhalten seines Freundes nicht umgehen. Auch wenn er wusste, wie kritisch das Verhältnis zwischen Mutter und Sohn gewesen war, verstand er nicht, wie Marco so gar keine Trauer zeigen konnte. Weder in der Öffentlichkeit, noch wenn sie alleine waren.

Von außen betrachtet, mochten viele Beobachter glauben, die Rollenverteilung in ihrer Beziehung sofort zu durchblicken. Auf der einen Seite Tom: seriös, kontrolliert und beständig, mit leicht grau melierten Haaren, kantigen Gesichtszügen und einem herben Duft, der von seinem Rasierwasser herrührte. Auf der anderen Seite der jugendliche, vom Körperbau kleinere Marco, der noch dazu in einem sozialen Beruf tätig war. Es schien klar zu sein, wer sich an wessen Schulter anlehnte, wer der ruhige Fels war und wer der emotionalere Part. Doch mit diesen Klischees kam man bei ihnen nicht besonders weit. In der geschützten Sphäre der Zweisamkeit war es Tom, der sich viel öfter an Marcos Schulter lehnen musste. Meist war Marco der Fels. Manchmal jedoch zugleich die Brandung.

Tom war gekränkt, dass sein Partner noch nicht einmal in einer derart außergewöhnlichen und belastenden Situation auf Hilfe angewiesen zu sein schien. Oder es zumindest nicht zeigen konnte, dass er seine Unterstützung benötigte. So sehr er auch Marcos Selbstständigkeit und Stärke schätzte und bewunderte, manchmal vermisste er es einfach, zu spüren und gezeigt zu bekommen, dass Marco ihn brauchte.

Durch das Küchenfenster beobachtete er, wie Marco, Kieselsteine vor sich her kickend, über den Hof schlenderte und eine Zigarette rauchte. Kurz gestattete sich Tom festzustellen, wie attraktiv, ja geradezu sexy Marco in seinem schlichten schwarzen Anzug aussah. Vor allem da sich darunter in sanften Andeutungen sein perfekt proportionierter Körper abzeichnete. Die dunkelblonden Haare waren etwas länger als gewohnt und warfen bereits kleine Locken, was ihm trotz der seriösen Erscheinung einen jugendlichen Charme verlieh. Er hätte einen verdammt leckeren Banker abgegeben. Vor allem im direkten Vergleich zu den schlecht sitzenden Kitteln, die er während seiner Arbeit als Altenpfleger zu tragen hatte. Ob sie es vielleicht mal im Anzug miteinander treiben sollten?

Verärgert über seine pietätlosen Gedanken schüttelte Tom den Kopf. Nur weil alle um ihn herum sich nicht angemessen zu benehmen wussten, musste er sich noch lange nicht auf dieses Niveau hinablassen!

Die betrunkene Tante verursachte auf dem Friedhof einen handgreiflichen Zwischenfall, Meiko schoss eine sarkastische

Salve nach der anderen ab und Marco gestattete sich keinerlei Gefühlsregung. Waren denn alle plötzlich durchgedreht?

Er hatte Marcos Mutter zwar nur einige wenige Male persönlich getroffen, doch bei diesen Gelegenheiten hatte sie keinen negativen Eindruck hinterlassen. Sie war ihm stattdessen als eine selbstbewusste, energische und autoritäre Frau in Erinnerung geblieben. Sicherlich keine einfache Person, aber doch zugleich kein Mensch, den er hätte hassen und verachten können. Und immerhin hatte es die trunksüchtige Halbschwester ja auch ihr Leben lang bei Rosa ausgehalten.

Nicht vorverurteilen und werten, maßregelte Tom sich selbst. Es war schließlich nicht seine Familie. Und sicherlich hatte sich Marco nach seinem positiven Antikörperbefund viel intensiver mit der Sterblichkeit auseinandergesetzt, als es in seinem Alter normal oder notwendig erschien. „Jeder von uns muss gehen", hatte er einmal zu Tom gesagt. Aus seinem Mund klang es weder wie eine gedankenlose Plattitüde noch wie ein resigniertes, schmerzhaftes Eingeständnis der eigenen Vergänglichkeit. Vielmehr war es das schlichte Aussprechen einer Tatsache, von deren Akzeptanz Marco zugleich seine sehr lebensbejahende Sichtweise auf die Dinge ableitete.

In diesem Moment schaute Marco, einen tiefen Zug von seiner Zigarette inhalierend, zu Tom auf. Ihre Blicke trafen sich durch das schlecht geputzte Küchenfenster. Sie schauten sich kurz an und plötzlich verlor alles andere an Bedeutung.

Mit einem einzigen Augenaufschlag schaffte es Marco, ihn auf den Boden zurückzuholen, zu entkrampfen. Immer wenn Tom sich über Kleinigkeiten aufregte, in Nebensächlichkeiten hineinsteigerte oder das Leben einfach mal wieder viel zu ernst nahm, erinnerte ihn dieser eine Blick daran, was wirklich zählte, ermahnte ihn, locker zu bleiben und die Welt weniger verbissen zu sehen.

Was kümmerte es ihn, wenn die Familie seines Freundes so verkorkst war? Was kümmerte es ihn, wenn Meiko sich nicht zu benehmen wusste? Was kümmerte es ihn, wenn sich die Alki-Tante auf dem Friedhof blamierte? Hauptsache, Marco und er waren zusammen. Der Rest würde sich schon fügen.

Erleichtert und beschwingt warf er sich seinen Mantel über und folgte Marco auf den Hof hinaus. Ohne ein weiteres Wort zu verlieren, nahm er seinen Freund in den Arm und drückte ihm einen Kuss auf den Mund.

„Ich liebe dich“, sagte er.

„Ich dich auch. Selbst wenn du mich manchmal in den Wahnsinn treibst“, antwortete Marco.

„Es gibt Momente, da verstehe ich dich einfach nicht“, versuchte sich Tom zu rechtfertigen.

„Das musst du auch nicht. Und du kannst es wohl auch nicht.“

„Aber ich würde es gerne. Nur um dir dann trotzdem noch widersprechen zu können.“ Tom grinste herausfordernd.

Hand in Hand schlenderten sie über das Anwesen. In manchen Ecken des Hofes, im kühlenden Schatten der Steinmauern, hatten vereinzelte Schneereste das verhältnismäßig milde Regenwetter der vergangenen Tage überdauert. Der Boden war allerdings längst wieder aufgetaut und die Wiesen hatten sich in matschige Sumpflandschaften verwandelt.

„Meine Mutter hat einmal in einem Wutanfall gesagt, das Einzige, was ich richtig gemacht hätte, sei, ohne Probleme aus ihrem Uterus gekrochen zu sein“, antwortete Marco. „Und das hat sie nicht so ironisch gemeint, wie es sich vielleicht anhört.“

Tom konnte ein glucksendes Lachen nicht unterdrücken. Auch Marco musste lächeln. Dann zog er ihn an sich, schloss ihn in seine Arme und seufzte.

„Schön, dass du da bist“, sagte Marco und in seiner Stimme lag tiefe, ehrliche Erleichterung.

„Für dich immer“, entgegnete Tom und versuchte das kleine, triumphierende und ebenfalls erleichterte Stimmchen in seinem Innern zu ignorieren, das sich wie wild darüber freute, dass sein Freund eben doch nicht so stark war, wie er sich oftmals gab.

Einer stummen Verständigung folgend wechselten die beiden Männer die Richtung und gingen wieder zurück zum Haus.

„Hast du eigentlich eine Ahnung, von welchen kleinen, schmutzigen Geheimnissen deine Mutter so alles gewusst haben soll?“, fragte Tom.

„Nein. Noch nicht. Aber ich kann mir vorstellen, dass dort drinnen“, Marco nickt in Richtung des Hauses, „noch Überraschungen auf mich warten.“

Enttäuschte Erwartungen

Sie hatten das Bett seit Stunden nicht verlassen.

Nach der dritten Runde waren Luke und Cem schließlich erschöpft und beinahe schon dehydriert nebeneinander in die feuchten, verschmutzten Laken gesunken. Das ganze Zimmer roch nach Sperma und Sex. Was gab es Schöneres, als einen Sonntagnachmittag durchzuvögeln?

Lukes Kehle war trocken und rau. Er überlegte kurz, sich aus der Küche ein Glas Wasser zu holen, verwarf den Gedanken jedoch wieder. Er wollte die wärmende Gemütlichkeit seines Bettes einfach nicht verlassen. Stattdessen schmiegte er sich schnurrend wie ein Kater an Cems dicht behaarte Brust, sog mit einem tiefen Atemzug seinen noch immer exotisch anmutenden, aber inzwischen vertrauten, erdigen Duft in sich auf. Ob Türken generell anders rochen als Deutsche?

„Ich muss bald gehen", sagte Cem unvermittelt, mit träger, schläfriger Stimme.

„Wohin?"

„Nach Kiel. Aber keine Sorge, nicht jetzt. Erst morgen früh."

„Lan, verarsch mich! Was willst du in Kiel?"

„Mein Vater hatte einen Autounfall." Cems Stimme war noch immer beiläufig und unaufgeregt, als würde er gerade erzählen, was er bei seinem nächsten Supermarkteinkauf nicht vergessen dürfe. Luke schaute ihn schockiert und mit großen Augen an.

„Scheiße! Wie geht es ihm?"

„Wieder besser. Er hat sich den rechten Arm und das linke Fersenbein gebrochen. Jetzt liegt er im Krankenhaus. Aber die Ärzte wollen ihn bald nach Hause schicken."

„Wann ist das passiert?"

„Vor einer Woche."

Luke begann zu rechnen. In den vergangenen sieben Tagen hatten sie sich dreimal gesehen und zwei Nächte miteinander verbracht. Und Cem hatte nichts gesagt. Verunsichert zog sich Luke auf die andere Seite des Bettes zurück und schaute sein Gegenüber prüfend an.

„Und das sagst du mir erst jetzt?"

Cem zuckte unschlüssig mit den Schultern. „Ich hatte keine Lust, darüber zu sprechen. Er ist ja nicht gestorben oder so. Alles halb so wild."

„Ich weiß gar nicht, was ich sagen soll."

„Musst nix sagen", entgegnete Cem unbekümmert, erhob sich und tapste aus dem Schlafzimmer. Selbst in diesem Moment höchster innerer Anspannung wurde Luke augenblicklich geil, als sein Blick auf Cems O-Beine fiel, die in einen perfekten, kleinen Hintern mündeten.

Er hörte, wie im Nachbarraum die Kühlschranktür geöffnet wurde. Cem schenkte sich ein Glas Wasser ein, leerte es in einem Zug, rülpste leise. Dann näherte sich das tapsende Geräusch nackter Füße auf kaltem Laminat wieder dem Bett.

„Ich habe dir doch von der Pension meiner Eltern erzählt", setzte er seine beiläufige Erklärung fort, als er wieder neben Luke lag. „Ohne meinen Vater läuft dort nichts. Meine Mutter schafft es einfach nicht. Ich muss ihr etwas unter die Arme greifen."

„Und wann kommst du wieder?"

Wieder zuckte Cem mit den Schultern. „In ein paar Monaten wahrscheinlich. So ein Fersenbeinbruch ist eine langwierige Sache. Ich hab meine Wohnung erst einmal untervermietet. Brauch sie ja nicht. Und es sind sowieso Semesterferien."

Wut stieg in Luke auf.

„Das hast du ja alles hervorragend geplant. Nur mich hast du dabei irgendwie vergessen", giftete er.

„Tut mir leid. Ich wollte es dir sagen, aber … Na ja, wir sind ja auch nicht zusammen oder so."

„Oder so", wiederholte Luke wütend. Für seine Begriffe waren sie mindestens „oder so".

„Ich meine, wir können ja telefonieren. Und wir haben doch auch noch eine ganze Nacht Zeit für uns!" Er lächelte spitz. Unter der Bettdecke tastete sich seine Hand in Richtung Lukes Körper vor.

Doch dem war nicht nach Scherzen. Und erst recht hatte er keine Lust auf Sex. „Vergiss es!"

„Was?" Cem schaute ihn ungläubig an. „Warum das auf einmal?"

Das fragte er noch? Sicher, sie waren nicht zusammen. Zumindest hatten sie es nicht auf diese Weise definiert und ausgesprochen. Aber Cem konnte ihn doch nicht derart vor vollendete Tatsachen stellen.

„Ich hatte mehr erwartet. Ich dachte, du … wir … Ach, ist ja auch egal, was ich dachte. Du solltest besser gehen. Ich wäre jetzt gerne allein."

Cem schaute ihn mit seinen großen, dunklen Augen traurig an, die buschigen Brauen skeptisch zusammengezogen. Beinahe wäre Luke weich geworden. Doch dann erinnerte er sich wieder an all die Pläne, die er für sie geschmiedet hatte und all die Sehnsüchte, die er auf sie beide projiziert hatte. „Ich bin enttäuscht. Und traurig. Ich habe wohl geglaubt, das zwischen uns sei etwas Ernsteres."

„Aber das kann es doch noch werden!"

„Ich denke nicht. Wenn du es noch nicht einmal schaffst, mich in dein Leben mit einzubeziehen, dann … ich weiß ja noch nicht einmal, ob wir zusammen sind."

„Warum müsst ihr Deutschen auch immer alles definieren? Warum könnt ihr euch nicht einfach mal treiben lassen, schauen, wohin die Reise geht? Habt ihr immer einen Plan im Kopf, von dem ihr nicht abweichen könnt?"

„Ja, genau so sind wir Deutschen nun mal. Und ganz besonders ich! Wenn dir das nicht passt, kannst du ja wieder türkische Ärsche ficken", entgegnete Luke sarkastisch, wobei seine Stimme etwas lauter wurde als beabsichtigt.

„Komm wieder runter! Es macht mir viel Spaß, deinen Arsch zu ficken", sagte Cem und versuchte es mit einem erneuten Annäherungsversuch. Doch so gerne Luke diesem nachgegeben hätte, er konnte es nicht. In ihm drinnen hatte sich eine Mauer gebildet. Er hatte sich abgeschottet, um sich selbst zu schützen vor Trauer, Schmerz und Abschied. Aber teilweise auch aus purer Gewohnheit. Er war nicht gut darin, Beziehungskonflikte zu bewältigen. Wie auch? Er hatte doch niemals die Chance dazu gehabt. In den letzten Jahren waren die Affären und Liebschaften beim ersten Anzeichen von Meinungsverschiedenheiten beendet worden. Diesmal jedoch war es nicht sein Gegenüber, das ihm diese Gelegenheit nicht geben wollte. Er war es selbst.

„Es hat doch nichts mit dir zu tun. Das ist meine Familie …", versuchte es Cem ein letztes Mal, wurde jedoch jäh unterbrochen.

„Lass mich in Ruhe. Hau ab!", presste Luke wütend hervor.

Cem schüttelte traurig den Kopf. Er verstand nicht, was hier gerade geschah, wie es zu dieser Auseinandersetzung hatte kommen können. Aber das war im Moment nebensächlich. Niemand, erst recht kein Deutscher, musste ihn zweimal auffordern zu gehen. Er wusste selbst, wann es Zeit war, sich zu verabschieden.

„Du hast meine Handynummer. Melde dich, wenn du wieder runtergekommen bist. Auf diesen hysterischen Zirkus hab ich keinen Bock", sagte er nur, erhob sich vom Bett, zog sich hastig an und schnappte sich seine Tasche vom Sofa.

„Bis bald", sagte er mürrisch und verließ die Wohnung. Luke schaute ihm nach und kämpfte mit den Tränen. Teils aus Wut, teils aus Enttäuschung. Wie konnte Cem einfach so beschließen, für ein paar Monate abzuhauen? Noch dazu, ohne ihm die Chance zu geben, sich darauf einzustellen? Sie mochten kein Paar sein, aber trotzdem gehörte es doch dazu, sein Gegenüber nicht mit vollendeten Tatsachen zu konfrontieren. Kurz fühlte sich Luke an Samuel erinnert. Auch sein erster, richtiger Freund hatte die schmerzhafte Angewohnheit gehabt, tagelang unterzutauchen oder Entscheidungen, die sie beide betrafen, alleine zu fällen.

Kurz blitzte in Luke der selbstkritische Verdacht auf, dass er Samuel und Cem nicht vergleichen konnte – und sollte.

Sein nächster Impuls war, Meiko anzurufen. Doch gerade als er die Nummer im Adressbuch seines Handys aufrief, fiel ihm ein, warum er nicht konnte. Sie sprachen ja gerade nicht mehr richtig miteinander. Und vor allem nicht über Cem.

In panischer Wut hastete Luke in den Hausflur, sprang die Treppenstufen zu Sarahs Wohnung hinunter und hämmerte gegen die Tür. Doch niemand machte auf. Wo war seine beste Freundin, wenn er sie so dringend brauchte? Wahrscheinlich schob sie wieder einmal eine Sonderschicht.

„Scheiße! Scheiße! Scheiße!", schrie Luke die geschlossene Tür an. Zu spät bemerkte er, dass unten im Erdgeschoss Tina seinen Wutausbruch hörte und mit sorgenvoller Miene die Treppe nach oben stieg. Normalerweise hätte er sich dankbar an sie gewendet, doch so sehr er Tina mochte, sie war eben auch eine alte Tratschkuh. So etwas wie das Kommunikationszentrum ihrer

Clique. Sie würde sicher alles brühwarm ihrem Bruder erzählen. Doch genau das wollte Luke vermeiden. Allerdings war es bereits zu spät, um einen dezenten Rückzug anzutreten.

„Alles in Ordnung, Kleiner?“, fragte Tina. Sie hatte auf einem Absatz halt gemacht und musterte ihn durchdringend.

„Nein, natürlich nicht“, blaffte er zurück.

Missbilligend zog sie die rechte Augenbrauen nach oben.

„Kein Grund, mich so anzufahren“, entgegnete sie kühl.

Einige Sekunden starrten sich die beiden über die Treppenstufen hinweg an.

„Wir müssen nicht darüber reden. Was immer es ist“, sagte sie schließlich in versöhnlichem Tonfall. Luke schwieg. Ein lockendes Lächeln zeichnete sich auf Tinas Gesicht ab.

„Jörg und ich haben uns gerade einen Rotwein aufgemacht. Vielleicht hast du ja Lust, nach unten zu kommen? Wir könnten dir von dem Skandal erzählen, der sich heute auf der Beerdigung von Marcos Mutter zugetragen hat.“

Obwohl Tratsch genau der Grund war, warum Luke gerade nicht mit Tina reden wollte, musste er zugeben, dass eine hungrige Neugier in ihm aufstieg.

„Ein Skandal?“, fragte er unschlüssig.

Tinas Grinsen wurde breiter. Auch Luke konnte ein Lächeln nur schwerlich unterdrücken. Sie hatte ihn am Haken. Und sie beide wussten, dass es so war.

Langsam entkrampfte sich Lukes Körperhaltung. Mit geballten Fäusten hatte er die ganze Zeit über im Treppenhaus gestanden, als würde er sich jeden Moment auf seine Vermieterin stürzen.

„Alles in Ordnung bei euch beiden?“ Jörgs sonore Stimme drang aus dem Erdgeschoss zu ihnen nach oben.

„Alles bestens“, antwortete Tina, wobei sie Luke fragend anschaute.

„Ja, alles in Ordnung“, seufzte er erschöpft und ließ sich dann von ihr nach unten bringen.

Ein wohliger Schauer der Erleichterung breitete sich in ihm aus, als Tina sanft ihre Hand auf seine Schultern legte und kaum merklich zudrückte. Er war zu Hause. Zum Glück.

Das Hexenhaus

Eine neblige Nacht hatte sich über den Rheingau gelegt. Das kleine Dorf – eingeengt lag es zwischen dem Ufer des Rheins und den weitläufigen Weinbergen – war nach einem nervenaufreibenden Tag in einen unruhigen Schlaf gefallen. Nur vereinzelt brannte in den Häusern noch Licht oder ließ durch dicke Vorhänge das nervöse Flackern eines Fernsehers erkennen.

Die Fenster des Pfarrhauses waren dagegen noch hell erleuchtet. Der Kirchenmann saß nachdenklich an seinem wuchtigen Schreibtisch in der kleinen Arbeitsstube unter dem Dach und starrte vor sich hin. Vor ihm lag ein Stapel Pornohefte.

Eine Ecke weiter, in einem alten Fachwerkhaus, führten der Küster und seine Frau ein Krisengespräch. Es ging um nichts weniger als ihre gemeinsame Zukunft.

Am Ende derselben Straße leckte unterdessen der Bürgermeister seine Wunden und dachte voller Sehnsucht an seine verheiratete Geliebte. Manchmal trat er ans Fenster im Obergeschoss, denn von hier aus konnte er die Dächer der Gemeinde überblicken und es war ihm sogar möglich, in einiger Entfernung das Anwesen der Familie Bergius zu erspähen. Natürlich waren aus dieser Distanz aufgrund der nebligen Dunkelheit noch nicht einmal die Umrisse des stattlichen Weinguts mit all seinen Nebengebäuden und Scheunen auszumachen. Doch sie waren dort draußen etwas außerhalb des Dorfes, dem Gemeindeleben seit jeher entrückt.

Auch wenn er sich dafür schämte, so konnte der Bürgermeister nicht leugnen, über den Tod der alten Hexe erleichtert gewesen zu sein. Er hatte gehofft, mit deren Ableben wäre auch endlich ein sehr unrühmliches Kapitel seiner Karriere zu Ende gegangen. Doch wie sich jetzt herausstellte, wurde dieser dunkle Fleck auf seiner ansonsten doch so blütenweißen Weste immer sichtbarer, anstatt langsam zu verblassen. Um den Sohn, den Homo, hatte sich der Bürgermeister sowieso keine Sorgen gemacht. Der war vor vielen Jahren verschwunden und hatte in der komplexen Arithmetik des Gemeindelebens niemals eine wirkliche Rolle gespielt.

Ursprünglich hatte er auch die junge Bergius – die Nachzüglerin war aus der zweiten Ehe von Rosas Vater und einer Spätaussiedlerin hervorgegangen – nicht für ein Risiko gehalten. Offensichtlich hatte er sich in diesem Punkt getäuscht.

Wer hätte auch vermuten können, dass Karola einen derartigen Zirkus veranstalten würde? Sobald er an den vergangenen Tag, die missglückte Beerdigung und den darauffolgenden Skandal dachte, bekam er wieder Herzkammerflimmern. Ob sich diese durchgeknallte alte Jungfer wohl wieder beruhigt hatte? Was wäre, wenn sie am Ende noch mehr wusste?

Auch den Sohn mit seinen suspekten Begleitern, Figuren wie aus einem Wanderzirkus, betrachtete er nun in neuem Licht. Was wäre, wenn er nicht verkaufen wollte? Und was wäre, wenn nicht er, sondern seine Tante das Anwesen erben würde?

Sorgenvoll wandte sich der Bürgermeister vom Fenster ab und schenkte sich noch einen Cognac ein. Er ahnte, in dieser Nacht würde er kein Auge zubekommen.

Doch damit war er nicht alleine.

Luftlinie keinen Kilometer entfernt, auf dem Anwesen inmitten der Weinberge, stand Marco Bergius im Hof und zog fröstelnd an seiner Zigarette. Die ländliche Stille um ihn herum irritierte ihn. Kein Straßenlärm, keine Passanten und vor allem viel weniger Helligkeit, als er es gewohnt war. Die Nacht schien hier viel absoluter als in Frankfurt. Und doch konnte er nicht schlafen. Zwei Stunden hatte er sich in seinem Jugendbett herumgewälzt. Sein Geist wollte einfach nicht zur Ruhe kommen und inzwischen bereute er, nicht gemeinsam mit Tom nach Frankfurt zurückgefahren zu sein. Aber er hatte Karola nicht alleine lassen wollen. Im Gegensatz zu seiner Tante, die friedlich schlummerte, seitdem ihr der Arzt am Nachmittag ein Beruhigungsmittel verabreicht hatte, gelang es Marco einfach nicht abzuschalten. Noch nicht einmal in einen unruhigen Halbschlaf hatte er sich zwingen können. Von der missglückten Beisetzung über seinen Weggang von zu Hause bis tief in die Kindheit hinein taumelten seine Gedanken ziellos umher. Er gab dem Haus die Schuld daran. Zu viele Erinnerung förderte es zutage. Überall lauerten die Geister der Vergangenheit, Rosa war noch immer in jedem Winkel des Gebäudes präsent.

Von zahlreichen Fotografien schaute sie streng auf ihn herab, schien ihn bei jeder Bewegung zu beobachten, begierig darauf wartend, dass er einen Fehler beging. Doch es waren nicht nur die Abbildungen seiner Mutter, die ihm zu schaffen machten. In zahlreichen Gegenständen fand er Erinnerungen, Eindrücke und Erlebnisse wieder. Die wenigsten davon waren, wie er feststellen musste, positiver Natur.

Da war etwa das edle chinesische Porzellan in der Glasvitrine, eines von Rosas kostbarsten Schätzen. Ihm war es unter Androhung der Höchststrafe stets streng untersagt worden, die Tassen, Tellerchen und Kännchen auch nur zu berühren. Ein Verbot, das für den kleinen Marco die Faszination nur noch steigerte. Wenn er sich nicht täuschte, hatte die zweite Tasse von rechts in der hintersten Reihe einen angeklebten Henkel. Sie war ihm heruntergefallen, als er sie einmal heimlich herausgenommen hatte. Nur dank Karola war er damals der angedrohten Tracht Prügel entronnen. Sie hatte die zerbrochenen Stücke geschickt wieder zusammengeklebt und die Regelüberschreitung für sich behalten. Überhaupt war Karola während seiner Kindheit immer für ihn da gewesen, hatte ihn gegen seine Mutter verteidigt, ihm beigestanden. Für den kleinen Marco war sie große Schwester, nachsichtige Tante und gütiger Mutterersatz in einem gewesen.

Kein Wunder, dass er angesichts Rosas Todes nicht richtig trauern konnte. In ihm war dort, wo sich die Liebe und die Bande zu ihr hätten befinden sollen, eine undefinierbare Leere. Er verspürte keinen Verlust, den es zu betrauern galt. Diese Erkenntnis war womöglich das Tragischste am Tod seiner Mutter.

Von seinen Gedanken und Erinnerungen erschöpft, aber noch immer kein bisschen müde, trat er die Zigarette aus und kehrte zögerlich ins Haus zurück.

Nachdem er eine halbe Stunde durch das langweilige Nachtprogramm gezappt hatte, beschloss er, wenn er schon nicht schlafen konnte, dann doch wenigstens etwas Sinnvolles zu tun.

Zögernd betrat er das geräumige Arbeitszimmer seiner Mutter im Erdgeschoss. Das Eckbüro war nicht nur vom Haus aus zu betreten, sondern verfügte über einen eigenen Eingang, sodass Geschäftspartner und Besucher nicht durch den privaten Wohnbereich hatten geführt werden müssen. Eine große, breite

Fensterfront gewährte dem Betrachter einen erhabenen Blick über die Weinberge, das Rheintal und das nahe Dorf.

Das dominierende Möbelstück des Raums war ein wuchtiger antiker Schreibtisch mit einem grauen, nicht weniger antiken Computer. Auf einer kleinen Anrichte zur Rechten standen einige Flaschen Rotwein sowie ausgesuchte Wässerchen und Liköre in geschwungenen Karaffen bereit. Umrahmt wurde das Ensemble von einer massiven Bücherwand. Ein Interieur wie dem Bühnenbild von *Dallas* entliehen.

Bis zu seinem Tod hatte Marcos Vater offiziell in dem Büro residiert. Doch die heimliche Hüterin über dieses Reich war schon immer und unangefochten Rosa Bergius gewesen. Ihr Mann hatte allenfalls die Funktion einer stilgebenden Marionette gehabt. Ähnlich einem Schachspiel, bei dem der König zwar Titel und Rang nach der Herrscher, die Dame jedoch die beherrschende Spielfigur war.

Der schwere, handgeknüpfte Teppich auf dem Holzdielenboden schluckte Marcos Schritte und verstärkte die einschüchternde Stille. Im fahlen Schein der Schreibtischlampe schloss er die Schubladen und Türen des Schreibtischs auf.

Ein mulmiges Gefühl beschlich ihn, denn er drang in das geheime Reich seiner Mutter ein.

Stundenlang kämpfte er sich durch alte Lieferverträge, Bestellzettel, Buchhaltungsunterlagen und archivierte Geschäftsbriefe. Nur gelegentlich gelang es einem Dokument, Marcos Aufmerksamkeitskurve nach oben schnellen zu lassen.

Es graute bereits der Morgen, als Marco einen schweren braunen Umschlag aus einem kleinen Geheimfach zerrte, das er nur durch Zufall in der untersten Schublade entdeckt hatte. Irritiert las er sich das mehrseitige Vertragswerk durch. Ihm stockte der Atem.

Dem Dokument zufolge hatte seine Mutter bereits vor über einem Jahr sämtliche Ländereien mit Ausnahme des Hauses verkauft. Alle Weinberge, sogar die steilen Hanglagen nahe Assmannshausen, die sich seit über einhundert Jahren im Besitz der Familie befunden hatten, waren vom städtischen Weingut – und damit der Gemeinde – erworben worden.

Seine Mutter hatte ihn also bewusst in dem Irrglauben gelassen, die Weinberge seien nur verpachtet. Erst vor einigen Wochen hatte sie ihm versucht, ein schlechtes Gewissen einzureden, dass er noch immer nicht bereit sei, die Länderein der Familie zu bewirtschaften. Dabei hatte sie zu diesem Zeitpunkt schon längst keine Weinberge, keine einzige Rebe mehr besessen. Abgesehen vielleicht von den Zierweinstöcken, die Teile der alten Scheune umrankten.

Als er sich den vereinbarten Kaufpreis anschaute, stockte ihm erneut der Atem. Marco hatte nicht viel Ahnung von Grundstückspreisen, aber selbst ihm wurde schnell klar, dass die gezahlten Beträge deutlich über dem tatsächlichen Wert der Länderein lagen. Wie hatte seine Mutter einen derartigen Preis erzielen können?

Hatte sie etwa den Bürgermeister mit ihren Informationen über seine angebliche Affäre erpresst? Oder war sie womöglich im Besitz ganz anderer Informationen gewesen, die ihre Verhandlungsposition gestärkt hatten? Wie auch immer dieser Vertrag zustande gekommen war, er offenbarte ihm ein gänzlich anderes Bild von seiner Mutter. Vielleicht war sie doch keine so zahnlose alte Frau gewesen, wie von ihm vermutet.

„Du hast es also entdeckt."

Karolas Stimme ließ ihn zusammenzucken. Seine Tante stand, noch mit leicht zerzaustem Haar und Druckfalten im Gesicht, in der Tür zum Büro.

„Du bist wach. Wie geht es dir?"

„Gut, danke." Sie hatte einen beiläufigen Tonfall, als wäre nichts Besonderes geschehen und sie einfach nur ein bisschen Schlaf hätte nachholen müssen. „Ich hätte es dir sagen sollen. Aber ich wollte die Testamentseröffnung abwarten."

„Ich mache dir keinen Vorwurf. Es geht mich ja auch nichts an."

„Aber natürlich tut es das", widersprach sie ihm energisch. „Es ist … es war das Land deiner Familie. Rosa hätte dich fragen müssen."

„Ich hätte es ihr nicht untersagt. Ich wundere mich allerdings über den vereinbarten Preis. Der erscheint mir unglaublich hoch. Ging da alles mit rechten Dingen zu?"

Karola seufzte schwer und ließ sich auf den Lehnsessel vor dem Panoramafenster sinken. Gedankenverloren starrte sie auf das Dorf. Ihre Mundwinkel zuckten nervös und der Glanz von

Tränen legte sich über ihre graugrünen, sanften Augen. Es dauerte nur einen kurzen Augenblick, dann hatte sie sich wieder unter Kontrolle. Einzig das leichte, zittrige Beben in ihrer Stimme ließ erahnen, wie aufgewühlt sie wirklich war.

„Sagen wir es so, hier sind einige wohl verdammt froh, dass deine Mutter endlich tot ist. Deshalb bin ich gestern auch so ausgerastet." Sie hielt kurz inne, sammelte sich. Ob sie sich für ihr Verhalten auf dem Friedhof schämte? Marco wagte nicht, sie zu fragen. Noch nicht.

„Deine Mutter war stets gut informiert. Und sie hat es schon immer verstanden, Informationen zu ihrem Vorteil zu nutzen."

„Sie hat den Bürgermeister also mit seiner Affäre erpresst?", fragte Marco schockiert.

Seine Tante zuckte gleichgültig mit den Schultern. „Erpresst? Nein. Unter Druck gesetzt, ihr Wissen verwendet, um den Preis nach oben zu treiben. Mehr als wahrscheinlich. Aber ich weiß es nicht genau." Sie hielt kurz inne. „Auf jeden Fall hatten der Bürgermeister und Rosa noch einen weiteren Deal am Laufen. Falls jemals dein Elternhaus mit dem dazugehörigen Grundstück, den Nebengebäuden und der Kappelle zum Verkauf stehen sollten, hat er ein Vorkaufsrecht."

„Er als Privatperson oder die Gemeinde?"

„Soweit ich weiß, er als Privatperson. Der dazugehörige Vertrag liegt beim Notar deiner Mutter. Womöglich erklärt auch diese Vereinbarung, warum die Gemeinde ihr die Weinberge zu einem äußerst großzügigen Preis abgekauft hat. Immerhin hat Rosa direkt mit dem Bürgermeister verhandelt."

„Aber was will er mit dem Hof?"

„Man munkelt, er will hier ein Hotel bauen. Wellness für Weinliebhaber." Karola lächelte hintergründig. „Deine Mutter konnte sich zwar für diese Idee nicht erwärmen, doch das musste sie ihm ja nicht auf die Nase binden."

Marcos Lippen umspielte ein kurzes Lächeln. Wellness war in den Augen von Rosa Bergius ein dekadenter Luxus, den sich kleine Flittchen aus der Stadt leisteten, aber sicherlich keine Rechtschaffenden, fleißigen Leute vom Land. Plötzlich fiel ihm etwas ein.

„Du hast gesagt, es gäbe im Dorf einige Leute, die sich über den Tod von Rosa gefreut hätten."

Karola nickte traurig. Unangenehmes Schweigen breitete sich aus.

„Ich mach uns erst einmal ein richtiges Frühstück", sagte sie schließlich und verschwand in die Küche.

Wenige Minuten später durchströmte der Duft von Kaffee, Aufbackbrötchen und Rührei mit Speck das ganze Haus. Doch da war Marco schon längst, mit dem Kopf auf die Schreibtischplatte gestützt, eingeschlafen.

Instinkt

Ein Sommerwind, sanft und leicht, wie er es selten war an der Meerenge, strich durch das hohe, saftig-grüne Gras. Am Horizont, wo das grünliche Blau des Meeres nahtlos in das strahlende Blau des Himmels überging, zogen Fährschiffe und stattliche Ozeanriesen entlang. Die Luft war salzig.

Es roch nach Freiheit. Und nach Abschied.

Einsam thronte Kronborg Slot auf der kleinen Anhöhe.

Nur eine Autostunde entfernt tobte das Leben in den Straßen Kopenhagens. Doch hier, am äußersten Zipfel Seelands, wo der Nordwind und die Wellen der Ostsee beständig gegen das Ufer peitschten, herrschte eine geheimnisvolle, magische Nostalgie.

Nichts war so schön und zugleich so traurig wie das Meer. Nirgendwo sonst lagen Tod und Leben, Neubeginn und Abschied näher beieinander. Kein Wunder, dass William Shakespeare ausgerechnet an diesem mystisch anmutenden Ort das dunkle Drama um den Königssohn Hamlet angesiedelt hatte. Die grünen, schwungvollen Türme und die kleinen Erker des eleganten Renaissancebaus standen in unvereinbarem Gegensatz zu der wuchtigen Wehranlage, den breiten Wassergräben und einem beinahe komplett fensterlosen Eckturm.

„Welch ein schrecklicher, schöner Ort", sagte Teichmann.

„Es ist vorbei", sagte Linda, ohne den Blick vom Meer abzuwenden. „Ich werde gehen und nicht mehr zurückkehren. Es ist vorbei."

Ihre schulterlangen blonden Haare wurden von den Windböen immer wieder hin und her gewirbelt. Der ockerfarbene

Trenchcoat flatterte unruhig. Er umschloss mit seinen kräftigen Händen ihre Schultern, wollte sie zu sich umdrehen. Er wollte, dass sie wiederholte, was sie gesagt hatte und ihm dabei in die Augen blickte. In seine blutunterlaufenen, verquollenen Augen, von dunklen Ringen gezeichnet. Die schweigenden Zeugen schlafloser Nächte.

Doch egal wie viel Kraft er aufbrachte, egal wie sehr er an ihr zerrte, ihr drohte, sie beschimpfte, sie wandte ihr Gesicht nicht vom Meer ab und ihm zu, starrte nur stur weiter geradeaus und wiederholte mit einer monotonen Stimme: „Es ist vorbei. Es ist vorbei."

Teichmann begann zu schreien, versuchte um sie herumzurennen. Doch sobald er eigentlich ihr gegenüber hätte stehen, ihr in die Augen hätte schauen müssen, drehte sich die Welt mit ihr. Und schlagartig war Hans wieder hinter seiner Frau, blickte über ihre Schultern auf das Meer hinaus. „Es ist vorbei."

Ihre Stimme machte ihn wahnsinnig. Rasend vor Wut begann er zu schreien, auf sie einzuschlagen. Doch sie blieb stur und kerzengerade stehen, die Ostsee im Blick. Plötzlich lag der kühle Knauf einer Pistole in seiner Hand. Er konnte nicht sagen, wie er zu dieser Waffe gekommen war. Doch es war auch nicht weiter wichtig. Sie war einfach da. „Es ist vorbei. Es ist vorbei."

Er wollte nicht abdrücken. Doch sein Finger gehorchte ihm nicht, hatte einen eigenen Willen entwickelt. Oder war es nur der dunkelste seiner geheimsten Wünsche, dem der Finger Folge leistete?

Hans Teichmann drückte ab. Ein lauter Knall.

Mit einem gellenden Schrei erwachte der Alte. Sein Körper war schweißgebadet, das Laken triefend nass. Zitternd erhob er sich aus seinem Bett, schlüpfte in die Pantoffeln und schlurfte seufzend in die Küche.

Kaum war er aus seinem stickigen, kleinen Schlafzimmer getreten, fröstelte es ihn. Die Wohnung war kühl und klamm. Er trug nur eine Shorts und ein ausgeleiertes Feinrippunterhemd. Teichmann schenkte sich ein Glas Mineralwasser ein, leerte es in einem Zug.

Kurz kehrten seine Gedanken zu dem Alptraum zurück. Diese Begebenheit hatte so niemals stattgefunden. Sie waren nur in glücklichen Zeiten gemeinsam am Kronborg Slot gewesen. Und ihm gestanden, dass es vorbei sei, hatte seine Frau hier in Frankfurt. In ihrer Wohnung. Trotz manch dunkler Vorahnung war diese Offenbarung plötzlich und unvermittelt über ihn gekommen, nach Dienstende an einem Montagabend. In die Augen geschaut hatte sie ihm dabei allerdings tatsächlich nicht.

Warum er diese Szene wohl in seinen Träumen regelmäßig nach Seeland verlegte? Vielleicht, weil er nur angenehme Erinnerungen mit ihren gemeinsamen Urlauben in Dänemark verband, ganz so, als wäre es ein anderes Leben gewesen. Andere Menschen.

Ja, sie hatten tatsächlich über viele Jahre viele schöne Wochen in ihrem Ferienhaus nahe Kopenhagen verbracht. Nach der Scheidung war er nur einmal dorthin zurückgekehrt, um es zu verkaufen und die letzten persönlichen Habseligkeiten nach Deutschland zu überführen.

Er hatte damals lange mit sich gerungen, ob er Dänemark wirklich für immer verlassen wollte, lagen hier doch schließlich die Wurzeln seiner Mutter. Und auch seine eigenen.

Zwar war er in Deutschland geboren, doch nach der Scheidung seiner Eltern hatte ihn seine Mutter mit in ihre Heimat genommen. Sie war im Herzen immer ein Mädchen aus Kopenhagen geblieben. Fünf Jahre lebten sie hier gemeinsam in einer kleinen Dachgeschosswohnung mit Blick auf die verwinkelten Gassen des Østerbro-Viertels.

Es war rückblickend die glücklichste Zeit seines Lebens und wer konnte schon sagen, wie dieses verlaufen wäre, wenn seine Mutter nicht plötzlich gestorben wäre. Wieder wurde der kleine Hans aus seiner gewohnten Umgebung gerissen. Er kehrte zurück nach Deutschland, zu einem Vater, der ihm fremd geworden war. Zwar gelang es ihm, sich auch hier wieder wohl und geborgen zu fühlen, doch die Sehnsucht nach Kopenhagen und Seeland, nach der brausenden Ostsee und den kalten Wintern sollte ihn nie wieder loslassen. Und so kaufte er sich gemeinsam mit seiner Frau, sobald sich auf ihrem Sparkonto genug angesammelt hatte, ein kleines Ferienhaus nördlich von Kopenhagen. Die kleine Siedlung schmiegte sich zwischen den Rand eines alten Eichenwaldes und einen weitläufigen Sandstrand. Vor allem im Herbst und Winter war die Szenerie von einer dramatisch schönen Melancholie umhüllt, die nur erträglich wurde durch das Wissen um die Nähe der pulsierenden Metropole. Der Alte hatte diese traurige Atmosphäre Seelands geliebt, an der Seite seiner Frau förmlich darin gebadet. Doch seit der Scheidung ertrug Teichmann diese Stimmung nicht mehr. Und so wirkte der Verkauf des Hauses schließlich, als würde eine Last von seinen Schultern genommen.

Der Alte riskierte einen kurzen Blick auf die friedlich tickende Küchenuhr. Vier Uhr. Es war noch früh am Morgen. Viel zu früh. Er musste erst in zwei Stunden aufstehen. Doch er würde nicht mehr einschlafen können. Nicht nach diesem Traum. Das konnte er nie. Der Alte seufzte schwer. Dann setzte er Teewasser auf, schaltete das Radio an und deckte den Frühstückstisch. Er hatte vergessen, Brot zu kaufen. So musste er notgedrungen mit einer alten, labbrigen Semmel vorliebnehmen.

Gleichmäßig bestrich er das Brot mit Marmelade. Dann nahm er sein Notebook und klickte sich durch die aktuellen Meldungen im Internet. Gesundheitsreform. Arbeitsmarktzahlen. Promi-Skandale. Erdbeben in der Karibik. Wetterbericht.

Nichts konnte sein Interesse wecken. Gelangweilt schlang er sein Brötchen hinunter, schlürfte seinen Tee. Innerhalb weniger Minuten war das Frühstück vorüber. Seit er alleine war, waren die Mahlzeiten zu Hause nur eine lästige Pflicht, die er ohne Hingabe hinter sich brachte. Manchmal fragte er sich, ob es nicht nett wäre, einen Mitbewohner zu haben. Jemand, der ihm zumindest ab und an Gesellschaft leistete, mit dem er sich austauschen konnte. Entgegen seinem Ruf im Büro war Hans Teichmann ein kommunikativer Mensch. Er sprach nur eben nicht mit jedem. Doch wer sein Vertrauen gewann, sein Freund wurde, dem öffnete er sich bereitwillig. Allerdings waren im Laufe der Jahre jene Menschen, mit denen er gerne Zeit verbrachte, auf die er sich einließ, immer weniger geworden. Ein Prozess, der durch eine Scheidung, die ihn gut die Hälfte seines Freundeskreises gekostet hatte, schmerzlich beschleunigt worden war. Doch es gab sie noch, eine Handvoll Menschen, die ihm etwas bedeuteten. Denen auch er hoffentlich etwas bedeutete. Und so lange weigerte er sich, das traurige Gefühl der Einsamkeit zuzulassen. Davon abgesehen: Wer war schon morgens um vier Uhr nicht alleine?

Der Kommissar erhob sich seufzend und machte sich eine zweite Tasse Tee. Dann griff er nach der Aktenmappe, die er sich mit nach Hause genommen hatte. Wider seinen Vorsatz, die Arbeit im Büro zu lassen.

Der Autopsiebericht schloss Fremdeinwirkung beim Tod von Pierre Müller mit einer Wahrscheinlichkeit von neunzig Prozent aus.

Auch die Spurensicherung fand keine hinreichenden Beweise für einen Einbruch. Die Verwüstungen konnten auch von dem Toten in einem Anflug der Raserei selbst verursacht worden sein.

Die Krawatte bereitete den Gutachtern allerdings Kopfzerbrechen. Sie schien nach dem tödlichen Stromschlag angelegt worden zu sein. Beweisen konnte man das allerdings nicht. Und natürlich war da noch das Mysterium des fehlenden Rechners und des Handys. Kurz vor seinem Tod, in der Neujahrsnacht, hatte Pierre Müller noch eine SMS versendet, das hatte die Auswertung der Daten ergeben, die sie von dem Mobilfunkanbieter erhalten hatten. Der Empfänger war allerdings ein Prepaid-Handy. Eine Spur ins Leere.

Der Alte konnte nicht mehr sagen, wie oft er sich die Berichte durchgelesen hatte. Sein Notizbuch war inzwischen voller Anmerkungen und Vermutungen. Doch der entscheidende Durchbruch blieb aus. Er hatte kein stichhaltiges Indiz oder gar einen Beweis für die Theorie, dass Pierre Müller durch Fremdeinwirkung zu Tode gekommen war. Nur sein Instinkt sagte ihm, dass dieser Fall noch längst nicht abgeschlossen war. Das ständige Gefühl, etwas Entscheidendes übersehen zu haben, blieb. Oder hatte er sich nur in einen Fall, der keiner war, verbissen? Eine Frage, die er sich noch vor einigen Monaten nicht gestellt hätte. Auf seinen Instinkt war Verlass. Doch seit seiner Diagnose hatte er stets das Gefühl, ein Teil seines Verstandes arbeite nicht richtig mit und beschäftige sich lieber damit, die eigene Lage zu analysieren und nach Auswegen zu suchen. Vor allem hoffte er noch immer, es gäbe einen Weg, die anstehende Operation zu vermeiden.

Als Teichmann wieder auf die Küchenuhr sah, war es kurz nach sechs Uhr. Draußen war es noch immer dunkel. Doch langsam schien die Stadt zu erwachen. Die Nachbarn über ihm trampelten bereits herum und der Straßenverkehr nahm langsam zu.

Der Alte befand, dass es zu dieser Uhrzeit vertretbar war, die Wohnung zu verlassen.

Keine halbe Stunde später steuerte er seinen Dienstwagen zielstrebig in Richtung Oberrad. Auf den Straßen herrschte noch die Ruhe vor dem großen werktäglichen Sturm. Bald würde eine hupende, unruhige Blechlawine die Stadt überrollen. Bis dahin hoffte er, längst an seinem Schreibtisch im Polizeipräsidium zu sitzen. Zuvor stand jedoch eine erneute Tatortbesichtigung auf dem Plan.

Die Wohnanlage in Oberrad, in der die Leiche von Pierre Müller gefunden worden war, schien noch nicht im neuen Tag angekommen zu sein. Nur vereinzelt brannten Lichter in den Fenstern. Doch er schätzte, dass sich dieser Zustand innerhalb der nächsten Stunde schnell ändern würde. Es konnte nicht mehr lange dauern, bis das Konzert der Wecker begann.

Teichmann beeilte sich, ungesehen in die Wohnung des Toten zu kommen. Er wollte keinen unnötigen Aufruhr. Falls es tatsächlich Mord war, konnte der Täter durchaus aus der direkten Nachbarschaft stammen. Sollte er sich ruhig in der Sicherheit wiegen, dass die Ermittler den Fall längst zu den Akten gelegt hätten.

Inzwischen war das Polizeisiegel an der Tür verschwunden und das Apartment von den Familienangehörigen zum Teil ausgeräumt. Trotzdem wollte der Alte noch einmal die Atmosphäre des potenziellen Tatorts auf sich wirken lassen. Vielleicht würde das seine verstopften Gedankengänge endlich reinigen.

Als er die Tür aufschloss, schwappte ihm ein Schwall warmer, muffiger Luft entgegen. Offensichtlich hatte jemand vergessen, die Heizung auszustellen. Ein weiteres Mysterium in diesem Fall. Als sie die Wohnung betreten hatten, waren sämtliche Heizkörper ausgeschaltet gewesen. Die Räume hatten einer Kältekammer geglichen. Nur aus diesem Grund war die Leiche so wenig verwest. Wer auch immer dafür gesorgt hatte, dass die Wohnung auskühlte, hatte damit erreichen wollen, dass Pierre Müller in einem halbwegs würdigen Zustand gefunden wurde. Nicht auszudenken, wie die Leiche ausgesehen hätte, wenn sie bei angenehmen fünfundzwanzig Grad Raumtemperatur mehrere Tage vor sich hin gefault hätte. Natürlich war das kein Beweis für Teichmanns Vermutungen. Schließlich lag es im Bereich des Möglichen, dass Pierre Müller selbst dafür gesorgt hatte. Vielleicht war es sein Wunsch gewesen, so würdevoll wie möglich auszusehen, wenn er gefunden wurde.

Nachdenklich schaute sich der Alte in dem Apartment um. Die Verwüstungen waren inzwischen beseitigt und in einer Ecke im Wohnzimmer stapelten sich Umzugskartons. Das Bücherregal war leer geräumt. Ohne bestimmtes Ziel vor Augen schlich der Alte durch die verlassenen Räume. Alles wirkte wesentlich ordentlicher und aufgeräumter als bei seinem letzten Besuch.

Aber auch unbewohnt und tot. Ein Haus ohne Hüter.

Im Badezimmer zeugte nichts mehr von dem Drama, das sich hier ereignet hatte. Der scharfe Leichengeruch war verschwunden. Hans erwog kurz, sich in die Wanne zu legen, um sich die Perspektive des Toten zu eigen zu machen, verwarf die Idee allerdings schnell wieder. Er hatte wohl zu viele amerikanische Krimiserien gesehen.

Der gerichtsmedizinische Befund war einigermaßen nichtssagend. Todesursache war ein Stromschlag, hervorgerufen durch den Föhn, der im Badewasser gelandet war. Wahrscheinlich sei es Selbstmord gewesen, so der Gerichtsmediziner. Dafür sprach auch, dass der Tote wohl zahlreiche Antidepressiva und Alkohol konsumiert hatte. Hört sich so an, als wäre Pierre Müller ein einsames, armes Schwein gewesen, dachte der Alte. Auch ob die Krawatte *post mortem* angelegt worden war, konnte nicht festgestellt werden. Allerdings fand der Gerichtsmediziner zahlreiche Würge- und Strangulierungsmale an dem Hals des Toten. Wahrscheinlich die Folgen härterer sexueller Vorlieben. Schwulenmilieu eben, dachte Teichmann. Dementsprechend hatten sie sein privates Umfeld durchforstet. Ohne Ergebnis. Auch seine Familie, die zwar von der Homosexualität des Toten wusste, diese Tatsache allerdings ausgeblendet hatte, konnte ihnen nicht weiterhelfen.

Alles kalte Spuren ins Nichts.

Als Letztes nahm er sich das Schlafzimmer des Toten noch einmal vor. Seiner Ansicht nach sagte dieser Raum mehr über einen Menschen aus als die ganze restliche Wohnung. Es war meist das privateste Refugium überhaupt.

In diesem Raum wurde geschlafen und gevögelt, die beiden intimsten menschlichen Bedürfnisse überhaupt. Das Schlafzimmer wurde also in der Regel mit jenen geteilt, die einem nahe standen, und nur auf ausdrückliche Einladung war es gestattet, sich hier aufzuhalten. Gab es eine Wohnungsführung, wurde den Gästen, wenn überhaupt, ein kurzer Blick hinein erlaubt. Und waren Küche und Wohnbereich auch sonst stets vorzeigbar und ordentlich, konnten hier, zwischen Bett, Nachttisch und Kleiderschrank, Unordnung und Chaos regieren.

Das Schlafzimmer von Pierre Müller präsentierte sich, im Gegensatz zum Rest der mit Büchern und Nippes, Fotos und Spiegeln vollgestopften Wohnung, leer und sachlich. Dominiert wurde der Raum von einem großen Wasserbett. Als Nachttisch diente ein Stapel alter Bücher, auf dem eine kleine Lampe und ein Wecker thronten.

Das Bett war nach Osten, zum Fenster hin, ausgerichtet. Es musste schön gewesen sein, am Morgen von den sanften Strahlen der Sonne wach gekitzelt zu werden. Der große Kleiderschrank mit Schiebetüren aus Milchglas war beinahe schon pedantisch ordentlich und akkurat sortiert.

Nachdenklich ging Teichmann zurück in das ehemals verwüstete Büro und nahm noch einmal den Abschlussbericht der Spurensicherung zur Hand. Abgesehen von dem Rechner schien nichts Offensichtliches zu fehlen. Bargeld, Plasmafernseher und Stereoanlage, alles war noch an seinem Platz. Sogar der kleine iPod lag unbeachtet in einer Schreibtischschublade. Natürlich konnte es sein, dass Pierre Müller seinen PC tatsächlich verkauft, verschenkt oder zur Reparatur gebracht hatte. Auch wenn dafür keinerlei Beweise wie etwa eine Rechnung oder ein Lieferschein vorlagen. Abgesehen davon, konnte sich der Alte nicht vorstellen, dass ein IT-Administrator wie Müller keine Sicherheitskopien anfertigen würde. Doch von Speichermedien oder einer mobilen Festplatte fehlte jede Spur.

Plötzlich blitzte kurz und beinahe nicht greifbar eine Erinnerung in seinem Kopf auf. Erst vor wenigen Tagen hatte er in einem Buch – *iLife für Dummies* – gelesen, dass man MP3-Spieler auch als externes Laufwerk nutzen konnte. Aufgeregt und mit zittrigen Händen kramte er eine Plastiktüte aus seiner Jackentasche und griff damit nach dem kleinen weißen Gerät und den beiden Kopfhörern. Ob die Spurensicherung auch so weit gedacht hatte? Wahrscheinlich nicht! Alles inkompetente Schlamper!

Es war ein Strohhalm, nach dem er griff, doch es war womöglich auch eine heiße Spur.

Donnerschläge

Blitze erleuchteten die Dunkelheit. Donnerschläge im hypnotisierenden Rhythmus ließen die Luft erzittern, brachten sein Trommelfell zum Beben. Hitzewellen fluteten durch seinen zuckenden Körper. Am Rande registrierte er, dass seine Kehle trocken und rau war. Doch er hatte keine Zeit, etwas zu trinken. Er musste tanzen, konnte jetzt nicht das Glas zum Mund führen. Nur noch dieses Set, noch einen letzten Donnerschlag … Und dann, dann würde er gehen.

Dejan hatte jedes Zeitgefühl verloren. Konnte nicht sagen, ob es Nacht oder bereits Tag war. Solange er sich erinnern konnte, war er in diesem Club gewesen. Ein Davor gab es nicht, ein Danach kaum vorstellbar.

Die Donnerschläge wurden schneller, lauter, fordernder. Der Höhepunkt war nahe. Gleich würde die Explosion kommen. Nur noch wenige Einschläge. Und dann … Schlagartig verstummte die Musik. Das Licht ging an. Dejan wurde jäh aus seiner persönlichen Realität gerissen, geradewegs in einen grellen, stillen Alptraum.

Irritiert schaute er sich um. Vereinzelt erklangen Beschwerden und Buh-Rufe um ihn herum, irritierte Fragen wurden gestellt. Doch die meisten der schwitzenden Feiernden waren erstarrt, als würden sie jetzt erst gewahr, wo sie sich befanden.

„Ordnungsamt Frankfurt. Die Party ist vorbei!“, ertönte plötzlich die harte, blecherne Stimme einer Frau aus den Lautsprechern. „Bitte begeben Sie sich zu den Ausgängen.“

Aufgebracht und aufgescheucht stolperte die Meute in das helle Licht eines klaren Wintertages. Samstagmittag, zwölf Uhr. Vor dem Club stand eine Wagenkolonne des Ordnungsamts. Schnell brach die Club-Gemeinschaft auseinander, zerstreute sich in alle Himmelsrichtungen. Ziellos torkelte Dejan durch die enge Seitenstraße in Richtung Zeil. In einiger Entfernung erkannte er einen nicht enden wollenden Strom aus Menschen. Sie schoben sich durch die Einkaufsmeile, an Schaufenstern, Imbissbuden und Cafés vorbei. Er hielt inne, begriff, dass er der kollektiven Kraft der Menschenmasse nichts entgegensetzen konnte, änderte die Richtung und stolperte so zielstrebig wie möglich auf die kleine Grünanlage am anderen Ende der Straße zu. Erschöpft ließ er sich auf eine Parkbank sinken. Sein Körper zitterte. Es war kalt. Das wunderte ihn, schließlich schien die Sonne und der Himmel war blau.

Du hast deine Jacke im Club vergessen! Der Gedanke schoss kurz durch seinen Kopf, dann trieb Dejan davon.

Dunkelheit umgab ihn. Aus weiter Entfernung hörte er eine Stimme. Und dann zerrte plötzlich jemand an ihm. Er wollte sich wehren, nuschelte Protest. Dann tauchte er endgültig ein in Stille und Dunkelheit.

Dejan tastete sich aus der Nacht zurück ins Licht. Noch bevor er die Augen öffnete und sein Verstand langsam wieder die Arbeit aufnahm, registrierte er, dass er sich nicht mehr dort befand, wo er dankbar in einen komatösen Zustand gesunken war. Allerdings konnte Dejan, obwohl er tief in seinen nebulösen Erinnerungen grub, nicht sagen, wo dieses *Dort* eigentlich war.

Kurz verfluchte er sich für seine Nachlässigkeit. Er hatte sich doch vorgenommen, seinen Drogenkonsum regulierter zu gestalten.

Dejan liebte den Augenblick des Rauschs. Er war ihm zwar nicht verfallen, doch er kehrte immer wieder zu ihm zurück. Und sobald der Moment des Loslassens und Abdriftens gekommen war, wurde er schnell maßlos. Genau das war ihm jedoch im vergangenen Herbst nach einer Partynacht zum Verhängnis geworden. Auf dem Heimweg war er von zwei Jugendlichen übel zusammengeschlagen und ausgeraubt worden. Er erinnerte sich nur bruchstückhaft daran, doch ein blaues Auge, Schürfwunden und zahlreiche Prellungen zeugten von der Auseinandersetzung. Unter normalen Umständen wäre Dejan locker mit den beiden fertiggeworden. Wahrscheinlich hätten sie ihn noch nicht einmal angegriffen, wenn er sich nicht derart mitgenommen durch die Straßen geschleppt hätte. Seine harten Gesichtszüge, die Narbe unter dem Auge und die muskulösen Oberarme verliehen ihm eine natürliche, einschüchternde Autorität, die durch seine Kleidung und die betont machohafte Gestik unterstrichen wurde. Nach dem Überfall hatte sich Dejan geschworen, nicht mehr so nachlässig und leichtsinnig zu sein. Ein weiterer Vorsatz, den er im noch jungen, neuen Jahr bereits gebrochen hatte.

Vorsichtig öffnete Dejan die Augen. Doch anstatt schmerzhaften, grellen Tageslichts umschloss ihn angenehmes Halbdunkel. Skeptisch schaute er sich um. Er befand sich in einer kleinen Bar, die er allerdings noch nie betreten hatte. Es war keine der Anmach- und Stricherkneipen, in denen er sich normalerweise bewegte. Hier hingen nirgendwo billige Fotografien nackter Männer an der Wand. Auch der übliche schwul-kitschige Glitter-Look, der selbst in der dunkelsten Kaschemme gerne zelebriert wurde, fehlte. Stattdessen schien ein sanftes Blau die gesamte Bar zu erfüllen.

Langsam setzte er sich auf. Eine Woge des Schmerzes durchströmte seinen Körper. Er war verspannt; sein Nacken war steif. Kein Wunder, hatte er doch offensichtlich die vergangenen Stunden auf einer harten, nur mit einem dünnen Lederaufsatz überzogenen Bank gelegen. Ohne Kissen oder Decke. Wo verdammt noch mal war er? Und vor allem, wie war er hierhergekommen? Außer ihm schien niemand in der Bar zu sein.

Dejan erhob sich. Sofort begann der Boden zu schwanken, der Raum drehte sich. Er schloss die Augen und gönnte sich einen Moment der Dunkelheit. Nachdem die Welt um ihn herum zum Stillstand gekommen war, ging er hinter den Tresen und leerte in einem kräftigen Zug eine Flasche gekühltes Wasser. Ein kurzer Blick auf die Uhr sagte ihm, dass er rund sechs Stunden geschlafen hatte. Dejan überflog die beeindruckende Ansammlung harter Alkoholika in den Regalen.

Er war zwar gerade erst aufgestanden, doch es war bereits früher Abend. Die beste Zeit, um mit dem Trinken zu beginnen. Vor allem, wenn er eine ganze Bar für sich alleine hatte.

Dejan schenkte sich einen großzügigen Gin Tonic ein. Der Alkohol besserte seine Laune und seinen Zustand schlagartig, und sobald er wieder klarer im Kopf war, meldete sich seine Blase. Er ging auf die Toilette und pisste. Das Glas gab er dabei nicht aus der Hand.

Auf dem Rückweg zur Theke fiel ihm die Tür im hinteren Bereich des Gastraums auf. Vorsichtig stieß er sie auf und kam in eine beengte, kleine Küche, die zwar unaufgeräumt, aber sauber war. An der Wand stand ein kleines Klappsofa, auf dem unter einer karierten Wolldecke ein Mann lag und gleichmäßig schnarchte. Ob er es ihm zu verdanken hatte, hier aufgewacht zu sein?

Von Neugier getrieben schlich Dejan vorsichtig zu dem Klappbett. Er beugte sich über seinen unbekannten Helfer und musterte ihn eingehend. Er sah aus wie der Prototyp eines Großstadtschwulen: kurzes, leicht schütteres Haar, glatte Haut und Solarium-Teint.

Dejan kannte das Gesicht, konnte es aber nicht zuordnen. Vielleicht ein Freier? Wenn ja, dann war er kein Stammkunde. Er wandte sich leise von dem schlafenden Mann ab und schlich wieder aus der Küche hinaus. Zügig leerte er den Gin Tonic, stellte das Glas in die Spüle und ging in Richtung Ausgang.

Er zögerte kurz, spielte mit dem Gedanken zurückzugehen, den Fremden zu wecken, ihn zu fragen, wer er überhaupt sei. Warum mischte sich ein Unbekannter in sein Leben ein?

Ein Teil von Dejan wollte es wissen. Doch sein Fluchtinstinkt war stärker: Raus! Weg! Hau ab! Lass dich nicht auf dieses seltsame Spiel ein!

Und so entriegelte er die Tür und trat hinaus. Im verregneten Grau des Abends verharrte er kurz, orientierte sich. Er befand sich in einer Seitenstraße zur Alten Gasse.

Mit einem leisen Klicken fiel die Tür hinter ihm ins Schloss. Zögernd drehte sich Dejan um und schaute auf das blau leuchtende Schild über dem Eingang. In Versalien stand dort der schlichte, aber wie er fand, sehr zutreffende Name der Bar: *Blue.*

Der junge Padawan

Als Meiko aufwachte, stellte er zu seiner Enttäuschung fest, dass der Stricher mit der Narbe unter dem rechten Auge verschwunden war. Es war kurz vor zwanzig Uhr am Samstagabend. Gleich würde er das *Blue* aufmachen. Er hatte nicht geduscht, trug seit bald vierundzwanzig Stunden dieselben Klamotten und fühlte sich furchtbar.

Er konnte nicht mehr genau sagen, was ihn bewogen hatte, den Jungen von der Parkbank aufzusammeln und mitzunehmen. Er hatte sich wohl verantwortlich gefühlt für ihn. Obwohl er ihn doch eigentlich gar nicht kannte, ihn nur einmal, vor vielen Wochen, gefickt hatte. Dabei hatte er noch nicht einmal für ihn bezahlt, denn die Rechnung war von dem Apotheker beglichen worden. Etwas in ihm hatte Mitleid mit dem Kleinen gehabt. Er hätte ihn ja auch schlecht in der Kälte liegen lassen können. Doch wenn er in sich hineinhorchte, musste sich Meiko eingestehen, dass das nicht der einzige Grund gewesen war, der ihn dazu verleitet hatte, dem unbekannten Stricher zu helfen.

Ein Teil von ihm hatte sich, so seltsam es auch war, nach Gesellschaft gesehnt. Er hatte gehofft, aufzuwachen und nicht alleine zu sein. Meiko verspürte nicht oft dieses Bedürfnis. In der Regel war sogar das Gegenteil der Fall. Meist war ihm bereits die Vorstellung ein Graus, das Bett teilen zu müssen. Viel zu schnell verwandelte sich ein geiler One-Night-Stand in einen schnarchenden Störenfried, der am nächsten Tag aus dem Mund roch und sich beim gemeinsamen Frühstück mit seinem Geplapper endgültig als langweiliger Vollidiot entlarvte.

Doch als er unsanft von den Truppen des Ordnungsamts aus dem dämmrigen Schutz des Clubs geschmissen worden war, hatte er sich im grellen Licht des Tages plötzlich ziemlich alleine gefühlt. Sein erster Reflex war es, Luke aus dem Bett zu klingeln. Das machte er öfter nach der After-Hour-Party. Sie gingen dann gemeinsam frühstücken und ließen sich durch den Tag treiben. Doch diese Zeiten waren seit einigen Wochen vorbei. Und so sammelte Meiko lieber einen unbekannten Stricher von der Straße auf, als sich mit Luke auszusprechen, gar um Entschuldigung zu bitten. Letztlich war Meiko es doch gewesen, der recht behalten hatte – wieder einmal. Von Tina wusste er natürlich schon längst, dass der Türke verschwunden und Luke erneut alleine war. Alleine, genau wie er.

Es gab Tage und Augenblicke, sie waren zwar nicht häufig, doch in denen gestattete sich sogar Meiko ein wehmütiges Sehnen nach Zweisamkeit. Nicht nach einer Beziehung im herkömmlichen Sinne, doch nach einem Vertrauten, einem Begleiter, vielleicht auch nur einem Schüler, der zu ihm aufschaute. So jemand war Luke die vergangenen Jahre über gewesen. Er vermisste ihn. Oder vermisste er nur, wie er selbst war, wenn er Zeit mit Luke verbrachte?

Unschlüssig schaute sich Meiko in der Bar um. Seiner Bar.

Die Stille war bedrückend. Keine Musik, kein leises Gemurmel, kein hysterisches Schnattern und kein Lachen.

Wohin der Stricher wohl verschwunden war? Wie hieß er noch? Meiko forschte in seinen Erinnerungen nach einem Namen, fand ihn jedoch nicht. War ja auch egal, der Junge war sowieso nicht mehr hier.

Plötzlich wurde die Tür aufgeschlossen. Meiko fuhr erschrocken herum. Luke stand im Eingang und schaute ihn überrascht an.

„Luke! Was machst du denn hier?"

„Ich habe heute Dienst. Und du?"

„Bin nur mal so hier", wich Meiko aus. „Lange nicht gesehen."

„Stimmt. Und ganz ehrlich: Du siehst furchtbar aus", antwortete Luke und lächelte schwach.

„Da könntest du recht haben. Ich war seit gestern Abend auch nicht mehr zu Hause."

Unschlüssig standen sich die beiden Männer gegenüber.

„Willst du was trinken?", fragte Meiko. Ohne eine Antwort abzuwarten, machte Meiko zwei Bier auf. Sie prosteten sich zu und mussten dabei beide lächeln.

„Schön, dich zu sehen", sagte Luke, als wären sie sich viele Jahre lang nicht mehr begegnet. Und irgendwie kam es ihm auch so vor.

Weitgehend schweigend leerten sie ihr Bier und begannen die Bar auf den samstäglichen Ansturm vorzubereiten. Kurz darauf kamen die ersten Gäste und mit einiger Verspätung traf auch Basimah ein, die gemeinsam mit Luke für die Arbeitsschicht eingetragen war.

Meiko fühlte sich noch immer furchtbar und weigerte sich standhaft, in einen Spiegel zu schauen. Trotzdem hielt er bis Mitternacht durch. Als die erste Gäste-Flut abebbte, nahm er Luke beiseite. „Tina hat mir erzählt, was passiert ist."

„Dachte ich mir doch, dass sie die Klappe nicht halten kann."

„He, sie ist immerhin meine Schwester!"

Luke grinste. „Ich mache ihr auch keinen Vorwurf. Bleibt ja schließlich in der Familie. Und jetzt? Muss ich mir ein Ich-habes-dir-doch-gesagt anhören?"

„Nein. Im Gegenteil. Es tut mir wirklich leid, dass es nicht so gelaufen ist, wie du es dir erhofft hattest."

„Danke. Nett von dir. Aber vielleicht wird es ja noch mal was. Ich meine, er ist ja nicht für immer weggegangen. Und ich muss zugeben, dass ich wirklich überreagiert habe … Ich habe ihn wohl überfordert … oder zu viel gefordert."

Meiko zuckte mit den Schultern. Gerne hätte er Luke in dieser selbstkritischen Betrachtung zugestimmt, aber er wollte das dünne Eis, auf dem sie sich gerade bewegten, nicht noch weiter strapazieren. Und so verkniff er sich jeden sarkastischen Kommentar und legte stattdessen viel Mitleid in seine Stimme.

„Kleiner, ich habe echt ein schlechtes Gewissen, dass ich dir nicht davon erzählt habe, wie mir Cem im …" Er hielt inne. Doch da war es bereits zu spät. Luke schaute ihn misstrauisch an.

„Was ist mit Cem?"

Meiko schüttelte über seine eigene Dummheit den Kopf. Hätte er nicht einfach die Klappe halten können? Verflucht!

„Nichts. Nichts Besonderes zumindest." Er zögerte kurz, unschlüssig, ob es ratsam war, weiterzusprechen. Doch es war zu spät, um zurückzurudern. „Du kennst doch dieses kleine Pornokino, in das ich dich mal mitgenommen habe. Dieser abgefuckte Schuppen."

„Ja?" Jeder einzelne Muskel in Lukes Körper war angespannt, bereit, sich mit aller Kraft auf den Überbringer der schlechten Nachricht zu stürzen.

„Ich habe Cem dort gesehen. Vor ein paar Wochen. Kurz nach … nach unserer kleinen Meinungsverschiedenheit."

Luke starrte ihn mit offenem Mund an, konnte und wollte nicht glauben, was er da hörte. Dass Meiko ihn nicht sofort angerufen hatte, war einfach …

Plötzlich schienen seine Gedanken nur noch aus purer Wut zu bestehen. Er rang nach Worten, nach Regungen. Nicht nur, dass ihn Cem offenbar hintergangen hatte, zumindest fühlte es sich so an, auch Meiko hatte ihn verraten. Sein bester Freund! Sein Mentor!

„Heute ist mir klar … Ich hätte es dir damals sofort sagen müssen. Und es tut mir leid, es nicht getan zu haben." Meiko versuchte es mit einem gekünstelten Lächeln und klopfte Luke auf die Schulter. „Aber he, ich hab es dir ja jetzt gesagt."

„Ein paar Wochen zu spät, würde ich meinen", presste Luke mühsam hervor. Zum Glück hatte er sich bei Cem noch nicht gemeldet. Das würde er jetzt auch tunlichst unterlassen. Sollte der doch in Kiel bleiben und alleine in irgendeiner Dönerbude versauern.

„Freunde?", fragte Meiko.

Luke wusste, das war Entschuldigung, Erklärung und Friedensangebot in einem. Das war mehr, als Tom wahrscheinlich trotz aller Beleidigungen und Kränkungen von Meiko jemals gehört hatte. Und doch konnte er ihm nicht in die Augen schauen und so tun, als wäre alles wieder in bester Ordnung.

„Das braucht Zeit", sagte Luke deshalb wahrheitsgemäß, schnappte sich ein Tablett und begann, Tische abzuräumen.

Meiko schaute ihm kopfschüttelnd hinterher. Dieses undankbare Miststück wusste gar nicht, was er, Meiko Sternheim, gerade für ihn getan hatte. Er hatte Cem verpetzt, sich in eine Beziehung eingemischt, ihm eine Entschuldigung angeboten, ihm trotz ungerechtfertigter Vorwürfe die Hand gereicht. Und der Junge sagte nur, das brauche Zeit?

Zeit konnte Luke haben, wenn er wollte. Meiko war so weit gegangen, wie er gehen konnte. Von jetzt an lag es nicht mehr in seiner Hand. Er beschloss im Stillen, ohne es zum Thema zu machen, dass er keinen einzigen, weiteren Schritt auf ihn zugehen würde. Dieser kleinen Zicke musste endlich mal gezeigt werden, dass das Leben nicht immer nur schwarz-weiß war. Nach all den Jahren, in denen Luke jetzt in Frankfurt war, überraschte Meiko sein einfaches Weltbild, seine eingeschränkte Sicht auf die Dinge immer wieder. Von Grautönen hatte der Junge wohl noch nie gehört. Aber vermutlich musste er sich das selbst zum Vorwurf machen, dachte Meiko bei sich. Er hatte bei seiner Erziehung versagt. So ähnlich musste sich wohl Obi-Wan Kenobi gefühlt haben, als er erkannte, dass sich sein junger Padawan Anakin Skywalker zur dunklen Seite der Macht hingewandt hatte.

Angebote

Alfred Schrebermann hievte sich schwerfällig aus seinem Stuhl und reichte ihnen zur Begrüßung seine schweißnasse Hand.

„Mein Beileid“, sagte er und setzte einen bekümmerten Gesichtausdruck auf.

„Danke“, antwortete Marco schlicht. Ihm waren Beileidsbekundungen immer etwas unangenehm, wusste er doch nie, wie er darauf adäquat reagieren sollte.

„Ihre Mutter war eine bemerkenswerte Frau“, ergänzte der Notar mit Nachdruck. Marco nickte stumm. Sie setzten sich. Die Sekretärin servierte Tee und Kaffee. Belanglosigkeiten wurden ausgetauscht.

„Dann wollen wir mal!“, sagte Schrebermann schließlich. Er riss mit unangebrachtem Elan den Umschlag auf und holte umständlich ein mit Tinte beschriebenes Papier hervor. Förmlich, mit einem huldvollen Unterton in der Stimme und ausdruckslosem Gesicht begann er den letzten Willen von Rosa Bergius zu verlesen. Und Marco konnte nicht glauben, was er hörte.

Immer wieder warf er Karola ungläubige Blicke zu, doch seine Tante nickte nur lächelnd. Sie wirkte so gar nicht überrascht.

„Sollte mein Sohn nicht die Absicht haben, sein Elternhaus zu übernehmen, oder veräußert er das Anwesen innerhalb der ersten zehn Jahre nach meinem Ableben, so verfüge ich, dass der Erlös zu gleichen Teilen an das Tierheim Assmannshausen und an meine Schwester Karola geht. Gleiches gilt bei Miet- und Pachtverträgen“, schloss Schrebermann und nickte feierlich.

Ungläubig stierte Marco vor sich hin. Was hatte sich seine Mutter dabei gedacht? Sie hatte Karola und ihm jeweils die Hälfte eines Vermögens hinterlassen, das sich in einem schier undurchschaubaren Netz aus Fonds, Sparbüchern und Aktiendepots zu einem für ihn bisher nicht vorstellbaren Volumen ausgeweitet hatte. Er war reich, zumindest ein bisschen. Sicher, er würde jetzt nicht aufhören können zu arbeiten, aber er hatte ein ansehnliches Polster. Das war eine Überraschung. Doch immerhin noch eine positive.

Regelrecht geschockt war er hingegen davon, dass sie ihm tatsächlich das Haus vermacht hatte. Noch dazu unter der Bedingung, es nicht verkaufen zu dürfen. Das war wohl ihr letzter Versuch, Marcos Leben doch noch in die gewünschte Bahn zu lenken. Was für eine hinterhältige und bösartige Taktik. Nicht nur, dass seine Tante das Haus verdient gehabt hätte; was sollte bitteschön die Zusatzklausel mit der Vermietung? Hatte sie sich tatsächlich eingebildet, ihn so zwingen zu können, zurückzukehren?

Auch die Androhung, die Hälfte des Erlöses an ein Tierheim zu geben, war an sarkastischer Bösartigkeit kaum zu überbieten. Gegen Katzen war sie allergisch gewesen und Hunde hatte sie verachtet. Sie hatte wohl geglaubt, er hätte dadurch noch mehr Skrupel, das Haus zu verkaufen. Doch in diesem Punkt hatte sie sich geirrt. Sollten doch die armen Viecher im Tierheim zukünftig aus goldenen Fressnäpfen futtern. Alles war ihm lieber, als den Wunsch dieser toten Tyrannin gegen seine eigene Überzeugung zu erfüllen. Glühender Zorn loderte in ihm.

Stoisch und oberflächlich gefasst ließ Marco die Formalien über sich ergehen. Doch sobald sie das schlichte Bürogebäude verlassen hatten, ließ er seinen Gefühlen freien Lauf.

„Was hat sie sich dabei gedacht?“, fragte er zornig an seine Tante gewandt.

„Sei nicht ungerecht“, maßregelte sie ihn. „Deine Mutter hat dir ein kleines Vermögen und ein traumhaftes Haus hinterlassen. Was erwartest du?“

„Ich hätte erwartet, dass sie dir das Haus vermacht. Und wenn sie sich schon einbildet, ihrem Sohn wenigstens nach dem Tod etwas Gutes tun zu müssen, dann hätte sie auf Bedingungen verzichten sollen.“

„Was sollte ich mit einem Haus?“, erregte sich Karola. „Sieh es als Chance, als ein posthumes Friedensangebot deiner Mutter.“

„Ich glaube, du unterstellst ihr zu gute Absichten. Sie wollte mir keinen Gefallen tun. Sie wollte mir ihren Willen aufzwingen. Mich auch aus dem Jenseits noch tyrannisieren und kontrollieren.“

Karola schüttelte missbilligend den Kopf. „Warum willst du das Erbe nicht antreten. Etwa aus Angst, ihr gegenüber dankbar sein zu müssen?“

Sie erhielt auf ihre Frage keine Antwort. Marco schwieg missmutig. Würde er seiner Mutter all ihre Fehler und Schwächen denn niemals vergeben können? Nicht einmal jetzt, nach ihrem Tod? Was war nur aus dem gutmütigen kleinen Jungen geworden, der nach jedem Streit lautstark geschworen hatte, nie mehr, wirklich nie mehr wieder, mit ihr zu sprechen und das Schweigen dann nicht einmal eine Stunde aushielt? Zum ersten Mal kam Karola der Gedanke, dass Marco das Erbe womöglich nicht verdient haben könnte.

Als Lisa Koenig am Rhein-Main-Flughafen landete, wehte ihr ein eisiger Wind ins Gesicht. Sie fröstelte. Von den ganzjährig milden Temperaturen Floridas war sie inzwischen doch einigermaßen verweichlicht. Missmutig zog sie ihren viel zu dünnen Mantel über. Sie hatte ganz vergessen, wie unangenehm das Wetter in Deutschland Anfang Februar sein konnte. Hier herrschte ja noch Winter!

Wo war der verdammte Klimawandel, wenn man ihn einmal brauchte? Ihr einziger Trost bestand in dem Wissen, dass sie in wenigen Stunden wieder im Flieger sitzen würde, auf dem Weg nach Madrid, angenehmeren Temperaturen entgegen.

Eigentlich hätte sie einen Stopover in Frankfurt vermeiden können, doch sie hatte ein Date mit ihrer Vergangenheit. Seit über fünf Jahren war sie Jörg nicht mehr begegnet. Und sie freute sich darauf, ihren ehemaligen Kollegen und Liebhaber wiederzutreffen.

Kaum hatte sie die Ankunftshalle hinter sich gelassen, sah sie ihn. Erleichtert stellte Lisa fest, dass er sich selbst treu geblieben war, sich kaum verändert hatte. Er wirkte vielleicht etwas reifer. Das machten vor allem die schwarze Hornbrille und die Grübchen, die seit ihrer letzten Begegnung an Kontur und Ausprägung gewonnen hatten. Doch die langen braunen Haare waren geblieben. Ebenso sein Look: lässig und beiläufig cool. Schlichte Jeans und ein verwaschenes, aber eng anliegendes T-Shirt. Darüber eine schwarze, taillierte Winterjacke.

Erfrischend bodenständig erschien er ihr, vor allem im Vergleich zu all den überakkuraten Anzugsträgern, mit denen sie tagtäglich zu tun hatte.

Die Begrüßung war herzlich. Ein ehrliches, von Herzen kommendes Lächeln und eine lange Umarmung. Er roch noch immer gut.

„Deine Haare sind nicht kürzer geworden. Und vor allem kein bisschen lichter“, stellte sie fest.

Jörg lächelte. „Was hast du erwartet?“

„Nichts anderes“, log sie. In Wirklichkeit hatte sie gehofft, dass der Zahn der Zeit auch an ihm genagt hätte. Doch er schien im Großen und Ganzen noch immer der ewige Teenager zu sein. Genau wie damals. Sogar das schelmische, fordernde Funkeln in seinen Augen hatte die Jahre überdauert.

Und doch, irgendetwas an ihm hatte sich verändert. Sie konnte es nur nicht genau benennen. Es war mehr ein diffuses Gefühl.

„Wie lange haben wir?“, fragte er und nahm ihr galant den Rolli aus der Hand. Ziellos schritten sie durch die riesige, geschäftige Flughafenhalle.

„Gute zwei Stunden“, antwortete Lisa.

„Das ist nicht viel.“

„Ich bin eben eine richtige Business-Bitch geworden“, scherzte sie.

„Das warst du doch schon damals.“

Sie hob missbilligend die Brauen, widersprach aber nicht. Er kannte sie zu gut, als dass sie ihm etwas vorspielen hätte können.

„Noch immer ein Kaffee-Junkie?“, fragte er.

Sie lächelte entzückt. Er erinnerte sich also. Zielstrebig, ohne sich darüber verständigen zu müssen, steuerten die beiden eine kleine Espressobar an. Kommunikation ohne Worte, das hatte bei ihnen schon damals funktioniert.

Es kam Lisa plötzlich vor, als wären die vergangen Jahre verpufft und sie befände sich genau an jenem Punkt wieder, an dem sie ihn verlassen hatte. Ihr Abschied war nach drei Monaten Daueraffäre unspektakulär und betont entspannt verlaufen. Keine Tränen, keine Liebesschwüre. Das war niemals Lisas Stil gewesen. Seiner vielleicht schon eher. Doch sie hatte diese Allüren als jugendlichen Leichtsinn abgetan und ihm mehr als deutlich zu verstehen gegeben, dass sie von emotionalem Ballast nichts hielt. Jörg hatte das akzeptiert, so wie er damals all ihre Forderungen stillschweigend erfüllt hatte.

Kennengelernt hatten sie sich im Frankfurter Bürgerspital. Damals war Jörg noch ein junger Altenpflegeschüler gewesen. Er hatte sich im zweiten Jahr seiner Ausbildung befunden und war auf der geriatrischen Reha-Station eingeteilt gewesen. Lisa Koenig war dort in regelmäßigen Abständen aufgetaucht und hatte versucht, als Pharma-Vertreterin ihren Schnitt zu machen.

Sie war eine Erscheinung, ein Highlight im grauen Alltag all der männlichen Patienten und Angestellten. Mit ihren High

-Heels schritt sie klackend über den grauen Linoleumboden, als wäre er ein roter Teppich. Ihre atemberaubend langen Beine waren stets in eine makellos weiße Strumpfhose gehüllt und wurden nicht mehr als unbedingt nötig von einem Minirock bedeckt. In der Hand trug sie einen silberfarbenen Koffer, in dem sich Pillen, Fläschchen und Döschen, sowie allerlei Informationsmaterial befanden.

Doch die besten Verkaufsargumente trug sie vor sich her: Die Knöpfe ihrer weißen Bluse schienen von ihren unnatürlich großen Titten bald aufgesprengt zu werden. Die vollen, himbeerroten Lippen, stets umspielt von einem sanften Lächeln, standen in besonders kräftigem Kontrast zur hellen, beinahe leichenblassen Haut. Die aschblonden Haare waren stets zu einem strengen Zopf zusammengeflochten.

Für die Männer waren ihre Stippvisiten ein erotisches Highlight; für die Krankenschwestern und Ärztinnen war sie schlicht die Pharma-Nutte.

Jörg und Lisa trafen zum ersten Mal in einem kleinen, engen Aufzug aufeinander. Wenige Wochen später zogen sie sich zeitgleich am Automaten im Foyer einen schwarzen Kaffee. An diesem Tag wechselten sie zum ersten Mal ein paar Worte miteinander. Jörg stockte das Herz, als sie mit ihrer überraschend tiefen, kratzigen Stimme säuselte, wie toll seine langen Haare seien. Drei Tage später hatten sie ihr erstes Date.

Sie lud den dreizehn Jahre jüngeren Altenpflegeschüler in ihr schickes Penthouse am Frankfurter Berg ein. Noch vor dem Dessert landeten sie knutschend auf der Couch. Eine kurze, heftige Affäre nahm ihren Lauf und hätte Lisa nicht das einmalige Angebot erhalten, in die Firmenzentrale nach Florida zu wechseln, wäre vielleicht sogar mehr daraus entstanden. Jörg war ihr damals hörig gewesen, hatte sie angebetet, vergöttert und leidenschaftlich geliebt.

Während sie sich in die Schlange vor der Espressobar einreihten, musterte er sie so unauffällig wie möglich. Sie war in den vergangenen Jahren gealtert. Mehr, als er sich hätte vorstellen können. Erste, tiefere Falten waren an Kehlläppchen und Hals, in den Augenwinkeln und um den Mund sichtbar. Die vornehme Blässe war aus ihrem Gesicht gewichen, hatte, ihrer neuen Heimat Florida entsprechend, einer goldbraunen Tönung Platz gemacht. An der Schläfe deutete sich ein grauer Haaransatz an. Sie sah vergrämter aus als früher, beinahe wie eine Göttin, die aus dem Olymp verstoßen worden war und sich als Königin unter den Menschen behaupten musste.

Oder hatte sie sich gar nicht so sehr verändert? War es sogar er selbst, der eine neue Richtung eingeschlagen hatte, die sie subjektiv in einem neuen Licht erscheinen ließ?

Lisa orderte in alter Gewohnheit einen doppelten Espresso und ein Glas Wasser. Er bestellte eine Latte macchiato.

„O Gott, du bist zu einem Milchschaumschlürfer mutiert! Was ist, verträgt dein Verdauungstrakt keinen Kaffee mehr?“, frotzelte sie.

Das leise Lächeln, das sie damals schon so geliebt hatte, umspielte wieder seine Lippen. Lisa wusste, es sollte nur verdecken, dass er auf diese kleine Spitze keine Antwort hatte. Schlagfertig war er eben noch nie gewesen. Doch das machte nichts. Sie mochte ruhige, besonnene Männer, die sich nicht auf jede Stichelei einließen, wissend, dass sie gegen eine Frau wie Lisa keine Chance hatten. Doch plötzlich überraschte er sie.

„Um meine Verdauung steht es bestens. Abgesehen davon, die wirklich wichtigen Dinge werden heute nicht mehr nur bei einem Brandy im Raucherzimmer besprochen, sondern bei Latte macchiato oder Chai-Tee.“

Sie zog die Augenbrauen hoch, wie es eine Mutter tat, wenn ihr kleiner Sohn einen Einwand vorbrachte, den sie nicht teilte, den sie gar missbilligte.

Wieder sein leises Lächeln. Diesmal jedoch gepaart mit einem gewinnenden Glanz in den Augen. Ja, Jörg hatte sich verändert.

„Mag sein, dass pseudo-urbane Großstadt-Hippies und Agentur-Bitches auf dieses Kindergetränk stehen, es gar für hip halten. *But I don't think so!* In der echten Welt, dort wo das echte Geld verdient wird, trinkt man noch immer echten Kaffee“, konterte sie.

„Ist deine Welt wirklich so echt?“

Knock-out.

Schweigend bezahlte er ihre Getränke und sie setzten sich an einen der kleinen Bistrotische. Aus dem Lautsprecher tönte die global gleichgeschaltete Mainstream-Popmusik. Es hätte jeder

Flughafen irgendwo zwischen Europa, den Staaten und Australien sein können.

„Schön sind deine Haare noch immer. Und kein Anflug einer Glatze."

„Danke. Meiner Freundin gefallen sie auch", sagte er.

Sie gestattete sich eine kurze Pause, nippte vorsichtig an ihrem Espresso, sammelte sich.

„Kaum zu glauben. Wie alt ist sie? Siebzehn?", mutmaßte sie forsch.

„Nicht ganz", sagte Jörg und gab Lisa eine Kurzzusammenfassung der vergangenen Jahre, erzählte davon, wie er die zögernde und zaudernde Tina mit viel Charme und Ausdauer hatte für sich gewinnen können. Und davon, wie er langsam in die Rolle als Ersatzvater für drei Kinder hineingewachsen war.

Lisa hörte schweigend und mit versteinerter Miene zu. Auch wenn sie es nicht zugegeben hätte, so nagte doch ein wenig Eifersucht an ihr. Es wäre einfacher gewesen, wenn Jörg ihr eine siebzehnjährige Blondine serviert hätte.

„Aber du wolltest dich doch sicher nicht mit mir treffen, um mal eben zwischen Florida und Spanien bei einem Kaffee nett zu plaudern?", fragte er unvermittelt.

„Nein", gab sie zögerlich zu. Es kränkte Lisa, von ihm sofort einen Hintergedanken unterstellt zu bekommen – auch wenn er richtig lag.

Aber war es tatsächlich so abwegig, dass sie ihn nur mal wieder hatte sehen wollen? Schließlich kam in Zeiten von Facebook und Messenger eine echte Unterhaltung leider oftmals zu kurz. Und sie beide verband noch dazu eine gemeinsame Geschichte. Da war es wohl erlaubt, sich auf einen Kaffee zu treffen, Neuigkeiten auszutauschen und in Erinnerungen zu schwelgen. Beinahe schämte sie sich dafür, was sie ihm zu sagen hatte. Doch Lisa Koenig war keine Frau, die sich durch emotionalen Ballast aufhalten ließ. Zumindest nicht dauerhaft.

„Ich möchte dir ein Angebot unterbreiten", sagte sie in geschäftsmäßigem Tonfall und holte ihre Aktentasche hervor. Augenblicklich straffte sich ihre Haltung und ihr Lächeln gefror zu einer neutralen Maske.

„Du willst mein Sperma?" Seine Frage ließ sie sofort wieder aufweichen. Sie lachte laut.

„Mach dich nicht lächerlich", sagte sie. „Du weißt, ich hasse Kinder."

„Nein, sie hassen dich. Das ist ein Unterschied", konterte er.

Sie wippte unschlüssig mit dem Kopf. Dann legte sie schweigend die blütenweiße Projektmappe auf den Tisch.

„Was ist das?", fragte er neugierig.

„Die Projektbeschreibung meiner aktuellen Arbeit. Wir forschen zu Demenz."

Jörg blätterte ehrlich interessiert das Dossier durch und lauschte dabei Lisas Erklärungen. Es hörte sich nach einem spannenden Projekt an. Etwas mit Potential. Ruhm, Ehre und Geld. Demenz war mit Sicherheit eines der Zukunftsfelder für die Pharmaindustrie. In einer alternden Gesellschaft konnte man hier richtig Kohle verdienen.

„Im Rahmen dieses Projektes wird es neben klinischer Forschung und dem üblichen Mist auch ein Zukunftsforum geben. Wir werden in die Altenheime gehen, in die Krankenhäuser und die Pflegedienste. Ein ganzheitlicher Ansatz eben", schloss Lisa ihre Ausführungen.

„Und was hat das Ganze mit mir zu tun?", fragte Jörg.

„Ich will deine Expertise. Du sollst für mich die praktische Durchführbarkeit prüfen und natürlich auch die Bedürfnisse der Patienten im Blick haben. Vor allem, da wir mittelfristig das Projekt auf den deutschsprachigen Raum ausweiten wollen. Kurzum: Ich will dich."

Skeptisch betrachtete Hans Teichmann den Kaffeevollautomaten. Das schwarzsilberne Monstrum thronte seit einigen Tagen auf einem Beistelltisch in der kleinen Büroküche. Sein Assistent hatte es besorgt, nachdem die alte, röchelnde Kaffeemaschine ihren Geist aufgegeben hatte. Seitdem hatte der Alte keinen Kaffee mehr getrunken.

Zum einen misstraute er diesem Gerät mit seinem laut kreischenden Mahlwerk, den zischenden und spritzenden Düsen, all den blinkenden Anzeigen und Knöpfen.

Und zum anderen wusste er nicht, wie er es bedienen sollte. Wenn er bisher einen Kaffee hatte trinken wollen, hatte er Filterpapier, Pulver und Wasser gebraucht. Jetzt musste er ein Handbuch zurate ziehen.

Es war nicht so, dass Teichmann grundsätzlich allen technischen Neuheiten abgeneigt gegenüberstand. Er hatte sogar ein Faible für Spielekonsolen und Heimkinoanlagen. Doch dem ganzen Schnickschnack an Küchengeräten konnte er nichts abgewinnen. Er hatte noch nie eine Mikrowelle besessen, einen Wasserkocher oder eben einen Kaffeevollautomaten. Er sah darin keinen Mehrwert. Die zickigen Geräte waren kompliziert zu bedienen, mussten ständig gewartet und meist aufwendig gesäubert werden. Und das nur, um einen zutiefst simplen Prozess in Gang zu setzen, der sich seit vielen Jahrtausenden nicht wesentlich verändert hatte: Wasser und Nahrung zu erhitzen.

Vorsichtig drückte er den Einschalter auf der rechten Seite.

Mit einem kratzenden Summen sprang die Maschine an. Er unterdrückte den Reflex, einen Schritt zurück zu treten. Eine kleine, gelbe Lampe begann nervös zu blinken. Kurz darauf erschien auf dem Display in Großbuchstaben das Wort „Bereit". So weit, so gut, dachte sich Teichmann und stellte seine Tasse unter den Hahn.

Auf dem Touchscreen erschienen fünf verschiedene Symbole, zwischen denen er sich entscheiden musste. Auf gut Glück drückte er eines.

Mit einem melodischen Seufzen setzte sich das Mahlwerk in Bewegung. Kurz darauf setzte ein anschwellendes Stöhnen ein. Erwartungsvoll und gebannt starrte der Alte auf den Hahn, aus dem hoffentlich gleich tiefschwarzer, dampfend heißer Kaffee strömen würde. Doch Teichmann wurde enttäuscht. Zunächst schoss aus dem kleinen Stutzen direkt daneben ein Strahl heißer Milch zielsicher an der Tasse vorbei. Hektisch schob er das Gefäß an die richtige Stelle.

Als der Milchausfluss endlich versiegte, war die Enttäuschung groß, als nur ein kurzer, wenn auch sehr intensiver, Strahl Kaffee in seine Tasse schoss. Dann folgte wieder Milch, diesmal allerdings in aufgeschäumter Form. Nervös beobachtete er, wie die Tasse immer voller und voller wurde und schließlich überlief. Er suchte vergebens eine Stopp-Taste.

„Genug! Es reicht!", befahl Teichmann. Doch offensichtlich hatte das Gerät noch keine Spracherkennung.

„Kann ich Ihnen helfen?"

Die Stimme von Sarah Tetzer ließ ihn zusammenzucken. Die Bilanzschnüfflerin stand lässig im Türrahmen und hatte ein wissendes Lächeln auf den Lippen.

„Ich … ähm … koche Kaffee", stotterte er.

„Das sehe ich", antwortete Sarah sichtlich amüsiert und trat an den Automaten, der genau in diesem Augenblick wie auf ein geheimes Zeichen hin verstummte und die Milchproduktion einstellte.

„Haben Sie den Hinweis nicht gelesen?", fragte sie und deutete auf ein gelbes Post-it, das direkt neben dem Touchscreen pappte. „Für Latte macchiato sind die Tassen zu klein! Bitte Becher verwenden!"

„Aber ich wollte doch gar keine Latte macchiato, sondern einen ganz normalen Kaffee", rechtfertigte er sich, wütend darüber, dass sie ihn jetzt für einen nicht mehr zeitgemäßen, alten Sesselfurzer hielt. Ausgerechnet sie, die schon vorher keinen Respekt vor ihm gehabt hatte. Warum wirkte seine einschüchternde Art nicht bei diesem jungen Ding?

Vorsichtig nahm Sarah die übergelaufene Tasse in die Hand, schüttete sie gekonnt in einen Becher um und zog ihm dann ohne Probleme einen schwarzen, dampfend heißen Kaffee.

„Bitteschön", sagte sie freundlich lächelnd.

„Danke", grummelte der Alte.

„Und?", fragte sie neugierig, noch immer mit einem unverschämten Lächeln auf den Lippen.

Der Kaffee sei in Ordnung, gab er missmutig zu und beeilte sich dann, hinter seinem Schreibtisch Platz zu nehmen. Er musste dringend Souveränität zurückerlangen, Distanz aufbauen, deutlich machen, wer hier das Sagen hatte.

„Sie wollten mich sprechen?"

Er habe Neuigkeiten im Fall Pierre Müller, erklärte er lapidar.

Obwohl Sarah äußerlich noch immer gelassen war, begann ihr Herz schneller zu schlagen. Endlich. Endlich!

Sie hatte alle möglichen Hebel in Bewegung gesetzt, sich bei ihrem Vorgesetzten und dem zuständige Staatsanwalt über Teichmann beschwert, doch niemand hatte ihre Bitte um Akteneinsicht erhört. Stattdessen hatte man sie nur darauf verwiesen, wie erfahren der Alte sei, wie unnachgiebig und eigensinnig. Eine Koryphäe auf seinem Gebiet. Deshalb wolle sich auch keiner in seine Fälle einmischen. Die Wahrheit jedoch war, so hatte Sarah schnell herausgefunden, dass sie alle Angst oder zumindest eine gehörige Portion Respekt vor ihm hatten.

„Und was haben Sie für mich?", fragte Sarah. Ihre Stimme vibrierte vor Aufregung.

Wie sie sicherlich wisse, sei Pierre Müllers Rechner verschwunden, begann der Alte bedächtig. Doch sie hätten auf einem MP3-Spieler Dateien gefunden: Bankunterlagen, Dokumente zu Nummernkonten, Transaktionen, Steuerbescheide.

„Wir haben Grund zu der Annahme, dass es sich um Beweise oder zumindest um stichhaltige Indizien für Betrug im großen Stil handelt."

„Richard Ullmenau", entfuhr es Sarah.

Der Kommissar schaute sie durchdringend an.

„Er ist eine Schlüsselfigur in meinen Ermittlungen", antwortete Sarah. Sie konnte nun nicht vermeiden, dass sich ein euphorischer Unterton in ihre Stimme schlich. Und zum ersten Mal seit Monaten schöpfte sie Hoffnung. Endlich schien ihr Fall, an dem sie so verbissen und mit aller Energie arbeitete, eine entscheidende Wendung zu nehmen. „Es wäre möglich, dass Ihre und meine Ermittlungen zusammenhängen. Wenn es stimmt, dass Ullmenau seine reichen Schickeria-Freunde mit einem raffinierten Schneeballsystem um Millionen betrogen hat und Pierre Müller davon wusste …"

„… wäre das ein Motiv für einen Mord", beendete der Alte den Satz. Er blickte Sarah herausfordernd in die Augen. Was er jetzt sagen würde, fiel ihm nicht leicht. Er war nicht gut darin, Hilfe anzunehmen. Erst recht nicht von einer Bilanzschnüfflerin!

„Was halten Sie davon, wenn wir zusammen arbeiten", fragte er. „Sie erklären mir das Betrugssystem und diese ganzen wirtschaftlichen Schweinereien und ich gewähre Ihnen Akteneinsicht. Natürlich hat die Klärung der Todesumstände von Pierre Müller weiterhin Vorrang."

Sarah hielt nicht nur seinem Blick stand, es gelang ihr sogar, ein emotionsloses Pokerface aufrechtzuerhalten. Obwohl sie innerlich triumphierte, wollte sie ihm diese Genugtuung nicht geben. Außerdem spürte sie, sie könne die Machtverhältnisse in dieser Zusammenarbeit deutlich zu ihren Gunsten verschieben, wenn sie nur richtig agierte.

„Warum sollte ich mit Ihnen zusammen arbeiten wollen?“, fragte sie betont kühl und desinteressiert.

Dem Alten entglitten kurz die Gesichtszüge. Er war nicht überrascht, sondern regelrecht schockiert von ihrer Reaktion. Dieses junge Ding wagte es, die dargebotene Hand nicht anzunehmen! Unglaublich!

„Hören Sie mal, wenn ich wollte, könnte ich weiterhin verhindern …“, wütete er aufgebracht. Er war aus seinem Stuhl aufgesprungen.

„Sie können gar nichts mehr verhindern“, unterbrach sie ihn kühl. „Im Gegenteil. Wenn ich die Sache richtig sehe, sind Sie auf meine Hilfe angewiesen. Ansonsten wird Ihr Fall nämlich bald keiner mehr sein. Sie haben keinen Beweis für einen Mord. Ein paar Indizien, ein mögliches Motiv, sicher, aber Ihr einziger Verdächtiger ist nicht irgendwer. Ullmenau hat in dieser Stadt viele einflussreiche Freunde. Sie können ihn unter diesen Umständen nicht einfach vorladen und verhören. Sie sind auf mich angewiesen, nicht ich auf Sie.“

Der Alte stutzte, musterte sie mit wütender, unverhohlen feindseliger Miene. Für einen kurzen Moment befürchtete sie, den Bogen überspannt zu haben. Doch sie hatte alles richtig gemacht. Sie hatte sich Respekt verschafft, ihm die Stirn geboten. Das gefiel Teichmann, auch wenn es seine Lage nicht einfacher machte. Schließlich nickte er resigniert.

„Sie haben recht. Ich brauche Ihre Hilfe. Ich muss verstehen, wie Ullmenau seine reichen Freunde betrügt, um die Rolle Pierre Müllers dabei zu begreifen. Bisher konnten wir keine direkte Verbindung zwischen Ullmenau und Pierre Müller herstellen. Er hat zwar in seiner Firma gearbeitet, aber es gibt keine Anhaltspunkte, dass sie näheren oder gar privaten Umgang pflegten. Wir haben Kollegen befragt, Mails gecheckt. Nichts. Es gibt noch nicht einmal einen Beweis dafür, dass Müller seinen Chef erpresst hat. Wir haben also nicht genug in der Hand, um Ullmenau zu diesem Fall näher zu befragen. Nicht als Zeugen und erst recht nicht als Verdächtigen. Ich will diesen Fall aber noch nicht zu den Akten legen. Und …“, er hielt kurz inne und legte einen drohenden Unterton in die Stimme, „… um es ganz klar zu sagen, wenn ich abwägen muss zwischen der Aufklärung eines Todesfalles und dem Betrug an ein paar reichen Schnöseln … nun, Sie können sich vorstellen, wo meine Prioritäten liegen."

Sarah nickte.

Jetzt, wo sie das geklärt hätten, könne man ja endlich mit der Arbeit beginnen, fand Teichmann. Sarah wies ihn nicht darauf hin, dass noch rein gar nichts geklärt war. Ihre Prioritäten lagen nämlich weiterhin anders. Abgesehen davon glaubte sie nicht daran, dass an dem Tod von Pierre Müller etwas seltsam war. Für sie war die Sache klar: Er hatte seinem Leben selbst ein Ende gesetzt. Vielleicht sogar, weil sie Ullmenau auf die Schliche gekommen war. Wer konnte schon sagen, wie tief Pierre Müller in diesem Sumpf aus dubiosen Leerverkäufen, Spekulationsblasen, unrealistischen Renditeversprechen und Veruntreuung mit drinsteckte. Ihr plötzliches Auftauchen und die Vorladung hatten ihn wohl verunsichert.

„Welchen Eindruck haben Sie eigentlich von Ullmenau?"

Die Frage des Alten holte sie aus ihren Gedanken.

„Bisher keinen aus erster Hand. Ich habe ihn noch nie persönlich getroffen", gestand sie zögernd.

Die Leere nach dem Schuss

Ruhelos zog Luke durch die Stadt. Aufkommende, schneidend kalte Windböen trieben die Dämmerung vor sich her. In den Schaufenstern und Büros gingen die Lichter an. Pünktlich zur untergehenden Sonne endete der Arbeitstag. Doch Luke hetzte nicht wie die eilenden Massen um ihn herum in den Feierabend. Er wurde von seinen eigenen Sehnsüchten durch die Straßen gepeitscht. Es war ein destruktiver Cocktail aus der Lust auf die Lust, dem Frust der Entsagung, dem Wunsch zu vergessen, der Sehnsucht nach Verdrängung.

Diese Mixtur traf auf den sich noch immer haltenden, urbanen Mythos von der ständigen Verfügbarkeit von Sex in der schwulen Subkultur. Ein Märchen, verfasst von einer skurrilen Allianz aus religiösen Eiferern, die darin ihre Vorurteile bestätigt sahen, und von schwulen Lifestyle-Kolumnisten, die sich in diesem Klischee sonnten. Die Realität war um einiges trivialer und auch nicht ansatzweise so schmutzig und pervers, wie es beide Fraktionen gerne darstellten.

Nachdem Luke am frühen Mittag mit einer Morgenlatte aufgewacht war, hatte er sich zunächst bei einem Kaffee durch die Untiefen des Online-Datings treiben lassen. *Ichbesorgsdir1984 … DevSau700 … geilerBi1950 … FFwanted … KuschelKarnickel …* Keiner der Anwesenden hatte es geschafft, ihn mehr als nur einen Klick lang zu begeistern, und so war er in die kleine Sauna nahe der Friedberger Warte gefahren und hatte in den dämmrigen, erhitzten Kammern nach Zerstreuung gesucht. Doch von der vollmundigen Ansage des Betreibers, sein Establishment sei besonders bei Studenten beliebt, hatte Luke nichts bemerkt. Die wenigen Besucher waren jenseits der vierzig und damit auch jenseits seines Beuteschemas.

Unverrichteter Dinge zog er weiter. Inzwischen war die Morgenlatte genauso verschwunden wie die Geilheit. Doch die Lust trieb ihn voran. Beinahe zwanghaft wie ein Süchtiger auf der verzweifelten Suche nach dem nächsten Schuss hetzte er durch die Stadt. Ein schneller Espresso in einem schwulen Café, das auch tagsüber als Abschleppschuppen verschrien war, brachte ebenso wenig die Erlösung wie ein Abstecher in eine Erotik-Videothek. Er suchte sogar die ansonsten von ihm gemiedenen schwulen Klappen auf: gammelig muffige Toiletten in U-Bahnstationen. Ohne durchschlagenden Erfolg. Es dämmerte bereits, als sich Lukes Magen plötzlich zu Wort meldete. Abgesehen von einem Toastbrot mit Marmelade hatte er noch nichts gegessen. Die Gier nach Sex hatte ihn alles andere vergessen lassen. Und das war mit Sicherheit auch ein willkommener Nebeneffekt. Die vergangenen Tage hatte er in einer seltsamen Lethargie verbracht und seine Gedanken waren in einem Kreislauf gefangen gewesen, der sich hauptsächlich um Cem, Meiko und sein eigenes Leben drehte.

Im Gegensatz zu früheren Trennungen fühlte Luke sich nicht am Boden zerstört und von tiefer Traurigkeit oder gar Verzweiflung übermannt. Vielmehr machte sich nachdenkliche, schwermütige Resignation in ihm breit. Dieses dunkle Gefühl, noch lähmender und gefährlicher als Trauer oder Wut, wucherte inzwischen wie ein Krebsgeschwür. Selbstzweifel und Missstimmungen ließen Luke inzwischen auch auf sein Studium mit einer neuen Unzufriedenheit schauen, die sich innerhalb kürzester Zeit zu einer handfesten Sinnkrise manifestierte. Was sollte er mit einem Germanistikstudium anfangen, wenn er fertig war? Würde er am Ende anstatt in einer Nachrichtenredaktion auf dem Fahrersitz eines Taxis landen? Seine Mutter klammerte sich ja immer noch an die Hoffnung, er möge Lehrer werden. Etwas Bodenständiges.

Bei dem Gedanken an seine Familie flackerte kurz schlechtes Gewissen auf. Er hatte seine Mutter schon seit über zwei Wochen nicht mehr angerufen. Doch im Moment stand ihm einfach nicht der Sinn danach, sich ein schlechtes Gewissen machen zu lassen, weil er sich schon so lange nicht mehr in seiner alten Heimat hatte blicken lassen.

Familie, Freunde, Liebesleben, Studium – offene Baustellen, wohin er schaute. Luke war geradewegs in eine Lebenskrise geschlittert. Auch wenn er sich dessen noch nicht bewusst war, denn bisher gelang es ihm ganz gut, all die dunklen Gedanken, unbeantworteten Fragen und Zweifel mit Geilheit und der Suche nach Sex zu verdrängen.

Damit hatte er die vergangenen Tage zugebracht. Mit unterschiedlichem Erfolg.

Und wie so oft in letzter Zeit war er mal wieder längst über den Punkt hinaus, an dem er die Suche nach Befriedigung einfach hätte abbrechen können.

Sein letzter Strohhalm war eines der schwulen Pornokinos nahe dem Hauptbahnhof. Er war nicht oft zu Gast in diesen schummrigen Höhlen. Doch wenn, dann bevorzugte er die neutralen, beinahe kühlen Kinoetagen der Megasexstores und nicht die kleinen und meist etwas schmuddelig wirkenden, rein schwulen Pornokinos, die sich in den Seitenstraßen des Bahnhofsviertels versteckten.

Und so ging es jetzt längst nicht mehr um Lust. Es ging um pure, zielorientierte Befriedigung. Und auch darum, das Gefühl zu haben, den vergangenen Tag nicht mit der aufreibenden, aber erfolglosen und sinnentleerten Suche nach Sex vergeudet zu haben.

Für einen Sekundenbruchteil tauchte Cems Gesicht vor seinem geistigen Auge auf. Mit ihm hatte Sex immer Spaß gemacht. Und mit ihm war der Weg zur Befriedigung, anders als bei Lukes Odyssee, bereits das Ziel gewesen. Er wusste, dass er ihn vermisste. Doch er gönnte sich dieses Gefühl aus purem Trotz nicht. Ihm war natürlich auch klar, dass er in seiner jetzigen Verfassung mehr denn je den Beistand seiner Freunde brauchte. Doch Sarah taumelte kopflos wie eine Besessene durch irgendeinen Fall und Meiko … Meiko war einfach nur unmöglich. Und auch Tina konnte er im Moment nicht vertrauen. Sie würde sowieso alles brühwarm ihrem Bruder berichten. Und das wollte er unter diesen Umständen einfach nicht.

Und so blieb Luke sich selbst überlassen. Und seiner Geilheit.

Das Kino war zu seiner Begeisterung gut besucht. Durch die engen Gänge, von denen unzählige Türen in kleine Videokabinen und Spielzimmer abgingen, schlichen zahlreiche Männer jeden Alters und jeder Statur. Neben all dem inakzeptablen Material konnte er auf Anhieb drei Exemplare ausmachen, die für ihn in Frage kamen. Ein großer Blonder mit Hetero-Optik, ein gedrungener Latino mit beeindruckenden Oberarmen und, sein Favorit, ein kerliger Skin-Typ mit herber Ausstrahlung. Luke gestattete sich ein kurzes Lächeln. Endlich, endlich würde er Sex haben. Seine Suche hatte sich also doch noch gelohnt.

Eine halbe Stunde später war die anfängliche Euphorie genauso jäh verflogen, wie sie aufgezogen war. Keiner seiner Favoriten hatte ihn auch nur eines Blickes gewürdigt. Zu allem Überfluss waren der Latino und der Skin gemeinsam in einer Videokabine verschwunden. Sollte sie der Tripper holen! Und der Blonde war bereits kurz nach seiner Ankunft zielstrebig in Richtung Ausgang marschiert.

Luke fluchte innerlich und ließ sich missmutig auf einen gammeligen Barhocker sinken. Neben ihm brummte der Getränkeautomat. Von seinem Platz aus hatte Luke gleich drei Fernseher im Blick, auf denen verschiedene Pornofilme liefen. Plötzlich wurde eine der Kabinentüren geöffnet. Ein schlanker, braunhaariger Kerl in Röhrenjeans und Rollkragenpullover trat heraus. Die Akne in seinem Gesicht ließ auf ein geringes Alter schließen. Aber vielleicht hatte er auch nur unreine Haut.

Luke wollte seinen Blick gerade gelangweilt abwenden, als er bemerkte, wie ihn der Typ seinerseits eingehend musterte und sich dann demonstrativ lässig an die Wand direkt gegenüber des

Getränkeautomatens lehnte. Hektisch-nervöse Blicke wurden ausgetauscht.

Luke entschied, dass er angesichts der vergangenen Stunden kompromissbereiter werden musste. Ein bisschen Akne durfte ihn da nicht mehr stören. Und so fasste er sich ein Herz, warf dem Rollkragenpullover einen bedeutungsvollen Blick zu und verschwand in einer Kabine, ohne allerdings hinter sich abzuschließen. Stumm zählte er bis zehn. Gerade, als er wieder nach draußen gehen wollte, wurde die Tür vorsichtig geöffnet.

Luke nickte einladend und sein Gegenüber folgte der Aufforderung schweigend.

Aus der Nähe betrachtet war die Akne doch etwas schlimmer als vermutet. Doch jetzt gab es kein Zurück mehr.

„Ich heiße Rolf", sagte der Rollkragenpullover mit seltsam piepsiger Stimme.

„Luke", sagte Luke nur.

Sie begannen sich in der engen Kabine langsam anzunähern und zu befummeln. Ein kurzes Stöhnen, gefolgt von einem lauten Niesen und einem krachenden Hustanfall.

„Entschuldigung. Ich habe noch einen leichten Schnupfen. Aber keine Sorge, ich bin sicher nicht mehr ansteckend", erklärte Rolf.

„Macht nichts", log Luke. Ein Gangbang mit Millionen von Erkältungsviren! Raus hier, befahl ihm sein Verstand.

Bleib gefälligst hier! Einen Gangbang wolltest du doch schon immer mal haben, forderte hingegen sein Schwanz. Luke hörte natürlich auf Letzteren. Wieder begannen sie zu fummeln.

Dann küssten sie sich. Rolf schmeckte nach Zwiebelringen. Doch Luke ignorierte es. Keine Ausflüchte mehr!

Los jetzt, schrie sein Schwanz wütend. Der Rhythmus wurde fordernder.

Ungeschickt zogen sie ihre Oberteile aus. Ellbogen bohrten sich in Gesichter.

„'tschuldigung", sagte Rolf. Ein Niesen.

Wieder stritten sich Lukes Kopf und sein Schwanz kurz darüber, ob es nicht doch besser wäre zu gehen.

Du kannst noch ohne Weiteres verschwinden, sagte sein Verstand.

Nichts da, du bleibst hier, den ganzen Tag fieberst du schon diesem Moment entgegen, hielt ihm die Libido vor.

Wenn die Viren sich bei dir einnisten, fieberst du noch genug, wandte sein Kopf ein.

Der Schwanz schwieg. Was vor allem daran lag, dass er sich bereits im Mund von Rolf dem Rollkragenpullover befand.

Luke stöhnte lustvoll. Seine Zunge mochte nach Zwiebelringen schmecken, doch sie verstand ihr Handwerk.

Plötzlich jedoch hielt Rolf schlagartig inne. Mit einem Satz ließ er Lukes Schwanz aus dem Mund hüpfen, gerade noch rechtzeitig, bevor er einen erneuten Hustanfall bekam.

„Vielleicht sollten wir es lieber lassen."

„Nein! Ich bin total geil und find dich echt süß!", entgegnete Rolf heftig und begann Luke ungestüm den Hals zu lecken. Luke zwang sich zu einem lustvollen Seufzen und begann, seinen Schwanz zu wichsen.

Rolf tat es ihm nach. Mit seiner freien, kaltschweißigen Hand kraulte er Luke dabei den Nacken. Umso näher sie dem Höhepunkt kamen, umso piepsiger wurde sein flehentliches Stöhnen. So musste es sich anhören, wenn ein Ferkel abgestochen wurde, dachte Luke, verdrehte genervt die Augen und rammte ihm dann die Zunge in den Hals, nur damit er ruhig war.

Endlich, endlich spritzten sie ab. Das Sperma klatschte gegen die dunkelblauen Wände, rann träge hinab.

„Hui, war das geil", sagte Rolf.

Luke entgegnete nichts. Postkoitale Lügen fielen ihm schwer.

Sie zogen sich wieder an.

„Bist du aus Frankfurt?"

Luke nickte.

„Ich auch."

„Also dann. Man sieht sich." Luke schloss die Kabinentür auf und eilte nach draußen. Nichts wie weg hier! Sobald er abgespritzt hatte, war die Geilheit, die alles beherrschende Suche nach der Befriedigung, einer Leere gewichen, mit der Luke nicht gerechnet hätte. All die geschickt verdrängten Fragen, Zweifel und Probleme hatten sich diesen freien Platz innerhalb weniger Sekunden erobert und waren über ihn eingebrochen. Er musste sich sortieren, endlich wieder zur Besinnung kommen. Und das konnte er nicht hier.

Als Luke dem erleuchteten Ausgang entgegenstrebte, hatte er kurz das seltsame Gefühl, beobachtet zu werden. Doch er wandte sich nicht noch einmal um, gestattete sich keinen Blick zurück. Er war endlich zum Schuss gekommen. Nun konnte der Tag beginnen.

Hätte Luke sich umgedreht, dann wären ihm womöglich die Umrisse eines Mannes aufgefallen, der bewegungslos in einer dunklen Nische verharrte und ihn beobachtet hatte, seitdem er aus der Kabine gekommen war.

Lächelnd schaute Samuel Zimmermann seinem Exfreund hinterher. Seit dem Ende ihrer Beziehung vor einigen Jahren hatten sich ihre Wege nicht mehr gekreuzt. Was in einer doch so kleinen und überschaubaren Stadt wie Frankfurt einem Wunder gleichkam. Und dann traf man sich ausgerechnet in einem Pornokino. Kaum zu glauben! Samuel stierte noch einige Minuten gedankenverloren den Ausgang an, durch den Luke entschwunden war. Er gestattete sich ein kurzes, wehmütiges Schwelgen in Erinnerungen. Dann richtete er seine Aufmerksamkeit wieder auf das aktuelle Tagesangebot, das durch die flackernde Dunkelheit schlurfte.

Zurück auf der Couch

Der Zimmerbrunnen plätscherte friedlich vor sich hin; leise füllte er die langen, nachdenklichen Minuten des Schweigens.

Katharina Birnstiel hatte die Beine übereinandergeschlagen, saß entspannt und abwartend in ihrem Stuhl. Sie hatte ihren Oberkörper leicht nach vorne gebeugt und das gleichmäßig braungebrannte Dekolleté strahlte Sarah verführerisch an. Sie ließ sich jedoch – so gut es ging – nicht davon ablenken, versuchte stattdessen bei sich zu bleiben, hineinzuhorchen in ihr Innerstes.

„Ich glaube, ich bin mit mehr Leidenschaft bei meiner Arbeit als bei meiner Freundin“, gestand sie schließlich nach längerem Schweigen.

„Ohne diesen Umstand bewerten zu wollen, aber mit diesem Problem sind Sie wahrscheinlich nicht alleine“, befand ihre Therapeutin.

Sarah nickte mechanisch, ohne Birnstiels Bemerkung überhaupt wahrgenommen zu haben. Sie hatte nur einen Sekundenbruchteil an ihre Arbeit gedacht, da war ein maßgeblicher Teil ihres Verstandes auch schon wieder auf den aktuellen Fall konzentriert.

Teichmann. Ullmenau. Der Tote in der Badewanne. Auch wenn der Alte und sie ihre anfänglichen Grabenkämpfe eingestellt hatten, um gemeinsam in diesem Fall voranzukommen, musste man nach den vergangenen zehn Tagen zugeben, dass sie der Auflösung keinen entscheidenden Schritt näher waren. Und der Frust darüber überlagerte inzwischen sogar den Frust über ihre momentane Beziehungssituation.

„Ich genieße es wirklich, mit Basimah zusammen zu sein. Aber …"

Sarah stockte. Worauf wollte sie eigentlich hinaus? Es kam ihr vor, als würden die Therapiesitzungen der vergangenen Wochen nur um diesen einen Punkt kreisen.

„Ich sehe sie nicht mehr als Geliebte oder gar als Sexobjekt. Sie ist meine Freundin, meine Vertraute und meine Partnerin."

„Das berühmte Jungfrauen-Paradoxon", erwiderte Birnstiel. „Es gibt Männer, die sehen in ihrer Ehefrau, in der Mutter ihrer Kinder, eine Art heilige Jungfrau. Ein keusches Wesen, für das sie sorgen und das sie beschützen. Aber gleichzeitig gelingt es ihnen nicht, in ihren Frauen auch die billige Nutte zu sehen, mit der man wilden, abscheulichen, perversen Spaß haben könnte."

Der sachliche, beinahe schon gelangweilte Tonfall, mit dem Birnstiel diese Worte aussprach, irritierte Sarah. Sie hätte in dieser Art auch über den neusten Theorieansatz zur Erforschung der Psyche eines Laubfrosches referieren können. Trotzdem traf dieser Vergleich durchaus zu.

„Die Frage, die Sie sich stellen sollten lautet", fuhr Birnstiel dozierend fort und strich sich elegant eine feine Strähne ihres braunen Haares aus dem Gesicht, die sich auf unerklärliche Weise aus ihrem strengen, fest verknoteten Zopf gelöst hatte, „ob Sie damit glücklich sind. Es gibt durchaus Paare, die sich mit dieser Situation arrangieren und eine erfüllte, stabile Beziehung führen. Sollten Sie allerdings zu dem Schluss kommen, etwas daran ändern zu wollen, müssen wir beginnen, nach Auswegen zu suchen. Zunächst einmal auf Ihre eigenen Bedürfnisse abgestimmt, aber möglicherweise wäre eine Paartherapie auch der richtige Ansatz."

Sarah stöhnte innerlich. Alleine die Vorstellung, mit Basimah gemeinsam auf dieser Couch zu sitzen, war ihr ein Graus. Dieses Zimmer stellte ihren persönlichen Rückzugsraum dar, den sie einmal die Woche aufsuchen konnte. Es war eine nervenaufreibende und harte Arbeit, das innerste Ich nach außen zu kehren. Doch sie fühlte sich danach nicht nur ausgelaugt und erschöpft, sondern auch ein Stück weit mehr mit sich im Reinen. Basimah würde hier nur stören. Außerdem glaubte sie nicht, dass sie ihre Freundin zu einer Therapie würde überreden können. Basimah hatte ihr einmal von den verordneten Sitzungen bei einem Schulpsychologen erzählt. Rückblickend seien diese Stunden die schlimmsten ihrer gesamten Schulzeit gewesen. Sarah konnte sich lebhaft vorstellen, welchen Eindruck der Schulpsychologe von einem Mädchen gehabt hatte, das sich selbst als kleine Prinzessin sah, verträumt durch die Welt wandelte und im Unterricht, wenn überhaupt, nur körperlich anwesend zu sein schien. Als der Schulpsychologe Basimah sanft an der Schulter berührte, biss sie ihm in die Hand. Ihre Mutter hatte ihr ja eingebläut, sich von Fremden niemals berühren zu lassen. Und dieser Mann war schließlich ein Fremder.

Der nachfolgende Ärger zeichnete sie fürs Leben. Niemals würde sie wieder einen Therapeuten aufsuchen. Diese Abneigung war auch der Grund, weswegen Sarah ihrer Freundin die Sitzungen mit Birnstiel bis heute verheimlichte.

„Haben Sie eigentlich jemals versucht, mit Ihrer Freundin über Ihre Probleme zu sprechen?", fragte Birnstiel.

„Machen Sie Witze?", entgegnete Sarah sarkastisch. „Wir haben monatelang nur geredet. Stunde um Stunde, Abend um Abend. Doch wir haben uns im Kreis bewegt. Und das Schlimmste war, dass Basimah mir immer wieder vorgehalten hat, wir würden nicht genug reden."

„Aber Sie haben …"

„Natürlich haben wir! Doch in ihrer Wahrnehmung schien das einfach nicht ausreichend zu sein."

„Und in Ihrer?"

Sarah seufzte schwer. „Ich hatte keine Lust mehr zu reden. Zumindest nicht mit ihr. Ich glaube, es hätte uns weitergebracht, wenn wir einfach nur Sex gehabt hätten." Sarah stockte kurz. „Wir haben am Anfang ziemlich viel Sex gehabt. Und geilen noch dazu. Aber mit der Zeit … Wie gesagt, jetzt reden wir nur noch. Ach, wären wir doch als schwule Männer auf die Welt gekommen."

Birnstiel hob fragend die Augenbrauen.

„Für meinen Freund Meiko ist Sex für viele Probleme auf der Welt eine Lösungsoption. Atomare Abrüstung und Weltfrieden könne man mit genügend global vernetztem Sex genauso erreichen wie einen erfolgreichen Kampf gegen den Klimawandel. Davon ist er überzeugt."

Birnstiel runzelte kritisch die Stirn, beschloss aber dann, den Faden doch weiterzuspinnen.

„Glauben Sie, Sex würde Ihre Probleme lösen?"

„Es käme auf einen Versuch an. Und wenn es nicht der Sex mit Basimah wäre, dann vielleicht der mit jemand anderem."

„Eine offene Beziehung?"

„Genau. Dieses Modell ist unter Schwulen weit verbreitet. Aber mit Frauen nicht zu machen. Ich könnte einfach fremdgehen, schnell und unkompliziert wäre das und es würde die Beziehung nicht gefährden."

„Und Sie glauben, das würde sie weiterbringen?"

„Es könnte zumindest ein Lösungsansatz sein."

„Warum tun Sie es dann nicht einfach? Warum suchen Sie sich nicht eine diskrete Affäre? Das dürfte doch einer Frau wie Ihnen nicht schwerfallen."

Angesichts des überraschenden Kompliments musste Sarah lächeln. Kurz flackerte die Vorstellung auf, wie sie Birnstiel hier in diesem abgeschiedenen, ordentlichen Zimmer verführen würde. Wie sie den Minirock hochzog, den Slip darunter wegriss und mit ihren Fingern in die feuchte Möse eindrang. Sie könnten es auf dem Schreibtisch treiben und …

Birnstiel räusperte sich demonstrativ und bereitete dem Tagtraum ein jähes Ende.

„Es würde nicht funktioniere", erklärte Sarah. „Frauen, und insbesondere Lesben, können nicht diskret sein. Oder sie verlieben sich nach dem ersten Orgasmus gleich ineinander. Und dann erzählt es eine der beiden ihrer besten Freundin. Und die erzählt es ihrer Freundin. Und die erzählt es ihrer Fußballtrainerin. Und die wiederum ist die beste Freundin der Betrogenen. Und bums ist das Chaos perfekt. Sie haben ja keine Ahnung, wie mächtig die Mösen-Mafia ist."

„Oh", antwortete Birnstiel nur. Zum ersten Mal während ihrer gemeinsamen Sitzungen schien sie kurz sprachlos zu sein, aus dem Konzept gebracht.

„Ich beginne langsam Ihre Situation zu verstehen und neu zu bewerten", antwortete sie schließlich. „Diese Begleiterscheinungen habe ich natürlich nicht bedacht. Aber das könnte tatsächlich zum Problem werden."

Sarah nickte. O ja, das könnte es.

Der Zimmerbrunnen plätscherte friedlich vor sich hin.

Mittagstisch

„Sie sind zu spät. Da hab ich mir schon mal was geholt", sagte der Alte mit vollem Mund. Er blickte nur kurz von seinem Tablett auf. Die graublaue Krawatte hatte er sich über die Schulter geworfen, eine Papierserviette sollte sein Hemd vor Flecken schützen. Das braune Cordsakko hing lasch und zerknittert über der Stuhllehne.

„Ich hatte noch einen Termin", erklärte Sarah ihre Verspätung und setzte sich. Glücklicherweise fragte Teichmann nicht nach, hatte sie doch keine Lust, ihm von ihren Therapiestunden zu erzählen. Und lügen wollte sie nicht, aus Angst, er könnte sie sofort durchschauen. Diesen Instinkt sagte man ihm ja im ganzen Haus nach.

Teichmann grummelte etwas Unverständliches und stocherte weiterhin halbwegs ambitioniert in seinem Kartoffelsalat herum. Das panierte Schnitzel hatte er, beinahe unberührt, an den äußersten Tellerrand geschoben.

„Schmeckt's?", fragte sie mit einem ironischen Unterton in der Stimme.

„Raten Sie."

Sarah lächelte.

Seit einigen Wochen trafen sie sich regelmäßig zur gemeinsamen Mittagspause in der Kantine des Polizeipräsidiums. Und sie musste zugeben, die mürrischen, zumeist sehr einsilbigen Konversationen waren inzwischen zu einem Highlight ihrer Arbeitswoche geworden.

„Ich habe Ihnen doch gesagt, dass Sie hier kein Fleisch essen sollen. Das bekommen die einfach nicht richtig hin. Sie sollten mal das vegetarische Menü …"

„Ihre öko-radikalen Emanzen-Tipps können Sie sich sparen", unterbrach der Alte sie und begutachtete missmutig Sarahs Grünkern-Küchlein mit Tomatensalat und Kräuterquark.

Am Nachbartisch schaute eine Gruppe von Frauen – soweit Sarah die Gesichter richtig zuordnen konnte, allesamt Mitarbeiterinnen der Asservatenkammer – schockiert zu ihnen herüber. Teichmann hatte die seltsame Angewohnheit, obwohl zu seiner regulären Essenszeit am späten Mittag die Kantine nur noch mäßig besucht war, sich grundsätzlich in die Nähe von besetzten Tischen zu platzierten. Beinahe so, als meide er jede Konversation, sehne sich beim Essen jedoch zugleich nach Gesellschaft. Er will dazugehören und dann eben auch wieder nicht, dachte Sarah im Stillen bei sich. Laut sagte sie: „Und gibt es was Neues in unserem Fall?"

Der Alte zuckte nur missmutig mit den Achseln. Nicht so direkt, stellte er fest. Aber er habe auch noch anderes zu tun. Seit dem Tod von Pierre Müller hatte der Main eine unbekannte, männliche Wasserleiche angespült, in Sachsenhausen hatte sich ein tödliches Familiendrama ereignet und eine Prostituierte war erst vergewaltigt und dann erdrosselt worden.

„Haben Sie eigentlich eine Freundin?", forschte er unvermittelt nach.

Sie war perplex. Es war das erste Mal, dass der Alte ihr eine private Frage stellte. Noch dazu eine solch intime. Woher wusste er überhaupt, dass sie auf Frauen stand? Sie hatte es ihm gegenüber kein einziges Mal erwähnt. Auch schien er nicht der Typ zu sein, der sich bei Kollegen nach ihren privaten Gepflogenheiten erkundigte.

„Ja, habe ich", antwortete sie kurz angebunden. Sie wollte nicht mehr als nötig darüber sprechen. Es war ein ungünstiger Zeitpunkt. Der Alte schien das zu spüren, verzichtete auf Nachfragen und schwenkte genauso unvermittelt zurück zu beruflichen Themen.

Er habe sich Sarahs Auswertung der Unterlagen, die sie auf Pierre Müllers MP3-Spieler gefunden hatten, genau angeschaut, sagte der Alte so beiläufig wie möglich.

„Und?"

Wenn er sie richtig verstehe, könne man daraus noch nicht auf Anlagebetrug oder andere schwere Wirtschaftsdelikte schließen, die das Finanzinstitut durchgeführt haben soll.

Das stimme leider, bestätigte Sarah widerstrebend.

„Die Frage ist, warum hat sich Pierre Müller die Mühe gemacht, diese Daten zu verstecken?"

„Sie sind wahrscheinlich nur die eine Hälfte des Bildes. Es muss noch andere Unterlagen geben."

Teichmann schüttelte den Kopf. Er verstehe nicht, wie gebildete und wohlhabende Leute überhaupt auf diese dubiosen Anbieter hereinfallen konnten.

„Aus purer Gier und aus Abneigung, allzu viel beim Finanzamt abzuliefern", antwortete Sarah. Mit Ost-Immobilien, Hollywood-Deals, Windparkbeteiligungen oder Termingeschäften hätten windige Vermittler und halbseidene Finanzfirmen zahllose Anleger in der jüngsten Vergangenheit ausgenommen wie fette Weihnachtsgänse, dozierte Sarah. Auf rund vierzig Milliarden Euro schätzten die Kollegen des Bundeskriminalamts den jährlichen Schaden.

Die Masche war Sarahs Erfahrung nach immer die Gleiche: Hatte das Opfer erst einmal Interesse bekundet, wurde der Druck erhöht. Das Angebot sei einmalig, man müsse schnell handeln, weil es solche Konditionen nur für ganz kurze Zeit gebe. Überhaupt sei es pure Dummheit, ein solches Angebot nicht wahrzunehmen.

„Das Problem ist einfach der unüberschaubare graue Kapitalmarkt, der keiner staatlichen Finanzaufsicht unterliegt", beendete sie schnaubend ihren Exkurs. Sarah hatte sich in Rage geredet.

„Wenn ich könnte wie ich wollte ...", ergänzte sie drohend zwischen zwei Bissen Grünkern-Küchlein.

Der Alte nickte zustimmend. Dieses Gefühl kannte er nur zu gut.

Nachdenkliches Schweigen senkte sich über den Tisch. Teichmann stierte auf die Reste seines Schnitzels. Erst jetzt fiel Sarah auf, wie aschfahl er war, wie eingefallen und ausgezehrt er wirkte. Bildete sie es sich nur ein, oder waren die Furchen, die sein Gesicht zierten, in den vergangenen Wochen noch tiefer und härter geworden? Das ergraute Haar war wie immer zu einem sorgfältigen Seitenscheitel gekämmt, der Schnauzer akkurat auf wenige Millimeter getrimmt. Auch wenn er nicht den objektiven Schönheitsidealen des Mainstreams entsprach – seine Nase war leicht schräg und irgendwie klobig, die Augen saßen tief und wirkten, als hätte sie jemand mit aller Kraft in den Schädel gedrückt –, umgab ihn eine Aura enormer Anziehungskraft. Doch sie konnte sich des Eindrucks nicht erwehren, dass er in der kurzen Zeit, in der sie sich jetzt kannten, an Kraft, Vitalität und Ausstrahlung eingebüßt hatte.

Wie alt er wohl war? Sarah schätzte ihn auf Anfang sechzig, nicht mehr sehr weit vom wohlverdienten Ruhestand entfernt. Wobei einem Mann wie Teichmann allein der Gedanke, zum Nichtstun verdammt zu sein, unerträglich erscheinen musste.

Ruckartig hob der Alte den Kopf und nahm sie mit seinem durchdringenden Blick ins Visier. Sarah fühlte sich ertappt. Doch dann geschah etwas sehr Ungewöhnliches. Ein triumphierendes Lächeln erschien auf seinen Lippen.

„Ich denke, wir haben trotzdem genug, um Ullmenau im Mordfall Pierre Müller zu laden. Als Zeuge, nicht als Verdächtiger“, sagte er.

„Meinen Sie wirklich?“

Der Alte nickte selbstsicher, wobei er sich selbst im Klaren darüber war, auf welch schmalem Grat sie wandelten. Sie hatten verdammt wenig in der Hand. Es würde schwer werden, zu argumentieren, warum Ullmenau im Todesfall eines seiner Mitarbeiters ein Zeuge war und warum man ihn erst jetzt, Monate nach der Tat, vernahm. Doch das würde er hinbekommen. Ihr zuliebe.

Der Pfefferkuchen

Der Pfefferkuchen war keine Bar. Und auch keine Spelunke. *Der Pfefferkuchen* war ein Loch. Die Mischung aus abgehalfterten Transen, Hängengebliebenen, Dealern, Strichern und Freiern, die hier die Details für die anstehende Geschäftsabwicklung besprachen, rang sogar dem schwulen Reiseführer *Spartacus* neben dem entsprechenden Adresseintrag den Warnhinweis „At your own risk“ ab. Vereinzelte Heteros, zumeist Türsteher aus den umliegenden Clubs, die sich nach Dienstschluss hier zum Feierabendbier trafen, machten die skurrile Mischung komplett.

Meiko war ein seltener Gast im *Pfefferkuchen*. Nur alle paar Jahre verirrte er sich, von Abenteuerlust getrieben, in das dunkle Lokal, das in einem alten, unscheinbaren Schieferhaus untergebracht war. Nicht nur von außen wirkte der *Pfefferkuchen* auf den ersten Blick wie eine Bastion gutbürgerlicher Gemütlichkeit. Auch das Interieur erinnerte dank braun gefliestem Boden, Plastikdeckchen auf dunklen Holztischen und einer wuchtigen Theke an ein ländliches Ausflugslokal, in dem Frankfurter Kranz und ein Kännchen Kaffee serviert wurden. Dieser oberflächliche Eindruck stand im krassen Gegensatz zu der Kundschaft. Auch die hektisch blinkenden Spielautomaten wollten nicht so recht ins Bild passen. Abgesehen davon ging es hier erst so richtig los, wenn brave Bürger längst in den Betten lagen, vielleicht auch schon bald wieder aufstehen mussten.

Es war der frühe Morgen des Karfreitags, als Meiko zum ersten Mal seit vielen Monaten wieder den *Pfefferkuchen* betrat. Ein Schwall stickig-heißer Luft wehte ihm entgegen, als er die Tür öffnete. Derrick, der Besitzer, stand mit heruntergezogenen Mundwinkeln hinter der Theke und wachte mit strengem, unnachgiebigem Blick über sein Reich. Gerüchten zufolge, die er wohl selbst in Umlauf gebracht hatte, war Derrick lange Jahre in Paris als Modelagent unterwegs gewesen, bevor er nach Frankfurt kam und sich als Drogendealer, Zuhälter und Barbesitzer über Wasser hielt. Er war so etwas wie ein dunkler, hinterhältiger Doppelgänger Meikos, eine schlechte Kopie, die es aus einem unheilvollen Paralleluniversum in diese Realität verschlagen hatte. Kein Wunder also, dass sich die beiden nicht sonderlich mochten. Der eine sah in dem jeweils anderen stets einen Teil von sich selbst und zugleich einen Hinweis darauf, was hätte sein können.

Trotzdem verband sie ein professionsbedingter Respekt. Sie fühlten sich beide als Mitglied der inoffiziellen Gilde schwuler Szenewirte, und da sie sich nicht dauerhaft ignorieren konnten, pflegten sie stattdessen eine gerade noch sozial verträgliche Intimfeindschaft. Wenn Meiko den *Pfefferkuchen* besuchte, war Derrick der perfekte Gastgeber. Und wenn dieser umgekehrt im *Blue* aufschlug, wurde er ebenfalls mit besonderem Zuvorkommen umsorgt.

Der gemeinsame Wodka aufs Haus war dabei ebenso obligatorisch wie notwendig und diente als Schmiermittel im knirschenden Räderwerk sozialer Interaktion.

„Auf dich, *fucking bitch*!“, prostete Derrick. Klirrend schlugen die gut gefüllten Schnapsgläser aneinander.

Den brennenden Nachgeschmack von Wodka auf Zimmertemperatur spülte Meiko mit einem großen Schluck Bier hinunter.

Sie tauschten ein paar Oberflächlichkeiten aus und versicherten sich gegenseitig, dass die ganzen Online-Portale die Ausgehfreudigkeit der Schwulen negativ beeinflusste. Ein gefühltes Leid der Szenewirte, das inzwischen beinahe so alt war wie das Internet selbst. Wobei in den vergangenen Jahren die allgemeine Weltwirtschaftskrise gerne als zusätzlicher Grund für die angeblich beständig kleiner werdende Gästeschar herangezogen wurde.

„Was soll's!“, stellte Derrick schließlich fest und zuckte missmutig mit den Schultern. Sie kippten noch einen Wodka weg, dann wandte er sich wieder den Bedürfnissen seiner anderen Gäste zu.

Dankbar, das übliche Begrüßungsritual überstanden zu haben, scannte Meiko den Raum. Ein paar ältere Männer stierten entweder stoisch in ihre Gläser oder die wenigen Stricher an, die ruhelos durch den Raum tänzelten. In einer Seitennische spielten drei Transen mit erstaunlichem Geschick Darts. Direkt daneben wischten gerade zwei südländisch aussehende Jungs mit einem Papiertaschentuch einen Barhocker sauber und zogen sich dann darauf ungeniert eine Linie Koks rein.

Plötzlich wurde die Toilettentür aufgerissen und ein junger Skin-Typ trat heraus. Meiko erkannte ihn sofort. Es war die Glatze, die der Apotheker bei ihrem Gangbang im Hotel gebucht und die er vor einigen Wochen vollkommen zugedröhnt von der Parkbank aufgesammelt hatte. Kurz trafen sich ihre taxierenden Blicke. Meiko lächelte cool. Doch der Stricher schien ihn nicht zu erkennen. Trotzdem setzte er sich direkt neben ihn an die Theke.

„Na, wie geht's?", fragte Meiko. Nicht besonders originell, aber, wie er fand, den Umständen entsprechend.

„Gut. Und selbst?"

„Auch."

Offensichtlich schätzte der Stricher ihn nicht als potentiellen Kunden ein, denn er strafte ihn mit einigermaßen unhöflichem Desinteresse.

Das laute Gackern der Transen erfüllte den *Pfefferkuchen*.

„Du erinnerst dich nicht an mich." Es war keine Frage, sondern eine schlichte Feststellung. Doch immerhin schaffte es Meiko, die Aufmerksamkeit so wieder auf sich zu ziehen. Sein Gegenüber musterte ihn eingehend, schüttelte dann den Kopf und brachte sogar ein entschuldigendes Lächeln zustande.

„Ein Freund von mir hat dich für eine Gruppensession im Hotel gebucht. Ich war einer der Gastspieler. Und dann habe ich dich vor ein paar Wochen auf der Parkbank aufgelesen und in meine Bar verfrachtet."

„He, jetzt erinnere ich mich. Wollt dich damals nicht wecken. Deshalb bin ich einfach abgehauen. Danke, Mann. Am Anfang hab ich echt 'nen Hals geschoben, weil du dich einfach eingemischt hast. Aber jetzt ... Ich hätte mir wohl echt noch was abgefroren. Heiße übrigens Dejan."

„Meiko."

„Kann ich dich auf was einladen. Als Dankeschön."

„Das wäre zwar irgendwie verkehrte Welt, aber …"

„Dann nich. Wollte nur nett sein", entgegnete Dejan beleidigt.

„So war das nicht gemeint."

„Doch, genau so."

Ein anerkennendes Lächeln huschte über Meikos Lippen. „Wie wäre es mit einer Runde Wodka?"

„Okay, Mann. Auf meinen Deckel."

Der Alkohol ließ das Eis langsam schmelzen.

„Und wie laufen die Geschäfte?", fragte Meiko, nachdem sie eine halbe Stunde belanglose Worthülsen hin- und hergeworfen hatten. Er bemerkte, dass Dejan zusehends unruhiger wurde, seinen Blick öfter durch den Raum schweifen ließ und potenzielle Freier musterte.

„Kann nicht klagen. Könnte aber besser sein. Und bei dir?"
„Dito."
Meiko spürte, wie er geil wurde. Doch er hatte keine Lust auf eine schnelle Nummer in einer dunklen Ecke. Wenn er schon bezahlte, was bisher höchstens zwei oder drei Mal der Fall gewesen war, dann musste es entspannt, stilvoll und ausdauernd sein. Wohlige Erregung stieg in ihm empor, als er sich daran erinnerte, wie er sich vor einem Jahr in einem Kölner Edelpuff für Schwule eine Nacht um die Ohren geschlagen hatte. Er war damals über tausend Euro losgeworden. Nicht nur für Jungs, sondern auch für Drogen und Alkohol. Jeder Cent hatte sich gelohnt.
„Was kostest du?", fragte Meiko.
Augenblicklich hatte er wieder Dejans vollste Aufmerksamkeit. Doch nicht etwa, weil er in ihm einen potenziellen Kunden sah.
„Um es gleich mal klar zu stellen, ich verkaufe nicht mich, ich verkaufe eine Dienstleistung. Wie du. Aber im Gegensatz zu dir biete ich keine Cocktails an, sondern Sex. Begriffen?" Dejans Stimme war hart und schneidend, die grünen Augen funkelten ihn herausfordernd an.
„Sorry, das war wirklich eine unglückliche Wortwahl", gestand er. „Neuer Versuch. Was kostet eine ganze Nacht mit dir."
Bevor Meiko eine Antwort erhalten konnte, fiepte die Dartscheibe aufgeregt. Eine der Transen, offensichtlich die Gewinnerin des Matches, kreischte triumphierend.
Dejan ließ sich davon nur kurz ablenken. Seine Haltung war gestrafft und sein Tonfall geschäftsmäßig.
„Kommt darauf an, was du willst. Das volle Programm ohne Sonderwünsche", er zögerte nur kurz, „250 Euro."
„Einverstanden", schoss es aus Meiko heraus. Sex war in seinen Augen keine Ware, über deren Gegenwert verhandelt werden sollte. Lieber zahlte er etwas mehr und bekam dafür echte Qualität geboten. Und dass die Leistung stimmte, davon hatte er sich ja bereits überzeugen können.
„Und Taxigeld für die Heimfahrt."
„Einverstanden."
Kurz schoss Meiko der Gedanke durch den Kopf, ob er das tatsächlich machen sollte. Ob er noch fit genug war, um diese Leistung überhaupt würdigen zu können. Doch Fakt war,

er wollte Dejan. Er war gerade in der Stimmung dazu. Warum sollte er sich dann nicht diesen kleinen Luxus gönnen? Außerdem war ihm die Vorstellung, jetzt alleine nach Hause zu gehen, zuwider. Am Rande registrierte er noch, dass er in den vergangenen Wochen immer öfter keine Lust verspürt hatte nach einer langen Nacht alleine zu sein. Doch er beschloss, diesen Gedanken beiseitezuschieben und sich in einem passenden Augenblick mit diesen für ihn seltsamen Anwandlungen und Bedürfnissen auseinanderzusetzen.

„Wohin gehen wir?", fragte Dejan.

„Um die Ecke gibt es eine schwule Pension mit vierundzwanzig Stunden Rezeption."

Der Junge nickte. „Na dann ..."

Sie erhoben sich. Dabei streifte Dejans Hand kurz und als wäre es eine zufällig Berührung Meikos Oberschenkel. Er hatte, wohlweislich, dass es bei diesem Kunden nicht darauf ankam und vielleicht sogar kontraproduktiv war, auf die üblichen Anmachsprüche und einen aufgesetzten Flirt verzichtet. Doch jetzt erschien es ihm angebracht, mit dezenten Gesten zu starten. Tatsächlich schoss augenblicklich das Blut in Meikos Schwanz.

Dejan verstand sein Handwerk. Schließlich musste sich die gesammelte Erfahrung der vergangenen Jahre ja auch bemerkbar machen.

Unter dem Lindenbaum

Innerhalb weniger Stunden hatte die zu neuer Stärke zurückgefundene Märzsonne die letzten Schneereste der vergangenen Nacht in matschige Wasserpfützen verwandelt. Dem Winter mochte es zwar noch gelingen, mit arktischen Überraschungsangriffen im kühlen Schutz der Nacht über Deutschland herzufallen, doch sobald sich am Morgen danach die Sonne erhob, war klar, dass er die Schlacht für dieses Jahr verloren hatte.

„Riechen Sie es?", fragte die alte Lesbe an Marco gerichtet. In ihrer Stimme lag ein aufgeregtes, unruhiges Zittern, und mit sehnsuchtsvollem Glanz in den Augen blickte sie aus dem geöffneten Fenster. Im gleißenden Licht des Mittags breiteten sich die Hinterhöfe und Dächer Bornheims wie ein unruhiger Flickenteppich vor ihr aus. Ganz nah und doch so unendlich weit entfernt.

„Was soll ich riechen?", fragte Marco überrascht zurück und schnüffelte gewohnheitsmäßig nach Urin, Kot oder Erbrochenem. Das Übliche eben, wonach es in einem Altenheim müffeln konnte. Egal, ob es nun eines für Heteros oder Homos war. Doch er roch nichts. Nur der dezente Duft von Desinfektionsmittel lag in der Luft und vermischte sich mit der herben Moschusnote, die die alte Lesbe umwehte.

„Es riecht nach Frühling!", sagte sie und nickte in Richtung Fenster. „Der erste, den ich nicht zu Hause verbringe."

Traudel Gersheimer war im vergangenen Herbst in das *Rainbow Garden* gezogen, nach einem schweren Schlaganfall. Ihre rechte Körperhälfte war seitdem gelähmt. Hemiparese rechts, wie es lapidar in ihrer Kladde vermerkt war. Für sie war dieses Zimmer, dieses Gebäude nicht ihr Zuhause. Würde es womöglich niemals werden. Andere Bewohner des *Rainbow Garden*, die schon vor einer wirklichen Altersbehinderung hierherkamen und sich ein Apartment mit betreutem Wohnen nahmen, gelang es besser, sich einzuleben, sich zu Hause zu fühlen.

„Wollen Sie vielleicht nach dem Mittagessen nach draußen in die Sonne gebracht werden?", bot Marco an.

Die alte Lesbe lächelte müde. „Gerne. Auch wenn das nur ein schwacher Ersatz ist für meinen Garten. Wissen Sie, ich hatte ein eigenes Häuschen in der Nähe von Mainz."

Marco ging vor ihr in die Knie und zog ihr behutsam Strümpfe und Schuhe an. Dann schob er sie an den kleinen Tisch und stellte das Frühstückstablett vor ihr ab.

„Ein Mann soll ein Haus bauen, einen Baum pflanzen und einen Sohn zeugen. Übertragen auf eine Lesbe heißt das wohl, sie soll ein Haus bauen, einen Baum pflanzen und eine Katze haben", sagte sie unvermittelt. Marco lächelte.

„Das habe ich alles gemacht. Ich habe also etwas geschaffen in meinem Leben, das über meinen Tod hinaus Bestand haben wird. Sieht man von meiner Katze ab. Doch wissen Sie, es hat so gar nichts Tröstendes."

„Ist es nicht schön zu wissen, dass Ihr Baum und Ihr Haus noch lange, lange Zeit Menschen Freude bereiten, ein Zuhause geben werden?“

„In meinem Haus wohnen jetzt Fremde. Zwei Snobs aus der Stadt. Und wer weiß, ob sie meinen Baum nicht eines Tages fällen.“

„Aber vielleicht gründen sie dort eine liebevolle Familie“, versuchte Marco dem Gespräch eine positivere Grundstimmung zu verleihen. „Eine glückliche Familie? Von welchem Planeten kommen Sie denn, junger Mann. Kennen Sie nicht die Scheidungsraten?“

„Nach dem Frühstück bringe ich Sie in den Hinterhof. Dort steht ein Lindenbaum. Die ersten Triebe kann man bereits sehen.“

„Gegen Lindenpollen bin ich allergisch“, sagte die alte Lesbe.

„Wir finden schon ein passendes Plätzchen für Sie“, versprach er.

„Ach, eigentlich will ich gar nicht nach draußen. Vielleicht ist es doch noch zu kühl.“

„Wir könnten Ihnen eine Jacke überziehen“, schlug Marco vor und ging zum Kleiderschrank. „Wie wäre es mit dem lilafarbenen Strick.“

Die Alte grummelte etwas in ihren Damenbart, den er ihr bei der Morgentoilette nicht hatte entfernen dürfen. Marco deutete es als Zustimmung und legte das Kleidungsstück ordentlich zusammengefaltet auf das Bett. Traudel Gersheimer betrachtete es voller Abscheu.

„Wissen Sie, wofür die Farbe lila steht?“, fragte sie und fuhr, ohne zu zögern, fort. „Für die unbefriedigte Frau. Ich war mein ganzes Leben lang unbefriedigt. Doch heute bin ich es mehr denn je.“

„Man sollte die Hoffnung niemals aufgeben. Ich kenn hier einige Damen, die sich durchaus für eine Liaison ...“

„Ach, hören Sie doch auf! Das sind doch lauter alte Schachteln! Was will ich mit denen?“

Beinahe hätte er auf ihr eigenes Alter angespielt. Doch Marco biss sich auf die Zunge und schluckte den bösen Kommentar hinunter.

„Ich hole Sie dann in einer Viertelstunde ab. Und dann geht es in die Frühlingssonne!", frohlockte er stattdessen, ihre schlechte Laune konsequent ignorierend, und beeilte sich, aus dem Zimmer zu kommen. Es gab Tage, da konnte er die Launen und Verstimmungen der Alten ertragen. Und es gab Tage, da konnte er es eben nicht. Heute war einer der letzteren. Wahrscheinlich übertrug er den Groll, den er wegen des Testaments noch immer gegen seine Mutter hegte, auf die alten Menschen um ihn herum. Wobei die nun wirklich nichts dafür konnten.

Marco spürte, wie allein bei dem Gedanken an seine Mutter wieder die alte, wohlbekannte Wut in ihm emporstieg.

Er begann damit, am Pflegestützpunkt die mittäglichen Medikamentenschälchen für die Bewohner vorzubereiten. Obwohl diese Aufgabe eigentlich seine vollste Konzentration benötigt hätte, konnte er es nicht vermeiden, dass seine Gedanken immer wieder abschweiften. Sie trieben gen Rheingau. Wie es wohl Karola ging? Seit fünf Tagen hatten sie nicht mehr miteinander gesprochen. Wegen Rosas letztem Willen war er nämlich auch noch mit seiner Tante aneinandergeraten. Sie konnte nicht verstehen, warum er wegen des Testaments wütend geworden war. Und sie konnte nicht verstehen, warum er nicht einfach in sein Elternhaus zog. Oder es wenigstens als Wochenendresidenz nutzte. Undankbar, dieses Wort hatte sie ihm bei ihrem letzten Telefonat an den Kopf geknallt. Regelrecht aufgebracht war sie gewesen, als er ihr mitgeteilt hatte, das Anwesen verkaufen zu wollen. Sie wollte es nicht verstehen. Dabei hatte er wirklich mit sich gerungen. Doch warum sollte er eine Stange Geld in ein Haus im Rheingau investieren – und es musste ohne Frage einiges renoviert und modernisiert werden –, das er nicht wollte. In dem er sich nicht vorstellen konnte zu leben. Nicht einmal am Wochenende.

Karola würde darüber hinwegkommen, hoffte Marco. Er war nicht wütend auf sie, konnte ihre Reaktion sogar nachvollziehen. Sein Brass richtete sich gegen seine Mutter, die durch ihren letzten, unmöglichen Willen einen Keil zwischen ihn und seine Tante getrieben hatte. Das sah ihr wieder einmal ähnlich! Sie spielte sie gegeneinander aus. Zu ihren Lebzeiten war ihr das niemals gelungen. Wie makaber, dass sie ausgerechnet nach ihrem Tod Erfolg damit hatte.

„Findest du nicht, dass fünf blutdrucksenkende Pillen für Herrn Walter aus Zimmer dreihundertzwölf etwas viel sind?“

Jörgs Stimme holte Marco aus seinen Gedanken. Sein Kollege und Freund stand mit einem breiten Grinsen neben ihm. Vor ihm türmte sich ein Berg aus Pillen in einem viel zu kleinen Schächtelchen. „Du scheinst nicht so ganz bei der Sache zu sein.“

„Stimmt“, gab Marco zu. „Lust, mir bei einer Zigarette Gesellschaft zu leisten?“

Die beiden Männer gingen, mit einem kleinen Umweg über den Kaffeeautomaten in der Lobby, hinaus in den Hinterhof des Altenheimes. Einige Bewohner des *Rainbow Garden* hatten sich bereits eingefunden. Und im wärmenden Sonnenlicht herrschte eine gelöste Stimmung. Es wurde gelacht und geschäkert, kokettiert und geschmeichelt. Da die Mehrzahl der in die Jahre gekommenen Schwulen und Lesben keine Kinder hatten, war die Gemeinschaft im *Rainbow Garden* familiärer als bei anderen, vergleichbaren Einrichtungen. Und es gab, das war ein weiterer Unterschied, neben dem Alter oder der Hilfsbedürftigkeit eine dritte, verbindende Komponente: die von der Norm abweichende, sexuelle Präferenz und die damit verbundenen Lebenserfahrungen. Die mochten zwar nicht alle miteinander vergleichbar, aber dann doch zumindest kollektiv durchlebt sein.

Schweigend zündete sich Marco eine Zigarette an und starrte missmutig vor sich ihn. In der frühlingshaften, gelösten Szenerie wirkte er wie ein unheilvolles Alien. Ein Fremdkörper.

„Du hast eine Laune!“, stellte Jörg nüchtern fest und schlürfte lautstark seinen Kaffee. „Ich weiß etwas, was dich vielleicht aufheitern wird. Hast du die neue Ergotherapeutin schon gesehen?“

Stumm schüttelte Marco den Kopf.

„Also sie ist eine Transe mit nagelneuen Titten. Früher war sie wohl mal eine Frau im Körper eines Mannes, die auf Frauen stand.“

„Also eine gefühlte Lesbe mit Schwanz?“, fragte Marco und musste lächeln.

„Frührer nannte man das auch hetero, glaube ich“, antwortete Jörg und grinste breit. „Zunächst hatte ich befürchtet, ich würde mein Alleinstellungsmerkmal verlieren“, fuhr er fort und spielte darauf an, dass er der einzige heterosexuelle Mitarbeiter des Pflegeheims war.

Die beiden Männer lachten glucksend.

„Ich würde diesen Schuppen schon vermissen", stellte Jörg fest.

Marco runzelte die Stirn und schaute seinen Freund durchdringend an.

„Willst du mir damit etwas sagen?"

Ein kurzes Lächeln umspielte Jörgs Lippen. „Du bist nicht der Einzige, der gerade ein paar wichtige Entscheidungen fällen muss", begann er und erzählte dann von Lisas Demenz-Projekt. Es war das erste Mal, seit seine Ex ihm dieses verlockende Angebot unterbreitet hatte, dass er mit jemandem darüber sprach.

„Und du überlegst wirklich, nach Florida zu gehen und dort zu arbeiten?"

Jörg zuckte unschlüssig mit den Schultern.

„Was sagt Tina dazu? Ich dachte, du wolltest sie noch einmal fragen, ob ihr nicht zusammenziehen wollt."

„Sie sagt noch gar nichts dazu. Ich habe ihr nämlich nichts erzählt. Und das Projekt „Zusammenziehen" liegt ja sowieso auf Eis", antwortete er frustriert. „Meiko ist eben nicht der einzige Sternheim, der Angst vor Nähe und zu engen Bindungen hat. Ich glaube, letzten Endes tickt Tina ähnlich. Und um ehrlich zu sein, ich weiß nicht, ob es mir auf Dauer genügt, so wie es jetzt ist."

„Das ist starker Tobak, den du mir so ganz nebenbei servierst", seufzte Marco schwer und zündete sich gleich noch eine Zigarette an.

„Die Kunst besteht nicht darin, Chancen zu ergreifen, sondern sie zu erkennen, glaube ich. Und das wäre eine echte Chance, mein Leben in vollkommen neue Bahnen zu lenken. Die Frage ist, ob ich das will", sagte Jörg nur.

Eine Zeit lang blinzelten die beiden Männer schweigend in das Sonnenlicht. Jeder hing seinen eigenen, verworrenen Gedanken nach.

Jörgs letzte Worte hallten in Marcos Kopf nach. Als Chance hatte er das Testament seiner Mutter nie begriffen. Doch in einem anderen Licht betrachtet, war es das tatsächlich. Er erhielt die Gelegenheit, seinem Leben einen neuen Twist zu geben.

Ein Haus bauen. Einen Baum pflanzen. Einen Sohn zeugen.

Wollte nicht jeder irgendwie auf seine eigene Weise der Nachwelt etwas hinterlassen? Ein Stück weit unsterblich sein? Das war seine Möglichkeit, etwas Nachhaltiges, Dauerhaftes zu leisten. So viele würden sich ihm in seinem Leben wohl nicht mehr bieten.

Er hatte sich bisher darüber keine Gedanken gemacht. Vielleicht auch in Ermangelung an Möglichkeiten. Kein Haus. Keinen Baum. Keinen Sohn. Dafür einen Virus.

Doch jetzt bot sich ihm diese Gelegenheit. Er musste nur zugreifen. Wollte er das? Vielleicht sollte er sich die Zeit nehmen, darüber nachzudenken, ohne Vorbehalte. Und vor allem, ohne sich von dem überlebensgroßen Schatten seiner Mutter dauernd unter Druck gesetzt zu fühlen

„Ich könnte vor meinem neuen Haus auch einen Lindenbaum pflanzen", überlegte Marco laut. „Dann fehlt nur noch ein Sohn."

Jörg lächelte leise.

Einsamkeit im Doppelpack

Basimah genoss es, Sarah unbemerkt zu beobachten. In voller Konzentration hatte sich ihre Freundin über das Laptop gebeugt und stierte auf den Bildschirm. Gelegentlich flogen ihre Finger über die Tastatur. Neben ihr stand unangerührt eine Tasse Tee, die inzwischen kalt geworden war. Auf dem Boden türmten sich Aktenordner und Mappen. Sie hatte sich mal wieder Arbeit mit nach Hause genommen. Wie so oft in den vergangenen Monaten.

Die Stirn war in skeptische Falten gelegt und ihre dunklen Lippen ein dünner, missbilligend geschürzter Strich. Obwohl sie schon eine ganze Zeit zusammenwaren, erfreute sich Basimah noch immer an ihrer schwarzen Haut, die im schwachen Schein des Computerbildschirms um einige Schattierungen bereichert wurde.

Basimah wusste nur in groben Zügen, um was es bei dem Fall ging, der Sarah derart in seinen Bann zog. Betrug im großen Stil und es war wohl auch irgendeine angesehene Frankfurter Persönlichkeit darin verwickelt. Namen nannte Sarah nicht. Aus Prinzip. Arbeit war Arbeit und privat eben privat. Basimah verstand diese strikte Trennung nicht. Sie erzählte Sarah gerne davon, was ihr während der Schicht im *Blue* oder beim Brötchenverkauf in der Bäckerei Lustiges oder Skurriles widerfahren war. Oder von ihrem Stress an der Uni, von Projektarbeiten und Vorlesungen.

Es hatte eine Zeit gegeben, in der Sarah an ihren Lippen hing und jedes ihrer Worte, jede Geschichte, jede Nebensächlichkeit mit Faszination in sich aufsog. Doch das war längst Vergangenheit. Heute schien Basimah ihre Freundin mit solchen Anekdoten eher zu langweilen. Zumindest gab sie ihr dieses Gefühl.

„Is was", fragte Sarah von der anderen Seite des Esstisches und schaute sie skeptisch an.

„Nein, was soll sein?", entgegnete sie nur, jäh aus ihren Gedanken gerissen.

„Du starrst mich an."

„Darf ich dich nicht einmal mehr anschauen?"

„Doch, natürlich."

Sie verfielen wieder in Schweigen. Doch nun lag eine undefinierte, aber greifbare Spannung in der Luft. Basimah wandte ihren Blick demonstrativ von Sarah ab, erhob sich und holte sich aus der Küche ein Glas Rotwein. Es war Sonntagabend. Traditionell war diese Zeit eigentlich für sie beide reserviert. Gemeinsam kochen, zusammen fernsehen, am liebsten den *Tatort*, und kuscheln auf der Couch. Doch auch dieses Beziehungsgesetz galt nicht mehr. Seit Sarah mit diesem neuen Kommissar zusammenarbeitete, war sie nicht nur abwesend, sondern startete die Arbeitswoche meistens bereits am frühen Sonntagabend. Basimah, die kleine Prinzessin, hatte sich anfangs in Geduld und Verständnis versucht. Doch da sich an diesem für sie unbefriedigenden Zustand nichts änderte, begann sie zickig zu werden. Sie forderte Aufmerksamkeit ein, die ihr als Freundin zustehen sollte. Manchmal vehement und mit Nachdruck, manchmal auf die Mitleidstour. Beides führte allerdings selten zum Erfolg.

In Basimahs Welt war die Partnerin das Wichtigste, was es gab. Nach den Bedürfnissen einer Beziehung hatte sich der Rest des Lebens zu orientieren. Sie selbst hatte immer nach diesem Grundsatz gehandelt und für ihre bisherigen Freundinnen ihren Alltag bereitwillig umorganisiert. Karrierestreben war Basimah fremd. Das hatte sie von ihrer Mutter geerbt. Beruflicher Ehrgeiz war in ihren Augen verschwendete Energie. Es ging darum, glücklich zu sein und das Leben zu genießen. Jobs waren dazu da, den Spaß zu finanzieren und dieses unnötige, aber doch notwendige Geld heranzuschaffen. Geld, auch so ein Konzept, das sie nicht verstehen konnte. Oder wollte.

„Du starrst mich immer noch an. Das macht mich nervös“, stellte Sarah gereizt fest.

„Sorry. Aber ich langweile mich und …“

„Schau Fernsehen. Oder lies etwas.“ In Sarahs Stimme lag ein scharfer, gereizter Unterton. Basimah stellte, ohne es überhaupt zu bemerken, ihre Geduld auf die Probe.

„Aber heute ist doch eigentlich unser Abend.“

Sie ließ nicht locker, und anstatt auf Distanz zu gehen, erhob sich Basimah, tänzelte verführerisch um den Tisch herum und begann die Schulterpartie ihrer Freundin zu massieren.

„Du bist total verspannt. Vielleicht sollten wir …“

In diesem Moment riss Sarahs Geduldsfaden.

„Wir sollten gar nichts. Ich muss arbeiten und mich auf die Zeugenbefragung vorbereiten. Und du, du solltest mir nicht weiter auf die Nerven gehen“, geiferte sie wütend. Mit einem kalten, unnachgiebigen Blick musterte sie ihre Freundin, das Kinn herausfordernd nach vorne geschoben.

„Du willst, dass ich gehe?“, fragte Basimah.

„Ja, das finde ich eine gute Idee. Geh nach Hause. Ich melde mich bei dir“, befand Sarah mit bedrohlich monotoner Stimme. Sie wusste in dem Augenblick, als sie es aussprach, dass es nicht fair war und sie sich im Unrecht befand. Doch es schien egal zu sein. Sie wollte nur noch ihre Ruhe. Sie ertrug Basimahs bloße Anwesenheit nicht länger. Sie wollte nicht mit ihr reden, von ihr berührt werden, sich mit ihr auseinandersetzen. Allein die Tatsache, dass sie hier war, bereitete ihr schlechte Laune. Dieser Fall war im Moment alles, woran sie denken konnte. Ihre Freunde litten darunter. Ihre Familie. Und jetzt eben auch ihre Beziehung.

Sie nahm wahr, dass Basimah Tränen in die großen rehbraunen Augen stiegen. Ihre Stimme wurde flatterig, ihre Hand zitterte. Doch Sarah blendete das alles aus. Sie wollte jetzt kein Mitleid mit ihr haben. Dann hätte sie sich womöglich auch damit auseinandersetzen müssen, warum sie ihrer Freundin, die doch eigentlich der wichtigste Mensch in ihrem Leben sein sollte, solche Gemeinheiten antun konnte.

„Sag doch einfach, wenn du nicht mehr mit mir zusammensein willst."

Beinahe hätte sie ihr geantwortet, dass genau das leider nicht so einfach sei, sonst hätte sie es längst getan. Doch sie hielt sich zurück.

„Ich ruf dich an", antwortete sie stattdessen bestimmt und wandte sich wieder ihrer Arbeit zu.

Basimah schnappte sich schweigend ihre Sachen, schlüpfte in ihre Schuhe und floh aus der Wohnung. Sie schaffte es noch, das Schloss ihres Fahrrads zu öffnen und sich schiebend auf den Heimweg zu machen. Doch sobald sie sicher war, außer Sicht- und Hörweite der Ackerpflaumenallee 33 zu sein, fing sie laut und hemmungslos an zu schluchzen. Die Prinzessin war ins Exil verbannt worden.

Vom Bewahren der Flamme

„Mir is' langweilig", quengelte Helga und warf ihrer Mutter, von dem kleinen roten Plastikthron im Einkaufswagen aus, einen giftigen Blick zu.

„Was soll ich hier?", quengelte Tom und stapfte missmutig hinter Tina durch die endlos erscheinenden Korridore des Baumarkts.

„Kinder, geht mir nicht auf die Nerven! Ich brauche Holz für einen Sandkasten, in dem du, meine Süße, auch spielen wirst. Und ich brauche einen neuen Sonnenschirm, in dessen Schatten du dich, meine Süße, bei einem Glas Martini räkeln wirst", entgegnete Tina.

„Du willst Helga im Sommer an Alkohol heranführen?", fragte Tom bissig und lockerte sich dabei seine Krawatte.

Tina ignorierte seinen Sarkasmus. Sie hatte beschlossen, den Garten und das Haus für die anstehende warme Jahreszeit chic zu machen und würde sich auch nicht von einem quengelnden Kleinkind und einer noch viel mitleiderregender quengelnden Tunte davon abhalten lassen. Tina fand, sie war in den vergangenen Monaten sowieso viel zu nachlässig mit ihren Freunden umgesprungen, hatte zugelassen, dass sich Auflösungstendenzen in der Clique breitmachten. Luke und Meiko sprachen nicht mehr als nötig miteinander, Marco verschwand regelmäßig in den Rheingau und Sarah schien nur noch für ihre Arbeit zu leben. Wohin sollte das alles noch führen?

„Hättest du nicht wenigstens deinen wie immer perfekt sitzenden fucking Marc-O'Polo-Anzug ausziehen können? Alle schauen uns schon hinterher", startete Tina zum Gegenangriff.

„Weil ich so gut darin aussehe?"

„Nein, weil eine Tunte mit Schlips wohl der seltsamste Kunde ist, den dieser Baumarkt jemals gesehen hat."

„Ich bin keine ..." Tom unterbrach sich, als ein muskelbepackter Kerl im Blaumann um die Ecke schoss, das seltsame Trio kurz musterte und dann auch schon im nächsten Gang verschwunden war.

„Was wolltest du sagen?"

„Ich bin keine Tunte."

„Wenn du es sagst, Schatz."

„Wäre ich eine, dann würde ich meine Mittagspause nicht dafür opfern, mit dir hierherzukommen, sondern säße in Olafs Beautysalon bei der Maniküre. Die haben heute nämlich eine Sonderaktion: fünf Finger zahlen, zehn gemacht bekommen."

Ganz abgesehen davon, fand Tom, habe Tina mit ihrer überdimensionalen roten Schleife im schwarzen Haar und den goldenen Halbmond-Ohrringen mehr Ähnlichkeit mit Minni Maus als mit einer Heimwerkerin. Sie entsprach also auch nicht gerade dem typischen Kundenklischee eines Baumarkts.

Tina verlangsamte ihren Schritt und kam schließlich vor einem Regal mit einer erschreckend großen Auswahl an Sonnenschirmen in allerlei geschmacklosen Farben und Mustern zum Stehen.

„Furchtbar, furchtbar, furchtbar", kommentierte sie frustriert die einzelnen Modelle.

„Ich will nach Hause", quengelte Helga.

„Ich weiß, Süße. Aber wir gehen doch gleich noch in der Stadt ein Eis essen. Ein richtig großes!", versprach Tina, von der gebotenen Hässlichkeit der Schirme noch immer überwältigt.

„O ja!", jubelte Tom.

„Du bist offensichtlich die falsche Begleitung dafür. Vielleicht hätte ich deinen Freund fragen sollen. Der scheint ja bei der Renovierung seines Elternhauses richtig aufzublühen“, befand sie und zog mit skeptischem Blick eine cremefarbene Variante aus dem Regal.

Augenblicklich verdüsterte sich der Gesichtsausdruck ihres besten Freundes. Seit einigen Wochen verschwand Marco regelmäßig nach seinem Feierabend in den Rheingau, um das Anwesen seiner verstorbenen Mutter auf Vordermann zu bringen. Nicht nur, dass er die Handwerker beaufsichtigte, was Toms Ansicht nach auch die Alkoholiker-Tante hätte erledigen können. Marco hatte sich auch noch in den Kopf gesetzt, selbst Hand anzulegen. Mit Grausen erinnerte sich Tom daran, wie er als Jugendlicher seinem Vater hatte helfen müssen, ihr Ferienhaus zu renovieren. Er hatte gestellt sich zwar nicht ungeschickt an, von zwei linken Händen konnte also keine Rede sein, allerdings fand er diese Art der Arbeit weder fordernd noch befriedigend.

Doch Marco schien der Gedanke zu gefallen, dem Ort seiner – eigenen Aussagen zufolge – unglücklichen Kindheit noch schnell einen persönlichen Stempel aufzudrücken, bevor es zu spät war.

Tom hatte die Entscheidung begrüßt, dass Marco das Haus verkaufen wollte, auch wenn er aus dem Erlös sicherlich keinen Profit schlagen konnte. Dank der testamentarischen Verfügung seiner rachsüchtigen Mutter würden nur Karola und das Tierheim davon profitieren. Vielleicht würde es ihnen mit Hilfe eines Anwalts noch gelingen, wenigstens einen Pflichtteil einzufordern.

War er anfangs noch schockiert gewesen, wie seltsam teilnahmslos sein Freund auf ihren Tod reagiert hatte, konnte Tom immer besser nachvollziehen, warum er es nicht geschafft hatte, in Trauer zu verfallen. Rosa Bergius musste tatsächlich ein echtes Biest gewesen sein. Umso unverständlicher war es ihm, warum Marco plötzlich mit solcher Hingabe sein Elternhaus renovierte. Wie oft er dafür wohl in einen solch furchtbaren Baumarkt gehen musste? Tom wollte sich das gar nicht vorstellen. Er ging gerne einkaufen, doch die Welt zwischen Werkzeugkästen, Sperrholzplatten und Aquarienzubehör war ihm fremd. Er fühlte sich hier unwohl, deplatziert und beobachtet. Ihm waren die unfreundlichen Mitarbeiter und die seltsamen Heimwerker rings um ihn herum suspekt und so fremd wie Außerirdische. Mit diesem Menschenschlag hatte er keinerlei Gemeinsamkeiten. Und wollte sie auch gar nicht erst haben. Von dem seltsam muffigen Geruch, der jeden Baumarkt zu erfüllen schien und der in Toms Wahrnehmung in jede Faser seiner Kleidung, jede Pore seines Körpers eindrang und sich festsetzte, einmal ganz abgesehen.

Und so war er mehr als erleichtert, als Tina, Helga und er keine halbe Stunde später in die vertraute, urbane Hektik der Innenstadt eintauchten. Holz und Sonnenschirm hatten sie nicht gekauft, dafür gönnten sie sich den versprochenen Eisbecher in ihrer Lieblingseisdiele nahe dem Klaus-Mann-Platz. Zu dritt saßen sie auf einer Bank und ließen die Sonne mit ihren sanften Frühlingsstrahlen ihre Haut streicheln. Während sich Helga mit Erdbeer- und Schokoladeneiscreme bekleckerte und dabei in andächtige Ruhe versank, beobachteten ihre Mutter und Tom, nicht weniger andächtig, den gegenüberliegenden Eingang eines Fitnessstudios, in das zur mittäglichen Rushhour Horden von ebenso attraktiven wie schwulen Jungs pilgerten.

„Findest du, ich sollte mehr Sport treiben?", fragte Tom unvermittelt.

Tina setzte ihre große Pilotensonnenbrille auf die Nasenspitze und musterte ihn über die dicken schwarzen Ränder hinweg eingehend.

„Du hast diese Fassadenrenovierungen noch lange nicht nötig. Dein Körper ist doch gut in Form", befand sie schließlich.

„Du bist die beste Freundin, die man sich wünschen kann", entgegnete Tom dankbar. Er selbst sah sich allerdings wesentlich kritischer. In den vergangenen Jahren waren die Hüftpolster, wie von einer unsichtbaren Luftpumpe aufgeblasen, kontinuierlich größer geworden. Und er hatte den Verdacht, dass er Zellulitis bekam. Im Internet hatte zwar gestanden, das sei ein typisches Frauenleiden, da Männer eine andere Bindegewebsstruktur hätten. Doch Tom war sich sicher, dass seine Oberschenkel langsam eine Orangenhaut ansetzten. Marco hatte ihn ausgelacht; Tom fand das weniger witzig.

„Auch wenn du mit deiner Hühnerbrust im Vergleich zum perfekt geformten Körper deines Freundes …", ergänzte Tina, wurde von Tom jedoch unterbrochen.

„Kein Wort mehr!“, befahl er.

Grinsend schob Tina ihre Sonnenbrille wieder nach oben. Tom grummelte etwas, konnte aber seinerseits ein Lächeln nicht unterdrücken. Nach dem kleinen Schlagabtausch wandten sie sich wieder den ein- und ausgehenden Männern auf der anderen Straßenseite zu.

Ein stiller Moment perfekter Harmonie, wie man ihn nur mit seinem Partner oder wirklichen guten Freunden haben kann, dachte Tina zufrieden und seufzte. Plötzlich tauchte Jörgs Gesicht vor ihrem geistigen Auge auf und die Entspannung verflog.

„Darf ich dich was fragen?“

„Das klingt ernst.“

„Ist es auch, irgendwie“, gab sie zu, warf einen kurzen Blick auf ihre Tochter, die allerdings noch immer mit ihrem Eis beschäftigt war und die beiden Erwachsenen nicht weiter beachtete.

„Wie ist es, mit seinem Partner zusammenzuwohnen?“

„O mein Gott! Willst du etwa …“

„Ich will gar nichts. Aber Jörg. Er hat mich bereits Anfang des Jahres gefragt, was ich davon halte. Damals konnte ich ihn noch vertrösten. Doch seit ein paar Tagen fängt er wieder damit an.“

„Und das sagst du mir erst jetzt?“

„Ich habe mit Meiko darüber geredet.“

„O bitte, das ist, wie wenn ich den Teufel frage, ob er ein Apartment im Himmel mieten möchte.“

Tina lachte glucksend.

„Aber im Ernst“, fuhr Tom fort, „es ist das Schönste und das Schrecklichste, was man tun kann. Und es ist ein gewaltiger Schritt. Vor allem für eine Sternheim.“

Tinas Miene verdüsterte sich. „Wenn sogar der konservativste und bodenständigste Schwule, den ich kenne, so etwas sagt …“

„Ich rate dir doch nicht ab! Im Gegenteil. Jörg ist ein toller Kerl und deine Kinder lieben in. Wir alle lieben ihn. Na, bis auf Meiko vielleicht.“

„Das stimmt natürlich, aber ich weiß einfach nicht, ob ich so weit bin.“

„Wie alt willst du denn werden, bis du dich darauf einlässt? Willst du etwa warten, bis deine Kinder aus dem Haus sind? Oder erst, wenn du so tatterig bist, dass du dein Leben nicht mehr alleine hinbekommst?“

„Darum geht es nicht. Ich habe niemals viel von der Ehe gehalten, von erzwungener Zweisamkeit und diesem ganzen konventionellen Beziehungsmist. Und dann habe ich einmal, und das nur Sören zuliebe, meine Vorbehalte ignoriert und bin mit seinem Vater zusammengezogen. Am Ende hatte ich ein Kind mehr und einen Mann weniger, weil der sich irgendwo in Asien herumtreibt und seit Jahren nicht mehr gemeldet hat."

„Aber du kannst doch dieses Arschloch nicht mit Jörg vergleichen."

„Aber an meiner Einstellung hat sich nichts geändert. Ich bleibe eben im Herzen eine Hippiebraut."

„Dank der Gnade der späten Geburt bist du das glücklicherweise nicht. Auch wenn du es vielleicht gerne wärst."

Eine Zeit lang starrten die beiden schweigend vor sich hin, hingen ihren eigenen Gedanken nach.

„Ich hab genau das Richtige für dich", sagte Tom plötzlich.

„Und was?"

„Ein Buch", antwortete er nur pathetisch.

Sobald Helga ihr Eis aufgegessen hatte, erhoben sie sich schwerfällig. Tom schlug zielstrebig den Weg in Richtung Alte Gasse ein. Dort befand sich die einzige schwul-lesbische Buchhandlung der Stadt.

„Willst du mir etwa einen Lebensratgeber andrehen?", quengelte Tina.

„So etwas in die Richtung", entgegnete Tom nur geheimnisvoll.

Zu Tinas Überraschung ließ Tom die Lebenshilfe-Ecke unbeachtet und steuerte stattdessen die Abteilung politisches Sachbuch an. Nachdem er schnell die Buchrücken gescannt hatte, holte er einen dicken, braunen Band heraus und reichte ihn ihr.

„*Vom Bewahren der Flamme. Homosexualität und Konservatismus*", las Tina den Titel des Buches ungläubig vor und ihr Blick schweifte dabei immer wieder sehnsüchtig auf die Bildbände ein Regal weiter, auf deren Titeln sich in ästhetischen Posen Jünglinge, Muskelpakete oder, im grellen Retro-Look, Pornostars aus den siebziger Jahren räkelten.

„Ich fand dieses Buch sehr befreiend und vor allem sehr erfrischend. Man muss als Schwuler nicht immer progressiv und alternativ sein. Mut zum Konservatismus lautet das neue Motto."

„Schätzchen, ganz abgesehen davon, dass ich kein Schwuler bin …"

„Einspruch abgelehnt."

„… wie soll mir das bei der Frage helfen, ob es die richtige Entscheidung ist, mit Jörg zusammenzuziehen?"

„Das ist doch kein Parteiprogramm. In dem Buch geht es auch darum, wie sehr uns diese Alt-68er-Ideologie verblendet und geschadet hat. Gerade wir Schwule …"

Tina setzte zu einem Einwand an.

„… und deren Freunde sind von diesen alternativen Predigern immer wieder instrumentalisiert worden. Freie Liebe, Unabhängigkeit, Selbstverwirklichung, davon müssen wir uns endlich befreien, wenn wir wirklich, ernsthaft und verantwortungsbewusst glücklich werden wollen – gerade in einer monogamen Zweierbeziehung."

Tina starrte ihn mit einer Mischung aus Entsetzen, Ungläubigkeit und, sie konnte es kaum glauben, Neugierde an und war kurz davor, seinem Drängen nachzugeben. Warum nicht einen Versuch starten, fragte sie sich. Doch dann fiel ihr Blick auf die Autorenportraits. Eine biedere Frau mit gelockten grauen Haaren und ein tuntiger Mann mit Hornbrille und Schnauzer starrten sie von einem mattgrauen Doppeltportrait an.

„Marianna von Berhingstein und Eckhard Ströer plädieren in ihrem eindringlichen Werk für einen neuen homosexuellen Konservatismus", las sie laut vor. Entschlossen stellte sie das Buch zurück ins Regal.

„Niemals!", erklärte sie in einem Tonfall, der keine Widerworte duldete. Tom versuchte es trotzdem. Doch sie brachte ihn mit einem strengen Blick zum Schweigen und kaufte stattdessen einen Bildband zur Geschichte der mann-männlichen Pornografie.

„So etwas kann man immer gebrauchen", erklärte sie dem Verkäufer. Dieser stimmte ihr freundlich lächelnd zu.

Tom schwieg und gab sich augenscheinlich geschlagen. Doch noch am selben Abend kehrte er nach der Arbeit zurück, ließ sich das Buch als Geschenk einpacken und warf es Tina in den Briefkasten.

Sie konnte sich später bei ihm bedanken.

Aus dem Schatten heraus

Richard Ullmenau hatte etwas dandyhaftes an sich. Die gleichmäßig gebräunte Haut ließ auf regelmäßige Solariumbesuche schließen. Die schwarzen, offensichtlich gefärbten Haare waren zu einer Tolle aufgestellt, die selbst einem Elvis-Presley-Double zu aller Ehre gereicht hätte. Der weiße Anzug, das lachsfarbene Hemd und die dazu passende Krawatte taten ihr Übriges.

Gebannt starrte Sarah auf den kleinen Bildschirm vor sich, der ihr ermöglichte, bei der Zeugenbefragung Ullmenaus, nur drei Zimmer weiter, dabei zu sein. Wenn auch nicht körperlich anwesend im selben Raum. Doch das diente vor allem ihrer eigenen Ermittlung. Offiziell hatte sie nichts mit dem Fall Pierre Müller, weswegen Ullmenau geladen war, zu tun. Und genau daher war es strategisch günstiger, im Verborgenen zu bleiben als Beobachterin und stille Mitwisserin. Er sollte auf keinen Fall bemerken, dass im Hintergrund eine ganz andere Ermittlung gegen ihn lief.

Sarah glaubte nicht daran, dass Ullmenau etwas mit dem Tod von Pierre Müller zu tun, ihn gar umgebracht hatte. Sie war hingegen der festen Überzeugung, dass der Tote ihr die entscheidenden Beweise für Ullmenaus illegale Machenschaften hätte verschaffen können. Die Frage war, ob der Finanzberater inzwischen von den Ermittlungen gegen ihn wusste oder sie zumindest ahnte. Und ob er bemerkt hatte, dass Pierre Müller, selbst über den Tod hinaus, ein loses Ende in seinem ansonsten so perfekt gesponnenen und verwobenen Sicherheitsnetz darstellte.

Sarah hatte Monate gebraucht, um die Mitarbeiter des Instituts mit Sitz im Frankfurter Westend zu durchleuchten und abzuklopfen. Und bei jedem Angestellten war sie letztlich auf eine eindeutige Verbindung zu Ullmenau gestoßen. Mancher hatte Schulden bei ihm, andere hatten mit ihm studiert, wieder andere wohnten günstig in einem seiner Häuser. Sogar ein ehemaliger Grundschulfreund fand sich in der illustren Mitarbeiterliste wieder.

Der Finanzberater hatte sich konsequent mit loyalen Günstlingen umgeben, die ihm aus unterschiedlichsten Gründen verpflichtet waren. Das war typisch für solche dubiosen Finanzhaie.

Sie schafften Abhängigkeiten, stellten im Einzelfall gar bevorzugt Mitarbeiter mit dunklen Flecken im Lebenslauf ein, von denen sie vermuteten, sie seien ihnen hörig und stellten keine dummen Fragen. Anfangs musste es vielen auch wie ein Traum vorgekommen sein, dieser glanzvolle neue Job. Doch es war alles nur Fassade. Während der Firmenchef Geschäfte vorgaukelte, sammelte er das Anlegergeld ein und zweigte horrende Provisionen ab. Forderte ein kritischer Investor seine Einlage und die Rendite zurück, ließen die Chefs ihm Geld auszahlen, das neue Anleger gerade ins Unternehmen geschaufelt hatten. Dass so etwas nicht ewig gut gehen konnte, verstand sich von selbst. Trotzdem gelang es vielen dieser Firmen, sich jahrelang am Markt zu halten. Und das wahrscheinlich eben durch loyale Mitarbeiter. Und während die Chefs versuchten, sich mit einer Geldverschiebung auf das Ende vorzubereiten, hatten die meisten einfachen Angestellten dazu keinerlei Gelegenheit.

Umso auffälliger war ihr daher der IT-Administrator Pierre Müller erschienen. Sarah hatte sein Leben umgekrempelt, durchwühlt und ihn sogar observieren lassen. Es war keine, wie auch immer geartete, persönliche Verbindung zu Ullmenau zu finden. Genauso wenig wie ein dunkler Fleck im Lebenslauf, der ihn zu Loyalität verpflichtet hätte. Nicht einmal ein leichter Verstoß gegen das Rauschmittelgesetz. Keinerlei Punkte in Flensburg. Keine Schulden.

Er war die Schwachstelle im System, nach der Sarah so lange gesucht hatte. Aus diesem Grund hatte sie sich auf ihn konzentriert. Ullmenau war schließlich nicht ihr erster Anlagebetrüger, den sie zur Strecke bringen wollte. Doch er war ihre bisher größte Herausforderung. Vor allem, da er hervorragende Verbindungen in die lokale Politik unterhielt. Und Sarah kannte, zwar nicht aus erster Hand, aber doch vom Hörensagen und nicht zuletzt aus der Zeitung, die Grenzen, die ihrer Ermittlung gesetzt waren. Vor allem in Hessen. Der Skandal um die unbequemen Steuerfahnder, die aufgrund zweifelhafter Gutachten weggemobbt worden waren, hatte sich auch im kollektiven Gedächtnis des Polizeiapparats festgesetzt.

Sarah beobachtete genau, wie sich Ullmenau während seiner Zeugenbefragung gebärdete. Zu ihrer Überraschung war er ohne Rechtsbeistand erschienen. Selbstbewusst, mit einnehmendem Gehabe und typischer Alphatier-Gestik präsentierte er sich. Von Angst oder Unsicherheit keine Spur. Im Gegenteil. Er schien es gewohnt zu sein, am längeren Hebel zu sitzen, recht zu haben.

Seit einer Stunde saßen sich die beiden Männer an einem schlichten, klapprigen Holztisch gegenüber. Nur eine Kanne Kaffee und eine Flasche Wasser zwischen ihnen. Teichmann gab sich alle Mühe, ihn aus der Reserve zu locken. Es war das erste Mal, dass sie ihn bei einer Vernehmung beobachtete. Und er war sogar noch besser als der legendäre Ruf, der ihm vorauseilte. Doch Ullmenau ließ sich nicht festnageln. Immer, wenn der Alte ihn endlich in die Ecke gedrängt oder zumindest in eine Zwickmühle gebracht zu haben schien, gelang es ihm, sich herauszuwinden. Glitschig wie ein Aal entwischte er immer wieder.

Pierre Müller habe er nicht besonders gut gekannt. Privat habe er kaum mit ihm verkehrt. Nach Sarahs Ermittlungserkenntnissen sagte Ullmenau zumindest in diesem Punkt die Wahrheit.

Ob er von dessen Homosexualität gewusst habe, fragte der Alte.

Ein kurzes, wölfisches Lächeln blitzte in dem Gesicht des Anlageberaters auf, entblößte seine makellos weißen Zähne – Bleaching sei Dank.

Nein, das habe er nicht gewusst. Ullmenau neigte kurz den Kopf zur Seite, schien einen Augenblick nachzudenken. Er befrage schließlich seine Angestellten nicht nach deren sexuellen Präferenzen, ergänzte Ullmenau. Das verbiete schließlich das Allgemeine Gleichbehandlungsgesetz.

Er lügt, schoss es Sarah in diesem Augenblick durch den Kopf. Sie wusste nicht, wie sie darauf kam, doch sie war sich sicher, dass Ullmenau in diesem Punkt nicht die Wahrheit sagte.

Auch Teichmann schien sich mit dieser Antwort nicht zufrieden geben zu wollen. Ob er sagen könne, wer von seinen Mitarbeitern engeren Kontakt zu Pierre Müller gehabt habe.

Wieder dieses wölfische Grinsen, entspannt lehnte er sich in seinen Stuhl zurück.

„Sie haben, wie mir berichtet wurde, bereits einige meiner Mitarbeiter gesprochen, die engeren Kontakt zu Herrn Müller unterhielten. Ich vermute daher, dass Sie die Antwort auf diese

Frage bereits kennen", donnerte er Teichmann entgegen. Dann erhob er sich abrupt. „Wenn Sie keine weiteren Fragen haben, dann müsste ich jetzt auch wirklich gehen."

Sarah konnte sehen, wie sehr der Alte mit sich haderte. Doch es gab tatsächlich keinen Grund mehr, Ullmenau weiter festzuhalten. Und so nickte Teichmann knapp, reichte ihm widerstrebend zum Abschied die Hand und wies einen Beamten an, den „Herrn Anlageberater" – er sprach das Wort mit vor Sarkasmus triefender Stimme aus – nach draußen zu begleiten.

Die Zeugenbefragung war eine Niederlage. Für den Alten und für Sarah. Sie konnte selbst auf dem kleinen Bildschirm vor sich erkennen, wie deprimiert und unzufrieden Teichmann mit der Situation und mit sich selbst war. Dieses Scheitern nahm er persönlich, starrte missmutig auf den Stuhl, auf dem Ullmenau bis vor wenigen Augenblicken gesessen hatte. Dann schaute er abrupt auf und blickte direkt in die kleine Kamera an der gegenüberliegenden Wand. Er wusste, dass Sarah ihn beobachtete.

„Das war wohl ein Reinfall", stellte er mürrisch fest und erhob sich.

Sarah nickte nur, war allerdings mit ihrer Aufmerksamkeit längst woanders. Sie wusste, Ullmenau wurde von dem Beamten an diesem Zimmer vorbeigeführt. Selbst durch die geschlossene Tür konnte sie die harten, klackenden Schritte Ullmenaus hören. Sie erwog kurz, die Tür aufzureißen und sich im Korridor ihrer persönlichen Nemesis zu stellen. Sie wollte ihm entgegentreten, in die Augen blicken und ihm sagen, dass sie nicht locker lassen würde. Doch sie wusste, wie kontraproduktiv dieses aus Egomanie geborene Verhalten sein würde. Es war noch nicht an der Zeit, Ullmenau entgegenzutreten. Das Spiel war längst nicht vorbei und sie hatte weiterhin alle Chancen auf den Sieg. Doch um diese Chance zu wahren, durfte sie jetzt nicht ihre Deckung verlassen. Teichmann hatte ihr die einmalige Gelegenheit verschafft, mit ihrem Gegenspieler auf Tuchfühlung zu gehen, ihn zumindest indirekt gegenüberzusitzen, ohne dafür aus dem Schatten treten zu müssen. Sie musste weiterhin im Hintergrund bleiben, beobachten, ermitteln. Ihre Stärke war die Unsichtbarkeit. Das alles wusste Sarah. Trotzdem kostete es den rationalen Teil ihres Verstandes viel Mühe, ihren emotionalen Impuls zu unterdrücken.

Als ob Teichmann wüsste, was in ihr vorging, wandte er sich über die Videokamera wieder an sie.

„Er ist ein richtiger Scheißkerl. Aber Sie dürfen sich nicht aus der Ruhe bringen lassen. Wir kriegen ihn. Versprochen", sagte er.

Sarah nickte lächelnd und blieb so gefasst wie möglich auf ihrem Stuhl sitzen, während draußen im Korridor Ullmenaus Schritte langsam verhallten.

Geheimnisse

Beschwingt schlug Marco die Autotür hinter sich zu und atmete mit einem tiefen Seufzer die frische, klare Luft ein.

Das Osterwochenende nahte und der Frühling war längst im Rheingau angekommen. Überall blühte und spross es.

Inzwischen waren das Wohnhaus sowie eines der Nebengebäude eingerüstet und zahlreiche Handwerker machten sich daran, die Fassade aufzuhübschen. Er hatte kaum seinen Werkzeugkasten aus dem Kofferraum geholt, als Karola ihm entgegeneilte. Sie sah aus, als hätte sie ein Schlammbad genommen.

An den Knien ihrer Jeans hatten sich Erdkreise gebildet und an ihrer grünen Fleecejacke haftete überall Schmutz.

Ein breites Lächeln schmückte ihr sonnengebräuntes Gesicht und in ihren dunklen, sanften Augen lag ein aufgeregtes Funkeln. Seitdem er ihr mitgeteilt hatte, er würde beginnen, das Anwesen zu renovieren und vorerst nicht verkaufen, schien eine schwere Last von ihren Schultern genommen worden zu sein und sie war so gelöst und gut gelaunt, wie er sie höchstens noch aus Kindheitserinnerungen kannte. Wenn überhaupt.

„Ich habe die Beete auf Vordermann gebracht", sagte sie, als ob es angesichts ihres Aussehens daran noch Zweifel hätte geben können.

„Das sieht man!", rief er lachend.

Karola schaute verschämt auf ihre verschmutzte Kleidung, schüttelte dann aber entschieden den Kopf.

„Wo gehobelt wird, da fallen Späne."

„Hört, hört! Die Philosophie der einfachen Leute", entgegnete Marco.

Karola nickte in Richtung der Handwerker, die sich auf den Gerüsten tummelten.

„Da sind ein paar echt schnuckelige Jungs dabei, mein Lieber!“, pries sie die Männer an.

„Dann such dir einen aus. Ich habe schon einen Mann.“

„Nicht doch!“, gluckste sie und lächelte dabei wie ein Schulmädchen.

Nachdem sie gemeinsam einen eklig süßen Instant-Cappuccino getrunken und dabei einen verboten gut aussehenden Handwerker bewundert hatten, wie er sich mit den Ausbesserungsarbeiten an dem alten Scheunentor abmühte, kehrte Karola zu den Blumenbeeten zurück, während Marco mit der Entrümpelung des Hauses fortfuhr. Er hatte sich bisher in bewundernswerter Konsequenz jeden Tag nach dem Ende seiner Schicht im *Rainbow Garden* ins Auto gesetzt und war hierhergefahren, um ein Zimmer nach dem anderen vom Muff der vergangenen Jahre zu befreien. Tom war bereits missmutig und auch misstrauisch. Was es denn noch so viel zu tun gäbe, hatte er wissen wollen. Ob der Bürgermeister inzwischen einen Kaufvertrag unterzeichnet habe. Marco war bisher geschickt um eine konkrete Antwort getänzelt. Tom war noch nicht in seine Pläne eingeweiht. Marco hatte Angst davor, ihm die Wahrheit zu sagen. Sein Freund würde nicht begeistert sein, dessen war sich Marco sicher. Und vollkommen zu Recht würde er ihm einen Vorwurf daraus machen, dass er es nicht mit ihm abgesprochen hatte.

Auf der anderen Seite wollte Marco zunächst einmal die Gewissheit für sich selbst erlangen, ob es überhaupt eine gute Idee war. Die Renovierungsarbeiten, die er von dem Erbe seiner Mutter finanzierte, waren zwar unter diesem Gesichtspunkt ein gewisses Risiko, da er noch nicht einmal sagen konnte, ob er das Haus behalten wollte, doch das Geld war ihm egal. Und tief in seinem Innern wusste er sowieso schon, auch wenn er noch nicht bereit war, sich das einzugestehen, dass es kein Zurück mehr gab. Er spürte jedes Mal, wenn er hier ankam, eine größere Freude. Und jedes Mal, wenn er am Abend, gelegentlich auch schon spät in der Nacht, zurück in Richtung Frankfurt aufbrach, war da eine tiefe Wehmütigkeit in ihm. Manchmal schlich sich sogar ein Gefühl des Nachhausekommens ein, wenn er im Rheingau aus dem Wagen stieg.

Hinzu kam, dass ihm die Arbeit wirklich Spaß machte. Etwas Beständiges und Dauerhaftes zu schaffen, gefiel ihm. Und wenn er abends vollkommen erschöpft und müde war, sein Körper von der harten Arbeit schmerzte, erfüllte ihn das mit Stolz und mit einer bisher nicht gekannten Befriedigung.

Es gab allerdings einen Raum, den Marco konsequent ausgespart, ja regelrecht gemieden hatte. Das Schlafzimmer seiner Mutter im ersten Stock des Hauses, mit den schweren antiken Kleiderschränken und der kleinen Schreibstube, war die letzte Bastion, die er einnehmen musste. Der letzte Ort, der noch immer vom alten Geist des Hauses, von der Aura seiner Mutter in Besitz genommen war.

Heute, das hatte sich Marco fest vorgenommen, würde er sich jedem Abgrund stellen, der sich dort drinnen womöglich auftat.

Vorsichtig und leise, als befürchtete er, seine Mutter zu stören, stieß Marco die knarrende Holztür auf und betrat das Zimmer. Schwere violette Vorhänge dunkelten die Fenster ab. Ein muffiger, abgestandener Geruch zeugte davon, dass hier seit Wochen niemand mehr gelüftet hatte. Selbst Karola schien dieses verlassene Mausoleum zu meiden.

Um von Beginn an keine unangenehme Stimmung aufkommen zu lassen, schaltete Marco sofort das Radio auf dem kleinen Nachttisch an. Ohrenbetäubend laute Schlagermusik erklang. Schnell suchte er einen anderen Sender.

So I'm gonna give all my secrets away, sang *One Republic* gerade. Ja, Geheimnisse barg dieser Raum sicherlich noch jede Menge. Kleine schmutzige Details über Nachbarn, Freunde, Familie. Und vielleicht sogar über seine Mutter selbst. Ein Teil von Marco war neugierig auf die bevorstehenden Offenbarungen, doch zugleich hatte er Angst davor.

Mit einem mulmigen Gefühl im Bauch öffnete er den ersten der drei großen Kleiderschränke. Fein säuberlich aufgereiht hingen Faltenröcke, Stoffhosen und einige Blusen an den Kleiderbügeln. Manche waren in Plastikfolie gehüllt, die leise knisterte, wenn Marco sie berührte. Plötzlich stürzten Erinnerungen auf ihn ein. Die meisten Kleidungsstücke kannte er. Von manchen konnte er sogar sagen, zu welchem Anlass seine Mutter sie getragen hatte. Geschichten, Gesichter, Anekdoten schwirrten durch seinen Kopf. Eine Zeitreise ohne Chronologie.

Andere Kleidungsstücke wiederum waren neu und kaum aufgetragen. Sie stammten aus jener Zeit, als sich ihr Kontakt auf einige ausgewählte Besuche im Jahr beschränkt hatte. Sie hatten für Marco keine Geschichte, kein Gesicht. Sie hätten Eigentum einer ihm vollkommen unbekannten Person sein können.

Mit respektvoller Bedächtigkeit füllte Marco die mitgebrachten blauen Kleidersäcke. Schnell und mit hastiger Präzision stopfte er dagegen Unterwäsche, Strumpfhosen, Socken und Nachthemden in einen Sack. Seiner Mutter wäre dieses Eindringen in ihre Privatsphäre sicherlich alles andere als recht gewesen, und so beschlich auch ihn bei dieser Tätigkeit ein seltsames Unwohlsein. Er berührte die Schlüpfer, BHs und Unterhemden so kurz und so spärlich wie möglich. Seine Mutter war niemals eine freizügige Frau gewesen. Er konnte sich nicht daran erinnern, sie jemals nackt gesehen zu haben. Es wäre ihr sicher unangenehm gewesen, hätte sie gewusst, dass er ihre Kommode mit Wäsche ausräumen würde. Sicherlich hatte sie angenommen, Karola würde diese Aufgabe übernehmen.

Als Nächstes folgten Schachteln mit Bildern und persönlichen Unterlagen. Kontoauszüge aus den siebziger Jahren wechselten sich mit Briefen von alten Freunden und Familienmitgliedern ab. Fotografien führten Marco in die Vergangenheit seiner Familie. Die älteste Aufnahme stammte von seinem Urgroßvater aus den zwanziger Jahren. Sie zeigte einen streng gescheitelten Schnauzträger in Uniform. Seine dunklen, unheilvollen Augen starrten ihn unnachgiebig an. Soweit er sich erinnern konnte, hatte seine Mutter ihn immer als einen sadistischen Tyrannen beschrieben. Wahrscheinlich waren sie sich ähnlicher gewesen, als Rosa geahnt hatte.

Ein anderes Bild zeigte Marco als kleinen Jungen von höchstens drei Jahren, mit blonden lockigen Haaren. Er lachte neugierig in die Kamera und umschlang dabei mit seinen speckigen Ärmchen den Hals seiner Mutter. Sie lächelte ihren Sohn gütig und voller Stolz an. Sie saßen beide in einer Hollywoodschaukel. Ein Sekundenbruchteil des Glücks und der unbeschwerten Freude, eingefangen in der Ewigkeit eines Fotos. Marco konnte sich gar nicht erinnern, dass es solche Augenblicke in seiner Kindheit überhaupt gegeben hatte.

Ein dicker Kloß bildete sich in seinem Hals, und es gelang ihm nur schwer, ihn hinabzuschlucken. Mit einem entschiedenen Seufzer legte er die Fotografie beiseite und konzentrierte sich wieder auf seine Aufgabe. Alle Unterlagen und Bilder sammelte er in einem großen Karton. Bei Gelegenheit, wenn er mehr Zeit und vor allem Muße hatte, würde er sich all diesen losen Enden, Erinnerungsfetzen und Ahnengalerien widmen. Doch dafür war jetzt nicht der geeignete Zeitpunkt. Er war verwirrt genug über diese seltsamen Gefühlswallungen, die ihn überfluteten, seitdem er dieses Zimmer betreten hatte. Er wickelte das Leben seiner Mutter ab und es nahm ihn mehr mit, als er vermutet hatte.

Um auf andere Gedanken zu kommen und auch um endlich den stickigen Muff zu vertreiben, riss Marco die schweren Vorhänge auf und öffnete entschlossen das Fenster.

Schlagartig vertrieb gleißendes Licht die schummrige Dunkelheit. Feine Staubkörnchen, durch die Strahlen der Sonne aus ihrer unsichtbaren Existenz befreit, tanzten durch die Luft.

Ein plötzlicher Windstoß fegte herein. Die Vorhänge flatterten wild. Mit einem lauten Krachen fiel die Schlafzimmertür ins Schloss.

Marcos Blick fiel auf einen braunen Briefumschlag, der vom Wind aus seinem sicheren Versteck getrieben worden war. Wahrscheinlich hatte das Papier, von ihm bisher vollkommen unbeachtet, auf dem Schminktisch seiner Mutter gelegen. Zaghaft, von einer dunklen Vorahnung beschlichen, griff Marco danach. Auf der Rückseite stand, in der schwungvollen und stets akkuraten Handschrift von Rosa Bergius geschrieben, sein Name.

Er erwog kurz, ihn zu öffnen und zu lesen. Doch er hatte Angst vor dem Inhalt. Gerade war er dabei, mit ihr Frieden zu schließen.

Mit einem schweren Seufzen legte er den Brief auf die Kommode. Später, dachte er nur und setzte seine Arbeit fort. Er war einfach noch nicht bereit, weitere Geheimnisse zu lüften.

„Was willst du so früh am Morgen hier?", fragte Meiko missmutig.

„Es ist sechzehn Uhr durch", antwortete Sarah nur, drückte sich unaufgefordert an ihm vorbei und betrat sein abgedunkeltes Apartment.

„Du kannst mich doch nicht zu dieser nachtschlafenden Zeit aus dem Bett klingeln", beschwerte er sich weiter und folgte ihr. Seine Boxershorts hingwn gefährlich weit unten und gewährten einen Blick auf den Ansatz seines gestutzten Schamhaares. Am Rande registrierte sie, dass sein eigentlich straffer Bauch in den vergangenen Monaten kleine süße Röllchen angesetzt hatte. Winterspeck machte eben auch vor Meiko nicht halt.

„Kannst du dir nicht etwas anziehen?", fragte sie.

Meiko blickte verwundert an sich hinab, fuhr sich dann testend mit der Hand über den rasierten Oberkörper, als würde er erst jetzt bemerken, dass er nur eine Unterhose trug.

Die dicken, geschwollenen Augen, das zerzauste Haar und eine penetrante Alkoholfahne machten deutlich, dass er tatsächlich noch ein paar Stunden Schlaf verdient gehabt hätte, doch Sarah ignorierte das Gejammer konsequent, ging geradewegs in die Küche und schaltete die Espressomaschine an.

„Auch einen Koffeinschub?", fragte sie an Meiko gewandt.

„Gerne. Aber sei bitte nicht so laut!"

Sarah schaute sich prüfend in dem spartanisch eingerichteten Apartment um, konnte aber niemanden entdecken. Erst auf den zweiten Blick bemerkte sie die leeren Gin-Flaschen auf dem Wohnzimmerboden. Die Überreste einer Party? Gar eines Gangbangs? Sie schaute Meiko fragend an.

Er nickte bedeutungsschwanger in Richtung der geschlossenen Schlafzimmertür, während er die auf dem Boden verstreuten Kleidungsstücke zusammensammelte, die er in den frühen Morgenstunden achtlos dort hatte liegen lassen.

„Wer oder wie viele sind dort drin?"

„Nur einer. Und du kennst ihn nicht."

Ungelenk hüpfte Meiko in seine Jeans und streifte sich, nach der Nasenprobe, das T-Shirt von der vergangenen Nacht über.

„Wow, ich bin beeindruckt. Du lässt jemanden in deine Wohnung. Das hat ja echt Seltenheitswert."

„Es ist nur Dejan."

Sarah sah ihn fragend an, denn sie konnte den Namen nicht zuordnen. Was allerdings bei Meikos Männerverschleiß auch nicht weiter verwunderlich war.

„Ach, nur so ein Stricher, den ich …"

„Du bezahlst inzwischen sogar dafür?", unterbrach sie ihn überrascht.

„Nein ... Doch … Aber nur einmal. Wir hatten gestern auch keinen Sex. Wir haben nur zusammen gefeiert."

An Sarahs Blick konnte Meiko erkennen, wie wenig sie ihm glaubte. Doch es entsprach tatsächlich der Wahrheit. Seit ihrer gemeinsamen Nacht zu zweit in der schwulen Pension, hatte er diese Dienstleistungen nicht mehr in Anspruch genommen. Stattdessen freute er sich darüber, dass Dejans Interesse an ihm offensichtlich nicht nur geschäftlicher Natur war.

Einige Tage nach ihrer gemeinsamen Nacht stand Dejan plötzlich im *Blue*. Es war zwei Uhr am frühen Dienstagmorgen gewesen. In Metropolen wie Berlin oder London mochte die Party jetzt erst beginnen. Doch wenn keine Messe war, dann neigte sie sich in Frankfurt bereits langsam ihrem Ende zu. Die beiden Männer tranken, ohne besonders viele Worte zu verlieren, einen gemeinsamen Wodka. Und während ihm Dejan dabei zuschaute, wie er die Theke säuberte und die Flaschenbestände für den nächsten Tag auffüllte, musste sich Meiko eingestehen, wie sehr er sich über diesen unerwarteten Besuch freute. Trotzdem war er nicht umhingekommen, sich zu fragen, was Dejan von ihm wollte. Hoffte er etwa darauf, ihn als neuen Stammkunden zu gewinnen?

Zugegeben, Meiko hatte die Nummer mit ihm sehr genossen. Um nicht zu sagen, er fand den Sex grandios. Doch er war trotzdem nicht bereit, regelmäßig dafür Geld auszugeben. In einigen Jahren womöglich. Jetzt allerdings noch nicht. Das hatte er schlichtweg nicht nötig. Zu Meikos Freude und Erleichterung machte Dejan jedoch keinerlei Anstalten, ihn zu bezirzen. Stattdessen saß er am Tresen und beobachtete ihn weitgehend schweigend beim Aufräumen.

Als Meiko mit der Arbeit fertig war, lächelte ihn Dejan erwartungsvoll an. „Hast du jetzt auch Feierabend?", hatte er gefragt.

„Ja, den habe ich."

„Gut. Dann lass uns in den *Pfefferkuchen* gehen und gemeinsam auf einen hinter uns gebrachten Arbeitstag anstoßen", schlug er vor.

Und so gönnten sie sich ein gemeinsames Feierabendbier, spielten Darts und lästerten. Das Schöne war nämlich, dass Dejan so einiges über die Vorlieben und Wünsche der zahlreichen Freier wusste, die am Tresen abhingen und die Stricher begutachteten. Und an eine Schweigepflicht schien er sich nicht gebunden zu fühlen. Das wirkte zwar auf Meiko etwas unprofessionell – kurz blitzte bei ihm auch der Gedanke auf, was Dejan wohl über ihre gemeinsame Nacht erzählte –, aber es war trotzdem unterhaltsam. Der dicke Glatzkopf stand auf Schweißfüße, der hagere Alte leckte gerne Nasenlöcher, die türkische Klemmschwester mit Bierbauch stand drauf, wenn sie gewickelt wurde. Und der Typ im billigen Anzug und den breiten Schultern hatte keine Eier im Sack.

„Die meisten von denen sind auch gar nicht mehr meine Kunden. Ich bin ihnen zu alt. Tja, die Zeiten werden für mich eben härter", hatte Dejan seine Ausführungen schließlich beendet und stierte dabei nachdenklich auf den Boden seines leeren Bierglases. „Ich sollte mir wohl mal langsam Gedanken darüber machen, wie ich mir meine Zukunft vorstelle."

Bevor die Stimmung endgültig ins Trübsinnige abgleiten konnte, tippte ihm eine der Transen auf die Schulter und fragte, ob sie nicht zufällig noch Lust auf eine weitere Runde Darts hätten. So zog sich ihr erstes gemeinsames Feierabendbier bis in die frühen Morgenstunden.

Seitdem trafen sie sich regelmäßig nach Dienstschluss zu einem Absacker. Einmal waren sie sogar gemeinsam frühstücken gegangen. Wie genau es allerdings dazu gekommen war, dass Meiko Dejan gestern zu sich eingeladen hatte, konnte er im Nachhinein nicht mehr beantworten. Es war einfach aus dem Moment heraus geschehen. Und er hatte es nicht bereut. Zu feinstem House waren sie durch seine Wohnung getanzt, hatten gekokst, getrunken und gelacht. Bis irgendwann um acht Uhr morgens die Polizei klingelte. Nachbarn hatten sich offenbar über die Lärmbelästigung beschwert. Das war allerdings nicht weiter tragisch, denn nach der freundlichen Verwarnung durch die Beamten, fielen sie sowieso todmüde ins Bett.

Meiko glaubte, dass sie noch etwas gefummelt hatten, wusste es aber nicht mehr mit Sicherheit zu sagen.

Mit kritischem Blick begutachtete Sarah die sichtbaren Überbleibsel der vergangenen Nacht. Missbilligend wischte sie von der Herdplatte den übrig gebliebenen letzten Rest feinen, weißen Pulvers und begutachtete missmutig das Poppersfläschchen auf der Anrichte.

Sie hatte bereits vor einigen Jahren aufgegeben, Meiko für seinen Drogenkonsum zu kritisieren. Ihre Kritik hatte sowieso nie gefruchtet. Im Gegenteil. Und solange sie den Eindruck hatte, dass er sich im Griff behielt, versuchte sie galant über diese Charakterschwäche hinwegzusehen. Und vor allem über die damit verbundenen Straftaten.

„Hol jetzt bloß nicht die Moralkeule raus! Dafür gibt es keinen Grund", warnte Meiko sie.

„Ein Stricher liegt in deinem Schlafzimmer, auf den Herdplatten finde ich Koksreste, ein Poppersfläschchen daneben und eine leere Flasche Gin kann ich dort drüben auf dem Wohnzimmertisch entdecken. Aber sicher, einen Grund, dir einen Moralvortrag zu halten, gibt es nicht", entgegnete Sarah, lächelte aber dabei, um zu verdeutlichen, dass sie ihm deswegen tatsächlich keine Vorhaltungen machen würde.

„Deine Zusammenfassung verdeutlicht mir noch einmal, wie viel Spaß ich gestern hatte." Meiko grinste sie frech an und zog ihnen zwei Espressi aus der Maschine. Dann dirigierte er Sarah raus auf die Dachterrasse.

Meikos Apartment befand sich auf einer kleinen Landzunge, die einerseits durch den Main und andererseits durch ein ehemaliges Hafenbecken begrenzt wurde. Das Apartmenthaus war Teil eines neuen, mondän anmutenden Viertels, das innerhalb weniger Jahre auf dem Areal des ehemaligen Westhafens aus dem Boden gestampft worden war. Wie jede Metropole, die etwas auf sich hielt, entdeckte auch Frankfurt den Charme alter Industriegelände, um dort neue Wohnquartiere für wohlhabende und solvente Eigentümer zu errichten. Dazwischen, der Klientel entsprechend, schicke Bars, exklusiver Einzelhandel und die Büros von Immobilienmaklern. Am Eingang des Viertels thronte der Westhafentower, ein Bürokomplex, der aufgrund seiner mit Rauten überzogenen Fassade auch liebevoll „Geripptes" genannt wurde, in Anlehnung an die traditionellen Gläser, aus denen der Ur-Frankfurter seinen Apfelwein trank. Dem Komplex schlossen sich, wie verschiedenfarbige Bauklötze aneinandergereiht, Apartmenthäuser an. Obwohl sie das Viertel als versnobt empfand, erlag Sarah vor allem im Sommer immer wieder dem mediterran anmutendem Flair des Quartiers.

Auf Meikos ausladender Dachterrasse, natürlich gen Süden ausgerichtet, spendeten Stechpalmen und Olivenbäume in riesigen Terrakottatöpfen spärlichen Schatten. Wenn Sarah ihren Blick nach Osten richtete, dort, wo der Main eine scharfe Biegung machte und nahtlos in den Horizont überzugehen schien, war es eine gar nicht so abwegige Vorstellung, dass direkt dort hinten, nur knapp außer Sichtweite, der Fluss ins Meer mündete.

Frankfurt am Meer. Ein beruhigender und genauso abwegiger Gedanke.

Meiko seufzte zufrieden, als er in die Sonne trat. Obwohl er von dem lauten Klingeln unsanft aus dem Schlaf gerissen worden war, fühlte er sich seltsam beschwingt und gut gelaunt. Beinahe leichtfüßig. Auch Sarah hatte seine Stimmung registriert. Er strahlte eine tiefe Zufriedenheit aus.

„Irgendwie wirkst du anders als sonst", stellte sie fest.

„Inwiefern?", fragte Meiko mit einem scheinheiligen Lächeln. Er wusste, worauf sie hinauswollte, auch wenn er sich selbst diese Tatsache erst im Drogenrausch der vergangenen Nacht hatte eingestehen können.

„Wenn ich es nicht besser wüsste, würde ich sagen, du bist verliebt."

Sein Lächeln wurde breiter.

„Ich würde nicht so weit gehen, dass ich mich in ihn verliebt habe. Aber ich muss zugeben, da ist ein tiefes Gefühl der Zuneigung. Anfangs wusste ich nicht so genau, was dieses seltsame Grummeln in der Magengegend bedeutete. Ich dachte erst, ich hätte verdorbene Milch getrunken, doch dann erinnerte ich mich. Es war das Gefühl von Schmetterlingen im Bauch", gestand er ihr.

„Du bist verknallt?" Sarah konnte nicht anders; sie brach in schallendes Gelächter aus. Der Gedanke an einen verliebten Meiko war absurd genug. Doch dann ausgerechnet in einen

Stricher. Das war so abgedreht, dass es schon wieder zu ihm passte.

„Und wehe, du sagst meiner Schwester, Luke oder, Gott bewahre, Tom auch nur ein Wort davon“, drohte er.

„Ich schweige wie ein Grab. Aber dafür musst du jetzt auch mit Details rausrücken. Wie habt ihr euch kennengelernt? Wie alt ist er? Was arbeitet … Nein, diese Frage hat sich ja bereits geklärt.“

Im Schnelldurchlauf schilderte er ihr, wie sie sich das erste Mal bei der Session mit dem Apotheker getroffen hatten und sich danach immer wieder über den Weg gelaufen waren, bis er schließlich bei ihm im *Blue* aufgetaucht war.

„Aber genug von mir. Warum bist du eigentlich hergekommen? Willst du mich etwa kontrollieren? Hausdurchsuchung?“, schloss Meiko. Für seinen Geschmack hatten sie schon viel zu lange über seine plötzlich aufwallenden Gefühle gesprochen. In solchen Gesprächen hatte er keine Übung, auch wenn er ansonsten gerne im Mittelpunkt stand.

Augenblicklich verschwand das gelöste Lachen aus Sarahs Gesicht. Gedankenverloren blickte sie einem voll beladenen Frachtschiff hinterher, das behäbig und erhaben zugleich über die Wellen glitt, Main abwärts, in Richtung Meer. Wohin die Reise wohl ging? Plötzlich ergriff Sarah die Sehnsucht. Einfach eine Tasche packen und abhauen, sich von dem Fluss davontragen lassen … Der Gedanke war derart schön und zugleich so weit weg, dass es ihr die Tränen in die Augen trieb. Schweigend stand Meiko neben ihr, rauchte eine Zigarette und wartete geduldig, bis sie sich wieder im Griff hatte.

„Kannst du dich noch daran erinnern, wie ich dir Anfang des Jahres von meinen Problemen mit Basimah erzählt habe?“, fragte sie mit leicht zittriger Stimme.

„Dass ihr keinen Sex mehr habt?“

Sie nickte. „Es ist schlimmer geworden anstatt besser. Vor drei Tagen habe ich sie aus meiner Wohnung geworfen.“

Wieder verfiel sie in Schweigen, um sich zu sammeln und die Fassung nicht zu verlieren.

„Sie hat mich nur noch genervt. Ich habe derzeit einen echt komplizierten Fall und wollte noch in Ruhe arbeiten. Doch sie konnte das nicht verstehen. Ich war gemein. Richtig fies. Aber ich hatte einfach die Schnauze voll. Ich konnte sie nicht mehr ertragen. Ihre bloße Anwesenheit hat mich aggressiv gemacht und …"

Sarah verschlug es die Sprache. Tränen rannen über ihr Gesicht. Von dem plötzlichen Stimmungsumschwung mehr als irritiert, umfasste Meiko sie zögerlich von hinten an den Schultern und drückte sie an sich.

„Egal, was sie gemacht hat oder nicht, es ist deine Wohnung und du hast das Recht, sie rauszuwerfen", sagte er nur. Das war nicht unbedingt das, was Sarah erwartet hatte, und wahrscheinlich auch nicht das, was ihre anderen Freunde ihr gesagt hätten, doch es entbehrte, vor allem in Meikos Welt, nicht einer gewissen Logik.

„Seitdem haben wir uns nicht gesprochen. Noch nicht einmal eine SMS geschrieben."

„Würdest du sie gerne sehen? Mir ihr sprechen?", fragte Meiko zaghaft.

Sarah nickte. Sie wollte sich zumindest für ihr Verhalten entschuldigen, Basimah um Geduld bitten und sich erklären. Der Fall Ullmenau war festgefahren und die Arbeit zehrte an ihren Nerven. Jede freie Minute, jeder freie Gedanke konzentrierte sich seit einigen Tagen nur auf ein Ziel, diesen Mann endlich festzunageln, endlich eine Anklage zustande zu bringen. Trotzdem, wenn sie ehrlich zu sich war, dann wusste sie auch, dass der Arbeitsstress nur vorgeschoben war. Sie hatten noch ganz andere, tiefer gehende Probleme.

„Ruf sie heute Abend an. Erkläre dich ihr." Meikos Stimme war ungewohnt gefühlvoll und weich. Eine neue Seite, die sie von ihm nicht kannte. Ob das die Schuld der Schmetterlinge in seinem Bauch war? Sarah vermutete es.

Schweigend standen sie noch einige Minuten auf dem Balkon. Jeder hing seinen eigenen Gedanken nach. Der unaufhörliche Wasserstrom des Mains hatte eine beruhigende Wirkung auf Sarah. Sie atmete tief durch, gewann langsam die Kontrolle über sich zurück. Seit jenem Abend, als sie Basimah ihrer Wohnung verwiesen hatte, und der darauffolgenden misslungenen Vernehmung von Ullmenau, hatte sie sich nicht mehr so gelöst gefühlt.

„Lass uns eines der Schnellboote klauen, die unten im Hafenbecken liegen und abhauen", schlug sie vor.

Meiko lächelte nur. „Das wollen wir nicht wirklich."

„Nein. Das wollen wir nicht wirklich."

Wieder senkte sich Schweigen über die Dachterrasse. Die Palmenblätter wogen sich sanft im Wind. Vom gegenüberliegenden Ufer, auf dem die klobigen Gebäude des Universitätsklinikums thronten, ertönte ein Martinshorn.

„Wie geht es eigentlich Luke?", fragte Meiko unvermittelt und brach damit das Schweigen. Seit er die Dienstpläne im *Blue* so aufstellte, dass sie keine gemeinsamen Schichten mehr hatten, waren sie sich kein einziges Mal begegnet.

Sarah stutzte kurz. Als sie so darüber nachdachte, wurde ihr bewusst, dass sie ihren Nachbarn und Freund schon seit über einer Woche weder gesehen noch gesprochen hatte. Der Fall und die Sache mit Basimah, von der Luke noch gar nichts wusste, hatten sie derart in Beschlag genommen, dass sie ihn schlichtweg vergessen hatte.

Sie hatte noch mitbekommen, wenn auch mit einigen Tagen Verzögerung, dass sich Cem plötzlich und unerwartet aus dem Staub gemacht hatte. Doch was danach gekommen war …

„Es geht ihm gut", antwortete Sarah schließlich zögernd. „Soweit ich weiß."

Kleine Krise am Nachmittag

Luke ging es nicht gut.

Draußen auf den Wegen glitzerte die Sonne im Wasser zahlreicher Pfützen. Der erste große Frühlingsregen war weitergezogen und die Wolkendecke brach auf. Wohin man schaute, trieben Knospen der Sonne entgegen. Frisches Grün verdrängte das matte Grau und Braun des Winters. Krokusse und Osterglocken reckten ihre farbenfrohen Blüten empor. Doch dafür hatte Luke keinen Blick, keine Muße. Er nahm auch nicht die entspannte, gelöste Betriebsamkeit um sich herum wahr. Der gesamte Universitätscampus im Westend schien aus dem Winterschlaf erwacht. Die Sonnenstrahlen lockten die Studenten in die Lichthöfe und auf die Terrassen.

Erhaben thronte das wuchtige Campus-Gebäude in der Sonne. Der monumentale Bau aus den zwanziger Jahren mit seiner repräsentativen Auffahrt und dem weitläufigen Rasen erinnerte an die mondänen US-amerikanischen Universitäten. Auch wenn die preußisch-germanische Kälte, die das Gebäude ausstrahlte, nicht zu leugnen war.

In seinen ersten Semestern war Luke von der majestätischen Aura des Geländes fasziniert. Doch inzwischen hatte der Uni-Alltag jede Aufregung verschwinden lassen. Früher war er noch aus purer Freude mit dem alten Paternosteraufzug gefahren, der sich in einem der Seitenflügel befand. Heute mied er das alte, rumpelnde Ding, empfand die langsamen Fahrten als pure Zeitverschwendung.

Luke sah alle diese Nebensächlichkeiten, die einst den Charme seines Studentenlebens ausgemacht hatten, nicht mehr. Stattdessen prägten Abgabetermine, Scheine und Leihfristen von Fachliteratur seinen Uni-Alltag.

Bislang war stets alles nach Plan verlaufen. Er hatte Praktika absolviert und dabei auf eine ausgewogene Mischung geachtet; eine PR-Agentur, eine Unternehmensberatung und eine gemeinnützige Stiftung. Sicher, er war niemals ein Vorzeigevertreter der neuen „Generation Lebenslauf" gewesen, aber er hatte auch nicht nur so zum Spaß drauflos studiert. Er war eben einer der inzwischen zahlreichen Studenten, die mit einer Optimierungsstrategie die höchstmögliche Ausbildungsrendite erreichen wollten. Straff organisiert und effizient. Stets das klare Ziel eines bestmöglichen und schnellstmöglichen Abschlusses vor Augen.

Kurzum: perfekt vorbereitet für einen reibungslosen Karrierestart; Geld verdienen und eine Arbeit, die ihm Spaß macht. Das waren die Zukunftsvisionen, die ihn antrieben. Reichlich abstrakt, wie er sich heute eingestehen musste. Er hatte einen Weg eingeschlagen, bald die Hälfte davon hinter sich gebracht, nur um festzustellen, wie wenig er wusste, was am Ende dabei für ihn herauskommen sollte.

War das der richtige Weg? Wie sah sein Ziel überhaupt aus?

Luke hatte darauf keine Antworten. Nicht mehr. Konnte noch nicht einmal mit Sicherheit sagen, ob er sie jemals hatte.

Was wollte er aus seinem Leben machen? Wo würde er in zehn Jahren stehen? Bisher war ein Zeitraum, der drei Jahre überschritt, zu weit weg gewesen, um es sich überhaupt vorstellen zu können. Er hatte in Semestern, Monaten, Wochen, manchmal gar in Tagen gerechnet. In der festen Überzeugung, es würde sich schon alles fügen. Doch diese Zuversicht hatte sich Stück für Stück aufgelöst. Freilich, diese Planung war immer flexibel und mit Lücken gewesen. Doch inzwischen taten sich vor Luke regelrechte Abgründe auf.

Das Ende seiner Affäre mit Cem und sein Streit mit Meiko waren es schließlich gewesen, die seinen fragilen Lebensplan vollends zum Einsturz brachte.

Wie hatte er wirklich annehmen können, es würde ewig so reibungslos weitergehen? Seine Zwischenprüfungen lagen hinter ihm. Und jetzt?

Frustriert schlug Luke das Buch vor sich zu. Er hatte sowieso die letzte Stunde nur auf die Buchstabenreihen gestiert, ohne deren Inhalt zu erfassen. Inzwischen hinkte er in seinem Zeitplan für die Hausarbeit mindestens eine Woche hinterher. Aber das machte auch keinen Unterschied mehr. Warum noch Arbeit und Mühe in ein Studium investieren, das ihn nicht weiterbrachte. Was sollte er auch mit Mittelhochdeutsch und Linguistik später anfangen?

Luke versuchte sich zu erinnern, was er sich damals, als er begonnen hatte zu studieren, bei seiner Wahl für Germanistik gedacht hatte.

Ihm fiel sein damaliger Traum wieder ein, die Tagesschau zu moderieren, einen zweiten Watergate-Skandal aufzudecken und in Interviews hochrangigen Politikern auf den Zahn zu fühlen. Ja, deshalb hatte er Germanistik ausgewählt. Sein Ziel war es gewesen, einer dieser integren, hartnäckigen und hoch angesehenen Journalisten zu werden. Doch von diesen spätpubertären Träumen war nicht mehr viel übrig geblieben.

Alles erschien ihm so sinnentleert. Was tat er überhaupt hier? Er rannte alten Träumen hinterher, die genauso viel mit der Realität zu tun hatten wie ein Aschenputtel-Märchen von Disney mit der tatsächlichen Lebenssituation von Putzfrauen.

Missmutig stopfte Luke seine Unterlagen in die Tasche, verließ den schummrigen Lesesaal und flüchtete schnellen Schrittes vom Campus. Was wollte er auch noch hier?

Wenn mich jetzt jemand fragen würde, ob ich jemals wieder einen Fuß in die Uni setze, müsste ich diese Frage mit einem klaren Nein beantworten, dachte er. Wie auf ein geheimes Zeichen hin summte sein Handy. Es war seine Mutter.

„Ist es gerade ungünstig?", fragte sie vorsichtig.

„Ja. Eigentlich schon."

„Macht nichts. Es dauert nicht lange. Ich wollte nur wissen, ob du zu meinem Geburtstag in zwei Wochen nach Hause kommst. Er ist an einem Wochenende."

Ihre euphorische, hoffnungsvolle Stimme ließ abrupt Aggression in ihm emporsteigen. Am Rande machte er eine Notiz für später: Es ist nicht fair, wie du deine Eltern behandelst. Doch diese Erkenntnis drang nicht wirklich zu ihm durch.

„Nein. Ich komme nicht."

„Oh." Es gelang ihr schlecht, die Enttäuschung über diese Abfuhr zu verstecken. „Na, du hast wahrscheinlich gerade wieder einmal furchtbaren Stress an der Universität."

„Nein, habe ich nicht. Um ehrlich zu sein, ich habe mir eben überlegt, wie es wäre, mein Studium zu schmeißen", antwortete er erbarmungslos.

„Was! Warum das denn?" Erschütterung und Sorge schwangen in ihrer Stimme mit.

„Es macht mir keinen Spaß mehr. Und es bringt mich nicht weiter."

„Aber …"

„Ihr könnt mir gerne die Unterstützung streichen. Ich brauch euer Geld nicht", unterbrach er sie.

„Ich dachte … Ich dachte, es sei dein Traum, Journalist zu werden."

„Wie willst du wissen, wovon ich träume?"

Ein Schluchzen war die Antwort. Schlechtes Gewissen flammte in ihm auf. Er konnte es nicht ertragen, seine Mutter weinen zu hören. Sein Herz drohte dann immer zu zerspringen, trotz aller Meinungsverschiedenheiten, trotz aller Antipathien.

„Ich meld mich wieder", sagte er und legte auf, würgte ihr Schluchzen, ihre Ratlosigkeit einfach ab. Dann schwang er sich auf sein Fahrrad und ließ den Campus hinter sich zurück. Kurz gestattete er sich in Gedanken die Frage, wie es passieren konnte, dass er so schnell und unvorhergesehen in eine offenbar allumfassende Lebenskrise geschlittert war. Familie … Freunde ... Beziehung … Und jetzt auch noch sein Studium. Einfach alles lag im Argen. Nichts lief so, wie er sich es vorgestellt hatte. Er glaubte sich dunkel daran zu erinnern, wie hoffnungsfroh und optimistisch er in dieses Jahr gestartet war. Sicher, seinem Leben hatte damals vielleicht ein Schuss Aufregung gefehlt. Doch rückblickend sehnte er sich nach diesen erfreulich unaufregenden Zeiten zurück.

Nein, Luke ging es wirklich nicht gut.

Eine echte Dame

Zwar hatte es Marco noch immer nicht fertiggebracht, mit Tom über sein Vorhaben zu sprechen, das Bergius-Anwesen nicht zu verkaufen oder zu vermieten, doch er wusste, lange würde er dieses Gespräch nicht mehr vor sich herschieben können. Nicht nur, dass es Tom inzwischen an Verständnis dafür mangelte, warum sein Freund Abend für Abend hierherfuhr. Der so vernünftige und rational denkende Tom hatte bereits von einem Anwalt Möglichkeiten eruieren lassen, wie Marco bei einem Verkauf doch noch einen Pflichtteil erhalten konnte. Es war sogar davon die Rede gewesen, die Verkaufsklausel insgesamt anzufechten. Er konnte sich lebhaft vorstellen, was sein Freund von der Idee hielt, sich ein riesiges Wochenendhaus im Rheingau ans Bein zu binden. Der Gedanke, sich auf einer Sonnenterrasse, inmitten von Weinreben, durch einen müßigen Sonntag treiben zu lassen, mochte Tom vielleicht noch gefallen. Doch die damit einhergehenden Verpflichtungen und der Arbeitsaufwand wären ihm ein Graus. Da war sich Marco sicher.

Als Entschuldigung, warum er seinen Partner noch nicht in seine Pläne eingeweiht hatte, fanden sich immer wieder neue Gründe. Erst hatte er sich Klarheit verschaffen wollen, dann die Finanzierbarkeit prüfen müssen und jetzt nahm sich Marco vor, ihn erst damit zu konfrontieren, wenn die gröbsten Arbeiten erledigt waren und das Haus in neuem Glanz erstrahlte.

Um dem Ganzen auch einen entsprechend schwulen Touch zu geben, wodurch endgültig mit der biederen Vergangenheit des Anwesens gebrochen werden sollte, hatte sich Marco fachmännische Hilfe geholt. Er hatte unter der Voraussetzung absoluter

Verschwiegenheit die schwulste und schrillste Person eingeladen, die er kannte.

Bereits die ganze Hinfahrt über hatte sich Marge aufgeregt und ein klein wenig nervös im Beifahrersitz herumgedrückt. Für die Drag Queen war das Projekt ein einziges, großes Abenteuer, auch wenn zumindest kleine Gewissensbisse gegenüber Tom an ihr nagten. Schließlich waren Meiko Sternheim und Thomas Markward ihre beiden schwulen Ziehsöhne. Aus den Rohdiamanten hatte sie funkelnde Prachtexemplare geschliffen, jeder auf seine Art einmalig und liebenswert. Daher verspürte sie auch eine mütterliche Verpflichtung gegenüber den beiden Männern. Vor allem gegenüber Tom. Meiko, das wusste sie, kam zurecht. Doch es gab Momente, in denen Tom noch immer dringend ihre Hilfe benötigte. So war es auch kein Wunder, dass Marco und er nur dank ihrer Intervention letztlich zusammengekommen waren.

Das war auch der Grund, warum sich Marges Gewissenskonflikt in Grenzen hielt. Schließlich war sie auch gegenüber Marco zu so etwas wie Loyalität verpflichtet. Und selbst wenn nicht, die Aussicht, ein Projekt dieser Größenordnung zu erhalten, war einfach viel zu verlockend.

Und so tänzelte Marge in ihren türkisfarbenen High Heels aufgeregt und sichtlich beeindruckt über den Hof, wobei der ein oder andere Pflasterstein sie doch aus dem Gleichgewicht zu bringen drohte.

„Wie entzückend!“, kreischte sie immer wieder.

Nachdem sie das Anwesen eingehend inspiziert hatte, zündete sie sich erst einmal mit zittrigen Händen eine Zigarette an. Sie war vollgepumpt mit Adrenalin.

„Ich sehe es schon vor meinem geistigen Auge ganz deutlich. Dort drüben …“, sie zeigte in Richtung der Hofeinfahrt, „… pflanzen wir eine kleine Allee aus Kirschbäumen. Und hier …“, sie wedelte mit ihrer Zigarette in Richtung der kleinen Kapelle, „… kommt ein Magnolienbaum hin. Und dort drüben …“ sie deutete auf die Scheune „… dort drüben, na ja, über diese Ecke muss ich mir noch Gedanken machen.“

Marco lächelte.

„Und was hälst du davon, wenn wir an dem alten Fahnenmast neben der Kapelle eine Regenbogenflagge hissen?“

„Ich glaube, das wäre doch zu viel des Guten. Und vor allem, was immer du machst, es muss dezent sein. Denk daran, es soll Tom gefallen."

Marge nickte verständnisvoll. „Ja, der gute Thomas Markward ist dann doch manchmal sehr minimalistisch."

Die beiden lächelten sich wissend an.

„Ich werde das berücksichtigen", versprach Marge, kramte hektisch, von umtriebiger Geschäftigkeit beseelt, einen Notizblock aus der Tasche. Sie hatte so viele Ideen, wie man diesem alten Anwesen einen frischen Touch, ein ansprechendes Facelifting verpassen konnte. Dabei hatte sie noch nicht einmal das Innere des Hauses gesehen. Marge mochte sich gar nicht vorstellen, welche Herausforderungen dort noch auf sie warteten. Das größte Projekt, was sie während ihrer Zeit als transsexuelle Schaufensterdekorateurin an Land ziehen konnte, war die Weihnachtsdeko für ein Kölner Sex-Center gewesen. Doch im Vergleich hierzu verblasste selbst ihre drei Etagen umfassende Weihnachtspyramide mit Dildofiguren und der Christbaum, der über und über mit pinkfarbenem Lametta und Liebeskugeln behängt war.

Gerade als Marco und sie das Haus betreten wollten, ertönte das Röhren eines Mopeds. Eine alte Vespa raste die Hofeinfahrt hoch. Karola kam zu ihrer täglichen Inspektion.

Augenblicklich bekam Marco schwitzige Hände. Natürlich akzeptierte Karola die Neigungen ihres Neffen und sie vergötterte Tom. Doch einen spießigen schwulen Anzugträger zu mögen fiel ihr wahrscheinlich auch leichter, als eine exzentrische Drag Queen mit pinkfarbener Dauerwelle, in Fummel und High Heels. Von den obszön roten, aufgespritzten Lippen, all dem Puder und den lackierten Fingernägeln ganz zu schweigen.

Doch es stellte sich schnell heraus, dass Marcos Befürchtungen unbegründet waren. Sobald Karola die aufgedonnerte Marge erblickte, begannen ihre Augen zu funkeln und es schien ihm so, als würde seine Tante sich für ihre eigene Erscheinung – eine alte, ausgewaschene Bluejeans und eine viel zu weite Bluse im Karomuster – schämen. Ungelenk zupfte sie sich während der Begrüßung und des folgenden Small Talks an ihrer Kleidung herum, richtete sich ihre strähnigen Haare. Das Ganze gipfelte schließlich darin, dass sie sich bei Marge für ihr Aussehen entschuldigte. Sie sei direkt nach Ende ihrer Arbeitsschicht im Kindergarten hierhergekommen und habe keine Zeit gehabt, sich umzuziehen.

„Nicht, dass Sie jetzt denken, ich würde jeden Tag so auf die Arbeit gehen. Wir hatten heute Pflanztag. Ich sag Ihnen, es macht keinen Spaß, mit zwanzig Kindern Unkraut zu jäten", ergänzte sie schüchtern.

„Ich bewundere Menschen, die sich jeden Tag einer Horde Kinder zum Fraß vorwerfen, für ihre Geduld und ihre starken Nerven. Das ist nun wirklich nichts, wofür man sich entschuldigen muss. Aber bitte, können wir nicht ins Du wechseln? Ich fühle mich sonst so alt", antwortete Marge galant.

„Sie … ähm … du und alt?"

Marge lächelte. „Karola, es freut mich ungemein, deine Bekanntschaft zu machen." Sie wandte sich mit einem strahlenden Lächeln an Marco. „Wenn ihr mich jetzt entschuldigen möchtet, ich muss mir von der vor mir liegenden Herausforderung ein Bild verschaffen."

Majestätisch und erhaben schritt Marge die Stufen zur wuchtigen Eingangstür empor, öffnete sie und verschwand im dämmrigen Halbdunkel des Hauses.

Karola blickte ihr bewundernd hinterher. „Das ist eine echte Dame", sagte sie neidvoll und zugleich bewundernd.

„Sie ist keine Dame!", widersprach ihr Neffe lächelnd.

„Ich mag inzwischen eine Lesebrille brauchen und vielleicht bin ich manchmal wirr im Kopf. Aber ich erkenne eine Dame, wenn ich eine sehe."

„Du verstehst nicht …"

„Doch, ich verstehe sehr gut", entgegnete Karola mit Nachdruck. „Sie ist eine Dame. Und was für eine!"

Da knie ich nun, ich armer Thor

Toms Knie und Handgelenke schmerzten. Langsam wich die Kraft aus seinen Armen. Sein Hintern wurde kalt und der mit einem Cockring geschmückte Schwanz begann ebenfalls wehzutun.

Seit einer Stunde wartete er jetzt schon, sechzig lange Minuten, 3600 quälende Sekunden. Den Knebel hatte er bereits nach der Hälfte der Zeit aus dem Mund genommen. Ebenso die Augenbinde wieder abgesetzt.

Tom warf einen missmutigen Blick auf den Wecker. Zwanzig Uhr durch! Wo war Marco? Und warum kam er verdammt noch mal nicht endlich nach Hause? Sie hatten sich doch zu einem Date verabredet. Ein Fick-Date. Er konnte ihn doch nicht einfach so versetzen!

Wahrscheinlich war er wieder im Rheingau zugange. Tom verlor die Geduld mit ihm. Und er fühlte sich erniedrigt und gedemütigt, wie er so mit Ledergeschirr, Augenbinde und Knebel im Mund in einer leeren Wohnung kniete. Bestellt und nicht abgeholt. Tom konnte sich lebhaft vorstellen, wie lächerlich er aussah.

Schlecht gelaunt erhob er sich von der Couch und pustete die Kerzen aus. Das Flackern der Flammen, eigentlich perfekt, um die geile, spannungsgeladene Stimmung zu untermauern und der Szenerie einen geheimnisvollen Touch zu verleihen, hatte ihn am Ende nur noch nervös gemacht. Wütend feuerte er Augenbinde und Knebel in die nächstbeste Ecke und ließ dabei einen befreienden Schrei fahren. Den ganzen Tag hatte er sich auf diesen Abend gefreut, war pünktlich aus dem Büro gegangen, um sich noch duschen zu können. In aller Ruhe und gut gelaunt hatte er das Wohnzimmer vorbereitet, Kerzen angezündet, das Spielzeug bereitgelegt, sich in Position gebracht. Und dann tauchte Marco einfach nicht auf, hielt es nicht einmal für notwendig, ihm abzusagen.

Zu Beginn hatte Tom noch geglaubt, Marco wolle ihn mürbe machen, herausfordern. Doch nach einer halben Stunde hatte er sich eingestehen müssen, dass diese Verspätung nicht mehr zu ihrem Spiel dazugehörte.

Sie hatten mit dieser speziellen Art von Sex-Dates angefangen, als sich zwischen ihnen erste Ermüdungserscheinungen bemerkbar machten – pünktlich zum einjährigen Beziehungsjubiläum. Tom ließ sich auf Marcos Vorschlag ein, ihrem bis zu diesem Zeitpunkt recht konventionellen Sex eine perverse Note hinzuzufügen. Eine Prise S/M. Einen Spritzer Natursekt. Einen Hauch von Leder und Fetisch. Dazu jede Menge Toys und ein paar Rollenspiele. Vieles hatten sie nur einmal ausprobiert und schnell wieder sein lassen. Manches jedoch stieß bei beiden auf derartige Begeisterung, dass sie es in ihr Repertoire integrierten. Wie etwa das Stuten-und-Cowboy-Spiel. Inzwischen ein echter Klassiker.

Der Ablauf war relativ einfach: Sie verabredeten sich zu einer festen Uhrzeit zu Hause, wobei nie ganz klar war, wann Marco letztlich auftauchte. Tom kniete dann, auf allen Vieren, in Ledergeschirr mit Knebel im Mund und Augenbinde auf der Couch und wartete darauf, hart und heftig eingeritten zu werden. Es musste schweigend geschehen. Ohne küssen und schmusen. Entscheidend war neben der vorgespielten Anonymität auch das Überraschungsmoment, die Tatsache, dass Marco entscheiden konnte, wann er loslegte. Manchmal kam er in die Wohnung, ging erst zum Kühlschrank und trank ein Bier oder machte den Fernseher an, sodass Tom niemals sicher sein konnte, wann er gefickt werden würde. Am geilsten, wenn auch etwas schmerzhaft, war es, wenn Marcos Schwanz vollkommen überraschend und unvorbereitet in ihn eindrang.

Doch dieses Spiel war nun einmal für mindestens zwei Mitspieler konzipiert, wenn der eine nicht auftauchte, wurde das für den anderen umso frustrierender. Nach einer Stunde des Wartens hatte sich in Tom eine enorme Wut angestaut. Er war ein Vulkan, der jeden Moment auszubrechen drohte. Und dann sollte Marco besser nicht in der Nähe sein. Erbost riss Tom das schwarze Ledergeschirr von sich und feuerte es zu Knebel und Augenbinde in die Ecke. Die Metallnieten klackten provozierend auf dem Laminatboden. Genau in diesem Augenblick wurde die Wohnungstür aufgeschlossen.

Vollkommen nackt stürmte Tom in den Flur.

„Schatz, ich bin zurück!“, begrüßte ihn Marco mit einem strahlenden Lächeln im Gesicht, das allerdings zu einer erschrockenen Maske gefror, als er seinen splitterfasernackten Freund auf sich zurennen sah.

„Wo zum Teufel bist du gewesen! Wir waren gedatet!“, schrie Tom.

„War das für heute Abend geplant?“, fragte Marco schuldbewusst, die Antwort bereits kennend. Er hatte es sich mit Marge und Karola – die beiden hatten einen Narren aneinander gefressen – bei einer fettigen Pizza schlichtweg verquatscht. „Es tut mir leid. Aber ich musste …"

„Bei allem Verständnis, aber dieses verdammte Haus geht mir inzwischen tierisch auf den Wecker."

Marco schaute ihn durchdringend und forschend an. Er spürte durchaus, heute war nicht der perfekte Abend, um es Tom zu sagen. Auf der anderen Seite, er würde sich sowieso nicht so schnell abregen. Dann konnte er ihm auch gleich noch einen weiteren Grund liefern, wütend zu sein.

„Ich habe beschlossen, das Haus zu behalten", schoss es aus Marco hervor. Sollte ihn Tom ruhig anschreien. Das würde er eine Viertelstunde über sich ergehen lassen müssen. Dann würde sein Freund schmollend ins Arbeitszimmer verschwinden und vor dem Zu-Bett-Gehen hätte er sich wieder so weit beruhigt, dass sie ein vernünftiges Gespräch würden führen können. Und zur Not konnte Marco ja auf seinen Dackelblick zurückgreifen. Das funktionierte meistens. Auf den folgenden Ausbruch eines Supervulkans war allerdings auch Marco nicht vorbereitet gewesen.

In der Sackgasse

Hans Theodor Teichmann war kein Mann, der schnell aufgab. Es war seine Stärke als Ermittler, sich in einen Fall verbeißen zu können. Wochen- oder gar monatelang konnte er sich hinter seinem Schreibtisch verkriechen, Unterlagen sichten, Zeugenaussagen sondieren, nach Ungereimtheiten fahnden – und seien sie auch noch so klein, unauffällig oder augenscheinlich gar nichtssagend. Seine stoische, unnachgiebige Art wurde bewundert und war zugleich verschrien.

Doch Hans Theodor Teichmann wusste, wann er aufzugeben, einen Fall abzuschließen oder sich mit einer als ungenügend erscheinenden Faktenlage abzufinden hatte.

Die ressourcenintensiven Untersuchungen des rätselhaften Todes von Pierre Müller zogen sich nun schon über vier Monate hin. Und womöglich wäre Teichmann sogar bereit gewesen, weitere vier Monate zu investieren. Aus Prinzip. Und aus persönlicher Sympathie für eine junge – und wie er fand – vielversprechende Kollegin.

Allerdings kam diesmal etwas hinzu, womit sich der Alte in seiner Laufbahn selten hatte auseinandersetzen müssen – sah man von der nervenaufreibenden Zeit seiner Scheidung ab. Probleme persönlicher Natur machten ihm seit Jahresbeginn zu schaffen und sie duldeten letztlich keinen Aufschub mehr.

Und so erkannte der Alte, als er eines Tages, zum wiederholten Male in den vergangenen Wochen, einen besorgten Anruf aus Nürnberg erhielt, wie dringend es an der Zeit war, mit Pierre Müller endlich abzuschließen.

Kortsch, sein Assistent, war erleichtert. Ihm ging dieser Fall nur noch auf die Nerven und in seinen Augen gab es dringlichere Probleme zu lösen. Außerdem versetzte ihn die Aussicht darauf, den Alten einige Monate los zu sein, in helle Begeisterung. Auch sein Vorgesetzter, dem er zugutehalten musste, dass er es bereits vor vielen Jahren aufgegeben hatte, sich in Teichmanns Ermittlungsmethoden einzumischen, nickte die Entscheidung des Alten erleichtert ab. Endlich war Ruhe. Die Einzige, die sich mit diesem Vorgehen nicht einverstanden zeigte, war eine Bilanzschnüfflerin namens Sarah Tetzer. Und ihre Vorwürfe wogen umso schwerer, da der Alte etwas auf ihre Meinung gab. Nicht, dass er sich das jemals eingestanden hätte. Aber es war so.

„Seien Sie doch froh, Schätzchen. Jetzt haben Sie freie Bahn und können diesen ekelhaften, unmoralischen Sumpf der Gier endlich trockenlegen“, versuchte er sie aufzuheitern.

Noch vor einigen Wochen hätte Sarah ihm zugestimmt. Doch ihre ungewöhnliche Zusammenarbeit hatte einiges verändert. Sie war inzwischen felsenfest davon überzeugt, die genauen Umstände von Pierre Müllers Tod aufklären zu müssen, um ihrem eigenen Ziel, Ullmenau anklagen zu können, endlich näherzukommen. Wenn der Alte aufgab, gab es wohl auch für ihren eigenen Fall keine Erfolgsaussichten mehr. Monate der Arbeit waren umsonst.

Teichmann schob bedächtig den orangefarbenen Kantinenstuhl zurück und erhob sich. Sie waren die letzten Gäste. Sarah saß zusammengesackt über ihrem Becher dampfender, weitgehend geschmackloser Kaffeebrühe.

„Es hat mich wirklich sehr gefreut, mit Ihnen zusammenzuarbeiten. Vielleicht können wir ja, wenn ich wieder hier bin, unseren wöchentlichen Gedankenaustausch fortsetzen“, bemerkte Teichmann mit ungewohnt sanfter Stimme.

Wäre Sarah nicht so sehr damit beschäftigt gewesen, sich selbst leidzutun, hätte sie seine Bemerkung vielleicht richtig verstanden und hätte nachgefragt, wohin er zu gehen gedacht und – vor allem – wann er wieder hier sein wollte.

Bedächtig holte der Alte aus seiner abgegriffenen, braunen Ledertasche eine dicke Mappe hervor. Es war eine Kopie der Akte Pierre Müller. Er legte sie vor ihr auf den Tisch.

„Damit Sie im Fall der Fälle schnell und unbürokratisch auf meine Informationen und Schlussfolgerungen zugreifen können“, sagte er. Dann streichelte er ihr kurz, nur für den Bruchteil einer Sekunde und als zufällige Berührung getarnt, durch die dicken krausen Haare und schritt in Richtung Ausgang. Er hatte die leere Kantine bereits fast verlassen, als Sarah plötzlich aufsprang. Ihr Stuhl kippte krachend auf den Boden. Erst jetzt realisierte sie, dass er tatsächlich wegging. „Was machen Sie jetzt?“, fragte sie ihn.

Der Alte schaute sie mit großen, traurigen Augen an.

„Ich muss endlich etwas hinter mich bringen, was ich viel zu lange vor mir hergeschoben habe.“

„Und was soll ich jetzt tun?“

Er lächelte ihr aus einigen Metern Entfernung aufmunternd zu.

„Gehen Sie nach Hause, Schätzchen. Machen Sie sich einen schönen Tag mit Ihrer Freundin“, riet er ihr.

Ohne sich noch einmal umzudrehen, hob er seine Hand zum Abschiedsgruß und verschwand dann durch die schwingenden Flügeltüren der Präsidiumskantine.

Im Wald

Luke hörte und spürte, wie kühle, feuchte Erde zu allen Seiten aufspritzte und auf seinen Unterschenkeln und Armen landete. Der Vorderreifen seines Mountainbikes drehte kurz durch, beinahe hätte er das Gleichgewicht verloren. Doch er hielt die Balance, trat stärker in die Pedale und beschleunigte noch einmal.

Der frühlingshafte Wald raste an ihm vorbei. Während sich die Buchen mit ihren frischen Trieben noch nicht herauswagten, kleideten sich Kastanie und Ahorn bereits in einem zartgrünen Gewand. Auf dem Boden trieben Blumen und Walderdbeeren der Sonne entgegen, nutzten das kurze Zeitfenster, bevor sich in einigen Wochen ein dichtes Blätterdach über sie legen würde.

Ohne zu verlangsamen, preschte Luke durch ein kleines Rinnsal, das den Trampelpfad kreuzte und sich aufgrund des Regenwetters der vergangenen Tage gebildet hatte.

Im Augenwinkel nahm er einen Teppich aus weißen Blumenblüten wahr. Anemonen.

Er spürte, wie ihm Schweißtropfen über das Gesicht rannen. Sein Shirt klebte unangenehm am Rücken. Seine Hände hatten den Lenker fest umklammert und ein prickelnder Schmerz breitete sich inzwischen in seinen Fingern aus.

Doch Luke gönnte sich keine Pause. Im Gegenteil. Bei jedem Anflug von Ermüdung, immer dann, wenn er den Eindruck hatte, die Kraft könnte bald aus seinen Beinen weichen, stemmte er sich dagegen, beschleunigte das Tempo trotzig.

Plötzlich bemerkte er einen sich schnell bewegenden Schatten, der durch das Unterholz am Wegesrand hetzte. Im ersten Moment glaubte er, einer Sinnestäuschung aufgesessen zu sein, doch als er seinen Kopf kurz zur Seite drehte, entdeckte er, dass er verfolgt wurde. Wobei der Dammhirsch neben ihm wahrscheinlich das Gleiche befürchtete.

Luke erwog kurz, sich ein Wettrennen mit dem aufgeschreckten Tier zu liefern. Doch das erschien ihm dann doch zu riskant. Er bremste langsam und so leise wie möglich ab. Der Hirsch behielt sein Tempo bei, rannte noch eine kurze Zeit durch die Büsche, wechselte dann abrupt die Seite, kreuzte den Weg in einiger Entfernung und verschwand in einer düster wirkenden Kieferngruppe. Schwer atmend schaute Luke dem Tier nach.

In dem Augenblick, da seine Beine wieder festen Boden spürten, sich seine Muskeln entspannen konnten und die Hände entkrampften, spürte er schlagartig, dass er sich verausgabt hatte. Er war an die Grenzen seiner körperlichen Leistungsfähigkeit gegangen. Seit über einer Stunde raste er durch den Wald, ziellos und meistens auch orientierungslos. Das Gewirr aus Wegen, Schneisen, Trampelpfaden und Straßen war selbst nach drei Jahren in Frankfurt noch immer nicht einfach zu durchschauen. Wenn er sich nicht ganz irrte, befand er sich in der Nähe des Kesselbruch-Weihers an der Stadtgrenze, die von der A3 markiert wurde.

Im gesamten Waldgebiet verstreut lagen unzählige kleine Seen und Tümpel. Die meisten waren Überbleibsel des Kiesabbaus der sechziger Jahre. Luke liebte sie. Wenn der Wald sich plötzlich vor einem auftat, die Bäume und das Gebüsch wichen, den Blick freigaben auf die in der Sonne sanft glitzernde Wasseroberfläche, ergriff ihn stets ein euphorisches Hochgefühl. Wasservögel, Enten und sogar Schildkröten lebten hier und vermittelten ein Gefühl der intakten Natur. Daran konnten selbst die dröhnenden Turbinen der Flugzeuge über ihm oder das gleichmäßige Verkehrsrauschen der zahlreichen Autobahnen, die einem Spinnennetz gleich Frankfurt umschlossen und sich scharf durch den Grüngürtel der Stadt schnitten, nichts ändern.

Mit einem erschöpften Seufzen schwang er sich wieder auf den Sattel und setzte seinen Weg fort. Nur wenige Minuten später erreichte er den Weiher, aus dessen Mitte eine kleine, dicht bewachsene Insel ragte. Ein Graureiher verharrte in regungsloser Pose auf einem Stein; friedlich zog ein Entenpärchen seine Bahnen.

Am stellenweise steil abfallenden Ufer schlängelte sich ein schmaler Weg entlang. Spaziergänger flanierten vereinzelt in der sanften Nachmittagssonne. Erschöpft ließ sich Luke auf eine Picknickbank fallen. Langsam beruhigte sich seine Atmung. Er schloss die Augen, ließ sich von der friedlichen Ruhe einlullen. Die Verausgabung hatte ihn zwar körperlich mitgenommen, doch sein Kopf war angenehm leer. Endlich, zum ersten Mal seit Wochen, fühlte er sich befreit und trotz der Anstrengung zutiefst entspannt. Seine Sorgen und Unsicherheiten, die Fragen, die ihn quälten, das Gefühl der Ziellosigkeit und die diffuse Zukunftsangst schienen plötzlich an Brisanz eingebüßt zu haben. Sicher, all das war längst nicht verschwunden, nichts davon hatte sich in Wohlgefallen aufgelöst, doch es lastete nicht mehr so schwer auf ihm wie zuvor.

Mit geschlossenen Augen verharrte Luke auf der Parkbank, ließ das Rauschen des Waldes, nur von gelegentlichem Fluglärm unterbrochen, auf sich wirken. Die Sonnenstrahlen kitzelten über seinen Körper.

Kurz musste er an seine Eltern denken. Seitdem er mit seiner Mutter telefoniert und ihr seine Entscheidung vom Abbruch des Studiums mitgeteilt hatte, reagierte er nicht mehr auf ihre Anrufe. Sie hatte sogar eine E-Mail geschrieben. Doch Luke verweigerte ihr eine Antwort. Er hatte seiner Schwester nur kurz per SMS mitgeteilt, dass es ihm gut gehe. Vor allem aus Angst davor, seine Eltern könnten ihn als vermisst melden und die Polizei einschalten.

Er wollte sich ihren Vorwürfen noch nicht stellen. Er musste erst einmal zu sich selbst finden und einen Plan entwerfen, was er nun mit seinem Leben anfangen wollte.

Das laute Quietschen von Fahrradbremsen dicht neben ihm ließ Luke hochschrecken. Er öffnete die Augen, blinzelte ins grelle Sonnenlicht und hielt sich schützend die Hand vor das Gesicht. Neben der Bank war ein zweiter Radfahrer aufgetaucht. Im ersten Moment glaubte Luke, er träume noch immer. Doch er war wach und bei vollem Bewusstsein.

„Da sieht man sich jahrelang nicht und dann läufst du mir zwei Mal kurz hintereinander an Orten über den Weg, wo ich am wenigsten damit gerechnet hätte", sagte der Andere und lächelte ihn frech an.

Ungläubig starrte Luke ihn an, er hatte die Worte gar nicht wahrgenommen.

„Na komm, willst du mich nicht wenigstens zur Begrüßung umarmen?"

„Ich glaub es nicht", faselte Luke schließlich und erhob sich. Erst als er den lange vergessen geglaubten, charakteristischen Geruch wahrnahm, war er sich sicher, nicht zu halluzinieren. Unschlüssig gingen die beiden einen Schritt aufeinander zu und umarmten sich schließlich, kurz und unbeholfen.

„Schön, dich zu sehen. Wenn auch sehr überraschend", sagte Luke.

„Das finde ich auch", antwortete Samuel Zimmermann und strahlte seinen Exfreund an.

Geister der Vergangenheit

Wie ein Geist war Samuel aufgetaucht. Plötzlich und unerwartet hatte er neben ihm gestanden. Ein Geist aus der Vergangenheit, der augenscheinlich so gar nicht in die Gegenwart zu passen schien. Wie ein störender Farbklecks auf einer Schwarz-Weiß-Fotografie.

Nachdem der erste Schock über dieses unvorhergesehene Zusammentreffen verflogen war, stellte Luke zu seiner Beruhigung fest, dass auch Samuels Biker-Outfit mit braunen, inzwischen leicht verkrusteten Erdtupfern gesprenkelt war, was seine eigene derangierte Erscheinung nicht so peinlich wirken ließ. Allmählich entspannte er sich.

Äußerlich hatte sich sein Ex kaum verändert. Die blonden Locken standen noch immer wild von seinem Kopf ab, die blauen Augen glitzerten wie zwei wertvolle Diamanten. Sein Lächeln war ansteckend wie eh und je. Ein Dreitagebart zierte sein Gesicht.

Doch auch an Samuel waren die vergangenen drei Jahre nicht spurlos vorbeigegangen. Er sah reifer aus und wirkte insgesamt ruhiger, in sich ruhender, als bei ihrem letzten Aufeinandertreffen.

Die Plastikflaschen mit Wasser in der Hand, saßen die beiden nebeneinander in der wärmenden Sonne. Eine Unterhaltung kam allerdings nur schleppend voran. Mühsam und vorsichtig tasteten sich die beiden vor. Zögerlich, als tapsten sie durch ein Minenfeld, ergab ein Wort das andere. Dabei blieb ihr Blick stur auf die friedlich glitzernde Wasseroberfläche gerichtet. Nur selten wagten sie es, einander in die Augen zu schauen. Etwas nervös waren sie trotz aller vorgespielter Coolness eben doch. Samuel hatte sich bei seinen Eltern immer noch nicht geoutet. Doch immerhin hatte er sich, kurz nachdem Luke mit ihm Schluss gemacht hatte, seinen engsten Freunden anvertraut. Er war sogar einige Male beim Treffen der schwulen Studentengruppe an der Uni gewesen. Einen festen Freund hatte er auch wieder gehabt, zwei Jahre habe die Liaison gedauert.

Das versetzte Luke dann doch einen Stich. Samuel hatte es tatsächlich fertiggebracht, mit jemanden dauerhaft zusammenzubleiben. Damit war er ihm sogar in etwas voraus. Und das ärgerte ihn.

„Und bei dir? Was macht die Liebe?“, fragte Samuel.

Er zuckte mit den Schultern. „Sie kommt und geht. Aber sie kann sich wohl nicht entscheiden, dauerhaft zu bleiben. Im Moment bin ich mal wieder solo.“

In Samuels Gesicht blitzte ein kurzes, und wie Luke fand, lüsternes Grinsen auf.

„Was ist?“

„Ach nichts. Ich hab nur mal so gelächelt“, wich Samuel aus und beeilte sich, einen tiefen Schluck aus seiner Wasserflasche zu nehmen.

Plötzlich berührten sich wie zufällig ihre Beine. Schlagartig begann Lukes Herz schneller zu pochen. Doch er wandte den Blick nicht von der glitzernden Wasseroberfläche ab, fokussierte die mächtigen Weiden am gegenüberliegenden Ufer. Inzwischen war es Abend geworden und das anschmiegsame Licht der tiefer stehenden Sonne spiegelte sich im schwarzen, moorigen Wasser wider. Ein Gänsepaar mit Küken glitt an ihnen vorbei.

„Weißt du, ich musste ab und zu schon an dich denken“, gestand Samuel.

Luke nickte. Schweigen.

„Du könntest jetzt so etwas sagen wie, dass du auch an mich gedacht hast. Manchmal zumindest.“

„Hab ich auch. Manchmal.“

„Mir hat unser Sex gefehlt. Ich habe danach niemanden gefunden, bei dem es so viel Spaß gemacht hat, ihn zu ficken.“

Jetzt war die knisternde Spannung zwischen ihnen spürbar. Lukes Haare stellten sich am ganzen Körper auf. Sein Schwanz pulsierte. Er riskierte einen kurzen Blick auf Samuels Schritt. In der engen Radlerhose zeichnete sich eine unverkennbare Beule ab.

Ohne weiter nachzudenken, ergriff Luke Samuels Hand und zerrte ihn von der Bank hinter eine nahe Gruppe von Tannen, die sie vor den neugierigen Blicken vorbeiflanierender Wanderer und anderer Biker schützen würde. Dann küssten sie sich. Ein leises, forderndes Stöhnen. Angestaute Geilheit bahnte sich ihren Weg. Vertraut und doch so neu, erlaubt und doch verboten. Im Überschwang des Augenblicks wären sie beinahe gestolpert.

Nach neuem Halt suchend, entdeckte Luke einen umgeknickten Baumstamm. Er drückte Samuel hart dagegen, begann dann seinen Hals abzulecken.

Er schmeckte Salz. Er riss ihm das T-Shirt nach oben und saugte an den harten, kleinen Brustwarzen. Er roch kalten Schweiß. Bei jedem anderen hätte Luke vor Ekel abgebrochen. Doch hier, bei diesem einen Mann, war es ihm einerlei. Er erkundete mit seiner Zunge den zart behaarten Oberkörper, als wäre es vollkommen unbekanntes Terrain. Dann begann er am Hosenbund herumzunesteln.

Samuel wollte protestieren. Doch Luke drückte ihm die Hand auf den Mund.

„Nicht jetzt!", befahl er.

Sein Exfreund nickte nur. Wieder das versaute, lüsterne Grinsen.

Luke presste ihm weiterhin die Hand auf den Mund. Er spürte Samuels schwere Atmung. Dann spreizte er die Finger und fuhr mit der Zunge dazwischen, forderte Einlass. Sie küssten sich durch Lukes Hand hindurch. Ihre Unterkörper rieben ungestüm, unkontrolliert aneinander. Hastig robbten sie ihre Hosen nach unten; steife Schwänze sprangen heraus.

Luke beugte sich nach unten, wog Samuels steifes Glied noch kurz in der Hand, ehe er es in seinen Mund gleiten ließ. Er erinnerte sich wieder an seine Form. Es waren Erinnerungen, die er längst vergessen geglaubt hatte. Von der Zeit verschlungen. Und doch, trotz aller Vertrautheit, war alles anders, fremd, aufregend.

Samuel stöhnte lustvoll, bewegte sein Becken vor und zurück, fickte ihn erst sanft und dann immer härter und ungestümer in seine Fresse. Luke musste würgen, Samuel verharrte kurz, gönnte ihm eine kurze Erholung, nur um dann umso heftiger fortzufahren.

Luke rappelte sich auf. Sie küssten sich wieder, legten dann den Arm um die Schulter des jeweils anderen und begannen zu wichsen. Luke musste aufpassen, um nicht zu kommen, doch er spürte auch, wie sich Samuels Körper zusammenkrampfte. Sie blickten sich kurz in die Augen. Dann spritzten sie zeitgleich ab. In steilen Fontänen schoss das Sperma heraus, platschte leise auf den Waldboden. Sie keuchten und stöhnten, hielten ihre zitternden Körper fest. Dann war alles vorbei.

Schweigend standen sie einen Augenblick aneinandergelehnt da. Dann lösten sie sich voneinander. Luke kramte zwei Papiertaschentücher hervor.

Sie zogen sich still, beinahe beschämt, die Hosen wieder hoch. Ein kurzer Blick über die Schulter, ob sie auch tatsächlich niemand beobachtet hatte. Wie zwei pubertierende Jungs, die Angst hatten, bei einer gemeinsamen Wichsrunde erwischt worden zu sein. Schnell kehrten sie zurück zu ihren Fahrrädern und machten sich in der einsetzenden Dämmerung auf den Heimweg. Als sie den Waldrand erreichten, hatte sich über der Stadt bereits ein funkelndes Lichtermeer ausgebreitet. Die erleuchteten Hochhäuser der Skyline zeichneten sich vor dem rötlichen Horizont ab.

„Und jetzt?", fragte Samuel. Sie wussten beide, dass es darauf nur eine Antwort geben konnte. Wenige Minuten später fanden sie sich in Lukes Wohnung wieder.

„Willst du etwas trinken?", fragte Luke noch. Dann trafen sich ihre Blicke und sie fielen wieder übereinander her.

Knutschend taumelten sie unter die Dusche und danach ins Bett. Als sich Samuel hastig ein Kondom überstreifte und nach der Tube mit Gleitgel griff, gestattet sich Luke kurz, für den Bruchteil einer Sekunde, die Frage, ob es gut war, was da gerade geschah. Eine Antwort jedoch blieb er sich schuldig.

Dann drang Samuel in ihn ein.

„Wir hatten unsere Zeit und haben es verbockt, oder?", fragte Samuel, unschlüssig im Türrahmen stehend.

„Ja. Das haben wir."

„Es gibt kein Zurück. Keine zweite Chance."

„Ich denke nicht", antwortete Luke.

Sein Exfreund nickte. „Ist wohl auch besser so. Vielleicht schaffen wir es ja, Freunde zu werden."

„Ja, vielleicht."

„Bis bald", sagte Samuel. In seiner Stimme lag eine nostalgische Traurigkeit. Dann fiel die Tür hinter ihm ins Schloss.

Wie benommen stolperte Luke durch seine Wohnung. Der Geist aus der Vergangenheit war augenscheinlich verschwunden. Doch es roch nach ihm. Das Bett war zerwühlt von der gemeinsamen Nacht. Auf dem Frühstückstisch stand die Tasse Kaffee, nur zur Hälfte ausgetrunken.

Luke ging zum Fenster und konnte gerade noch sehen, wie Samuel auf seinem Fahrrad um die nächste Straßenecke bog und verschwand. Er mochte sich vor einiger Zeit augenscheinlich von Samuel befreit haben.

Er hatte den Geist der Vergangenheit immer wieder aufs Neue heraufbeschworen, ohne sich dessen bewusst zu sein. Wie oft hatte ihm Meiko geraten, locker und unbefangen an die Männer heranzugehen, den Dingen ihren Lauf zu lassen. Er hatte ihn nie verstanden. Bis zu diesem Augenblick. Ob Meiko wohl gewusst hatte, wie nachhaltig ihn die Beziehung mit Samuel geprägt hatte?

Nachdenklich betrachtete Luke den Zettel in seiner Hand, auf den Samuel hastig seine neue Handynummer gekritzelt hatte. Luke erwog kurz, ihn in den Müll zu werfen, entschied sich jedoch dagegen. Stattdessen befestigte er ihn mit einem Magnetpin an der Kühlschranktür. Er würde nicht anrufen, doch er wollte ihn wenigstens als Erinnerung an dieses Intermezzo behalten.

Dann räumte er schnell den Frühstückstisch ab, verbannte Samuels Tasse in den Geschirrspüler und bezog das Bett neu. Als er glaubte, alle Spuren der Heimsuchung beseitigt zu haben, öffnete er die Fenster und ließ die klare, frische Luft des Frühlingsmorgens in seine Wohnung. Sie vertrieb Samuels Duft und mit ihm verlor auch der Geist an Kontur.

Es war sicher nicht das Ende dieser Austreibung. Aber es war ein kleiner Schritt in die richtige Richtung, weg von der Vergangenheit und deren langen Schatten. Luke wusste, er konnte alte Gewohnheiten und Muster nicht von heute auf morgen ablegen, doch die Erkenntnis, wie unbändig die Geister der Vergangenheit noch immer wirkten, war zumindest ein Anfang.

Beginn einer Kaskade

Als die aufgehende Sonne die Ackerpflaumenallee 33 in ein sanftes, rötliches Licht tauchte, lag Sarah schon eine Stunde lang wach in ihrem Bett und starrte die Zimmerdecke an. Sie lauschte Basimahs gleichmäßigem Atem, hing ihren Gedanken nach.

Sie war die ganze Nacht hindurch in einem unruhigen Dämmerzustand gefangen gewesen, eingekeilt zwischen Halbschlaf und Wachphasen. Sie bekam einfach keinen freien Kopf. Ihre Gedanken und Träume wurden von Basimah, dem Alten und von dem toten Pierre Müller bevölkert. Dazwischen erschien die entstellte, gierige Fratze von Ullmenau, der ihr drohte, sie verhöhnte.

Immerhin hatte sie am gestrigen Abend, endlich, ein längeres Gespräch mit Basimah führen können, ohne gleich wieder von ihr genervt zu sein. Und ohne Vorbehalte. Es ging nicht länger um die Probleme der Vergangenheit, sondern um die Perspektiven ihrer Beziehung. Es ging um ihre gemeinsame Zukunft oder viel mehr darum, ob es eine solche geben würde. Bis spät in die Nacht hinein redeten und weinten sie. Wenn auch ohne richtiges Ergebnis.

Schließlich schlief Basimah erschöpft und mit ihren Kräften am Ende neben Sarah ein. Eng umschlungen hatten sie sich ins Bett gekuschelt. Und so sehr sie es genoss, ihrer Freundin endlich wieder auch körperlich nahe zu sein, musste sich Sarah am Ende der Nacht der bitteren Erkenntnis stellen, dass sich etwas verändert hatte. Sie wusste nicht genau, was es war, doch in ihr reifte etwas heran, von dem sie nicht einzuschätzen vermochte, wie es ihre Beziehung beeinflussen und in welche Richtung es sie treiben würde.

Die vergangenen Monate über hatte sie sich eingebildet, die Krise und die fehlenden sexuellen Spannungen seien Teil eines gemeinsamen Problems. Doch womöglich hatte nur sie sich verändert. Und Basimah war dieselbe geblieben.

Sarah musste Antworten auf diese Fragen finden. Das war sie Basimah, sich selbst und ihrer Beziehung schuldig. Doch es gab etwas anderes, was sie nicht zur Ruhe kommen ließ. Solange dieser Fall nicht endlich zu einem wie auch immer gearteten Ende kam, konnte sie sich nicht mit voller Aufmerksamkeit ihren eigenen, privaten Problemen widmen.

Teichmann mochte seine Ermittlungen abgeschlossen haben, doch Sarah war noch nicht an diesem Punkt angelangt. Sie wollte, sie musste Ullmenau zur Strecke bringen. Besessen war sie von diesem Mann, obwohl sie ihm kein einziges Mal persönlich begegnet war. Nicht genug in der Hand zu haben, um den

Staatsanwalt von einer Anklage wegen Betrugs zu überzeugen, nagte schwer an ihr.

Das Zwitschern der Vögel und das diffuse Licht des Morgens vertrieben endgültig jede Müdigkeit aus ihren Gliedern. Sie konnte nicht länger im Bett herumlungern. Sie musste etwas tun. Also schlich sich Sarah leise aus dem Schlafzimmer, setzte einen Kaffee auf und nahm eine kalte Dusche. Nach einem schnellen Frühstück zog sie sich an. Sie wollte gerade die Wohnung verlassen und ins Büro fahren, als ihr einfiel, dass Basimah noch immer in ihrem Bett friedlich schlummerte. Vorsichtig öffnete sie die Tür zu ihrem kleinen Schlafzimmer und setzte sich leise auf die Bettkante.

Sanft streichelte sie durch Basimahs verstrubbelte Haare. Ihre Freundin murmelte etwas im Halbschlaf, öffnete jedoch nicht die Augen.

„Wir schaffen das", flüsterte Sarah mit deutlich mehr Zuversicht in der Stimme, als sie in diesem Augenblick tatsächlich verspürte. Sie gab ihrer Freundin einen Kuss auf die Stirn und flüchtete dann aus ihrer eigenen Wohnung hinaus in den kühlen Morgen.

Der Himmel war klar und wolkenlos. Die Aprilnacht hatte die Temperaturen beinahe bis auf den Gefrierpunkt hinabgedrückt. Sarah stieg in ihren Dienstwagen und machte sich auf den Weg in ihr Büro.

Sie genoss die frühen Morgenstunden im Kommissariat, wenn die meisten Büros noch leer waren und nur wenige Mitarbeiter durch die Korridore huschten. Sie holte sich in der Kantine einen Kaffee, schwätzte kurz mit der Küchenhilfe, einer rundlichen Frau mit grauen Haaren, namens Maritta, einer gebürtigen Frankfurterin mit einem erstaunlichen Enthusiasmus für Tratsch und einem erschreckenden Übermaß an sch-Lauten in ihrer Aussprache. Sie hatte im vergangenen Jahr mit viel Pomp und Ehre ihr vierzigjähriges Dienstjubiläum gefeiert.

Nachdem sich Sarah von ihr mit den neusten Klatschgeschichten aus dem Präsidium eingedeckt hatte – Maritta wusste unter anderem zu berichten, dass der alte Teichmann angeblich auf einer Entziehungskur war –, kehrte sie mit dem inzwischen dritten Kaffee an diesem frühen Morgen in ihr Büro zurück. Sie begann zum wiederholten Male die Unterlagen ihrer eigenen

Ermittlungen und die Erkenntnisse von Teichmann über Pierre Müllers Selbstmord zu sondieren, zu vergleichen, zu durchforsten. Offiziell war der Tod des IT-Administrators aufgeklärt. Die offenen Fragen wurden mit aller Kraft und jeder Menge Mutmaßungen in das vorgegebene Korsett der Indizien gepresst. Selbstmord war die Todesursache. Das Arbeitszimmer in einem Anfall von Wahn, hervorgerufen durch Medikamente und Alkohol, verwüstet. Nur der verschwundene Computer und das Mobiltelefon blieben ein Rätsel. Doch auch dafür fanden sich jede Menge möglicher Erklärungen, die Sarah allerdings allesamt nicht als befriedigend empfand. Auch beharrte sie weiterhin auf der Vermutung, dass es mit der Krawatte und den Würgemalen einen sexuellen Hintergrund gab.

Plötzlich kam ihr eine Idee. War das womöglich Pierre Müllers dunkler Fleck, seine Schwachstelle, die ihn im System Ullmenau doch noch zu einem passenden Mitarbeiter gemacht hatte? Sexuelle Neigungen? S/M-Spielchen, von denen niemand erfahren durfte? Stricher? Zwangsprostitution? Vielleicht doch irgendwelche Drogen?

Jetzt geht deine Fantasie mit dir durch, maßregelte sich Sarah selbst. Sie brauchte Tatsachen, keine wilden Spekulationen. Trotzdem schien ihr der Gedankengang logisch. Homosexualität reichte heute nicht mehr als Erpressungsgrund. Höchstens bei katholischen Priestern. Doch vielleicht war Pierre Müller eben ein Homosexueller mit gewissen Vorlieben. Oberflächlich betrachtet schien er ein guter Schwuler zu sein, einer zum lieb haben, einer von jener Sorte, den sich jede halbwegs liberale Hausfrau als besten Freund wünschte. Mit dieser Art von Schwulen konnte sich auch die Familie anfreunden. Doch vielleicht war er ein Wolf im Schafspelz, stand auf Sklavenhaltung, Dominanz- und Vergewaltigungsspiele und vielleicht hatte Ullmenau davon gewusst.

Nichts als wilde Spekulationen! Doch sie waren zu griffig, um sie ignorieren zu können, und so wählte sie gegen Mittag Teichmanns Mobilnummer.

Wie bereits in den Tagen zuvor wurde sie auf die Mailbox umgeleitet. In dringenden Fällen solle sich der Anrufer an seinen Assistenten Jürgen Kortsch wenden, schlug die mürrische Stimme des Kommissars vor. Wohin der Alte wohl verschwunden war? Sicherlich nicht, wie Marittas Quellen behaupteten, auf Entziehungskur. Doch weder Teichmanns Vorgesetzte noch Kortsch hatten ihr Auskunft erteilen wollen.

Am Nachmittag, kurz nach ihrem fünften Kaffee, begannen ihre Gedanken immer öfter zu Basimah abzuschweifen. Sie war sicherlich inzwischen längst aufgewacht. Sarah hatte insgeheim auf eine Nachricht von ihr gehofft und war enttäuscht, keine erhalten zu haben. Ihre eigenen Gefühle spielten offensichtlich verrückt. Einerseits versuchte sie Basimah mit aller Kraft von sich wegzustoßen, auf Distanz zu gehen. Doch sobald ihre Freundin ihr diesen Gefallen tat, zog es Sarah wieder zu ihr zurück. Wie es wohl Meiko mit seinem Stricher erging? Seit ihrem Überraschungsbesuch und seinem Geständnis, verknallt zu sein, hatte sie nicht mehr mit ihm gesprochen.

Und plötzlich machte es in Sarahs Kopf leise Klick.

Die Zugbrücke, zwischen ihrem Privatleben und ihrem Beruf wurde heruntergelassen und endlich wusste sie, wen sie wegen Pierre Müllers Krawatte zurate ziehen konnte. Wenn ihr jemand in dieser Stadt in Fetischfragen weiterhelfen konnte, dann war es Meiko.

Sarah wusste, wenn sie einen Unbeteiligten, einen Nicht-Polizeibeamten ohne Mandat, in diese Ermittlung hineinzog, ihm gar vertrauliche Informationen weitergab, stellte das ein erhebliches Risiko dar, mit Konsequenzen, die sie in ernsthafte Schwierigkeiten bringen könnten. Doch wer sollte schon davon erfahren? Meiko war einer ihrer besten Freunde. Sie vertraute ihm und womöglich konnte er ihr tatsächlich einen Tipp geben.

„Sag mal, hat die Polizei Frankfurt eine Dienstvorschrift, die es euch verbietet, gut auszusehen?“, fragte Meiko und musterte die neben ihm sitzende Sarah kritisch. Die blassblaue Bluse und die ausgewaschenen Jeans waren so gar nicht nach seinem Geschmack.

„Deine Kollegen im Fernsehen sind besser gekleidet. Nicht so fad. Außerdem macht die Hose einen fetten Arsch“, ergänzte er provozierend.

„Sag nichts Falsches über meinen prallen, schwarzen Hintern!“, entgegnete sie lächelnd und reichte ihm eine Reihe von Aufnahmen. Die Bilder zeigten, wie Pierre Müller tot in seiner

Badewanne gefunden worden war. Nackt, nur mit einer Krawatte um den Hals.

Nachdem Sarah die Entscheidung getroffen hatte, Meiko zu konsultieren, war sie unverzüglich mit der Ermittlungsmappe in der Handtasche aus ihrem Büro geeilt und zu seinem Apartment gefahren. Sie hatte zunächst gehofft, er könnte wieder Besuch von diesem Stricher haben. Zwar konnte sie sich nicht vorstellen, dass Meikos Verknalltheit mehr war als ein kurzes Auflodern, doch sie war trotzdem neugierig, welcher Kerl es fertiggebracht hatte, ihn zu knacken.

Zu ihrer Enttäuschung war Meiko allein. Der Stricher sei schon ein paar Tage nicht mehr bei ihm aufgetaucht, weder zu Hause, noch im *Blue*. Meikos Stimme war betont gleichgültig, doch in Wahrheit musste er sich zwingen, überhaupt etwas zu essen. Vor Kummer bekam er kaum einen Bissen hinunter. Auch gelang es ihm nur schwer, sich zu konzentrieren. Immer wieder schweiften seine Gedanken ab zu Dejan. Wirklich besorgt war er jedoch wegen eines ganz anderen Umstandes: Er hatte seit ein paar Tagen keine Lust auf sexuelle Eskapaden. Selbst das Onanieren hatte er eingestellt. Das Letzte, wonach Meiko jetzt der Sinn stand, war, auch noch über dieses Problem zu sprechen. Er wechselte also schnell das Thema, manövrierte ihre Konversation abrupt in Richtung des aktuellen Wetterberichts und die Frage, ob die angekündigte Kältewelle dem Frühlingsintermezzo nachhaltig ein Ende bereite.

Sarah war ihrerseits dankbar, nicht nach Basimah gefragt zu werden. Stattdessen konzentrierte sie sich auf den eigentlichen Grund ihres Besuches, gab Meiko eine Kurzzusammenfassung der Ermittlungen zum Tod von Pierre Müller und ihrer Vermutung, dass ihn jemand mit seinen sexuellen Vorlieben erpresst haben könnte.

„Muss mal ein attraktiver Bursche gewesen sein“, sagte Meiko nachdenklich, während er die Bilder interessiert und mit einer gewissen morbiden Faszination betrachtete.

„Könnte durchaus ein Sex-Unfall gewesen sein. Ein Bekannter von mir ist mal mit einer Plastiktüte über dem Kopf gefunden worden. Der Dildo steckte ihm noch im Arsch“, sagte Meiko und in seiner Stimme lag ein Hauch von Bewunderung. Ein solcher Abgang war nicht jedem vergönnt.

„Kommt er dir bekannt vor?", fragte Sarah.
„Nie gesehen."
„Wenn du auf Würgespiele stehen würdest, wohin könntest du gehen?", hakte sie nach.
„Der Fetisch ist doch offensichtlich nicht nur das Würgen, sondern auch die Krawatte. Vielleicht sogar Anzug. Es gibt jede Menge Privatclubs für diese Vorlieben, die sich hauptsächlich über die Online-Dating-Plattformen organisieren. Und wohl auch ab und zu ein paar Partys. Aber das ist nicht so meine Welt", sagte Meiko. „Du solltest dich an Tom wenden. Anzug und S/M, beides dürfte unserem verkappten Jung-Unionisten doch gefallen."
Sarah nickte, enttäuscht und ernüchtert. Den bissigen Seitenhieb auf Tom überging sie galant.
Nachdem klar war, dass Meiko ihr nicht helfen konnte, packte sie missmutig die Akte wieder zurück in ihre Handtasche und ließ sich mit einem erschöpften Seufzer auf dem Sofa nieder. Zum wiederholten Male war sie bei ihren Ermittlungen in einer Sackgasse angekommen. Meiko versuchte sie zwar mit Scherzen und Anekdoten aufzuheitern, fütterte sie gar mit ein paar Details zu dem Stricher und gestand ihr, dass die Schmetterlinge noch immer wild in seinem Bauch umherflatterten.
Vielleicht lag es an Meikos unaufhörlichem Redeschwall und seinen Schwärmereien für die körperlichen und sexuellen Vorzüge Dejans. Oder daran, dass Sarah in Gedanken bereits wieder im Büro saß und nach neuen Spuren suchte, nach Wegen fahndete, um Ullmenau endlich des schweren Anlagebetrugs überführen zu können. Oder sie war einfach durch ihre eigenen Probleme mit Basimah abgelenkt. Möglicherweise war es eine Mischung aus allen Faktoren zusammen. Auf jeden Fall verließ Sarah Meikos Wohnung ohne ihre Handtasche. Die hatte sie achtlos in einer Ecke neben dem Sofa zu Boden plumpsen lassen.
Den Verlust sollte sie erst am nächsten Morgen bemerken. Doch dann würde es bereits zu spät sein. Ohne es zu wissen, hatte Sarah mit ihrer Vergesslichkeit eine beachtlich verzweigte Kaskade in Gang gesetzt.

Von Freunden und Freiern

In seinen Jahren als Stricher hatte Dejan ein zuverlässiges Gespür für Freier entwickelt. Bei den meisten Männern war es ihm möglich vorherzusagen, auf was sie standen, welche dunklen Vorlieben sie hatten und, was besonders wichtig war, ob sie tatsächlich gewillt waren, den geforderten Preis zu zahlen. Oft konnte er sogar abschätzen, an welchem Ort die Nummer steigen würde, ob zu Hause, in einem Hotel oder einer dunklen Ecke auf der Straße.

Und gelegentlich warnte ihn seine Intuition vor einem Freier. Entweder hatte er dann ein mulmiges Gefühl im Bauch oder ihm stellten sich die Nackenhaare auf. Den Fehler, ein solches Warnsignal zu ignorieren, hatte er nur ein Mal in seiner Anfangszeit in Berlin begangen. Und wäre Vladan nicht gewesen, hätte er womöglich keine Gelegenheit mehr gehabt, diesen Fehler zu bereuen.

Ein Freier hatte ihm in einer der einschlägigen Stricherkneipen ein großzügiges Angebot unterbreitet. Und Dejan war, anstatt wegen des viel zu hohen Geldbetrages misstrauisch zu werden, blauäugig darauf eingegangen. Er konnte sich noch gut erinnern, wie ihn der stechende Blick des Mannes einen Schauer über den Rücken gejagt hatte. Trotzdem war er ihm in eine dunkle Seitenstraße gefolgt. Dort hatte ihn der Kerl dann plötzlich gepackt, Handschellen angelegt und angefangen, auf ihn einzuprügeln. Glücklicherweise war Vladan ihnen gefolgt und ihm rechtzeitig zu Hilfe geeilt. Er kam, im wörtlichen Sinne, mit einem blauen Auge – und einigen geprellten Rippen – davon.

Nach diesem Vorfall vertraute Dejan fortan seiner Intuition. Und so stand er unschlüssig vor dem modernen Apartmenthaus, das sich, nur einen Steinwurf vom schwulen Bermudadreieck entfernt, in den Nachthimmel erhob.

Angeblich hieß sein Kunde Klaus Schmidt. Diesen Namen hatte er ihm während ihres Online-Chats genannt und der befand sich auch auf dem Klingelschild. Das Loft, in dem die Sache steigen sollte, befand sich im obersten Stockwerk des Apartmenthauses. Von dort musste man einen spektakulären Blick über die Skyline und die angrenzenden Stadtteile haben. Doch bereits während des Chats hatte Dejans sechster Sinn sich mit einem mulmigen Gefühl in der Magengegend zu Wort gemeldet, das sich jetzt noch einmal verstärkte.

Unter anderen Umständen wäre er unverrichteter Dinge wieder gegangen, hätte sich wahrscheinlich nicht einmal auf den Weg hierher gemacht. Doch seit einigen Wochen liefen die Geschäfte schlecht, obwohl gerade Messe war und sich noch mehr potenzielle Kunden in der Stadt befanden.

Die zu einem alltäglichen Ritual gewordenen Feierabendtreffen mit Meiko beeinträchtigten zunehmend seine Produktivität. So nahmen ihn die Freier im *Pfefferkuchen* gar nicht mehr als Stricher war. Viele vermuteten wahrscheinlich, er sei exklusiv an Meiko vergeben oder sei ausgestiegen.

Hinzu kam, dass zwei solvente Stammkunden sich seit einiger Zeit nicht mehr gemeldet hatten. Wahrscheinlich hatten sie einen jüngeren oder billigeren Typen aufgetan. Seine Zeit war mit Mitte zwanzig einfach vorbei. Eigentlich hatte Dejan erwartet, sein Abschied aus der Szene würde ein schleichender Prozess werden. Umso überraschter war er nun, dass sich seine Situation innerhalb weniger Wochen komplett gewendet hatte. Seine alten Stammkunden brachen weg und neue kamen nicht hinzu. Und er spürte, wie seine Abneigung gegenüber dem, was er tat, mit jedem Tag wuchs.

Er klingelte schließlich doch.

Wenige Sekunden später summte der Türöffner. Mit dem gläsernen Aufzug, der an der Außenfassade des Hauses emporschnellte, gelangte Dejan direkt in das weitläufige Loft.

Die herrschende, sterile Leere verstärkte sein Unwohlsein. Er sah sofort, dass dieser Ort nur für einen Zweck angemietet worden war. Doch immerhin sah der Freier seriös aus. Etwas aalglatt, aber dafür gepflegt. Ob er wohl der alleinige Benutzer dieses Lofts war? Manche Männer teilten sich die Mietkosten für solche Sex-Wohnungen. Auf jeden Fall musste er Kohle haben, schlussfolgerte Dejan.

Dafür sprach auch die Kleidung des Mannes. Sein grauer Anzug schmiegte sich wie eine zweite Haut an den Körper und war offensichtlich maßgeschneidert. Eine protzige, goldene Armbanduhr und ein Siegelring am kleinen Finger ergänzten das Bild.

„Schön, dass du pünktlich bist. Ich schätze diese Tugend sehr“, begrüßte ihn Schmidt. Nach dem üblichen geschäftsmäßigen Austausch von Floskeln und Small Talk folgte die Bezahlung.

„Wenn du gut bist, leg ich noch mal was oben drauf“, versprach Schmidt.

Dejan lächelte selbstsicher. Er wusste, dass er gut war. Wie verabredet, zog er sich komplett aus. Schmidt süffelte an seinem Weinglas und beobachtete ihn dabei mit gierigem Blick.

„Dreh dich!“, befahl er.

Dejan drehte sich, splitternackt, langsam im Kreis. Kurz warf er einen Blick aus dem Panoramafenster. Frankfurt lag ihm zu Füßen.

„Und jetzt wichsen!“

Mit dem Rücken zu seinem Freier, den Blick auf die Skyline gerichtet, begann er seinen Schwanz zu massieren. Wenn er jetzt abspritzen könnte, dann würde sein Sperma direkt auf dem Commerzbank-Tower landen, dachte er und musste kurz lächeln.

Er spürte, dass Schmidt von hinten an ihn herangetreten war. Er roch sein aufdringliches, süßes Parfüm, spürte seinen heißen, stockenden Atem im Nacken. Dann legte ihm Schmidt, wie verabredet, die Krawatte um den Hals und zog den Knoten zu.

Der warnende Schrei eines Martinshorns erklang; ein Polizeiwagen schoss um die Ecke. Beinahe hätte er den Fahrradfahrer, der mit seinem klapprigen Damenrad auf der falschen Fahrbahnseite unterwegs war, erwischt.

Der Beamte hinter dem Steuer hupte laut. Doch Dejan ignorierte ihn, trat in die Pedale und war im nächsten Augenblick wieder aus dem Sichtfeld der Polizisten verschwunden. Die Fassade des wuchtigen Bahnhofsgebäudes flog vorbei … gleich würde er dort sein … nicht mehr lange …

Blind überfuhr Dejan eine rote Ampel; ein Taxi kam stotternd und gerade noch rechtzeitig zum Stehen.

Erleichterung stieg in ihm auf, als zwischen den heruntergekommenen Altbauten des Gutleutviertels die gläserne Fassade des Westhafentower erschien. Kurz drauf erreichte er das rot geklinkerte Apartmenthaus, in dem sich Meikos Wohnung befand.

Achtlos schmiss er sein Fahrrad zu Boden, sprang die Stufen zur Eingangstür empor und klingelte Sturm.

„Bitte sei zu Hause“, japste Dejan, vollkommen außer Atem.

Er wurde erhört.

Meiko hatte den Tag in der Wohnung vergammelt und vor dem Fernseher herumgelungert. Zuerst hatte er sich über das unverschämte Sturmklingeln geärgert, dann über Dejans unangekündigten Besuch gefreut und jetzt, als er ihn sah, schlug seine Freude in echte Besorgnis um.

„Was ist denn mit dir passiert?“, fragte er erschrocken und begann die roten Striemen an seinem Hals zu inspizieren, bevor Dejan überhaupt die Wohnung betreten hatte.

„Das ist nichts“, wehrte er ab. „Nur ein Freier mit Extrawünschen.“

„Und warum wirkst du dann so aufgelöst?“, forschte Meiko misstrauisch nach.

„Sie haben mich aus meinem Wohnwagen geschmissen. Ich war heute Nachmittag bei diesem Kunden“, er deutete kurz auf seinen Hals, „und als ich zurückkam, lagen meine Sachen auf einem Haufen vor der Tür.“

Dejan zeigte Meiko die drei Plastiktüten, die mit Kleidung und einigen wenigen persönlichen Gegenständen vollgestopft waren „Mein Vermieter sagte mir, er hätte jemand Neues gefunden. Der zahlt ihm das Doppelte. So ein rumänischer Motherfucker mit seiner Alten.“

Plötzlich wurde die Tür des Nachbarapartments geöffnete und Meikos neue Nachbarin lugte neugierig hervor.

„Hallo Jana“, grüßte Meiko mit abweisendem Blick und bugsierte Dejan schnell in die Wohnung.

„Ich steh auf der Straße. So eine Scheiße“, stammelte der, den Tränen nahe.

„Du stehst nicht auf der Straße. Erst einmal kannst du hier bleiben.“

Obwohl er natürlich insgeheim auf dieses Angebot gehofft hatte, war er sich nicht sicher gewesen, ob Meiko es ihm unterbreiten würde.

„Echt? Danke. Du bist ein guter Mensch“, sagte Dejan.

„Glaub mir, da kenn ich einige, die dir widersprechen würden.“

„Doch, doch! Du bist ein guter Mensch!"

Meiko lächelte, musste zugeben, dass er geschmeichelt war, konnte dieses Kompliment jedoch nicht ohne Weiteres hinnehmen. „Es ist einfach, ein guter Mensch zu sein, wenn man Geld hat und Sicherheit", erwiderte er nur.

Dejan warf seine Plastiktüten achtlos auf den Boden und ließ sich auf die Couch fallen.

Meiko setzte sich neben ihn und musterte ihn eindringlich.

„Was hast du jetzt vor?", fragte er.

Dejan setzte ein verschmitztes, professionelles Lächeln auf und begann sanft, Meikos Oberschenkel zu streicheln.

„Na, uns zweien wird schon etwas einfallen."

Ein wohliger Schauer lief Meiko den Rücken hinunter. Doch zu seiner Geilheit kam ein diffuses Unwohlsein. Diese Situation gefiel ihm nicht. Es war eine Grenzüberschreitung, die Meiko nicht akzeptieren konnte.

„Du musst das nicht tun", widersprach er und stieß energisch die Hand weg.

Dejan quittierte die brüske Zurückweisung mit gekränkter Eitelkeit.

„Ich lass dich bei mir pennen und erwarte dafür keine Gegenleistung. Nein, ich *will* dafür keine Gegenleistung", erklärte Meiko und erhob sich wieder.

„Was soll das? Findest du mich nicht mehr geil?"

„Doch. Und das weißt du. Aber die Vorzeichen haben sich geändert. Du bist mir nichts schuldig. Gar nichts."

Für einen kurzen Augenblick war er von seiner eigenen Willensstärke und seinen moralischen Bedenken überrascht. Was geschah bloß mit ihm? In welche Sache war er da hineingeschlittert?

Dejan zog eine beleidigte Schnute.

„Ich mag dich ...", setzte Meiko zu einer Erklärung an.

„Ich mag dich doch auch, Mann!"

„Aber nicht so, wie ich es mir wünsche."

Ohne ein weiteres Wort zu verlieren, flüchtete Meiko ins Badezimmer. Schwer atmend betrachtete er sich einen Moment im Spiegel. Und was er dort sah, gefiel ihm gar nicht. Eine in die Jahre kommende Tunte, die sich der Illusion hingab, ein Stricher könne ihn lieben. Das mochte in schlechten Hollywood-Streifen funktionieren, aber nicht in der Realität.

Meiko spritzte sich kaltes Wasser ins Gesicht. Dann schmierte er sich halbherzig etwas Gel in das schüttere braune Haar und zog sich um.

Als er zurück ins Wohnzimmer kam, lungerte Dejan noch auf dem Sofa herum und zappte lustlos durch das Fernsehprogramm.

„Ich muss jetzt los ins *Blue*. Arbeiten. Fühl dich wie zu Hause. Im Kühlschrank ist noch etwas kalte Pizza", sagte Meiko.

Dejan warf ihm einen kurzen, missmutigen Blick zu. Er schmollte noch immer.

„Wir sehen uns morgen früh", sagte Meiko nur. Dieser Satz aus seinem Mund hörte sich seltsam surreal, ja beinahe schon unnatürlich an. Es gefiel ihm nicht, seine eigene Stimme so etwas sagen zu hören. Und irgendwie dann wieder doch.

Dejan nickte stumm, brachte schließlich noch ein genuscheltes „Tschüss" heraus.

Meiko lächelte kurz, mehr über sich selbst, als über Dejan. Er hatte sich tatsächlich in einen kleinen, unreifen Jungen verknallt. Wie zum Teufel hatte das passieren können? Er schloss die Wohnungstür hinter sich.

Dejan gammelte noch einige Zeit vor dem Fernseher herum, verputzte bei geöffneter Kühlschranktür die Reste der Pizza und tigerte dann ruhelos durch das Apartment.

Ungeniert durchstöberte er Meikos Sachen, blätterte in Zeitschriften, warf flüchtige Blicke in die geöffneten Briefe, die sich auf einer Kommode im Schlafzimmer stapelten. Ob Meiko wusste, dass er schon drei Mahnungen seines Stromanbieters hier liegen hatte?

Eine Schrankwand im Arbeitszimmer überraschte ihn besonders. Darin befand sich eine Sammlung antiquarischer Bücher. Reiseführer, Lexika, Romane und Gedichtbände in alten, abgegriffenen Umschlägen. Viele weit über hundert Jahre alt. Eine solche Sammelleidenschaft hätte er Meiko gar nicht zugetraut.

Es war ein seltsames Gefühl, in einer so großen Wohnung alleine zu sein, nicht arbeiten, sich nicht auf einen Kunden einstellen zu müssen.

Dejans Wut darüber, von Meiko abgewiesen zu werden, ebbte langsam ab. Wenn er seinen verletzten Stolz beiseite ließ, musste er sogar zugeben, dass es eine noble Geste war, die Meiko sicherlich nicht leichtgefallen sein dürfte. Kurz fühlte sich Dejan sogar ein wenig schuldig, den ersten Menschen seit Vladan, der so etwas wie ein Freund geworden war, in eine derart unangenehme Situation gebracht zu haben. Doch gerade als er sich näher damit beschäftigen wollte, wie er den angerichteten Schaden wiedergutmachen konnte, erregte eine Lederhandtasche, die achtlos neben dem Sofa abgestellt worden war, seine Aufmerksamkeit. Damenutensilien schienen ihm so gar nicht Meikos Stil zu sein. Neugierig zog er den Reißverschluss auf. Die Polizeiakte sprang ihn förmlich an.

Von einem wohligen Grusel befallen, blätterte er die Akte durch. Besonders eindringlich betrachtete er die Fotos vom Tatort. Sie zeigten einen toten Mann in der Badewanne. Zwar fiel Dejan durchaus auf, dass er bis auf eine Krawatte komplett nackt war, doch er maß diesem skurrilen Detail im ersten Moment keine besondere Bedeutung bei. Doch dann kam er zu einem Abschnitt, in dem es um Verdächtige und Hintergründe ging.

Als Dejan das Porträtfoto des Mannes in den Händen hielt, fing er vor Aufregung am ganzen Körper an zu zittern. Adrenalienschübe durchfuhren ihn.

Ullmenau. Dieser Name sagte ihm zwar nichts; er kannte den Mann vielmehr als Klaus Schmidt. Und er hatte vor nicht einmal einem halben Tag in dessen Bett gelegen, nur mit einer Krawatte bekleidet.

Aufgeregt überflog Dejan die Ermittlungsakte. Sein Deutsch war zwar nicht perfekt, doch er verstand das meiste von dem, was er las. Die Polizei hatte offensichtlich keine Ahnung, wie Pierre Müller umgekommen war. Und sie wusste offensichtlich nicht, dass sein Chef und Arbeitgeber zwar verheiratet sein mochte, aber eben auch auf Männer stand.

In Dejans Kopf begann sich alles zu drehen. Schnell fügten sich die Teile des Puzzles zusammen. Je länger er darüber nachdachte, desto klarer manifestierte sich sein Plan. Er schien als Einziger über genug Wissen zu verfügen, um die Lösung dieses Kriminalfalls zu kennen. Das könnte seine Chance sein, der große Wurf, von dem er immer geträumt hatte. Der Jackpot. Er durfte jetzt keine Zeit verlieren. Doch um seine Pläne umzusetzen, brauchte er vor allem ein vernünftiges Startkapital.

Meikos Bargeld zu finden, war nicht weiter schwierig. Allerdings hätte Dejan nicht damit gerechnet, in einem Regal im Flur auch noch eine Kreditkarte zu entdecken. Die dazugehörige Geheimzahl hatte Meiko unvorsichtigerweise auf einen Zettel gekritzelt. Wie konnte er nur so nachlässig sein?

Zwar gelang es Dejan nicht, das aufkeimende schlechte Gewissen zu ersticken, doch mit fadenscheinigen Ausflüchten schaffte er es immerhin, sein Handeln gegenüber sich selbst zu rechtfertigen. Hatte Meiko nicht selber gesagt, es sei einfach, ein guter Mensch zu sein, wenn man wohlhabend war? Im Umkehrschluss bedeutete das wohl, dass arme Schweine auch das Recht hatten, schlechte Menschen zu sein. Zumindest wenn es die Situation erforderte.

Da es noch nicht einmal Mitternacht war und Meiko nicht vor vier Uhr morgens nach Hause kommen würde, genehmigte sich Dejan in aller Ruhe eine Dusche und zog sich um. Dann schnappte er sich aus Meikos Kleiderschrank eine Reisetasche und stopfte seine Habseligkeiten hinein. Er nahm sich einige Bilder aus der Polizeiakte und kopierte sie in Meikos Büro auf dem kleinen Drucker. Dann legte er sie wieder sorgfältig zurück in die Akte. Nur keine Spuren hinterlassen. Ärger mit der Polizei war das Letzte, was er jetzt gebrauchen konnte.

Dejan griff sich die Kreditkarte, den Zettel mit der Geheimnummer und alles Bargeld, was er finden konnte und beeilte sich, aus dem Apartment zu verschwinden. Auf der Straße lag sein altes, klappriges Damenrad noch immer dort, wo er es vor einigen Stunden achtlos hatte fallen lassen.

Es kam ihm verrückt vor, wie sich innerhalb eines Tages ein ganzes Leben verändern konnte. Er hatte seine Wohnung verloren, musste erkennen, dass Meiko ein wirklicher Freund war, und erhielt schließlich die große Chance, von der er immer geträumt hatte. Eine Gelegenheit, die ihm jedoch zu einem Verrat zwang.

Letzteres bedauerte er wirklich. Doch er sah keine andere Möglichkeit. Und auf die Idee, Meiko einfach um das Geld zu bitten, war Dejan erst gar nicht gekommen. Stattdessen beruhigte er sein schlechtes Gewissen mit dem fadenscheinigen Vorsatz, Meiko alles zurückzuzahlen, sobald sein Plan erfolgreich in die Tat umgesetzt worden wäre. Er konnte ihm ja einen Brief schreiben und das geliehene Geld beilegen. Denn eines war für Dejan auch klar, egal, wie die Sache ausgehen sollte, Frankfurt musste er danach verlassen.

Vor dem Ende der Nacht

Es war zu früh, um zu sagen, ein neuer Tag habe begonnen. Und es war zu früh, als dass Meiko eine Diagnose zu seinem Gemütszustand gewagt hätte. Oder schon zu spät?

Der Morgen zögerte seine Ankunft hinaus, widerstrebend setzte die Dämmerung ein. Es war über Nacht kalt geworden. Kräftige Westwinde mit gelegentlichen Sturmböen hatten arktische Kaltluft nach Deutschland zurückgepeitscht. Für Meiko hätten die einsetzenden Graupelschauer und die frostigen Temperaturen nicht unpassender kommen können. Sie verstärkten nur noch sein diffuses Unwohlsein, das ihn die ganze Nacht hindurch begleitet hatte.

Jeder schwule Mann hatte wohl das Angstbild vor Augen, eines Tages ein sabbernder, dicker alter Sack zu sein, der auf dem freien und ungezügelten Markt der Begehrlichkeiten keine Abnehmer mehr fände und so ungewollt zum Freier würde. Und selbst Meiko, der von Natur aus mit einem nicht zu unterschätzenden Selbstbewusstsein ausgestattet war, wurde gelegentlich Opfer dieser Angstvorstellung. In seinen alptraumhaften Visionen saß er einsam und zusammengefallen, aber noch immer genauso geil und lüstern wie heute, in seinem schicken Apartment und verfiel wöchentlich den Launen eines neuen Callboys. Das plötzliche Auftauchen Dejans am Tag zuvor hatte diesen Ängsten neue Nahrung gegeben. Zum ersten Mal, seit sich Meiko erinnern konnte, hatte er Angst, nach Hause zu gehen. Ein Teil von ihm hoffte, dass Dejan inzwischen das Weite gesucht hatte. Ein anderer Teil von ihm wollte genau das nicht.

Und so zog Meiko durch das Morgengrauen. Wobei er nicht sagen konnte, ob es tatsächlich schon langsam hell wurde oder ob es die Lichter der Stadt waren, die diese Illusion erzeugten. In Frankfurt waren die Nächte sowieso niemals vollkommen dunkel. Und niemals still. Leuchtreklamen und Autoscheinwerfer, Straßenlaternen und hell erleuchtete Schaufenster retteten das Licht des Tages bis zum nächsten Morgen hinüber. Verkehrslärm, Partymusik und das Heulen von Martinshörnern verschluckten die Stille. Nacht für Nacht gab es Menschen, die aus den unterschiedlichsten Gründen auf den Straßen unterwegs waren, nicht zur Ruhe kommen wollten.

Rastlos und zugleich erschöpft zog Meiko durch Frankfurt.

Normalerweise genoss er die zwiespältige Stimmung eines frühen Sonntagmorgens. Die Clubs leerten sich langsam. Die großen Erwartungen an die Partynacht waren längst erfüllt, oder eben enttäuscht worden. Ernüchterung, manchmal im wortwörtlichen Sinne, machte sich breit. Jene, die noch nicht bereit waren, schlafen zu gehen, trafen sich in den Afterhour-Clubs. Oder aßen Döner.

Der öffentliche Nahverkehr hatte den Betrieb wieder aufgenommen. Vereinzelte Straßenbahnen schleppten sich durch die Häuserschluchten. Lebende Partyleichen wankten umher. Im Blitzlicht der Clubs waren sie eben noch die göttergleichen Herrscher über die Tanzflächen gewesen. Jetzt, im fahlen Licht des aufziehenden Morgens, sahen die meisten nur noch abgefeiert aus. Morgendämmerung. Götterdämmerung.

Plötzlich setzten wieder Graupelschauer ein. Der Wind frischte auf, jagte Papier und Plastik wie Spielzeug durch die Luft. Meiko fröstelte es. Teils aus Müdigkeit, teils weil er einfach zu dünn angezogen war, um diesem überraschenden Kälteeinbruch zu trotzen. Und so entschloss er sich schließlich doch, ein Taxi zu nehmen und nach Hause zu fahren.

Als er seine Wohnung betrat, spürte er sofort, dass er alleine war. Doch erst als er die achtlos geöffneten Schubladen entdeckte, begriff er den Verrat. Dejan hatte sich nicht nur aus dem Staub gemacht, er hatte sich endgültig von ihm abgewandt, sein Vertrauen, nein, seine naive Blindheit ausgenutzt.

Das Bargeld schmerzte ihn nicht und auch die fehlende Karte mit der dazugehörigen Geheimzahl versetzte ihn nicht in große Sorge. Geld konnte man ersetzen. Doch die Leere, die er in diesem Augenblick in seinem Innern verspürte, war derart umfassend, dass er sich ernsthaft fragte, ob er sie jemals wieder würde ausfüllen können.

Wenigstens war Sarahs Handtasche, die sie bei ihrem gestrigen Besuch vergessen hatte, noch da.

Resigniert rief Meiko die Notfallnummer seiner Bank an und ließ die Karte sperren. Wahrscheinlich war das zwar schon zu spät, doch es wäre grob fahrlässig gewesen, es nicht zu tun. Er erwog kurz, sich ins Bett zu legen und zu versuchen, etwas Schlaf zu finden. Allerdings war jede Müdigkeit verflogen. Stattdessen nahm er eine Dusche, befreite sich von dem Schweiß und dem stechenden Geruch kalten Zigarettenrauchs. Dann zog er sich einen Espresso. Sobald das krachende Mahlwerk der Kaffeemaschine verstummte, breitete sich wieder eine unerträgliche Stille in der Wohnung aus.

Er musste mit jemandem reden. Aber wer von seinen Freunden war um sieben Uhr am Sonntagmorgen noch wach, ansprechbar? Bei wem konnte er guten Gewissens klingeln?

Sternheim

„Ich mach uns erst einmal einen starken Kaffee", sagte Tina und zog sich den Morgenmantel zu. Bis zu Meikos Sturmklingeln hatte sie in ihrem abgedunkelten Schlafzimmer, eng an Jörg gekuschelt, friedlich geschlummert. Dementsprechend war sie noch nicht ganz bei Sinnen und blinzelte mit kleinen, verschlafenen Knopfaugen in das Grau eines verregneten und deutlich zu kühlen Frühlingsmorgens.

„Danke. Ich dachte, du hast Kinder und daher bist du sicher schon wach", entschuldigte sich Meiko.

„Es ist Wochenende. Da dürfen sie morgens so viel und so lange Fernsehen schauen, wie sie wollen. Wenigstens an einem Tag sollen Jörg und ich ausschlafen können."

„Und ausgerechnet dann will ich meinen emotionalen Ballast bei dir abwerfen."

Tina schlurfte in die Küche. Meiko folgte ihr. Im Wohnzimmer starrten die Kinder gebannt auf den Fernseher. Es lief eine japanische Zeichentrickserie.

„Übrigens, schicke Handtasche", stellte Tina fest. Erst jetzt wurde Meiko klar, dass er noch immer Sarahs Tasche, die sie bei ihm vergessen hatte, unter dem Arm trug.

„Die hat Frau Kommissarin bei mir vergessen. Ich werde sie ihr wohl am besten nachher vor die Tür stellen", erklärte er und ließ sie auf den Küchenboden plumpsen.

Tina setzte einen Kaffee auf und ließ zwei Scheiben Brot in den Toaster fallen. Meiko streifte währenddessen ruhelos durch den Raum. Er rang nach Worten. Plötzlich blieb sein Blick an einem Buch haften, das seine Schwester auf dem Küchentisch hatte liegen lassen.

„*Bewahren der Flamme* ... Marianna von Berhingstein und Eckhard Ströer", las er laut vor. „Kannst du mir bitte sagen, was dieser faschistische Mist hier zu suchen hat?"

„Tom hat es mir geschenkt."

„Ich hätte es wissen müssen. Als Nächstes schleppt er dich zur Gruppe der schwulen Kreationisten. Hast du die Quittung noch? Ich gehe es morgen umtauschen."

„Geht nicht mehr. Ich hab schon Eselsohren reingemacht."

„Dann lass es uns verbrennen."

Tina riss ihm das Buch aus der Hand. „Ich finde es, um es mit Toms Worten zu sagen, erfrischend."

Meiko grinste hämisch.

„Mama hat übrigens gestern angerufen. Sie wollte wissen, ob wir am Sederabend in die Synagoge mitkommen", sagte Tina so beiläufig wie möglich.

„Ist schon wieder Pessach?" Meiko tat betont überrascht.

„Das weißt du ganz genau. Die Kinder werden mitgehen. Ich habe gesagt, ich rede mit dir ..."

„Ich gehe auf keinen Fall", sagte Meiko nur.

„Mama und Papa würde sich freuen."

„Kommt nicht in Frage. Ich hab genug Probleme. Da muss ich mir nicht noch eine Extraportion göttlichen Trübsinns abholen."

Die Sternheims waren keine sehr gläubige Familie, aber man legte Wert auf Traditionen, ein Gedanke, der Meiko vollkommen zuwiderlief. Auch Tina hatte sich niemals besonders zu Gott hingezogen gefühlt und bei der Erziehung ihrer Kinder hatte sie diesen Aspekt vollkommen ausgeklammert. Sören und

Daniel waren noch nicht einmal beschnitten. Sehr zum Missfallen ihrer Großeltern.

„Ich bin praktizierender Atheist. Und darin bin ich konsequent“, schloss Meiko die Debatte ab. Es ärgerte ihn, dass seine Schwester diesen Nebenkriegsschauplatz eröffnete, während es bei ihm um nichts Geringeres als sein gebrochenes Herz ging.

„Streit so früh am Morgen?“ Nur mit Boxershorts bekleidet, stand Jörg in der Küchentür und blinzelte sie verschlafen an. Am Rande registrierte Meiko den wirklich perfekt geformten Körper. Nur seine langen Haare hätte Jörg endlich einmal abschneiden sollen. Und unter den Achseln sollte er sich dringend mal rasieren. Dieser Hippie-Look war ja so was von out.

„Wir streiten nicht. Wir unterhalten uns“, stellte Tina klar und gab ihrem Freund einen kurzen Kuss auf den Mund.

Jörg ließ sich auf einen Stuhl fallen und spähte sehnsüchtig auf die röchelnde Kaffeemaschine. Meikos missbilligenden Blick, der auf ein Gespräch unter vier Augen mit Tina hinweisen sollte, ignorierte er geflissentlich.

Auch wenn sich Meiko nicht wohl dabei fühlte, ausgerechnet gegenüber dem nur bedingt akzeptierten Freund seiner Schwester sein Gefühlsleben auszubreiten, blieb ihm keine andere Wahl. Er gab in knappen Worten die Ereignisse der vergangenen Wochen wieder, wobei er sich nicht schämte, seine Verknalltheit in Dejan ebenso zu erwähnen wie die auf einem Zettel notierte Geheimnummer. Dejan war es dementsprechend leichtgefallen, mit seiner Kreditkarte Bargeld an einem Automaten abzuheben.

„Ich hab mich zum kompletten Idioten gemacht. Warum muss ich mich ausgerechnet in einen Stricher verknallen“, schloss Meiko seinen Bericht.

Angeblich sollte es ja befreiend sein, über seine Probleme und Gefühle zu sprechen. Zumindest wurde das Meiko immer wieder erzählt, und als Barkeeper war er oft genug die symbolische Schulter zum Anlehnen.

Allerdings verspürte er keinerlei Verbesserung seines Gemütszustandes. Die große Erleichterung wollte sich einfach nicht einstellen. Im Gegenteil. Seine Gedanken und Gefühle in Worte zu fassen, hatte ihn erschöpft und ihm die Schmerzlichkeit der zurückliegenden Erfahrungen nur verdeutlicht. Deprimiert und ratlos saß er am Küchentisch seiner Schwester, der Wucht dieser ungewohnten Emotionen schutzlos ausgeliefert. Auch Tinas tröstende Worte, ihre Umarmungen und Streicheleinheiten machten die Situation nicht erträglicher. Die üblichen Plattitüden, etwa das Versprechen, es würde wieder besser werden, oder die Aufforderung, er solle den Kopf nicht hängen lassen, ersparte sie ihm glücklicherweise. Doch einen konstruktiven Rat konnte seine ältere Schwester ihm auch nicht geben. Meiko war in diesem Augenblick nur froh, dass er sich höchstens einmal im Jahrzehnt verliebte. Plötzlich konnte er sogar etwas mehr Verständnis für Lukes Verhalten aufbringen. Wer solchen wahnwitzigen Gefühlswallungen ausgesetzt war, der konnte ja gar nicht rational und vernünftig handeln.

Kaum auszudenken, was passieren würde, sollte er jetzt damit anfangen, sich in jeden Mann zu verlieben, mit dem er fickte. Nach drei Monaten wäre er reif für die Klapse.

Umso überraschter war Meiko, als der entscheidende Hinweis, der Einwurf, der ihn weiterbringen und ihm einen neuen Blickwinkel auf das durchlittene Martyrium gewährte, ausgerechnet von Jörg kam. Einem heterosexuellen Mann in den Zwanzigern! Es gab nur wenige gesellschaftliche Gruppen, denen er noch weniger zutraute.

„Wo ist der Meiko hin, der aus jeder Situation das Beste herausholt? Der zwanghafte, selbstleugnerische Optimist?"

„Der wurde mir zusammen mit meiner Bankkarte gestohlen."

„Blödsinn. Du bist Meiko! Du bist der Meiko! Du machst Dinge, über die die Leute bestenfalls den Kopf schütteln. Du bist der Unberechenbare, immer nahe am Wahnsinn und stets bereit, Extremes auszuprobieren."

„Danke für die Lorbeeren. Aber was hat das mit meiner derzeitigen Situation zu tun?"

„Verbuch deinen Schmerz als Erfahrung und Dejan als ein exotisches Abenteuer. Und vor allem betrauere nicht, wie es ausgegangen ist. Viel mehr solltest du feiern. Du solltest feiern, dass du dich nach all den Jahren wieder mal verknallt hast. Du bist nicht Meiko mit dem Herzen aus Stein, wie manch böse Tunte behauptet. Du bist Meiko, der noch immer offen für Neues ist, der noch immer sein Herz verlieren kann. Das solltest du nicht betrauern. Das solltest du feiern."

Meiko nickte bedächtig. In seiner Welt, da lag Jörg vollkommen richtig, war Feiern eine logische Reaktion auf Trennungsschmerz und niederschmetternden Liebeskummer. Eine Party wäre diesen Gefühlswallungen nur angemessen und würde ihn ablenken.

Zufrieden nahm Meiko einen Schluck von seinem Kaffee und begann im Kopf bereits mit den Planung für das anstehende Happening.

Vom eingebildeten Glück

Erschöpft ließ sich Marco in den Armlehnensessel fallen. Marge hatte das Designerstück erworben. Angeblich eine originalgetreue Nachbildung aus dem Hausrat der Habsburger vom Schloss Schönbrunn. Zunächst war Marco wegen der verspielten Ornamente und Schnörkel skeptisch gewesen, ob das Möbelstück seinem Geschmack entsprach. Aber nun musste er zugeben, dass der Sessel sich hervorragend in das neue Interieur des Hauses einfügte. Er verlieh dem ehemaligen Arbeitszimmer seiner Mutter eine erhabene, aristokratische Note und wurde damit dem Geiste gerecht, der viele Jahrzehnte hier geherrscht hatte. Auch wenn er bestrebt gewesen war, dem Haus seiner Kindheit, letztlich einem Reich, in dem seine Mutter Alleinherrscherin gewesen war, einen neuen, weniger strengen und gesitteten Charakter zu verleihen, musste er Marge letztlich recht geben.

Sie hatte ihn überzeugt, die Vergangenheit dieses Ortes zu berücksichtigen und ihr zumindest an ausgesuchten Stellen einen Platz einzuräumen.

„Du willst doch nicht etwa den Geist deiner Mutter vollends gegen dich aufbringen! Du musst der Geschichte dieses Anwesens einen Raum geben“, hatte sie geraten.

Marco war äußerst zufrieden mit dem, was er hier erreicht hatte. Viel war nicht mehr zu tun und bereits jetzt fühlte er sich in dem Haus so heimisch und geborgen wie lange nicht mehr. Vielleicht sogar wie niemals zuvor.

Das Erdgeschoss hatten sie, abgesehen vom ehemaligen Arbeitszimmer seiner Mutter, in eine moderne Wohnung im Apartmentstil umgestaltet. Das erste Stockwerk war dagegen ein heimelig anmutender Hort der Gemütlichkeit. Hier befand sich das Schlafzimmer, in dem er hoffentlich eines Tages mit Tom, wenn sich dieser erst einmal wieder beruhigt hatte, jede Menge versauter Dinge würde treiben können. Marge hatte ihm ein Bett mit Eisenstangen empfohlen. Er war ihrem Rat gefolgt – Karolas skeptischen Blick geflissentlich ignorierend.

Doch er bezweifelte noch ernsthaft, dass Tom in naher Zukunft einen Fuß in dieses Haus setzen würde. Tom nahm ihm noch immer übel, die Entscheidung, das Erbe anzutreten, ohne Rücksprache mit ihm getroffen zu haben. Er würde sicherlich nicht seine freien Wochenenden hier verbringen, hatte Tom ihn wütend wissen lassen.

Trotzdem würde das Haus nicht lange ohne dauerhaften Hüter bleiben. Karola wollte ihre Eigentumswohnung vermieten und in das renovierte Nebengebäude ziehen. Sie sagte, etwas Abstand zu der Dorfmeute würde ihr guttun. Seit der Beerdigung wurde sie von vielen Bewohnern geschnitten. Manch einer wechselte gar die Straßenseite, um sie nicht grüßen zu müssen. Nur ihre Schätzchen im Kindergarten seien noch immer genauso herzlich wie immer. Zwar tat sie Marco leid, niemand durfte seinem Tantchen etwas Böses antun, doch er wusste genauso gut wie sie, dass ein neuer Skandal sicherlich nicht lange auf sich warten lassen würde. Spätestens nach der nächsten Scheidung oder einer ungewollten Schwangerschaft würde die anonyme, augenscheinlich allumfassende Gruppe „der Leute" die Beerdigung langsam vergessen. Bald wären Karolas Ausraster, der dubiose Verkauf der Bergius-Weinberge und der eheliche Betrug des Bürgermeisters nichts weiter als Fußnoten in der Dorfchronik.

Marcos Blick fiel auf den ungeöffneten Brief seiner Mutter, den er beim Ausmisten ihres Schlafzimmers gefunden hatte. Der Umschlag lag dezent aufdringlich in der Mitte des wuchtigen Schreibtischs, hinter dem Rosa Bergius immer gethront hatte. Das Machtzentrum ihres kleinen Reiches.

Von einer spontanen Laune getrieben, griff Marco danach und riss ihn auf. Er spürte, es war an der Zeit, ihn endlich zu lesen.

Gefasst und ohne Hektik holte er das mehrmals gefaltete Papier heraus. Vier doppelseitig mit Tinte beschriebene Seiten. Die Buchstaben schwungvoll, kein einziges Wort durchgestrichen. Wie lange sie wohl über diesen Zeilen gebrütet haben mochte?

Seine Mutter war keine leidenschaftliche Briefeschreiberin gewesen, sah man von Rechnungen, Mahnungen und allerlei anderer, geschäftlicher Korrespondenzen ab.

Mein lieber Junge,

wenn du diesen Brief liest, dann bin ich entweder tot oder liege im Koma, an irgendwelche gottverdammten Maschinen angeschlossen. Ich schätze, Letzteres wäre meine eigene Schuld. Meine Patientenverfügung hätte ich wohl mit größerer Sorgfalt formulieren müssen.

Marco stutzte. Von einer Patientenverfügung wusste er gar nichts. Ob Karola die Bevollmächtigte war?

Ich schreibe diese Zeilen in dem Wissen, nicht mehr viel Zeit zu haben. Den nächsten Sommer werde ich wohl nicht mehr erleben. Und wahrscheinlich hast du inzwischen auch von meinem Testament erfahren. Sei nachsichtig mit mir.

Seine Mutter bat um Nachsicht? Er konnte es kaum glauben.

Heute bist du wieder bei mir gewesen. Ich weiß, dass dich diese Besuche Überwindung kosten. Glaube mir, auch mich kosten sie Kraft. Trotzdem bin ich dir dankbar dafür, dass du gelegentlich noch nach deiner alten, kranken Mutter schaust. Ich habe dich heute beobachtet, durch das Fenster in meinem Schlafzimmer, wie du von diesem Freund abgeholt worden bist. Nicht, dass ich Herrn Markward unbedingt als Gast in meinem Haus hätte begrüßen wollen. Es ist allerdings trotzdem mehr als lächerlich, wie er immer in seinem schicken Cabrio auf der gegenüberliegenden Straßenseite steht. Er hätte ruhig hereinkommen und in der Küche warten können.

War es möglich, dass seine Mutter doch so etwas wie Altersmilde entwickelt hatte? Marco war kurz davor, es zu glauben. Doch sie schaffte es, mit wenigen Sätzen, diesen Eindruck, diese zaghafte posthume Annäherung zwischen Mutter und Sohn wieder zunichtezumachen.

Ich habe dich beobachtet, wie du zu ihm ins Auto gestiegen bist. Und du hast dabei sehr glücklich ausgesehen. Es freut mich, dass du jemanden gefunden hast und nicht alleine bist. Auch wenn ich nicht glaube, dass zwei Männer – wie ihr es seid – jemals wirkliches Glück, echte Erfüllung erleben werden. Doch du scheinst dir einzubilden oder einzureden, glücklich zu sein.

Die vertraute Wut auf seine Mutter stieg in ihm empor.

Und das ist vielleicht sogar mehr, als manch andere Menschen haben.

Die Wut flaute wieder ab.

Karola schilt mich immer, wenn ich so etwas sage. Sie will mich nicht verstehen. Genauso wenig wie du mich verstehen willst. Sie sagt, für meine böse Zunge und für meine Intrigen werde ich in der Hölle landen. Das glaube ich nicht. Selbst wenn dem so sein sollte, dann werden wir uns dort unten wenigstens eine Zelle teilen. Für die Ewigkeit. Und glaub mir, ich freue mich drauf. Dann haben wir vielleicht die Gelegenheit, von Neuem zu beginnen und manchen Fehler nicht noch einmal zu begehen.

Marco schluckte schwer. Ein dicker Kloß hatte sich in seinem Hals gebildet.

Gehab dich wohl. In Liebe
Deine Mutter Rosa

PS: Falls dir jemand aus dem Dorf Probleme bereiten sollte, findest du anbei ein paar Tatsachenbehauptungen, die dir den größten Ärger sicherlich ersparen werden.

Fassungslos ließ Marco den Brief sinken.

Wie schaffte es diese Frau, in so wenigen Zeilen so viele unterschiedliche Gefühle in ihm heraufzubeschwören? Sie blieb eine Hexe über ihren Tod hinaus. Aber manchmal war sie eben doch nicht nur böse. Vorsichtig horchte Marco in sich hinein, ob er vielleicht jetzt weinen, ihren Verlust betrauern wollte. Es wäre an der Zeit gewesen. Es wäre der richtige Ort gewesen. Doch nichts geschah. Er stand auf, ging zum Fenster, öffnete es und zündete sich eine Zigarette an.

Er überflog flüchtig die beigefügte Auflistung all der großen und kleinen Sünden der Dorfbewohner, von denen Rosa Bergius wie auch immer erfahren hatte. Angesichts der Fülle an Informationen und Details – bei den Puffbesuchen des Pfarrers standen sogar Uhrzeit und Name der gebuchten Nutte daneben – fragte sich Marco wiederholt, wie seine Mutter an all dieses Wissen gelangt war. Hatte sie einen Privatdetektiv beschäftigt oder war sie einfach eine gute Beobachterin gewesen?

So oder so, hätte die Stasi mehr Agenten vom Schlage Rosa Bergius gehabt, wäre die Mauer womöglich niemals gefallen.

Marco musste sich eingestehen, dass seine Neugier auf dieses Wissen unglaublich groß war. Doch sein Anstand überwog. Die meisten Namen sagten ihm sowieso nichts. Warum in der schmutzigen Wäsche anderer Leute wühlen, wenn man selbst ein schmutziges Leben führte?

Sorgfältig faltete er das Papier zusammen, ohne den umfangreichen Anhang durchzuarbeiten. Er würde den Brief trotzdem gut aufbewahren. Wer konnte schon sagen, ob diese Geheimnisse ihm nicht doch eines Tages hier im Ort eine verschlossene Tür öffnen könnten.

Ein dezentes Klopfen unterbrach seine Gedankengänge.

„Herein!", gebot er in einem ungewohnt einnehmenden Tonfall. Ein bisschen hatte er sich in diesem Moment angehört wie seine Mutter.

Karola trat mit sorgenvoller Miene ins Zimmer. Sie trug ein farbenfrohes Sommerkleid. Ihre braunen Haare waren ausnahmsweise nicht zu einem strengen Zopf gebunden. Erst auf den zweiten Blick bemerkte er, dass die grauen Strähnen verschwunden waren. Und hatte sie etwa rosafarbenen Lippenstift aufgetragen?

„Ist alles in Ordnung?", fragte sie.

„Alles bestens", antwortete Marco. „Gut schaust du aus."

Sie lächelte verzückt. „Dir ist es also aufgefallen? Marge meinte, ich solle mich nicht so gehen lassen. Schließlich sei ich keine alte Frau."

Ja, das stimmte. Auch wenn Marco sie in seiner Wahrnehmung immer zu einer solchen gemacht hatte. Sie war im selben Alter wie Marge.

„Aber ein junges Ding bin ich auch nicht mehr. Sei ehrlich, ist es zu gewagt?"

„Nein! Auf keinen Fall!", versicherte er ihr und umarmte sie überschwänglich. „Habe ich dir schon mal gesagt, wie froh ich bin, dass es dich gibt?"

„Schon lange nicht mehr", sagte Karola.

„Ich wüsste nicht, was ich ohne dich täte."

Sie drückte ihn fest an ihre Brust und streichelte ihm durchs Haar, so wie sie es immer getan hatte, als er noch ein kleiner Junge war. Nach einem langen Augenblick entließ sie ihn wieder und wischte sich verschämt eine Träne aus dem Gesicht.

„Sag mal, Marge erzählte mir, ein Freund von euch, dieser Meiko, feiere heute Abend eine Party. Sie meinte, ich solle sie – und dich – begleiten. Natürlich nur, wenn es dir recht ist."

Seine unbefleckte und unschuldige Tante zwischen all den hysterischen Tunten, Drogen-Elsen und Transen? Das war jetzt nicht unbedingt die Mischung, die er ihr als Einstieg in sein Leben zugemutet hätte. Auf der anderen Seite, Marge hatte sie eingeladen und er war schließlich nicht ihr persönlicher Sittenwächter. Vorschriften konnte er ihr sowieso keine machen.

„Es würde mich freuen, wenn du mitkommen würdest", sagte er.

Karola lächelte glücklich. Marco nahm sich vor, ihre gemeinsame Fahrt nach Frankfurt zu nutzen, um sie auf einige Dinge hinzuweisen und schonend vorzubereiten. Er war sich jedoch sicher, sie würde das schon irgendwie verkraften.

Schließlich war sie ja noch keine alte Frau.

Fern der Heimat

Seit fünf Tagen lag Dejan mit seiner Videokamera auf der Lauer. Doch bisher war sein Unterfangen nicht von Erfolg gekrönt gewesen. Mit Meikos Geld hatte er sich in der kleinen, heruntergekommen Pension eingemietet, direkt gegenüber dem Apartmenthaus, in dem ihn Ullmenau unter seinem Pseudonym Klaus Schmidt empfangen hatte. Durch das Fenster hatte er einen perfekten Blick auf den kleinen Vorplatz, die Tiefgarageneinfahrt, den gläsernen Aufzug und die Haustür. Er musste nur Geduld haben. Irgendwann würde Ullmenau wieder auftauchen, da war sich Dejan sicher.

Sein Plan, ihn zu erpressen, war in dem Moment herangereift, als er in der ominösen Polizeiakte geblättert hatte.

Nur die Details waren ihm damals noch nicht klar gewesen. In einer spontanen Eingebung wollte er bei Klaus Schmidt alias Richard Ullmenau klingeln und ihn sofort mit den Vorwürfen und den daraus resultierenden Forderungen konfrontieren. Doch das erschien ihm zu wenig durchdacht.

Auch die Möglichkeit, vor dem Apartmenthaus herumzulungern, bis Ullmenau wieder auftauchen würden, erkannte er als nicht zielführend. Zum einen sprach die schlechte Witterung dagegen und zum anderen wäre es viel zu auffällig gewesen. Es wäre nur eine Frage der Zeit gewesen, bis jemand die Polizei gerufen oder bis Meiko ihn durch puren Zufall entdeckt und für seinen Diebstahl zur Verantwortung gezogen hätte.

Der Gedanke an Meiko ließ schlagartig wieder sein Gewissen zum Leben erwachen. Doch er beruhigte es damit, sich wenigstens nicht übermäßig bereichert zu haben. Nur so viel, wie er brauchte, um sich für mindestens drei Wochen in der Pension einzumieten, eine Videokamera zu kaufen und um sich später, falls notwendig, eine Waffe und einen Gebrauchtwagen zu besorgen. Den Rest hatte er in Kleidung, Schuhe und Essen investiert. Und in drei Stangen Zigaretten. Die sollten ihm die Wartezeit verkürzen.

Sein Plan war zu warten, bis Ullmenau auftauchte, und ihn dann vor der Haustür abzufangen. Im Idealfall würde die Kamera alles aufzeichnen und er konnte sich somit ein Stück Sicherheit erkaufen, falls ihm wirklich etwas zustoßen sollte. Schließlich hatte Ullmenau sich ja wohl seines ehemaligen Angestellten und Gespielen entledigt. Man konnte also nicht wissen, wozu er fähig war. Die eigentliche Geldübergabe, im Tausch mit den Fotos, die er aus der Polizeiakte kopiert hatte, würde dann an einem anderen Ort stattfinden. Dejan hatte sich für eine alte Bahnbrücke am Osthafen entschieden. Von dort aus konnte er schnell in den dunklen Hafenanlagen untertauchen. Wenn alles glatt lief, war er wenige Tage später wieder in Bulgarien.

Nur über die Höhe des Betrags, den er fordern wollte, war Dejan sich noch nicht im Klaren. Irgendetwas zwischen dreißig- und hunderttausend erschien ihm angemessen.

Eigentlich hatte sich dieser Plan perfekt angehört. Doch leider stellte er sich in der Realität als ziemlich zermürbend heraus. Nach fünf Tagen war Dejan nur noch müde und genervt. In Ermangelung von Bewegung und frischer Luft schlief er schlecht und unruhig. Er bekam langsam einen Zimmerkoller, kannte inzwischen jede Farbnuance der schlecht gestrichenen Raufasertapete und jede Staubflocke, die sich auf dem hässlich grünen Linoleum tummelte.

Er sehnte sich danach, rauszustürmen, frische Luft zu atmen, zu rennen, zu leben. Doch er wagte es nicht, seinen Posten zu verlassen. Er wollte es nicht verpassen, wenn Ullmenau endlich zurückkam und er hatte außerdem Angst, Meiko über den Weg zu laufen. Oder einer Polizeistreife. Wahrscheinlich wurde inzwischen nach ihm gefahndet. Und sicherlich hatte man bereits die Überwachungskameras der Bankautomaten ausgewertet, an denen er die Konten leergeräumt hatte. Er hatte absichtlich Filialen in Bahnhofsnähe ausgewählt, in der Hoffnung, vortäuschen zu können, die Stadt inzwischen verlassen zu haben. Er konnte ja nicht wissen, dass Meiko den Diebstahl nicht einmal angezeigt hatte.

Und so blieb Dejan auf seinem Posten, spähte das Apartmenthaus aus und hielt sich mit Zigaretten und Cola bei Laune. Gelegentlich wagte er, zumindest mit einem Auge, den Blick zum Fernseher zu wenden und sich mit Sitcoms und schlechten Seifenopern abzulenken.

In den vergangenen fünf Tagen hatte ihn vor allem die Vorstellung durchhalten lassen, bald wieder in Bulgarien zu sein. Endlich wieder das Schwarze Meer zu sehen, sich durch die Cafés in Sofia treiben zu lassen, mit seinem Großvater angeln zu gehen. Wenn er sich konzentrierte, konnte er sogar den Duft des Auwaldes heraufbeschwören, in dem sie immer auf Streifzug gegangen waren. Es roch dann sogar in dem kleinen, engen Zimmer der Pension nach feuchtem Laub. Er spürte den schwarzen, moorigen Boden unter seinen Füßen und er hörte die krachende, beruhigende Stimme seines Großvaters, der ihm erklärte, wie er den Köder richtig am Haken anzubringen hattte.

Wie alle Menschen, die seit vielen Jahren fern ihrer Heimat lebten, verklärte auch Dejan die Realität. Der Fluss, an dem er als kleiner Junge geangelt hatte, war längst ein kanalisiertes Gewässer ohne Auwald, stattdessen mit Industriegebiet. Sein Großvater konnte seit dem Schlaganfall das Haus nicht mehr verlassen. Und die idyllischen Badeorte an der Schwarzmeerküste waren zu einer billigen Partymeile verkommen. Doch das alles konnte Dejan nicht wissen. Und er verdrängte auch, warum er letztlich aus dem kleinen Dorf seiner Kindheit geflohen war. Die Perspektivlosigkeit und der triste, graue Alltag, das Alkoholproblem seiner Mutter, all diese Erinnerungen waren ausradiert. Was blieb, war eine Illusion der Vergangenheit, die der harten Realität der Gegenwart gegenüberstand. Weicher, duftender Waldboden einerseits, mattgrünes Linoleum andererseits.

Wenn ihn sogar die verlockende Aussicht auf eine Rückkehr in die Heimat nicht mehr motivieren konnte, kramte er aus seinem Geldbeutel eine ganz besondere Fotografie heraus. Sie zeigt einen kleinen, blonden Jungen im Alter von zwei Jahren. Sein Junge. Der inzwischen längst zur Schule ging. Ob er wohl wusste, wer sein Vater war? Ob er wusste, dass er ihn zwar nicht besuchen konnte, aber immerhin unterstützte? Vielleicht würde er ja doch noch die Gelegenheit erhalten, eine Rolle im Leben seines Sohnes einzunehmen.

Seitdem Dejan die Entscheidung getroffen hatte, Ullmenau zu erpressen, diese Chance zu nutzen und auszusteigen, war die jahrelang unterdrückte Sehnsucht nach Bulgarien, nach seiner Heimat und nach seinem unbekannten Sohn mit voller Wucht durchgeschlagen. Sie war es, die ihn auch nach fünf Tagen ereignislosen Herumlungerns weiter durchhalten ließ.

Wo das Laster wohnt

Mit einem lauten Knall sprang der Korken aus der Champagnerflasche, donnerte gegen die Wand und verfehlte den Plasmafernseher nur um wenige Millimeter.

Nachdem Meiko erst einmal den Entschluss getroffen hatte, seinen Liebeskummer nicht alleine im Alkohol zu ertränken, sondern in Gesellschaft, war der Rest reine Formsache.

Catering und Alkoholika wurden geordert. Ein DJ gebucht. Und dank Facebook, Gayromeo und E-Mail war auch das Versenden der knapp gehaltenen Einladungen schnell und unkompliziert vonstatten gegangen: „Man hat mir das Herz gebrochen. Aber ich lebe noch. Das muss gefeiert werden. Sei auch du dabei!"

Gekommen waren sie beinahe alle. Denn jeder in der Stadt, und weit über deren Grenzen hinaus, wusste, wenn Meiko Sternheim eine Party gab, dann würde es maßlos, egozentrisch, drogenverseucht und geil werden. Dementsprechend war das Apartment im Westhafen zum Bersten voll. Gute Freunde, alte Bekannte und jede Menge Füllmaterial tummelten sich in den Räumen.

Als Füllmaterial bezeichnete Meiko jene Gäste, die ihm nicht besonders wichtig waren, die aber für gute Stimmung sorgten. Entweder, indem sie „direkt" mit spannenden Geschichten zur Unterhaltung beitrugen, oder indirekt als Lästerobjekte herhielten. Und dann gab es natürlich das rein unter optischen Gesichtspunkten ausgewählte Füllmaterial. Durchtrainierte Jungs in engen T-Shirts, die nach Mitternacht meistens ausgezogen wurden, Drag Queens und Transen in abgefahrenen Outfits und alle, die sonst gerade *en vogue* waren.

„Ich bin immer wieder überrascht, wie viele Leute du kennst", stellte Tom fest.

„Ich bin eben ein sehr kommunikativer Mensch", antwortete Meiko mit zweideutigem Unterton in der Stimme und strich sich dabei imaginäre Fusseln von seinem babyblauen Kapuzenshirt.

„Du siehst heute so jugendlich aus", stellte Tom nicht ohne einen Hauch Ironie in der Stimme fest.

„Das ist beabsichtigt. Verbitterung und Alter stehen mir nicht so gut. Es wird Zeit, dass ich meine leichtfüßig-jugendliche Art zurückerlange. Das täte dir übrigens auch gut." Missbilligend ließ er dabei seinen Blick über das weiße Hemd mit den silbernen Manschettenknöpfen und die schwarze Stoffhose wandern. „Aber ich sollte wohl froh sein, dass du wenigstens nicht mit Krawatte hier aufgetaucht bist."

„Ich finde mein Outfit zeitlos. Es war mir übrigens gar nicht bewusst, dass du deine Leichtfüßigkeit jemals verloren hattest."

Meiko zuckte unschlüssig mit den Schultern. Nicht verloren, aber zumindest hatte er sie vor einigen Wochen irgendwo in einer dunklen Ecke abgelegt und dort vergessen.

„Wer dich nicht will, hat dich nicht verdient. Und würde dich wohl auch nicht verkraften", ergänzte Tom. „Ich bin mir sicher, der ein oder andere hier hilft dir gerne über diesen Stricher hinweg."

Die Blicke der beiden Männer wanderten zeitgleich zur gegenüberliegenden Ecke des Zimmers, in der sich eine Gruppe muskulöses Füllmaterial zusammengefunden hatte.

„Darling!" Marges voluminöse Stimme erfüllte schlagartig den gesamten Raum. „Komm an meine mütterliche Brust, du armes, geschundenes Ding!"

Übertrieben pathetisch drückte sie Meiko an sich. Sie war in allerlei blaue und weiße Schleier gehüllt. Über ihrem Perückenturm aus blonden Haaren wackelte ein Heiligenschein. Schwarze Tränen mit silbernen Strasssteinchen kullerten aus ihren Augen über die blass geschminkte Wange. Die Heilige Maria Magdalena persönlich.

„Wo ist dieses Flittchen? Wer hat dir dein kleines, verkümmertes Herz gebrochen?", fragte Marge laut und ihr Blick wanderte drohend durch den Raum.

„Keine Sorge, der ist wahrscheinlich schon über alle Berge", beschwichtigte Meiko sie.

„Gut, ich hätte ihm sonst persönlich die Eier aus dem Leib gerissen."

In dem Augenblick drehte der DJ die Regler nach oben. Sandra donnerte ihr *Maria Magdalena* durch den Raum.

Marge lächelte selbstzufrieden. Der perfekte Auftritt. So gefiel ihr das.

Die beiden anderen Drag Queens im Raum, die sich mit Promotion-Touren für Frankfurter Clubs über Wasser hielten, musterten ihrerseits Marge mit einer Mischung aus Bewunderung und Verachtung.

„Schatz, ich brauche Alkohol, einen Joint und was zum Ficken. Am besten genau in dieser Reihenfolge", stellte sie fest.

„Keine Sorge, meine Liebe, ich habe für alles gesorgt."

Am Rande registrierte Meiko, wie sich seine Schwester und ihr Freund mit ernstem Blick auf die Dachterrasse zurückzogen. Das sah verdächtig nach Krisengespräch aus.

Tina strich sich eine Strähne ihres Haares aus dem Gesicht und zog vorsichtig an ihrer Zigarette. Die erste seit langer Zeit. Das Nikotin zirkulierte in ihrem Körper und für einige Sekunden schien das Apartmenthaus zu schwanken.

Sie richtete ihren Blick in die Dunkelheit, fokussierte die im Mondlicht glitzernde Wasseroberfläche des Mains. Dann war der kurze Rausch vorbei. Die Zigarette schmeckte plötzlich wieder schrecklich gewöhnlich, der Rauch kratzte in ihrem Hals und sie erinnerte sich daran, warum sie aufgehört hatte. Für einen Moment erwog sie, die Kippe elegant über die Brüstung zu schnippen. Doch es war beruhigend, sich an etwas festzuhalten, und sei es nur ein schnell schrumpfender Glimmstängel.

Sie spürte Jörgs bohrenden Blick im Rücken. Er wollte Antworten auf seine Fragen. Doch sie konnte ihm keine geben, war gefangen in einem Zwiespalt. Er hatte ihr von dem Angebot seiner Exfreundin, dieser Lisa, erzählt. Und ihr dann die Pistole auf die Brust gesetzt, zumindest empfand es Tina so.

Ob er das Angebot annehmen würde, machte er offenbar alleine von ihr abhängig. Sie habe es in der Hand, bekräftigte er. Sie müsse nur bereit sein, ihre Beziehung auf eine neue Ebene zu hieven, und er würde sofort bleiben.

„Ich möchte ja nicht, dass wir sofort zusammenziehen. Aber könntest du wenigstens diese Option für überlegenswert erachten? Vielleicht in ein paar Monaten“, sagte er und trat von hinten an sie heran, berührte ihre Taille, streichelte sie sanft und zugleich drängend.

„Wo ist das Problem?“, fragte er.

Tina schwieg. Sie konnte das Problem benennen. Sie vertraute ihm nicht, besser gesagt, seinem Alter. Es würde nicht das letzte Angebot dieser Art sein, nicht seine letzte Chance, wegzugehen, sich einfach blind in ein Abenteuer, in ein neues Leben zu stürzen.

Sie beneidete ihn um diese Freiheit. Eine Freiheit, die ihr selbst viel zu früh genommen worden war. Kinder veränderten ein Leben. Kinder waren Gewinn und Einschränkung zugleich.

Tina würde in den nächsten Jahren nicht einfach ihre Zelte abbrechen und weiterziehen können. Sie hatte Verantwortung gegenüber Helga, Daniel und Sören. Abgesehen davon fühlte sie sich in Frankfurt, in ihrem derzeitigen Leben, viel zu wohl, um es aufzugeben.

„Wir haben … Nein, ich habe diesen Tag immer kommen sehen. Du bist noch jung und ich, ich bin …"

„… im Vergleich nicht mehr ganz so jung."

Sie rang sich zu einem kurzen Lächeln durch.

„Du solltest nicht meinetwegen auf etwas verzichten. Du hast jedes Recht dazu, dieses Angebot anzunehmen. Lebe dein Leben! Genieße dein Leben!"

„Aber das tue ich doch jetzt schon. Ich genieße mein Leben mit dir", widersprach Jörg.

Er wollte offensichtlich einfach nicht verstehen.

„Alles, was ich möchte, ist eine Perspektive für unsere Beziehung. Ich will mit dir zusammenleben, jeden Morgen mit dir aufwachen, jeden Abend mit dir einschlafen. Ich möchte Helga die Popel von den Fingern wischen, wenn sie in der Nase bohrt, ich möchte Daniel beim Fußball trainieren und ich möchte Sören mit seinen pubertären Launen ertragen. Ich möchte euch. Und ganz besonders möchte ich dich."

Wieder lächelte sie. Er konnte so hoffnungslos romantisch und kitschig sein. Aber das war okay, sie verzieh ihm das aufgrund seines jugendlichen Alters. Mit Mitte zwanzig durfte man noch Träume haben. Und ein bisschen genoss sie das ja auch. Das Problem war nur, wie Jörg richtig erkannte, die Zukunftsperspektive für ihre Beziehung, an die sie auch nach all den Jahren noch immer nicht so recht glauben konnte. Sie hatte die Zeit mit Jörg stets genossen, in vollen Zügen, aber auch in dem Wissen, in welch unterschiedlichen Lebenssituationen sie sich befanden. Ihr enormer Altersunterschied war schließlich nicht einfach verschwunden, nur weil sie es geschafft hatten, zwei Jahre zusammenzubleiben. Ja, wirklich, sie hatte diesen Tag kommen sehen.

Abrupt drehte sich Tina zu ihm um und küsste ihn.

„Ich möchte, dass du dieses Angebot annimmst", sagte sie und strahlte ihn voller Zuversicht an. „Ich kann nicht mit dir zusammenziehen. Deshalb solltest du es annehmen. Unbedingt."

„Und was wird aus uns?", fragte er und in seiner Stimme lag eine tiefe, niederschmetternde Traurigkeit.

„Das werden wir sehen", log Tina. Dabei wusste sie sehr genau, was zu tun war. Es gab nur eine Alternative. Doch es war nicht der richtige Zeitpunkt, es auszusprechen. Nicht heute Abend.

„Ich werde Lisa erst einmal sagen, dass ich für ein paar Wochen Probe arbeiten möchte. Dann sehen wir weiter", sagte Jörg und drückte ihr einen Kuss auf die Stirn.

Sie lächelte schweigend und zündete sich eine zweite Zigarette an, hoffend, die Dunkelheit möge die Tränen in ihren Augenwinkeln verschleiern.

„Ich geh mal wieder rein", sagte Jörg.

Nachdenklich schaute sie ihm nach und beobachtete durch das Fenster, wie er Marco aus seinem Gespräch mit Tom riss. Mit ernster Miene verschwanden die beiden Männer in einem Nebenraum.

Ob er sie durchschaut hatte?

„War es eine gute Idee, Karola hierher mitzubringen", fragte Tom skeptisch und nippte dabei mit verkniffenem Gesichtsausdruck an seiner Bierflasche.

„Ich fand, es wäre an der Zeit", entgegnete Marco vorsichtig. Seit ihrem Streit über das Erbe und seinen Entschluss, nicht zu verkaufen, war das Eis zwischen ihnen noch immer merklich dünn.

„Ich mag Karola. Sie ist eine … eine wirklich tolle Frau. Aber sie passt einfach nicht hierher."

„Überlasse es doch einfach ihr, ob sie sich hier wohlfühlt", entgegnete Marco. Ihm gelang es dabei nicht, einen gereizten Unterton aus seiner Stimme zu verbannen. Es war endlich an der Zeit, Karola in sein Leben zu integrieren; das letzte bisschen Familie, das ihm geblieben war, womöglich die einzige echte Familie, die er je besessen hatte. Noch immer verstand er nicht, welches Problem Tom damit hatte. Eigentlich hatte er erwartet, dass ausgerechnet der bürgerliche, konservative Thomas Markward das verstehen und gutheißen würde. „Oder bist du es, der sich in ihrer Gegenwart nicht wohlfühlt?", hakte er nach.

Instinktiv wanderte Toms Hand zu seinem Hals und er begann, an seinem Hemdkragen herumzunesteln. Immer, wenn er sich ertappt fühlte, verspürte er automatisch das Bedürfnis, seine

Krawatte zu lockern. Auch wenn er keine trug. Natürlich durchschaute ihn Marco sofort. Sie waren inzwischen einfach zu lange zusammen, um den anderen nachhaltig täuschen zu können.

„Geht es dir gut?", fragte er scheinheilig und presste damit seinen Finger absichtlich noch einmal auf die Wunde. Er konnte an den nervös hin und her huschenden Pupillen erkennen, dass Tom mit sich rang. Vielleicht wurde ihm gerade erst selbst bewusst, wo das eigentliche Problem lag. Im Gegensatz zu Meiko hatte Tom seine Freunde einerseits und seine Familie andererseits immer voneinander abgeschottet. Bei seinen Eltern war er der „gute Schwule". Ein anständiger, junger Mann, der eben „dummerweise" auf Männer und nicht auf Frauen stand. Er wollte nicht, dass sich diese beiden Welten überschnitten und jemand aus seiner Familie zu tiefen Einblick in sein anderes Leben erhaschte. Einblicke, die möglicherweise schockierend sein konnten. Und in gewisser Weise galt diese Regel auch für Marcos Familie. Karolas Anwesenheit verunsicherte ihn. Er hatte Angst davor, dass seine saubere, bürgerliche Fassade bröckeln könnte. Er wollte auch in ihren Augen der anständige Schwule bleiben. Das war auch der Grund, warum er sich nicht vorstellen konnte, in dem Haus im Rheingau er selbst zu sein, sich gehen zu lassen. Was sollte Karola denken? Was sollten die Nachbarn denken? So sehr Tom die bürgerliche Idylle eines kleinen Dorfes schätzte, so sehr brauchte er die Anonymität der Stadt.

Doch ausgerechnet in dem Augenblick, als Tom zu einer Antwort ansetzte, als er zum ersten Mal bereit war, diese Vorbehalte gegenüber seinem Freund zuzugeben, stürmte Jörg auf die beiden zu.

„Entschuldige uns kurz", sagte er nur und zog Marco zur Seite. Mit ernsten Mienen begannen die beiden, sich zu unterhalten. Jörg war offensichtlich aufgebracht. Tom versuchte vergeblich, dem Gespräch der beiden zu folgen, doch es gelang ihm nur, einzelne Bruchstücke aufzufangen. Es ging offenbar um Tina. Aber was genau das Problem war, konnte er nicht heraushören. Hatten die beiden etwa Streit?

„Lauschst du?"

Tinas Stimme ließ ihn aufschrecken.

„Ich doch nicht", entgegnete Tom lächelnd. „Ist bei Jörg und dir alles in Ordnung?"

„Bestens. Er hat mir nur gerade gesagt, dass er bei dieser Pharma-Nutte, mit der er mal was gehabt hat, Probe arbeiten wird. In den Staaten. Und bei euch beiden?"

„Bei uns ist es nur der Rheingau. Nicht die Staaten. Und es ist Karola und keine Pharma-Nutte."

„Ich brauche Alkohol", stellte Tina fest.

„Gute Idee. In der Küche habe ich eine Flasche Jägermeister entdeckt."

In dem Moment klingelte es an der Wohnungstür.

Luke hatte lange mit sich gerungen, ob er überhaupt auf Meikos Einladung reagieren sollte. Schließlich überzeugte ihn Tina, nicht länger dieses Schweigen zwischen ihnen hinzunehmen. Eine Party, hatte sie festgestellt, sei die beste Gelegenheit, sich ihrem Bruder wieder anzunähern.

„Lockerer als beim Feiern ist er nur beim Sex", hatte sie ergänzt.

Das stimmte wohl. Feiern und Ficken, es gab wahrscheinlich nichts, was Meikos Stimmung so sehr hob.

Doch als Luke seinem besten Freund und Mentor im Türrahmen von dessen Apartment plötzlich gegenüberstand, schwand seine Sicherheit. Erst als sich ein breites Grinsen auf Meikos Gesicht abzeichnete und dieses typische Lausbuben-Glänzen in seinen Augen aufblitzte, ließ Lukes Befangenheit nach.

Er hatte vor dem Spiegel lange geübt, was er mit welcher Mimik sagen wollte. Er musste sich entschuldigen, aber ohne dabei zu devot und demutsvoll zu wirken. Das mochte Meiko nicht. Und außerdem war es der Situation auch nicht angemessen. Schließlich hatten sie sich beide nicht von ihrer besten Seite gezeigt.

„Hallo", brachte Luke schließlich hervor. „Danke für die Einladung."

„Danke, dass du gekommen bist", entgegnete Meiko förmlich. Sollten sie sich jetzt etwa zur Begrüßung die Hand geben?

„Bevor ich … Meiko, ich wollte dir nur sagen …"

„Mach dich nicht lächerlich. Wir müssen nichts sagen, nichts erklären, nichts entschuldigen", wurde Luke unterbrochen. Dann stürzte Meiko auf ihn zu und umarmte ihn innig.

„Ich freu mich so, dich zu sehen. Ich hatte schon befürchtet, du wolltest nicht kommen", sagte Meiko und drückte ihm ein

Glas Gin Tonic in die Hand. Dabei wanderte sein Blick kurz zu Lukes Haaren. Mit einem missbilligenden Blick registrierte er die noch immer blond getönten Spitzen. Dieser Junge brauchte nach wie vor seine Hilfe, befand Meiko.

Und auch wenn er sich jeden bissigen Kommentar verkniff, so konnte Luke am Gesichtsausdruck seines Freundes dessen Gedanken erraten. „Meiko! Kommst du mal bitte, Kai und Henning blockieren die Toilette", rief jemand aus der anonymen Masse.

„Frechheit. Eine schnelle Nummer, ohne den Gastgeber zu informieren. Das geht doch nicht", beschwerte er sich. „Entschuldige mich, Kleiner. Ich habe zu tun."

Ohne ein weiteres Wort ließ er Luke stehen. Doch diesmal trennten sie sich zum ersten Mal seit Monaten mit einem guten Gefühl voneinander. Luke lächelte erleichtert. Er hatte seinen besten Freund, seinen Mentor, seinen Meiko wieder zurück.

Von einer schweren Last befreit, steigerte sich Lukes Stimmung, getragen von Alkohol und Musik, schnell in Euphorie.

Er tänzelte so locker wie möglich durch das Apartment, grüßte dabei das ein oder andere bekannte Gesicht. Der Alkohol schoss ihm sofort in den Kopf. Er hätte wohl doch besser etwas essen sollen.

Beinahe wäre Luke mit einer kleinen Frau zusammengestoßen, die sich etwas orientierungslos und verloren am Rande der kleinen Tanzfläche, die Meiko zwischen den Möbeln in seinem Wohnzimmer eingerichtet hatte, herumdrückte.

„Entschuldigung", sagte Luke.

„Macht doch nichts", entgegnete die Frau mit schriller Stimme.

„Ich heiße Jana. Ich bin Meikos Nachbarin", stellte sie sich hastig vor, bevor er sie wieder hätte alleine stehen lassen können.

„Freut mich. Ich bin Luke", entgegnete er kühl. Er hatte so gar keine Lust, sich mit ihr zu unterhalten, wollte stattdessen viel lieber Sarah, Tina und Tom finden.

„Oh, ich hab schon so viel von dir gehört", entgegnete Jana eifrig.

„Ach, wirklich?"

„Ja. Du musst wissen, Meiko und ich sind echt dicke Freunde geworden, seitdem ich nebenan eingezogen bin."

Luke musterte sie von oben bis unten. Die hohe Stirn, die dünnen, strähnigen Haare, der fehlende Pony und das schlecht sitzende Kleidchen in Kombination mit einer Bluejeans, die ihre krummen Beine überbetonte, ließen Luke an dieser Aussage ernsthaft zweifeln. Wahrscheinlich fand Meiko sie lästig, hatte sie nur eingeladen, damit sie nicht wegen Ruhestörung die Polizei rief.

Jana war von seiner Einsilbigkeit wenig beeindruckt und ergoss einen nicht enden wollenden Redeschwall über ihr neues Opfer.

„Meiko hat nur Gutes von dir erzählt. Da musst du dir keine Sorgen machen …" Eine offensichtliche Lüge. Meiko erzählte niemals nur Gutes.

„… Über euch gibt es auch nichts Schlechtes zu sagen …"

Euch?

„… Ihr Schwulen seid ja immer so nett und zuvorkommend …"

Hatte sie jemals versucht, eine schwule Beziehung zu führen?

„… Glaub mir, Hetero-Männer können solche Schweine sein …"

Sie war offensichtlich noch nie auf einem Stutenmarkt gewesen.

„Männer generell können Schweine sein", fiel ihr Luke halbherzig ins Wort, während er weiter nach Sarah, Tina, Tom oder überhaupt irgendjemandem Ausschau hielt, zu dem er flüchten konnte.

„Echt? Schwule auch? Also ich kenn da jemanden, der würde super zu dir passen."

Woher wollte sie das nun wissen?

„Es ist mein Frisör!"

Lukes Alarmsirenen heulten laut auf.

„Ich hab ihn gesehen und mein Gay-Radar hat sofort angeschlagen."

Er konnte sich lebhaft vorstellen, was für ein Typ das sein musste, bei dem selbst eine solche Spießerin etwas mit ihrem eingebildeten Gay-Radar aufspürte.

Inzwischen war die Langeweile echter Verzweiflung gewichen und Luke suchte fieberhaft nach einem bekannten Gesicht in der illustren Gästeschar. Glücklicherweise entdeckte er durch die offene Tür hindurch Tina, Tom und Sarah, die zu ihrer ersten gemeinsamen Runde Jägermeister ansetzten. Ohne ein Wort des Abschieds ließ er Meikos Nachbarin stehen. Jana überlegte erst, ob sie sich zu den beiden Männern gesellen sollte, die sich mit ernster Miene abseits des Partygeschehens unterhielten, entschied sich jedoch dagegen. Die beiden erschienen ihr zu langweilig. Auch wenn sie den langhaarigen Typen mit Dreitagebart durchaus attraktiv fand. Aber sie war ja nicht hier, um zu flirten, sondern um Geschichten zu sammeln. Schließlich wollte sie am Montag auf der Arbeit etwas zu erzählen haben. Da würden ihre Kolleginnen Augen machen. Eine Party voll mit Schwulen!

„Und warum machst du so ein unglückliches Gesicht?", fragte Marco verwundert. Jörg hatte ihm kurz umrissen, dass Tina keine Einwände gegen seinen Plan vorgebracht hatte.

„Du siehst beinahe so aus, als hättest du dir etwas anderes gewünscht. Dabei dachte ich die ganze Zeit über, du wolltest diese Chance nutzen, es einfach mal ausprobieren."

Nervös wickelte sich Jörg eine Strähne seines braunen Haares um den Zeigefinger, spielte mit der Locke wie ein kleines Mädchen, das nicht wusste, was es jetzt tun sollte.

„Ich hatte mir wohl eine andere Reaktion erhofft. Ich wünschte mir wohl insgeheim, sie würde mich abhalten wollen oder zumindest wütend werden. Zugegeben, ich hab das Jobangebot in Florida auch als Druckmittel eingesetzt."

„Du wolltest, dass sie dich doch noch bittet, bei ihr einzuziehen?", schlussfolgerte Marco überrascht und ungläubig.

Jörg nickte zerknirscht.

„Hast du vergessen, wer sie ist? Sie ist Meikos Schwester. Sie ist eine Sternheim. Die lassen sich nicht unter Druck setzen."

„Ich habe kein gutes Gefühl dabei", gestand Jörg seinem besten Freund zögernd. „Sie hat zwar gelächelt und versichert, es sei alles in Ordnung. Aber ich traue diesem Frieden nicht."

Marco wollte ihm zu gerne widersprechen, ihn beruhigen. Doch er konnte es nicht. Meiko, Tina, Luke und Sarah waren während der vergangenen Jahre, in denen er mit Tom zusammen war, zwar auch zu seinen Freunden geworden, trotzdem existierte noch immer eine unsichtbare Barriere. Er gab sich keinerlei Illusionen hin, wenn Tom und er sich eines Tages trennen würden, wären die Loyalitäten und Prioritäten klar verteilt. Und bereits heute war es so, dass er nur einen Bruchteil von dem mitbekam, was sich zwischen Tom und den anderen abspielte. Wenn Tina also tatsächlich an ihrer Beziehung zweifelte, an Jörg zweifelt und an einer gemeinsamen Zukunft, dann wusste Tom das vielleicht. Aber Marco war damit noch lange nicht eingeweiht.

Als hätte Jörg seine Gedanken erraten, nickte er in Richtung Küche, wo sich Luke, Tina, Sarah und Tom gerade zuprosteten.

„Was für eine verdammte, eingeschworene Gemeinschaft", stellte Jörg fest.

Marco nickte zustimmend. Dann wanderte sein besorgter und fürsorglicher Blick zu Karola, die ebenfalls etwas abseits stehend in ein offensichtlich sehr anregendes Gespräch mit Marge vertieft war. In regelmäßigen Abständen erklang ihr kehliges und herzliches Lachen, und wenn sie sprach, gestikulierte sie dabei so wild, dass ihre Weißweinschorle immer wieder über den Rand des Glases schwappte. Auch wenn ihn seine eigenen Probleme mit Tom und natürlich auch Jörgs Beziehungskrise beschäftigten und seine Stimmung trübten, so war er doch erleichtert darüber, Karola gelöst und glücklich zu sehen. Es war wirklich an der Zeit.

Karola nahm schließlich doch noch all ihren Mut zusammen und stellte diese eine Frage, die sie seit ihrem ersten Aufeinandertreffen nicht mehr losgelassen hatte. Unter normalen Umständen hätte sie es wahrscheinlich, Mut hin oder her, trotzdem nicht gewagt. Aber an diesem Abend war so ziemlich gar nichts normal. So unterhielt sie sich schließlich gerade mit einer schrillen Karikatur einer Heiligen. Währenddessen zogen sich halbnackte Jungs im Badezimmer Koks durch die Nase, auch das war Karola schon aufgefallen. Und die Musik war so laut, dass sie die ganze Zeit das Gefühl hatte, ihr Trommelfell würde bald platzen.

Aber das wirklich Verrückte dabei war, sie hatte schon lange nicht mehr so viel Spaß gehabt. Anfangs war sie sich etwas deplatziert vorgekommen, doch Marco und Marge hatten ihr Bestes gegeben, um sie zu integrieren. Und nach drei, vier Weinschorlen hatte sie sich vollends akklimatisiert.

„Also, ich muss dir jetzt wirklich eine sehr, sehr intime Frage stellen", hörte sich Karola schließlich selber sagen.

Marge schaute sie mit einem breiten Grinsen an, nippte dabei verführerisch an ihrem Cocktail und schenkte ihr einen wohlwollenden und zugleich auffordernden Augenaufschlag.

„Hast du da unten noch etwas?“, brach es aus Karola hervor und sie schwenkte dabei aufgeregt ihr Weinglas vor Marges Schritt hin und her. Schwipp, schwapp, wieder landeten ein paar Schluck auf dem teuren Flokatiteppich.

„Meine Liebe, zunächst einmal muss ich sagen, dass du diese Frage wesentlich länger zurückgehalten hast, als ich anfangs vermutet hätte“, antwortete Marge. Dann beugte sie sich verschwörerisch zu ihr herunter. Der Heiligenschein auf der Perücke wippte unruhig.

„Ich habe natürlich da unten noch etwas. Und es ist nicht gerade wenig“, versicherte sie ihr flüsternd.

Karola machte große Augen. Dann brachen die beiden in lautes, gackerndes Gelächter aus.

Als sie sich wieder beruhigt hatten, gestand Karola: „Es ist schon ziemlich lange her, dass ich so ein … Dings gesehen habe.“

„Du meinst einen Schwanz?“

Karola nickte kichernd.

„Wie lange?“

„Über zehn Jahre.“

Der Drag Queen fiel angesichts dieses Geständnisses beinahe das Make-up aus dem Gesicht. „Unvorstellbar!“

Karola zuckte unschlüssig mit den Schultern. Sie war plötzlich peinlich berührt über ihr eigenes Geständnis, ihre Offenheit. Marge spürte den Stimmungsumschwung und steuerte dagegen.

„Vielleicht können wir ja später am Abend noch zu mir gehen und uns ein paar pädagogisch wertvolle Filme anschauen. Nur so, um dein Gedächtnis aufzufrischen.“

„Das könnten wir wohl“, sagte Karola zögernd. Sie brauchte einen kurzen Moment, bis sie die Umschreibung für Pornofilme verstand. „Oder wir gehen aufs Klo und du zeigst mir, was du da zwischen den Beinen baumeln hast.“

Marge ließ einen entzückten Schrei fahren.

„Du bist ja ein ganz versautes Mädchen!“, wich sie aus, ohne auf die Aufforderung einzugehen.

„Unter normalen Umständen hätte ich das auch nicht gesagt. Höchstens gedacht“, ruderte Karola zurück. „Es ist diese Wohnung. Man spürt förmlich, dass hier schmutzige, unaussprechliche Dinge passieren. Hier wohnt das Laster.“

„Hier wohnt nicht das Laster, hier haust der Teufel persönlich, meine Liebe!“, widersprach Marge.

In diesem Augenblick begannen Luke und Sarah in der Küche zu knutschen.

„Und wo ist Basimah heute?“, fragte Luke.

„Sie arbeitet im *Blue*. Irgendjemand muss die Bar ja am Laufen halten, wenn sich der Rest des Personals hier tummelt. Allerdings haben wir heute noch nicht miteinander gesprochen“, entgegnete Sarah.

„Du solltest mit ihr reden“, befand Tina. Tom und Luke nickten zustimmend. Alle drei waren sie einigermaßen überrascht von Sarahs Geständnis, es laufe im Moment nicht besonders gut mit Basimah. Auch von ihren regelmäßigen Therapiesitzungen hatten sie bisher keine Ahnung gehabt.

„Reden, reden, reden. Lesben reden die ganze Zeit, wenn sie in einer Beziehung sind“, stellte sie missmutig fest. „Frauen analysieren jedes Fitzelchen Emotion, ohne wirklich weiterzukommen. Ich nehme mich da nicht aus, bin ja auch zu einer Psycho-Tante gerannt. Lesben sollten wohl einfach mehr ficken. So wie es die Schwulen tun. Aber ich weiß wahrscheinlich gar nicht mehr, wie das geht. Ich kann mich noch nicht einmal mehr an meinen letzten Zungenkuss erinnern.“

Ohne Vorwarnung beugte sich Luke zu ihr hinüber und küsste sie. Reflexartig presste Sarah kurz die Lippen zusammen, ließ seine fordernde Zunge dann aber doch gewähren.

Tina und Tom applaudierten frenetisch.

Langsam lösten sie sich wieder voneinander. Luke lächelte verschmitzt.

„Wow!“, brachte Sarah hervor.

„Wenn du schon nicht mit deiner Freundin knutschen kannst, dann doch wenigstens mit mir. Und mit uns kannst du auch reden. Wir sind doch deine Freunde“, stellte Luke in einem ernsten Tonfall fest, der der Ausgelassenheit des Augenblicks, oberflächlich betracht, nicht gerecht wurde.

„Aber irgendwie haben wir uns in der letzten Zeit auch so selten gesehen. Und meine Arbeit … dieser Fall … Irgendwann ist mir einfach alles über den Kopf gewachsen.“

„Umso wichtiger, dass du uns endlich wieder an deinem Leben teilhaben lässt", befand Tina.

In diesem Augenblick stieß Meiko in die Runde und griff den Gesprächsfaden mit traumwandlerischer Sicherheit auf.

„Das gilt für uns alle. Ist es nicht schön, dass wir endlich wieder vereint sind, meine Lieben?", fragte er überschwänglich und drückte Luke fest an sich.

Kurz herrschte ein seltsam betretenes Schweigen zwischen den fünf Freunden.

„Du hast natürlich recht, Bruderherz. Wir haben uns in den vergangenen Monaten viel zu selten gesehen. Jeder hat sein eigenes Süppchen gekocht. Und irgendwie kann ich mich des Eindrucks nicht erwehren, dass wir dadurch kein Glück gehabt haben."

Die Runde nickte zustimmend. Meiko füllte ihre Gläser großzügig mit Champagner auf.

„Stricher, gebrochene Herzen, Häuser im Rheingau, Arbeit, Beziehungskrisen und pubertierende Kinder ... Das kann uns doch nicht erschüttern!", befand Meiko und hob pathetisch sein Glas.

Sie stießen an. Auf die Freundschaft; auf den inneren Kern, der alles zusammenhielt.

Katerstimmung

Schwere Regentropfen trommelten auf die blaue Terrassenmarkise. Nasskalt und ungemütlich war es. Ein Wetter, das zu Tinas Stimmung passte. Stechende Kopfschmerzen, schwere Augenlider und eine Matschbirne ließen sie bereuen, sich auf Meikos Party derart maßlos am Jägermeister vergangen zu haben. Wie es wohl Jörg auf der Arbeit erging? Der Arme war zum Frühdienst eingeteilt.

Der Gedanke an ihren Freund ließ ihre Stimmung noch tiefer in den Keller sacken. Tina gefiel gar nicht, was in naher Zukunft jetzt wohl unwiderruflich auf sie zukommen würde. Und obwohl sie davon überzeugt war, dass sie richtig gehandelt hatte, nagte unaufhörlich der Zweifel an ihr.

Mit einem schweren Seufzer ließ sie sich auf einen Liegestuhl sinken. Unter dem schützenden Markisendach war es zwar nicht weniger klamm und kühl, doch wenigstens blieb sie trocken und musste nicht länger die harte Heizungsluft ihrer Wohnung ertragen.

Missmutig wanderte ihr Blick durch den weitläufigen Garten. Die meisten Bäume und Sträucher waren in ein zartes Grün gehüllt. Die Magnolien standen in voller Blüte. Nur das nasskalte Regenwetter störte das Bild.

„Was für ein deprimierender Tag." Lukes Stimme ließ sie zusammenzucken. Sie war derart in trübsinnige Gedanken vertief gewesen, dass sie sein Auftauchen gar nicht bemerkt hatte. Er trug ein ausgeleiertes weißes T-Shirt und eine ausgewaschene Jogginghose. Die Haare waren zerzaust und seine geröteten Augen noch ganz klein. Offensichtlich war er gerade aus seinem komatösen Schlaf erwacht.

„Guten Morgen, Kleiner. Na, geht's dir auch so gut wie mir?", begrüßte sie ihn.

„Sieht man das nicht?", brummte er und setzte sich neben sie.

„Was treibt dich denn aus den Federn? Bei mir waren es die Kinder. Aber du, du hast eigentlich gar keinen Grund."

„Das Telefon hat geklingelt."

„Wer ruft dich denn um diese Uhrzeit an?", fragte Tina, die Antwort bereits ahnend.

„Na, meine Mutter natürlich. Ich bin zwar nicht drangegangen, aber ich habe mich so darüber aufgeregt, dass ich nicht mehr einschlafen konnte."

Tina lächelte und fuhr ihm durch die Haare. „Sei nachsichtig mit ihr. Und ruf sie einfach mal zurück."

Noch vor wenigen Tagen wäre Luke angesichts dieses Ratschlags an die Decke gegangen. Doch er hatte sich gestern mit Marco kurz über dessen zerrüttete Beziehung zu seiner inzwischen toten Mutter unterhalten. Das hatte ihn dann doch zum Nachdenken veranlasst.

„Sie meint es nicht so. Du bist ihr Sohn. Sie liebt dich." Tina ließ nicht locker, als würde sie seine Zweifel spüren.

„Du kennst sie nicht. Du weißt nicht, wie sie ist."

„Na, immerhin hat sie hier vor zwei Wochen ganz besorgt angerufen und wollte von mir wissen, wie es dir geht", gestand

Tina. Als sie Lukes verdutztes Gesicht sah, konnte sie sich ein kurzes Lächeln nicht verkneifen. „Du siehst, ich habe noch immer alle Fäden in der Hand. Sie meinte, du wolltest dein Studium schmeißen – was du mir, mein Lieber, übrigens auch verschwiegen hast – und sie mache sich große Sorgen um dich. Und dann hat sie gefragt, ob mit den Männern alles in Ordnung sei. Ob du vielleicht gerade Liebeskummer hast."

„Das hat sie gefragt?"

Tina nickte bedeutungsschwanger.

Diese Offenheit hatte er seiner Mutter gar nicht zugetraut. Wie kam sie überhaupt dazu, Tina anzurufen? Sie so etwas zu fragen? Sie kannte sie doch höchstens aus seinen spärlichen und arg zensierten Erzählungen.

„Du kannst deinen Eltern mehr zumuten, als du vielleicht denkst. Die werden das schon verkraften. Hat sie dir nicht erzählt, dass sie den Dorfpfarrer jetzt boykottiert?"

„Warum das?"

„Er ist in einer Predigt über die Homo-Ehe hergezogen. Daraufhin hat deine Mutter wohl beschlossen, nicht mehr in die Kirche zu gehen. Der Pfarrer sollte erstmal vor der eigenen Haustür kehren und bei der Aufklärung von Kindesmissbrauch in der Kirche helfen, bevor er über Schwule herzieht."

„Das hat sie gesagt?"

Wieder nickte Tina. Sie genoss es sichtlich, Luke zu überraschen, und vergaß über diese Freude beinahe ihren Kater.

„Vielleicht sollte ich sie wirklich endlich einmal anrufen."

„Das finde ich, ist eine gute Idee. Aber erst nach dem Frühstück", befand Tina, erhob sich mit einem schweren Ächzen und ging ins Haus zurück. Luke lauschte noch einige Zeit dem Trommeln der Regentropfen und wurde dann von dem Duft gebratenen Specks und Rührei in die Küche gelockt.

Nach einem fettigen Frühstück und zwei Kopfschmerztabletten fühlte sich Luke schon wesentlich besser. Die Katerstimmung verflog langsam, sein Kopf klarte auf. Am späten Nachmittag war er dann endlich in der Lage, einen Anruf zu tätigen, den er viel zu lange vor sich hergeschoben hatte.

„Benzer", meldete sich die sanfte Stimme seiner Mutter nach wenigen Klingelzeichen.

„Hallo, Mama. Ich bin's, Luke."

„Ich hätte auch nicht gedacht, dass ich eines Tages einen schwulen Sohn haben werde. Und schau mich jetzt an ... Du solltest dir nicht zu viele Gedanken machen. Ein Plan ist gut und schön, aber das Leben hält sich leider viel zu selten daran."

Dieser Ratschlag seiner Mutter – vorgebracht mit einer Weisheit und einer Lockerheit, die überraschten – war Luke nach dem Telefonat nicht aus dem Kopf gegangen.

Überhaupt war das Gespräch mit ihr eine einzige positive Überraschung gewesen. Zum ersten Mal seit seinem Coming-out hatte sie ihm das Gefühl gegeben, sich wirklich dafür zu interessieren, wie es ihm ging. Keine Vorhaltungen, keine Vorwürfe, keine Bevormundungen. Stattdessen Verständnis und eine neue Ernsthaftigkeit. Es war so, als hätte sie zum ersten Mal ihren Sohn als gleichberechtigten Gesprächspartner, als Erwachsenen begriffen und dementsprechend behandelt. Sie hatte noch nicht einmal versucht, ihn dazu zu bringen, mit seinem Studium weiterzumachen. Stattdessen hatte sie sich mit einem ehrlich interessierten Tonfall nach den Gründen erkundigt, warum er plötzlich aufhören wollte. Je länger er mit ihr darüber sprach, je mehr er versuchte, sein Verhalten und seine Zweifel rational zu erklären, umso mehr war ihm bewusst geworden, wie überstürzt und gedankenlos er gehandelt hatte.

Schließlich blieb als einziger Grund übrig, dass er plötzlich seinen imaginären Lebensplan aus den Augen verloren hatte und ihm alles irgendwie sinnlos erschienen war. Da hatte sie ihm dann mit ihrem überraschenden Eingeständnis und ihrem nicht weniger überraschenden Ratschlag den Todesstoß versetzt.

Die halbe Nacht grübelte Luke, sinnierte über sein Leben. Und plötzlich war ihm seine panische Entscheidung nur noch kindisch und unreif erschienen. Seine Mutter hatte ihm alle Optionen offen gelassen, ihn zu nichts gedrängt. Eine verdammt gute Taktik, wie Luke nun feststellen musste. Dadurch erst war ihm deutlich geworden, dass er zwar die Wahl hatte, aber eigentlich keinen Grund. Ihm machte sein Studium, meistens zumindest, Spaß. Und an seinem Berufswunsch hatte sich auch nichts geändert, selbst wenn es vielleicht nicht zum Nachrichtenmoderator reichen sollte. Er befand sich auf dem besten Weg. Und selbst wenn er nach seinem Abschluss den Wunsch verspüren sollte, doch etwas Anderes, Neues auszuprobieren, würde er dann noch jung genug sein, dies auch zu tun. Er hatte alle Zeit der Welt. Oder zumindest noch ziemlich viel.

Auch war Luke eigentlich nie jemand gewesen, der etwas Halbfertiges zurückließ. Er hatte bisher in seinem Leben alles zu einem, wie auch immer gearteten Ende gebracht. Und mit dieser Strategie war er doch recht weit gekommen.

Und so packte Luke – noch immer mit einem Hauch von Zweifel, aber mit jeder Menge Vorsätzen und einer erschreckend guten Laune – am nächsten Morgen seine Tasche, setzte sich auf sein Fahrrad und fuhr zum Campus. Er musste schließlich noch eine Hausarbeit fertig schreiben. Außerdem wollte er mal wieder an einer Vorlesung teilnehmen. Nur, um sich nicht unter Druck zu setzen, nahm er sich vor, einfach mal auszutesten, wie es sich anfühlte, wieder dort zu sein, ganz unverbindlich zu schauen, ob sich im Vergleich zum letzten Mal, als er buchstäblich vom Campus geflüchtete war, etwas verändert hatte.

Zunächst war es zwar tatsächlich befremdlich, als er sein Fahrrad abschloss und sich langsam dem majestätischen Universitätsgebäude näherte. Doch als er eintrat, die vertrauten Gerüche wahrnahm, das leise Gemurmel auf den Fluren und Korridoren hörte, erschien es ihm, als wäre er erst wenige Tage zuvor das letzte Mal hier gewesen.

Für einen kurzen Moment verharrte er orientierungslos im Foyer, Studenten und Dozenten strömten an ihm vorbei, rempelten ihn an, streiften ihn flüchtig. Er ließ sich vom Strom mitreißen und stand schließlich, wie von Geisterhand geführt, vor dem Vorlesungssaal.

Er suchte sich einen Platz in den hinteren Reihen und verfolgte mit einer neuen, wissbegierigen Aufmerksamkeit die Ausführungen des Professors zur Soziologie der deutschen Sprache, machte sich sogar einige Notizen. Je länger er den Worten des grauhaarigen Dozenten lauschte, umso stärker wurde seine Neugier. Sein Enthusiasmus, den er bereits verloren geglaubt hatte, kehrte zurück. Zufrieden mit sich selbst, verließ er nach eineinhalb Stunden den Vorlesungssaal. Es war die richtige Entscheidung gewesen, wieder hierherzukommen.

Auf dem Weg zu einem der Leseräume kam Luke in eine ihm wohlvertraute Ecke des Gebäudes im Ostflügel. Schon von Weitem hörte er das Klacken und Summen des Paternosters. Mit einem zufriedenen Lächeln trat Luke in eine der Kabinen.

Im gemütlichen Tempo ging es nach oben bis ins sechste Stockwerk. Das Mahlen des Zahnrades war nun deutlich zu vernehmen, dann herrschte für einen kurzen Augenblick tiefste Dunkelheit, bevor die Kabine langsam nach links schwenkte und wieder gemächlich nach unten sank.

Und plötzlich, im dritten Stockwerk, geschah es. Ohne auf seine Umgebung zu achten, sprang Luke mit einem hastigen Satz aus dem Aufzug – und einem vollkommen verdutzten Cem in die Arme.

Erpressungen

Richard Ullmenau lebte schon ziemlich lange zwei Leben, spielte zwei Rollen. Mit vierzehn Jahren hatte er das erste Mal mit einem Jungen Sex gehabt. Ganz klassisch, im Ferienlager der katholischen Pfadfinder. Beinahe wären sie von einem Betreuer erwischt worden, er und sein damals bester Freund. Vielleicht wäre sein Leben anders verlaufen, wenn sein sündiges Verhalten zu diesem frühen Zeitpunkt bereits aufgedeckt worden wäre.

Doch Ullmenau wurde nicht erwischt und so konnte er sich jenen Gelüsten, die in seiner Familie als Tabu, als Sünde, als Vergehen wider die Natur betrachtet wurden, weiterhin im Geheimen hingeben, war niemals gezwungen gewesen, sich diesen Neigungen zu stellen oder sich gar offen dazu zu bekennen. Er lernte vielmehr, was es hieß, sich zu verstecken, zu tarnen und den Menschen in seiner Umgebung etwas vorzuspielen, wollte er doch unter keinen Umständen gegen die gesellschaftlichen Normen seines sozialen Umfelds verstoßen. Nach den Erfahrungen im Ferienlager und spätpubertären Zwischenspielen sollte es noch sieben Jahre dauern, bis er sich schließlich, einen Tag vor seiner Hochzeit, in eine schwule Sauna wagte.

Der Besuch war als Abschied von seinem Doppelleben gedacht. Doch es sollte vielmehr ein Neubeginn werden. Hatte er bis dato seine Männerbekanntschaften eher dem Zufall verdankt und in einem heterosexuellen Umfeld mühsam gesucht, kam sein erster Saunabesuch einem Befreiungsschlag gleich. Er tauchte ein in die Welt der organisierten schwulen Subkultur. Plötzlich war Sex mit anderen Männern kein Zufallsprodukt mehr, sondern planbar, organisierbar und faktisch jederzeit verfügbar.

Zwölf Stunden nachdem er einen schwarzen GI in der Dampfsauna gefickt hatte, trat er vor den Traualtar. Der kurze Augenblick, wenige Sekunden bevor er die entscheidende Frage des Pfarrers mit einem lauten, festen Ja beantwortete, war zugleich die letzte tatsächliche Weggabelung, an der er sich bewusst für eine Richtung entschied. Er wog ein unsicheres, aber aufregendes Dasein als Schwuler gegen die vermeintliche Sicherheit eines Doppellebens ab. Letzteres gewann klar nach Punkten. „Ja, ich will."

Und so spielte er weiterhin zwei Rollen und perfektionierte den Schein, schmückte die äußerliche Fassade aus. Mit Anfang zwanzig lernte er alles, was er für seinen späteren Erfolg brauchte. Der Hochstapler, der Betrüger, der hinterlistige Finanzhai, der er heute war, dieser Mann wurde damals geboren. Aus einer schlichten Notwendigkeit heraus.

Zwei Insolvenzen später stellte sich für Ullmenau endlich der berufliche Erfolg ein. Innerhalb weniger Jahre stieg er zum gepriesenen Finanzgenie auf, die Türen zur Frankfurter Gesellschaft öffneten sich ihm und er trat bereitwillig ein. Zu seinen beiden bisherigen Rollen kamen noch ein paar weitere hinzu. Die meisten allerdings nur Facetten bestehender Charaktermuster.

Und so sehr er sich auch mühte, private und berufliche Kontakte zu einem eng geknüpften Netz aus Seilschaften und Abhängigkeiten zu verweben, so penibel achtete er darauf, dass sich sein heterosexuelles und sein homosexuelles Leben nicht vermischten. Er legte sich sogar extra ein geheimes Apartment in der Innenstadt zu. Für seine Kontakte zu anderen Männern besorgte er sich nicht registrierte Prepaid-Mobiltelefone, legte sich ein System unterschiedlichster E-Mail-Adressen zu und ein extra Bankkonto. Mit dem Erfolg und dem damit einhergehenden finanziellen Polster wechselte er auch seine Männerauswahl. Irgendwann schien es ihm zu riskant, sich in den Saunen Frankfurts herumzutreiben. Die einsetzende, gesellschaftliche Akzeptanz machte es inzwischen ja sogar konservativen Stadtabgeordneten möglich, sich zu outen. Am Ende lief man sich dann in der Sauna über den Weg. Das Letzte, was er gebrauchen konnte, waren Gerüchte.

Da Geld für Ullmenau ab einem gewissen Zeitpunkt keine Rolle mehr spielte, verlagerte er sich darauf, Stricher zu kaufen und Callboys zu buchen. Das war diskret, unkompliziert und schnell. Und gegen das entsprechende Honorar erfüllten sie ihm auch bereitwillig seine S/M-Fantasien. Der Fetisch für Anzug und Krawatte hatte sich bei Ullmenau früh manifestiert. Bereits als Jugendlicher hatte er die Versandhauskataloge für schicke Herrenbekleidung als Wichsvorlagen genutzt. Kein Wunder also, dass die Saunen, wo Männer sich maximal mit einem Handtuch um die Hüfte präsentierten, irgendwann an Reiz verloren. Seine Neigung, Sexualpartner zu erniedrigen, zu würgen und zu schlagen, sie übers Knie zu legen, hatte sich erst im Laufe der Jahre entwickelt. Wahrscheinlich kompensierte er dadurch nur das langweilige und eintönige Kuschelsex-Fiasko seiner Ehe.

Mit freudiger Erwartung betrat Ullmenau daher auch immer aufs Neue das Apartmenthaus in der Innenstadt. Sobald er durch das schicke Eingangsportal schritt, das Klacken seiner Lederschuhe auf dem glänzenden, schwarzen Marmorboden hörte, wusste er, es würde nicht mehr lange dauern und er konnte wieder seiner geheimen Leidenschaft frönen. Das Spiel aus Erniedrigung und Kontrolle würde gleich beginnen.

Voller Vorfreude wartete er auf den Aufzug. Er war immer etwas früher da, damit er die Wohnung in Ruhe vorbereiten, noch einen Drink nehmen konnte. Den Callboy hatte er für eine Stunde später herbestellt. Er konnte die Sache also ganz entspannt angehen.

Plötzlich pochte jemand laut und aufdringlich an die Fensterscheibe. Erschrocken fuhr Ullmenau herum. Im ersten Moment erkannte er den jungen Mann gar nicht, der ihm gegenüberstand. Doch er kam ihm seltsam vertraut vor. Die harten Gesichtszüge ... die markante Narbe ... die kurzen Haare ... Plötzlich erinnerte sich Ullmenau wieder, das war der Stricher, den er sich vor gut einer Woche hierherbestellt hatte.

„Was willst du?“, fragte er durch die Fensterschreibe.

„Ich muss mit dir reden. Lass mich rein!"

Ullmenau gestattete sich ein kurzes, wölfisches Grinsen. Für wie dumm hielt der Junge ihn?

„Verpiss dich!"

Jetzt war es an Dejan zu lächeln. Er holte ein Foto aus seiner Jackentasche und presste es gegen die Fensterscheibe. Ullmenau stockte der Atem, als er den Leichnam von Pierre Müller erkannte.

„Ich kann auch der Polizei erzählen, was du mit deinem Liebhaber angestellt hast", sagte er provozierend.

Hastig stürzte Ullmenau zur Tür und öffnete sie, allerdings nur einen Spalt breit.

„Woher hast du die?", fragte er.

Dejan zuckte mit den Schultern. „Ist das wichtig? Mich würde an deiner Stelle viel mehr interessieren, wie teuer es wird, die zu bekommen."

„Du kleiner, verfickter …"

„He Mann! Redet man so mit einem Geschäftspartner?", unterbrach ihn Dejan und trat ganz nahe an den Türspalt heran. Ullmenau schaute sich nervös um, ob sie jemand beobachtete. Die Videokamera, im Fenster der Pension gegenüber, bemerkte er nicht.

„Die Bilder werden nicht teuer. Meine Loyalität hingegen schon. Aber da du es ja gewohnt bist, für gewisse Dienstleistungen zu bezahlen …"

„Wieviel?", presste Ullmenau hervor. Seine Stimme zitterte dabei, teils vor Aufregung, teils vor Wut auf diesen kleinen, dummen Stricher, der es wagte, ihn herauszufordern.

„Fünfzigtausend. In bar."

„Das habe ich nicht bei mir", antwortete Ullmenau unnötigerweise.

„In drei Tagen. Freitagabend. Acht Uhr. Genau dort", sagte Dejan und warf ihm ein Stück Papier vor die Füße. Aus einem Reflex heraus bückte sich Ullmenau danach und hob es auf. Er hörte noch, wie sein Gegenüber plötzlich einen Satz nach hinten machte und dann davonrannte. Mit zitternden Händen faltete er das Papier auseinander. Es war ein Stadtplan von Frankfurt. Eine alte Eisenbahnbrücke auf dem Gelände des Ostbahnhofs war darauf rot markiert. Hastig stopfte er den Plan in seine Jackentasche, schaute sich dabei noch einmal unsicher nach allen Seiten um. Kein Mensch war zu sehen. Schwer atmend flüchtete er sich in den Fahrstuhl. Schweißperlen rannen ihm über das aschfahle Gesicht. Er zitterte am ganzen Körper. Die Fahrt nach oben kam ihm ungewohnt lange und seltsam unwirklich vor.

Erst im Schutz seines Apartments beruhigte er sich wieder. Er goss sich einen großzügigen Whiskey ein, legte Tschaikowskis Schwanensee auf und trat ans Fenster. Die Stadt lag ihm noch immer zu Füßen. Er war ganz oben angekommen. Und von einem verdammten Stricher würde er sich das nicht kaputt machen lassen. Dieser dumme kleine Junge musste aufgehalten werden. Keinen einzigen Gedanken verschwendete er daran, dass geforderte Geld zu zahlen. Wer konnte ihm schon garantieren, dass er ihn nicht weiter schröpfen und ausnehmen würde. Nur um am Ende doch zur Polizei zu rennen und den Ermittlungsbeamten das letzte, entscheidende Puzzlestück zu liefern. Dieser alte, tattrige Kommissar lechzte doch nur wie ein Bluthund danach, ihn dingfest zu machen. Erführe er, dass sein vermeintlich heterosexueller Tatverdächtiger auf junge Männer stand und einen Hang zu S/M-Spielen hatte, wäre er geliefert. Jetzt bereute es Ullmenau, so leichtsinnig gewesen zu sein, Pierre die Krawatte um den Hals zu legen. Die Faktenlage würde ihn erdrücken. Was spielte es dann noch für eine Rolle, dass Pierre tatsächlich Selbstmord begangen hatte. Abgesehen davon gab es ja noch diese andere, lästige Ermittlung gegen ihn. Ein guter Freund hatte ihm von dieser Schwarzen, die ihn ebenfalls dingfest machen wolle, erzählt. Aufsehen war also das Letzte, was er jetzt gebrauchen konnte.

Ullmenau leerte mit einem zügigen Schluck sein Glas und begann, an einer Abwehrstrategie zu feilen. So einfach würde er sich dieses Leben nicht nehmen lassen. Vor vier Monaten war es ihm schließlich auch in letzter Sekunde gelungen, das Ruder noch einmal herumzureißen.

Die SMS, die er am Neujahrsmorgen auf seinem Prepaid-Handy vorgefunden hatte, hatte Ullmenau zunächst in regelrechte Panik versetzt.

Müssen miteinander reden. So schnell wie möglich. Du musst dich entscheiden. Ich habe die Dokumente. Frohes neues Jahr, hatte ihn Pierre Müller wissen lassen.

Das war eine eindeutige, wenn auch nur indirekt formulierte Erpressung und bestätigte den bis dato nur vagen Verdacht, dass sein verschmähter Verehrer tatsächlich bereit war, ihn zu verraten. Es war der denkbar ungünstigste Zeitpunkt für einen Verrat. Ullmenau hatte erst kurz vor Weihnachten von einem seiner Kontakte erfahren, dass diese schwarze Polizistin gegen ihn ermittele. Umso gefährlicher also, wenn sich ausgerechnet jetzt in seinem sonst so loyalen Mitarbeiterstab eine undichte Stelle auftat.

Kurz verfluchte sich Ullmenau für seine eigene Nachlässigkeit. Sein Ego und sein Schwanz hatten ihn in diese Lage gebracht.

Zugegeben, es war zunächst sehr schmeichelhaft gewesen, von dem deutlich jüngeren Pierre Müller mit Komplimenten und Avancen überhäuft zu werden. Ullmenau war ja immerhin Mitte vierzig. Die Schläfen waren ergraut, was dank seiner Tönung nicht weiter auffiel, der Bauchansatz war unverkennbar und die Krampfadern an den Beinen gewannen an Substanz. Nein, Frischfleisch war er längst nicht mehr.

Die beiden Männer lernten sich bei einem Seminar kennen und sie waren einander schnell verfallen. Sexuell passten sie perfekt zusammen, und als Ullmenau dann einen neuen IT-Administrator suchte, war Pierre die augenscheinlich logische Wahl. Willentlich nahm er dabei in Kauf, dass sich sein geheimes Leben mit dem beruflichen vermischte. Aber das Risiko schien abschätzbar. Pierre war kein Bewegungsschwuler. Er lebte diskret und leise, hatte wenige Freunde und schämte sich seiner eigenen S/M-Vorlieben. Er war Ullmenau hörig und damit passte er perfekt ins Mitarbeitergeflecht des Finanzinstituts. Wer hätte auch ahnen können, dass Pierre seinem neuen Chef nicht nur sexuell, sondern auch emotional verfallen würde. Rückblickend betrachtet, war Ullmenau klar, es wäre notwendig gewesen, die Reißleine zu ziehen, nachdem Pierre ihm seine Gefühle gestanden hatte. Eine großzügige Abfindung und eine dezent platzierte Drohung hätten das Problem erledigt.

Doch er war blauäugig, beinahe naiv mit dem verliebten jungen Mann umgegangen. Er hatte ihm nicht gekündigt, stattdessen wollte er ihn am ausgestreckten Arm verhungern lassen. Entwöhnung, nannte Ullmenau das. Wie bei einem Welpen, der sich von seiner Mutter trennen musste. Doch sein Plan ging nicht auf. Schlimmer noch, Pierre entwickelte Eigeninitiative. Er durchschaute schnell seine dubiosen Machenschaften. Und es gelang ihm dank seiner Stellung mühelos, an sensible Dokumente heranzukommen.

Erst als Ullmenau am Neujahrsmorgen die Nachricht las, erkannte er die Dimension des Verrats. Er hatte die penetranter werdenden Avancen und Liebesbekundungen ignoriert, abgeschmettert, verharmlost. Auch die Intervalle zwischen ihren Sex-Dates hatte er immer wieder ausgeweitet. Doch als in der Adventszeit das Stalking begann, er Pierres Wagen sogar vor seinem Privatanwesen entdeckte, wurde sich Ullmenau der gefährlichen Eigendynamik bewusst. Aus einer Sexaffäre mit klaren Grenzen und Regeln wurde ein riskantes Spiel.

So war er panisch am Neujahrstag zu Pierres Apartment gerast. Seiner Frau sagte er etwas von einem Notfall in der Firma, was es ja auch irgendwie war. Obwohl zu diesem Zeitpunkt bereits jedes Gefühl, das er einmal für Pierre empfunden haben mochte, kaltem Hass gewichen war, schockierte es ihn doch, als er den toten Körper seines Exgeliebten in der Badewanne vorfand. Er hatte sich noch gewundert, warum die Tür zum Apartment offenstand, seine lauten Rufe und das Klingeln unbeantwortet blieben. Obwohl Ullmenau durchaus erwogen hatte, Pierre Müller notfalls mit Gewalt zur Vernunft zu bringen, wäre er niemals auf die Idee gekommen, ihn umzubringen. Regungslos stand er einige Minuten vor der Badewanne, betrachtete den nackten toten Körper. Kurz überkam ihn so etwas wie Trauer. Wie schrecklich armselig und stillos er aussah, so schlaff und bleich lag er in der Wanne. Das war seiner wirklich unwürdig.

In der Küche fand Ullmenau Haushaltshandschuhe, streifte sie über und suchte aus dem Schrank eine Krawatte heraus, die er Pierre vorsichtig um den Hals legte. Als letzte Ehrerbietung, als letzten Gruß an seinen Geliebten, als Reminisenz an ihr kleines, schmutziges Geheimnis. Ob er sich wohl aus Liebeskummer das Leben genommen hatte? War Ullmenau mitschuldig an seinem Tod?

Wütend über seine eigenen Gedanken schüttelte Ullmenau den Kopf. Wer sich selbst das Leben nahm, wollte vor allem die Zurückgebliebenen bestrafen. Doch das würde Ullmenau nicht zulassen. Er würde sich nicht zum Opfer machen lassen.

Schnell, hektisch und planlos durchsuchte er die Wohnung. Die Unterlagen und Dokumente konnte er jedoch nicht finden. Auch keinen Abschiedsbrief. Pierre Müller war also offenbar ohne letzte Worte aus dem Leben geschieden. Zum Glück. Hatte sein Exgeliebter vielleicht doch nur geblufft? Gab es in Wirklichkeit keine entlarvenden Dokumente? Nur um sicher zu gehen, nahm er das Mobiltelefon und das Notebook mit.

Dann stellte er die Heizung im gesamten Apartment aus. Innerhalb kürzester Zeit würde die Wohnung auskühlen. Er konnte es nicht riskieren, die Polizei anzurufen. Jeder Tag, der verging, bevor die Leiche aufgefunden wurde, würde ihm zusätzlich Zeit verschaffen, um sich eine Abwehrstrategie gegen diesen Angriff zurechtzulegen. Er musste herausfinden, ob Pierre tatsächlich Dokumente entwendet hatte. Und vor allem musste er alle Beweise vernichten, die das private Verhältnis zwischen ihnen offenbarten. Zugleich ertrug er jedoch den Gedanken nicht, dass Pierre in der muffigen Heizungshitze seines Apartments vielleicht sogar Wochen dahinvegetierte, verfaulte. Wenigstens ein letzter Rest Würde sollte ihm zuteilwerden, wenn er schon so feige war, sich selbst umzubringen. Abgesehen davon, je weniger sie stank, umso länger würde die Leiche unentdeckt bleiben.

Erst als Ullmenau den Rechner im Kofferraum seines Wagens verstaut hatte und schwer atmend auf dem Fahrersitz Platz nahm, setzte langsam die Erkenntnis ein, was gerade geschehen war und vor allem, was er gerade getan hatte. Pierres Selbstmord machte ihn traurig, schockierte ihn und ließ sogar, ganz leise und unterdrückt, Schuldgefühle aufkommen. Doch da war noch eine andere Emotion, die sich in ihm regte: Erleichterung. Erleichterung darüber, dass sich ein Problem plötzlich, wenn auch auf tragische Art und Weise, von selbst erledigt hatte. Ein unabwägbarer Risikofaktor war verschwunden und ein Leck war abgedichtet. Mit etwas Glück würde er aus dieser lehrreichen Sache mit einem blauen Auge und ein paar lästigen Schuldgefühlen herausgekommen.

Ullmenau startete den Wagen und ließ Pierre Müller hinter sich zurück. An diesem Neujahrstag konnte er ja unmöglich ahnen, dass dieses Kapitel seines Lebens noch längst nicht abgeschlossen war.

Der Zufall

Der Zufall hatte – im Vergleich zum Schicksal, zu Gott oder auch zur Vorsehung – einen entscheidenden Vorteil: Er war nicht darauf angewiesen, dass die Menschen, deren Leben er beeinflusste, an ihn glaubten.

Der Zufall war auch nicht besonders egozentrisch, ganz anders als etwa Gott. Ihm war nicht wichtig, dass die Menschheit seine Macht anerkannte, ihm Respekt zollte oder ihn gar verehrte. Nur einmal, da war der Zufall wirklich erbost gewesen. Und auch ein klein wenig rachsüchtig. Es war der Tag, an dem der französische Schriftsteller und Literaturnobelpreisträger Anatole France die Vermutung anstellte, der Zufall sei das Pseudonym Gottes, wenn dieser nicht unterschreiben wolle. Das hatte ihn dann doch sehr gekränkt, mit dieser tatterigen, alten Tante verglichen zu werden. Sicher, France war Gott niemals begegnet und konnte also auch nicht ahnen, welch eine Beleidigung er da gerade ausgesprochen hatte. Trotzdem entschloss sich der Zufall zu einem kleinen Racheakt und ließ France drei Tage später auf einer Bananenschale ausrutschen, wobei das gar nicht so einfach gewesen war, da im neunzehnten Jahrhundert noch nicht sehr viele Bananen in Frankreich gegessen wurden. Frances Arsch ließ er sanft in einen Haufen Hundekot fallen. Das war wiederum ein Leichtes gewesen, denn Hunde gab es in Paris auch damals schon zur Genüge.

An solchen kleinen Gemeinheiten hatte der Zufall durchaus seine Freude. An den wirklich großen Katastrophen der Menschheits- und Erdgeschichte war er jedoch gänzlich unbeteiligt. Vielmehr schoben die Menschen diese Ereignisse dem Zufall aus Unwissenheit in die Schuhe, da sie nicht erkannten oder begreifen konnten, dass die kausalen Zusammenhänge und physikalischen Notwendigkeiten aufgrund ihrer Parameter zwangsläufig in einer Katastrophe hatten enden müssen.

So war der Zufall weder für das Aussterben der Dinosaurier, hervorgerufen durch einen Meteoriteneinschlag, noch für den Untergang der Titanic zuständig. Ersteres war eine kosmische Notwendigkeit, die sich aus den überschneidenden Umlaufbahnen zweier Himmelskörper ergab. Letzteres eine logische

Konsequenz aus Geschwindigkeit und Kurs von Titanic und Eisberg, wobei das Ausmaß der Katastrophe aufgrund fehlender Rettungsboote nichts mit Notwendigkeit, sondern schlicht mit dem menschlichen Unvermögen zu tun hatte, erkennen zu können, dass kein Schiff unsinkbar war.

Überhaupt war der Zufall ein romantischer und humorvoller Menschenfreund. Auch das unterschied ihn maßgeblich vom Schicksal oder von Gott.

Und so war es niemand anderes als der Zufall persönlich, der sich an einem regnerischen Donnerstag im April spontan dazu entschloss, Sarah und Dejan einen Gefallen zu erweisen.

Das übellaunige Schicksal war es nämlich gewesen, das Sarah, die wie die meisten Lesben einen unerschütterlichen Glauben an eben jenes hatte, ihre Tasche bei Meiko vergessen ließ. Dadurch wurde eine Kaskade von Ereignissen in Gang gesetzt, die auf einen unheilvollen Höhepunkt zusteuerte. Denn während sich Dejan in einer Seitenstraße des Bahnhofsviertels eine Waffe besorgte und sich Ullmenau seinerseits entschloss, die Erpressung durch einen dahergelaufenen Stricher nicht tatenlos hinzunehmen, saß Sarah in ihrem Büro und brütete über ihren Akten. Sie konnte natürlich nicht ahnen, welche Entwicklungen dort draußen ihren Lauf nahmen.

Doch der Zufall war auf ihrer Seite. Er sorgte dafür, dass nur wenige Straßen weiter ein Fahrradkurier endlich einen dicken, braunen Briefumschlag fand, der vor vielen Wochen durch eine Unachtsamkeit zwischen Schreibtisch und Büroschrank gerutscht war. Aufgegeben hatte ihn ein Notar, der für die Nachlassverwaltung von Pierre Müller zuständig gewesen war. Ihm hatte Müller aufgetragen, im Falle seines Todes diesen Umschlag einer Polizeibeamtin namens Sarah Tetzer zuzustellen. Dies war auch geschehen, doch der zuständige Fahrradkurier war an jenem Morgen von seiner Freundin verlassen worden und hatte sich nicht so richtig auf die Arbeit konzentrieren können. Und so vergaß er den Umschlag, der dann auf der Rückseite des Schreibtisches hinunterrutschte und verschwand. Der Fahrradkurier erholte sich schnell vom Ende der Beziehung. Und so poppte er an jenem Mittwochabend mit einer Kollegin in Fahrradkleidung auf dem Schreibtisch. Gewicht und Rhythmus dieser Aktion, in Verbindung mit einem schlecht zusammengebauten Schreibtisch, führten schließlich dazu, dass dieser unter ihnen nachgab. Das war kein Zufall, sondern physikalische Notwendigkeit. Allerdings sorgte der Zufall dafür, dass der Fahrradkurier während der Aufräumarbeiten den braunen Umschlag entdeckte und sich reumütig sofort auf den Weg ins Polizeipräsidium machte.

Keine halbe Stunde später hielt Kommissarin Sarah Tetzer genau jene Unterlagen in der Hand, die sie seit Monaten so verbissen gesucht hatte, von deren Existenz sie überzeugt gewesen war. Pierre Müller hatte seinen Arbeitgeber hintergangen, vielleicht, um ihn zu erpressen, vielleicht, um sich für den Notfall abzusichern. Auf jeden Fall hatte er genug Voraussicht besessen, um dafür Sorge zu tragen, dass diese Beweise der Polizei übergeben wurden, falls ihm etwas zustoßen sollte.

Zufrieden beobachtete der Zufall die Durchschlagung des gordischen Knotens. Sarah benötigte nur wenige Minuten, um sich einen groben Überblick zu verschaffen und einschätzen zu können, ob es für einen Haftbefehl genügen würde. Mit entschlossener Miene wählte sie die Nummer des zuständigen Staatsanwalts.

Keine Panik!

Jörg hatte sich alle Mühe für ihren letzten gemeinsamen Abend gegeben. Ein Drei-Gänge-Menü bei Kerzenschein. Klassische Musik. Doch Tina konnte das alles nicht genießen. Sie rang mit sich, suchte nach den richtigen Worten. Nach dem richtigen Moment. Vor dem Dessert? Danach? Hätte sie erst gar nicht kommen dürfen?

„Mein Exmann ist in Asien verschollen. Ich brauche also keinen Freund, der in Florida lebt", fing sie schließlich an.

Die romantische Stimmung war mit einem Schlag dahin.

„Dieser Vergleich ist ja wohl das Letzte!"

Jörg war immer geduldig und verständnisvoll, ertrug ihre Launen mit stoischer Gelassenheit und war selbst in Krisensituationen erschreckend tiefenentspannt. In ihrer gemeinsamen Zeit hatten sie höchsten drei ernstere, elementare Auseinandersetzungen bestreiten müssen. Doch aus jenen Momenten hatte Tina noch bestens seinen Gesichtsausdruck vor Augen, der einen Wutanfall ankündigte.

Jörgs Stirn legte sich in Falten, sein Blick wurde kalt und stechend, seine Mundwinkel zuckten.

Doch im letzten Moment beherrschte er sich, ließ es nicht zu einem Ausbruch kommen. Reg dich nicht auf, ermahnte er sich selbst. Keine Panik! Sie meint es nicht so, sie ist unsicher und hat Angst. Sie ist eben eine Sternheim. Anstatt zu antworten, schaufelte er sich einen Löffel gedünsteten Brokkoli auf den Teller.

„Sag doch was", forderte ihn Tina auf. Ihre Stimme war brüchig und leise, während sie es nicht fertigbrachte, ihren gesenkten Blick von dem Teller vor sich loszureißen, ihm in die Augen zu schauen. Unsicher stocherte sie im Lammragout herum, ohne davon zu kosten. Hätte sie besser bis nach dem Essen warten sollen? Sie hatte sich seit Meikos Party mental auf diesen Moment vorbereitet, ihn immer wieder hinausgezögert. Bis heute. Ihr letzter gemeinsamer Abend. Die letzte Chance, endlich klare Fronten zu ziehen.

Jörg nahm einen Schluck aus seinem Weinglas. Die Flammen der Kerzen flackerten unruhig.

„Du willst also mit mir Schluss machen?", fragte er ruhig und gefasst, ohne jeden Vorwurf in seiner Stimme.

„Ich habe keine Wahl. Du willst weg und ich verstehe das. Du bist jung und du musst dich ausprobieren, ausleben, austoben. Ich will dir nicht im Weg stehen. Aber ich will auch nicht unnötig leiden. Wir sollten das Unvermeidbare nicht länger hinauszögern. Es ist besser so."

Jörg gestattete sich ein sarkastisches und schnelles Lächeln. Sie musste wirklich verdammt viel Schiss haben, wenn sie sich in solche lächerlichen Ausflüchte rettete. Doch es würde nichts bringen, zu versuchen, sie umzustimmen. Er konnte sie nicht auf diesen offensichtlichen Fehler hinweisen, darauf musste sie schon selbst kommen.

Doch was sollte er jetzt tun? Er hatte eigentlich einen perfekten, romantischen Abend geplant. Ein letztes Mal, bevor er für mehrere Wochen in die Staaten fliegen würde, sollten sie in aller Ruhe Zeit haben, sich gegenseitig zu genießen. Doch insgeheim hatte er die vergangenen Tage über damit gerechnet, dass Tina ihn nicht so ohne Weiteres ziehen lassen würde. Sie war überrascht, dass es ihm so schnell möglich war, bei Lisa Koenig auf Probe zu arbeiten. Auch hatte sie wohl nicht damit gerechnet, dass ihn die Pflegedienstleitung des *Rainbow Gardens* so unkompliziert und zügig würde freistellen können. Doch nach Meikos Party hatte Jörg keinerlei Zeit mehr verschwendet. Und Lisa freute sich über die Idee, dass er sich ihr Projekt erst einmal anschauen wollte. Innerhalb kürzester Zeit waren die Flugtickets bereitgestellt und ein Hotelzimmer gebucht. Alles ging so schnell, selbst Jörg war kaum in der Lage, sich mit diesen Entwicklungen angemessen auseinanderzusetzen. Und Tina wählte den für sie augenscheinlich einfachsten Weg, auch wenn es der absolut falsche war. Auch wenn es, da bestand für ihn nicht der geringste Zweifel, nicht das war, was sie eigentlich wollte. Aber das musste sie selbst erkennen. Je mehr er versuchte, sie aus ihrer Ecke herauszuholen, umso heftiger würde sie sich verschanzen. Und so beschloss Jörg, einfach nichts zu tun.

Schweigend aßen sie zu Ende. Dann erhob er sich abrupt und holte ihre Jacke.

„Danke für den netten Abend“, sagte er. „Aber ich muss noch fertig packen. Es wäre besser, wenn du jetzt gehst.“

„Du schmeißt mich ohne ein weiteres Wort raus?“, fragte sie irritiert.

„Ich ignoriere das, was du gesagt hast, einfach. Lass uns morgen reden.“

„Morgen?“, wiederholte Tina ungläubig. Sie schaute ihn an, als wäre er verrückt geworden.

„Ja, schlaf noch einmal drüber. Und wenn du morgen Abend zum Flughafen kommst und wir uns vor dem Check-in ein letztes Mal in die Arme schließen und küssen, dann sag mir, ob das, was du eben leichtsinnigerweise von dir gegeben hast, immer noch dein Ernst ist“, erklärte er in einem lapidaren Tonfall. Sanft, aber bestimmt bugsierte er sie zur Wohnungstür.

„Aber ich habe doch …“

„Du bist heute nicht du selbst“, unterbrach Jörg sie. „Komm morgen einfach zum Flughafen. Ruf nicht an, sei einfach dort. Und wenn wir uns am Check-in voneinander verabschieden, dann wiederhole noch einmal, was du heute gesagt hast.“

„Du bist verrückt. Du kannst doch nicht …“

Jörg zog sie an sich und brachte sie mit einem Kuss zum Schweigen. Ehe Tina sich versah, gab er ihr einen sachten Schubs und sie stand im Treppenhaus.

„Wir sehen uns morgen am Flughafen“, sagte Jörg nur und schlug ihr die Tür vor der Nase zu.

Chronologie eines ganz normalen Abends

17.01 Uhr, Friedberger Platz (Frankfurt) * Jeden Freitag gegen Feierabend trifft sich Frankfurt auf dem Friedberger Platz. Ursprünglich sollte der dortige Weinmarkt ein Treffpunkt für die Bewohner des Nordends sein. Es hatte klein angefangen mit Händlern, die Gemüse, Wurst, Backwaren und Fisch feilboten – und einem Winzerstand. Doch die Botschaft, man könne sich auf dem Friedberger Platz mit seiner kleinen Wiese perfekt ins Wochenende treiben lassen, verbreitete sich innerhalb kürzester Zeit. Und so wurde aus dem Markt ein wöchentliches Happening mit bis zu eintausend Teilnehmern, das sich bis spät in die Nacht erstreckte. Auch Luke und Meiko gehörten, sobald es die Witterung zuließ, von Frühjahr bis Herbst zum Stammpublikum, selbst wenn die beiden von den explodierenden Besucherzahlen und dem Charakter einer Massenveranstaltung genervt waren.

„Es ist wie immer, sobald der durchschnittliche Mainstream ein Fest für sich entdeckt, sind die besten Tage vorüber. Noch vor einem Jahr war die Wiese mit Picknickdecken bevölkert. Inzwischen gibt es hier nur noch Stehplätze. Von gemütlich sich ins Wochenende treiben lassen, keine Spur mehr“, beschwerte sich Meiko und warf einen missbilligenden Blick auf das Gedränge.

Trotzdem zog es ihn und Luke immer wieder hierher. Gerade jetzt, nach ihrer kleinen Beziehungskrise, waren gemeinsame Unternehmungen das dringend benötigte Schmiermittel ihrer neu belebten Freundschaft.

„Aber wir sind doch auch Mainstream“, stellte Luke lakonisch fest.

„Aber kein Durchschnitt“, verbesserte ihn Meiko.

17.10 Uhr, Ackerpflaumenallee 33 (Frankfurt) * Skeptisch betrachteten Sören, Daniel und Helga ihre Teller, auf denen sich ein Berg zusammenklebender Spaghetti befand, dessen Gipfel mit einer rotbraunen, undefinierbaren Sauce überzogen war.

„Was ist das?“, fragte Daniel.

„Spaghetti Bolognese“, antwortete Tina gekränkt.

Vorsichtig kostete ihr jüngster Sohn davon, als hätte er Angst, sich zu vergiften.

„Bei Jörg schmeckt das aber anders“, stellte er brutal fest.

Allein die Erwähnung des Namens trieb Tina die Tränen in die Augen. Schnell drehte sie sich von dem Esstisch weg und flüchtete in die Küche.

Mit zittrigen Händen schenkte sie sich ein Glas Wasser ein und atmete drei Mal tief durch. Ein schneller Blick auf die Armbanduhr. Bald würde sich Jörg auf den Weg zum Flughafen machen. Ob er tatsächlich damit rechnete, dass sie kommen würde? Tom, Luke, Sarah, sie alle hatten ihr geraten, hinzufahren, sie versucht zu überreden. Selbst Meiko war ihr in den Rücken gefallen. Doch Tina blieb hart. Ihre Entscheidung stand fest. Und sie war die einzig richtige, die einzig mögliche. Das versuchte sie sich schon den ganzen Tag über einzureden. Auch wenn Jörgs Reaktion und seine Ignoranz das Ganze verkomplizierten.

Der gestrige Abend war nicht so verlaufen, wie sie es erhofft hatte. Es wäre leichter gewesen, wenn er mit Wut, Hass oder Enttäuschung darauf reagiert hätte, dass sie Schluss machte. Damit hätte sie umgehen können. Damit hatte sie gerechnet. Doch diesen Schritt einfach zu ignorieren, machte es für Tina ungemein schwerer. Als er ihr die Tür vor der Nase zugeschlagen hatte, war sie erst erleichtert gewesen und ging, ohne zu überlegen. Erst zu Hause wurde ihr klar, dass er sie hatte ins Leere laufen lassen. Wie sollte man mit jemandem Schluss machen, der diese Entscheidung nicht Ernst nahm? Rückblickend hätte sie ihm dieses Verhalten nicht durchgehen lassen dürfen. Sie hätten das gestern Abend klären müssen. Wie zwei erwachsene Menschen. Sie hätte ihn zwingen müssen, den Tatsachen ins Auge zu sehen.

Mit einem aufgesetzten Lächeln ging Tina zurück ins Esszimmer. Lustlos stocherten ihre Kinder in den Spaghettibergen herum.

„Wo ist Jörg?“, fragte Helga.

„Mama hat ihn weggeschickt", giftete Sören. Ihr Ältester verstand sehr wohl, was zwischen seiner Mutter und ihrem Freund gerade vor sich ging, und er hatte seine Ablehnung bereits unmissverständlich zum Ausdruck gebracht.

„Warum?", fragte Helga schockiert.

Tina warf Sören einen mahnenden Blick zu und erklärte dann mit fürsorglicher Stimme: „Jörg macht ein paar Tage Urlaub in Amerika."

„Können wir nicht mit?", fragte Daniel unschuldig.

17.22 Uhr, Friedberger Platz (Frankfurt) * Cem wusste nicht genau, warum er hier war. Seitdem ihm Luke vor wenigen Tagen quasi in die Arme gesprungen war, hatte er alle Vorsätze in Bezug auf den Deutschen wieder über Bord geworfen. Nach ihrem unglücklichen Abschied war Cem zunächst vor allem wütend gewesen, da es Luke nicht einmal für nötig befunden hatte, auf Anrufe, SMS und E-Mails zu reagieren.

Der Wut folgte Frustration und schließlich Resignation, die mit dem Vorsatz einherging, Lukes Nummer zu löschen und die ganze Sache zu vergessen. Er, Cem, hatte es schließlich nicht nötig, jemandem hinterherzulaufen. Sein verletzter Stolz kam in dieser Situation voll zum Tragen und so hatte er keinerlei Veranlassung gesehen, nach seiner Rückkehr bei Luke anzuklopfen.

Womit Cem allerdings nicht gerechnet hatte, war, welch heftige Gefühlswallungen das unerwartete Wiedersehen mit Luke in der Universität hervorrufen würde. Er fand ihn noch immer extrem anziehend, was jedoch nicht nur seinem Äußeren geschuldet war, sondern seiner ganzen Art, seiner Ausstrahlung. Das war eine durchaus bittere Erkenntnis, die Cem erst verdauen musste. Nachdem sie vor dem Paternoster unverfängliche Floskeln ausgetauscht hatten, versprach Luke unvermittelt, sich bei ihm zu melden.

„Es war wirklich sehr schön, dich wiederzusehen. Ich ruf dich an", sagte er.

Ein riskantes Eingeständnis, wie Cem zugebene musste. Schließlich hatte sich Cem während der gesamten Unterhaltung um eine freundlich-neutrale Distanz bemüht. Er hatte Luke mit keiner Geste, keinem Wort, keinem einzigen Blick einen Grund zu der Annahme gegeben, dass es ihm genauso ging. Zumindest glaubte Cem das. Oder hatte er doch unbewusst irgendwelche Signale ausgesendet?

Auf jeden Fall hielt Luke Wort, wobei Cem nicht einmal wusste, ob er sich darüber freuen sollte. Vor allem die Tatsache, dass er keine Zeit verstreichen ließ, keine Spielchen spielte und ihm nur wenige Stunden später eine SMS schickte, gab ihm zu denken. Es schien Luke tatsächlich ernst zu sein. Der ersten Nachricht folgten weitere. Und als Luke nicht locker ließ und immer wieder fragte, ob sie sich nicht wiedersehen könnten, stimmte Cem schließlich zu, sich auf dem Friedberger Platz zu treffen.

Es war kein klassisches Date. So viel stand fest. Aber was war es dann? Eine Verabredung unter ganz normalen Freunden? Wohl kaum. Dafür waren die beidseitig vorhandenen Wunden noch viel zu frisch. Vielleicht ein Zwischending mit einer Option auf mehr?

Cem hielt nichts von zweiten Chancen. Und doch war er hier.

Unsicher und auch ein bisschen nervös bahnte er sich einen Weg durch die Menschenmenge, die sich zwischen Weinständen und Marktbuden zu einer schwer durchdringbaren, amorphen Masse verdichtete, und hielt dabei Ausschau nach Luke.

17.34 Uhr, Zeil (Frankfurt) * Mit lüsternem Blick schaute Marge den beiden jungen, arabisch aussehenden Männern hinterher, die cool und lässig in Jogginghose über die Zeil schlenderten.

„Die sind noch minderjährig!“, befand Tom, als er ihren Blick bemerkte.

Marge rückte ihre Sonnenbrille zurecht, schlug die rasierten Beine übereinander und gestattete sich ein lüsternes Lächeln.

„Kommt zu Mama“, gurrte sie ihnen hinterher.

In diesem Augenblick kam der Kellner des Straßencafés mit der Rechnung an ihren Tisch.

„Haben Sie mich gemeint?“, fragte er sichtlich irritiert.

Marge lugte über die dunklen Brillengläser, musterte den pummeligen Endvierziger eingehend und sagte dann: „Nein. Natürlich nicht.“

Sie ließ, ganz damenhaft, Tom bezahlen. Und er, ganz Gentleman, half ihr dann in den olivgrünen, leichten Sommermantel und bot ihr seinen Arm an.

„Danke, mein Lieber", sagte Marge und hakte sich unter.

„Noch Lust auf ein Gläschen Wein auf dem Friedberger Platz?", fragte Tom, während sie über die Fußgängerzone flanierten. Nur wenigen der zahlreichen Schaufenster gelang es, ihnen einen zweiten, eingehenden Blick abzuringen. Im Gegensatz dazu erfreute sich Marge, mit ihrer wasserstofffarbenen Perücke, den Camouflage-Tights und pinkfarbenen High Heels großer Aufmerksamkeit. Sie zog ebenso bewundernde wie auch abschätzige Blicke auf sich. Meistens jedoch einfach nur Verblüffung. Gelegentlich musste sie für japanische Touristen als Fotomotiv herhalten. Was sie selbstverständlich gerne tat. Es hatte eine Weile gedauert, bis Tom an ihrer Seite entspannt und unverkrampft durch Frankfurt spazieren konnte. Jenseits von CSD-Paraden und schwulen Straßenfesten waren Drag Queens und Transen nun wirklich nichts Alltägliches in Frankfurt. Und Marges Outfit war in dieser Hinsicht auch alles andere als dezent.

„Ich mag dieses Gedränge und Geschubse auf dem Weinmarkt nicht. Da verrutschen mir dauernd die Titten", antwortete Marge nach einiger Bedenkzeit.

„Wolltest du dir nicht sowieso schon längst mal echte machen lassen?"

„Ich bin mir noch unsicher", gestand sie. „So eine Entscheidung will gut überlegt sein. Findest du, Titten und Schwanz an einer Person passen zueinander?"

Tom grinste, wusste allerdings auch keine Antwort auf die Frage.

„Weil", ergänzte Marge, „auf mein bestes Stück will ich auf keinen Fall verzichten." Abrupt verharrte sie vor dem Schaufenster einer Bank und studierte eingehend die Immobilienangebote im Aushang.

„Dieses feudale Landhaus in Oberursel", sie deutete auf das entsprechende Foto, „erinnert mich doch sehr an Marcos Elternhaus. Traumhaft, oder?"

Der abrupte Themenwechsel irritierte Tom und sofort verkrampfte er sich. Marge musterte ihren Zögling eingehend. „Was hast du nur für ein Problem damit? Ich dachte immer, dass ausgerechnet so eine konservative Seele wie du Gefallen an einem Landhaus hätte."

„Ich … will einfach nicht schon wieder eine Veränderung“, gestand Tom nach längerem Zögern. „Ich habe es mir gerade in meinem Leben gemütlich gemacht. Alles ist so, wie es sein sollte. Ich habe einen Job, eine Beziehung und meine Freunde um mich herum. Die letzten Jahre waren aufregend und nervenaufreibend genug gewesen. Ich finde, ich habe es mir verdient, endlich zur Ruhe zu kommen.“

Marge seufzte nachsichtig und kniff Tom in die Wange. „Ach, mein lieber Junge, wie süß du manchmal bist. Vor einer Veränderung dieser Art musst du keine Angst haben. Marco liebt dich. Sieh es einfach mal als Chance und nicht als … Bedrohung.“

„Ein muffiges, altes Haus ist keine Chance.“

„Sag mal, mein Lieber, bist du eigentlich in den letzten Wochen überhaupt dort gewesen?“

„Nicht direkt“, gestand Tom.

Missbilligend zog Marge ihre gezupfte rechte Augenbraue nach oben.

„Du hast also noch gar nicht gesehen, was Marco daraus gemacht hat? Manchmal ist deine Ignoranz echt unglaublich!“

Tom schwieg kleinlaut und ließ die Schelte stumm über sich ergehen.

„Was würdest du davon halten, wenn wir nicht auf diesen unsäglichen Weinmarkt gehen, sondern uns stattdessen in dein schickes Cabrio schwingen und einen kleinen Ausflug machen?“

17.40 Uhr, Friedberger Platz (Frankfurt) * „Er kommt wohl doch nicht“, stellte Luke enttäuscht fest.

„Wollten wir nicht lockerer und entspannter werden?“, entgegnete Meiko lakonisch.

Als hätte er nur auf sein Stichwort gewartet, tauchte plötzlich aus der Menschenmenge Cem auf.

„Sorry für die Verspätung. Aber ich habe dich zwischen all den Leuten einfach nicht gefunden!“, entschuldigte er sich und drückte Luke zur Begrüßung ungeschickt an sich. Es war mehr ein inniges Schulterklopfen als eine wirkliche Umarmung. Trotzdem machte Lukes Herz einen unkontrollierten Sprung. Sein Pulsschlag beschleunigte.

Lockerer werden, entspannter, keine Hysterie, ermahnte er sich. Er bekam trotzdem weiche Knie.

„Cem, ich möchte dir meinen besten Freund Meiko vorstellen. Meiko, das ist Cem", versuchte Luke die beiden nun endlich offiziell miteinander bekannt zu machen.

Ihm war natürlich Meikos zufällige Begegnung mit Cem im Pornokino noch in Erinnerung. Doch der neue, lockere Luke fand, er sollte diesen Zwischenfall tapfer ignorieren. Und das gelang ihm sogar – mehr oder weniger. Dankbar registrierte er, dass sich auch Meiko jede spitze Bemerkung verkniff. Nur an seinem angedeuteten Lächeln, dem nervösen Zucken seiner Mundwinkel konnte Luke erahnen, wie sich der kleine, versaute Junge in ihm über diese unbedeutende, aber schmutzige Querverbindung freute.

Luke würde bei passender Gelegenheit Cem auch darauf ansprechen. Doch derzeit ging es ihn schlicht und ergreifend nichts an. Später vielleicht. Denn Luke wollte mindestens dort weitermachen, wo sie aufgehört hatten. Die entscheidende Frage war nur, was wollte Cem?

18.02 Uhr, Pension am Cityring (Frankfurt) – Schwer und unwirklich lag die Pistole in seiner Hand. Er hatte sich die Waffe bei einem Dealer besorgt, der so ziemlich mit allem handelte, was illegal war, ob Drogen, Frauen oder eben Schusswaffen.

Die glänzende Selbstladepistole war nicht billig gewesen und hatte einen weiteren großen Batzen Geld verschlungen. Doch das Gefühl der Macht, das ihn durchflutete, sobald er die Waffe in die Hand nahm, ließ den Kauf als eine lohnende Investition erscheinen. Trotzdem war er angesichts der rasant zur Neige gehenden Geldreserven beunruhigt. Er hatte sich für gut eintausend Euro einen alten, klapprigen Opel Astra zugelegt. Ein weinroter Unfallwagen, mit einem giftgrün lackierten rechten Kotflügel. Der würde ihn hoffentlich bis nach Bulgarien bringen. Und wenn nicht, war es auch nicht weiter schlimm, schließlich würde er in wenigen Stunden ein gemachter Mann sein.

Dejan versuchte sich einzureden, dass die Pistole nichts mehr war als eine Sicherheitsmaßnahme. Doch diese Selbsttäuschung funktionierte nur bedingt. Er wusste, dass Erpressung kein Kavaliersdelikt war. Noch dazu wenn es dabei um Mord ging. Auch waren fünfzigtausend Euro kein Betrag, den jeder mal eben so aus der Portokasse bezahlte. Doch Ullmenau alias Klaus Schmidt konnte sich ein geheimes Apartment leisten. Das Geld sollte ihn also vor keine größeren Probleme stellen. Außerdem, wenn er diesen armen Pierre wirklich auf dem Gewissen hatte, wovon Dejan ausging, dann waren fünfzigtausend ein wirklich geringer Ablass.

Dejan klemmte sich die Pistole zwischen Hosenbund und Hüfte. Nicht, weil er aus Erfahrung wusste, dass dieser Platz dafür geeignet war, sondern weil er es so aus dem Fernsehen kannte. Überhaupt hatte er berechtigte Zweifel daran, dass er im Fall der Fälle überhaupt auf Ullmenau würde schießen können. Er war zwar früher manchmal auf Entenjagd gegangen, doch das war nun wirklich etwas anderes.

18.37 Uhr, Friedberger Platz (Frankfurt) * In einem Zug leerte Tina ihr Weinglas. Nachdem das Kindermädchen endlich gekommen war, hatte sie keine Zeit verschwendet und war sofort zum Friedberger Platz aufgebrochen. Sie brauchte jetzt Menschen um sich herum, sie brauchte Ablenkung. Sie wollte nicht an Jörg denken und daran, dass er jetzt am Flughafen war. Alleine. Ob er auf sie wartete? Ob er traurig war? Nein, ermahnte sie sich. Sie durfte jetzt nicht an Jörg denken.

Eigentlich hatte sie gehofft, der Trubel, die Menschenmassen, ihre Freunde würden sie ablenken. Doch das Gegenteil war der Fall.

Luke und Cem waren ganz in ihr eigenes „Ding“ vertieft und sie spürte die ganze Zeit den skeptischen Blick ihres Bruders auf sich ruhen.

„Ich habe einen Fehler gemacht, oder?“, fragte sie unvermittelt. Meiko lächelte gönnerhaft. „Diese Frage kannst nur du dir beantworten.“

„Ich wollte ihm sein Leben nicht verbauen. Ich habe es um seinetwillen beendet“, sagte Tina.

„So eine gequirlte Scheiße habe ich schon lange nicht mehr gehört“, brach es aus Meiko hervor. „Nicht Jörg ist das Problem. Du bist es. Du hast Angst davor, dass du dir etwas verbaust. Du hast einfach Angst, ihn zu nahe an dich ran zu lassen.“

„Das sagt genau der Richtige. Mister Ich-verliere-mein-Herz-nur-einmal-im-Jahrzehnt-und-ficke-ansonsten-jeden-Arsch.“

„Du kannst mich jetzt ruhig beschimpfen, liebes Schwesterlein, aber wir sind uns in manchen Dingen eben doch recht ähnlich. Du erträgst den Gedanken genauso wenig wie ich, die Kontrolle zu verlieren. Und deshalb hast du so gehandelt."

„Es war also ein Fehler?"

„Ich fürchte ja."

Tina schaute, zum hundertsten Mal an diesem Abend, auf ihre Armbanduhr.

„Scheiße, ich habe einen Fehler gemacht!", schrie sie.

Luke und Cem schreckten aus ihrer Unterhaltung auf.

„Wie lange brauche ich von hier zum Flughafen?"

„Eine halbe Stunde. Warum?", antwortete Cem. Mit irritiertem Blick musterte er die aufgelöste Frau.

„Ich erklär es dir später", sagte Luke und wandte sich dann an Tina. „Wenn du dich beeilst, kannst du es noch schaffen."

„Soll ich wirklich?"

„Was würdest du mir raten?", entgegnete Luke, stolz darauf, dass er endlich seiner Vermieterin und mütterlichen Freundin einen Rat geben konnte. Solche Momente gab es selten genug.

Hektische rote Flecken zeichneten sich bereits auf Tinas Hals ab. Panisch schaute sie sich um.

„Ich brauche ein Taxi", rief sie. „Wo bekomme ich am schnellsten ein Taxi her?"

Ihre Stimme war inzwischen ungewöhnlich schrill und hoch. Meiko verdrehte genervt die Augen. Warum verloren Frauen im entscheidenden Moment immer die Nerven?

„Bis später!", warf er Luke und Cem noch hastig zu. Dann schnappte er Tina an der Hand und zog sie aus der Menschenmenge in Richtung Straße.

18.38 Uhr, Weingut Bergius (Rheingau) * Marco wusste, wie sehr Jörg Abschiede hasste. Und so widerstand er dem Drang, seinen besten Freund anzurufen, ehe er in den Flieger stieg und sich aufmachte in die Staaten. Stattdessen schrieb er eine kurze SMS: *Viel Spaß im Sunshine State. Bis bald.*

Diese unscheinbaren, kurzen Sätze sagten alles aus, was er Jörg wünschte. Und sich selbst. Er wünschte ihm wirklich alles Gute, doch die Vorstellung, seinen besten Freund an Florida zu verlieren, stimmte ihn zugleich traurig. Sicher, es war ein Abschied auf Zeit, nur wenige Wochen wollte Jörg bleiben. Doch Marco hatte kein gutes Gefühl bei der Sache. Es fühlte sich an, als wäre dies der Anfang vom Ende ihrer gemeinsamen Zeit in Frankfurt. Insgeheim gab er Tina daran die Schuld. Doch das war natürlich nicht fair. Er hoffte, dass sie wenigstens die Courage aufbrachte, ihn am Flughafen zu verabschieden. Das wäre wenigstens ein Zeichen dafür gewesen, dass sie ihn nicht leichtfertig ziehen ließ.

„Traurig?"

Karolas sanftmütige Stimme holte Marco aus seinen trübsinnigen Gedanken.

„Etwas", entgegnete er und nahm einen letzten, tiefen Zug von seiner Zigarette. Achtlos ließ er sie dann auf den Kies der Hofeinfahrt fallen.

„Also wirklich!", empörte sich Karola. Doch sie widerstand dem Drang, sie aufzuheben. Marco war jetzt der Hausherr und er konnte hier tun und lassen, was er wollte. Es war ein ungewohntes Gefühl. Doch zugleich ein sehr beruhigendes.

Marco strich die weiße Malerkluft glatt und nahm dann das gusseiserne Tor am Ende der Hofeinfahrt ins Visier. Zur Hälfte erstrahlte es bereits in neuem weißem Glanz. Die restlichen, rostigen Gitterstäbe waren die letzten Zeugen einer vergangenen Epoche. Noch heute würden die Renovierungsarbeiten zu einem Ende kommen. Dann gab es nur noch eine letzte Aufgabe zu erledigen. Marco hatte das dafür vorgesehene Loch, im Rasen direkt neben dem Hauseingang, bereits ausgehoben. Es war der perfekte Platz, um einen Lindenbaum zu pflanzen.

18.43 Uhr, Friedberger Landstraße (Frankfurt) * Mit einem riskanten Sprung hechtete Meiko vor das Taxi. Dem verdutzten Fahrer gelang im letzten Moment eine Vollbremsung.

„Du neigst schon zu theatralischen Aktionen, oder?", fragte Tina, zwischen jeder Silbe nach Luft schnappend.

„Klappe. Du willst ihn doch noch rechtzeitig erwischen", antwortete Meiko nur, riss die hintere Tür des Wagens auf und drängte seine Schwester zum Einsteigen.

„Wohin soll es denn so eilig gehen, junger Mann?", fragte der Taxifahrer, ein grauhaariger Mittsechziger mit Schnauzbart und braun kariertem Schlapphut. Am Rückspiegel baumelte ein gelber Duftbaum und verströmte einen penetranten Vanille-Gestank.

„Zum Flughafen. So schnell wie möglich. Es geht um Leben und Tod“, befahl Meiko und schnallte sich an.

„Junger Mann, wollen Sie mich etwa verarschen?“

Der Mann wandte sich zu seinen Fahrgästen um und musterte sie eindringlich.

Ohne mit der Wimper zu zucken, kramte Meiko zwei Fünfzig-Euroscheine aus seiner Tasche und schmiss sie lapidar auf den Beifahrersitz.

„Wenn wir es rechtzeitig schaffen, gibt es einen dritten Fuffi.“

Tina konnte sich ein Lächeln nicht verkneifen. Dafür liebte sie ihren Bruder.

Der Blick des Taxifahrers wanderte ungläubig zwischen Meiko und den Geldscheinen hin und her. Dann schaute er Tina, deren rote Panikflecken sich inzwischen vom Hals bis auf die Wangen ausgebreitet hatten, fragend an. Sie nickte nur knapp.

Mit quietschenden Reifen raste das Taxi davon.

19.00 Uhr, Sachsenhäuser Berg (Frankfurt) * Richard Ullmenau war kein Mann, der sich schnell aus der Ruhe bringen ließ. Und so hatte er sich nach dem ersten Schock über den zweiten Erpressungsversuch innerhalb eines halben Jahres relativ schnell wieder gefangen. Auch wenn er nicht davon ausging, dass sich die Sache erneut von selbst erledigte, war sie diesmal ungemein einfacher aus der Welt zu schaffen. Zwischen ihm und diesem slawischen Stricher gab es keinerlei direkte Verbindung. Es würde also nichts auf ihn zurückfallen. Sorge bereitete Ullmenau nur, wie dieser nichtsnutzige Hurensohn an die Fotos vom Tatort und an Auszüge aus der polizeilichen Ermittlungsakte gekommen war. Ob dieser alte Kommissar, der ihn vor einigen Wochen vernommen hatte, etwa zum Kundenkreis des Strichers gehörte? Wenn dem so war und dieser Dejan womöglich bereits gesungen hatte, dann könnte es eng für ihn werden. Doch darüber würde er sich Gedanken machen, wenn es so weit war. Die Polizei hatte sich seit der Vernehmung nicht mehr gemeldet. Es war also davon auszugehen, dass sie das entscheidende Puzzlestück bisher nicht erhalten hatte.

Ullmenau hatte vor vielen Jahren aufgehört, sich wegen Problemen, die womöglich niemals eintreten würden, zu sorgen. Sonst würde er in seinem Geschäftsumfeld ja schier wahnsinnig werden. Voraussicht konnte trotzdem nicht schaden und war sogar unbedingt notwendig, um Erfolg zu haben. Er war daher auch stets darum bemüht, der Konkurrenz immer einen Schritt voraus zu sein.

Und so stand er in seinem Hobbykeller und säuberte, vollkommen in sich ruhend und mit einer beängstigenden Gelassenheit, das Jagdgewehr.

19.10 Uhr, Terminal eins (Rhein-Main-Flughafen) * „Wir müssen ihn einfach noch erwischen", sagte Tina und rutschte ungeduldig auf ihrem Sitz hin und her. Der Eingang zum Terminal war bereits in Sichtweite, doch es hatte sich eine zähfließende Autoschlange gebildet.

„Wenn er jetzt geht, verliere ich ihn an diese Lisa Koenig. Ich hab sie gegoogelt. Mann, das ist eine richtige blonde Schlampe. Ihre Titten sind so groß, die haben eigene Postleitzahlen."

Der Taxifahrer lachte glucksend und steuerte den Wagen in eine Parkbucht.

Tina riss die Tür auf. Meiko warf, wie ganz selbstverständlich, einen weiteren Fünfziger auf den Beifahrersitz und folgte ihr.

Mit dem panischen Blick eines gehetzten Tieres stürmte Tina in das Terminalgebäude und rannte blind geradeaus. Schwer atmend folgte Meiko. Er sollte vielleicht doch weniger rauchen und mehr Sport machen, kam es ihm kurz in den Sinn.

„Wohin müssen wir?", fragte Tina, hoffnungslos überfordert.

Meiko warf einen schnellen Blick auf die Anzeigentafel.

„Gate C14", sagte er und dirigierte seine Schwester in die entsprechende Richtung.

„Und was machen wir, wenn ich ihn verpasse?"

„Darüber denken wir nach, wenn es so weit ist", antwortete Meiko und tupfte sich schnell mit einem Taschentuch die Schweißperlen von der Stirn.

19.30 Uhr, Weingut Bergius (Rheingau) * Das nahende Ende des Tages warf seine länger werdenden Schatten voraus. Tom hatte das Verdeck seines Cabrios geöffnet. Aus Angst, der Wind würde ihre Perücke vom Kopf wehen, hatte Marge sie widerstrebend abgelegt und bot nun mit ihrem farbenfrohen Make-up und dem kahl rasierten Schädel einen reichlich skurrilen Anblick.

Je näher sie ihrem Ziel kamen, umso mulmiger wurde Tom zumute.

„Ist das wirklich eine gute Idee?“, fragte er.

Marge tätschelte mit ihrer beringten Hand seinen Oberschenkel und nickte beruhigend.

„Es ist ein Haus. Nicht das Ende der Welt“, entgegnete sie. Dann wandte sie ihren Blick wieder der vorbeifliegenden Landschaft zu. Links der Straße floss friedlich und in meditativer Gleichförmigkeit der Rhein, zu ihrer Rechten erstreckten sich die Weinberge. Welch ein nettes, idyllisches Stückchen Erde der Rheingau doch war, dachte sie stumm bei sich. Hier konnte man förmlich spüren, wie sich der Herzschlag verlangsamte und der Körper zur Ruhe kam. Sicher, auf Dauer wäre es ihr hier zu langweilig. Doch zum gelegentlichen Abschalten war diese Gegend der perfekte Ort.

Als sie kurz darauf die breite Hofeinfahrt zum Haus entlangschlichen, war Marge mit der Welt vollkommen im Reinen und so entspannt wie schon lange nicht mehr. Tom hingegen musste sich förmlich zwingen, nicht den Rückwärtsgang einzulegen. Dieses Haus, dieses ungewollte Erbe, stand für eine einschneidende Veränderung. Das spürte er ganz genau und dieser Veränderung war er machtlos ausgeliefert, konnte den Lauf der Dinge nicht mehr aufhalten, musste sich ihm ergeben. Ein furchtbarer Gedanke, fand Tom. Dieser muffige Ort mit seiner beinahe schon sakralen Atmosphäre, war zum Dreh- und Angelpunkt ihrer Beziehung geworden.

Kein Wunder also, dass er sich dagegen sträubte, hier zu sein. Zumindest so lange, bis das Haus vor ihm auftauchte. Frisch gestrichen und herausgeputzt thronte es auf der Anhöhe und im sanften Licht der Abendsonne hatte das Gebäude tatsächlich die alte Bedrohlichkeit eingebüßt.

Als er den Wagen parkte, kamen ihnen Karola und Marco entgegen.

„Das ist ja eine nette Überraschung“, frohlockte Karola. Doch sie schenkte Tom nur ein kurzes Nicken. Ihre eigentliche Aufmerksamkeit galt Marge, die sich gerade ihre Perücke wieder aufsetzte und dann erhaben aus dem Beifahrersitz schwebte.

„Ich habe ihn dazu überredet, heute hier aufzukreuzen. Sei nachsichtig mit meinem Jungen", erklärte Marge, als sie dem neuen Hausherrn einen Kuss auf die Wange hauchte und sich dann mit Karola dezent zurückzog.

„Die Malerkluft steht dir. Sexy", stellte Tom fest. Es sollte locker und witzig klingen, doch er sagte es in einem steifen und seltsam förmlichen Tonfall.

Marco strahlte ihn an, überging seine Befangenheit einfach. „Wem oder was verdanke ich diese überraschende Aufwartung?"

„Marge hat ... Ich dachte, ich komm mal vorbei. Es war an der Zeit", antwortete sein Freund und schaute sich neugierig und sichtlich beeindruckt um. „Schön ist es hier jetzt. Für ein Wochenendhaus etwas groß, aber ... durchaus ansprechend. Das hast du wirklich gut hinbekommen."

„Danke", antworte Marco. Dann nahm er Toms Hand und zog ihn mit sich. „Komm, ich zeig dir alles."

19.31 Uhr Terminal eins (Rhein-Main-Flughafen) * Jörg zögerte es so lange wie möglich hinaus, die Sicherheitskontrollen zu passieren. Er schüttete einen Espresso nach dem anderen in sich hinein, nestelte nervös an seinen Tickets herum und starrte alle paar Sekunden auf sein Handy. Jetzt verfluchte er sich dafür, dass er Tina verboten hatte, ihn anzurufen. Doch wer hätte auch vermutet, dass sie sich tatsächlich daran halten und noch nicht einmal persönlich am Flughafen auftauchten würde?

Missmutig schaute sich Jörg in der Wartehalle um. Die Menschen um ihn herum schienen alle auf dem Sprung zu sein. Niemand war angekommen, hier war jeder auf dem Weg, selbst wenn er gerade gelandet war. Abgesehen von einigen wenigen Urlaubern mit erwartungsvollen Mienen, blickte Jörg zumeist in die zermürbt wirkenden Gesichter der Globalisierung; Anzugträger und Geschäftsreisende, unterwegs in unglaublich wichtiger Mission.

Schließlich hatte er keine Zeit mehr. Er konnte nicht länger auf Tina warten. Bis zum Schluss war er sich so verdammt sicher gewesen, dass sie kommen würde. Sie würde ihn nicht einfach gehen lassen, sie würde zur Besinnung kommen, davon war er überzeugt. Doch dann würde er wohl schon in der Luft sein. Auf dem Weg in die USA.

Gedankenverloren passierte er die Sicherheitskontrolle. Eine Beamtin, die seine Traurigkeit wohl richtig deutete, lächelte ihm aufmunternd zu.

Er sammelte gerade seine Habseligkeiten aus einem der Plastikkästen, zog seinen Gürtel wieder an, als sein Handy zu klingeln begann. Tinas Name leuchtete nervös auf dem Display auf.

„Hallo?"

„Ich bin es", sagte sie unnötigerweise.

„Ich bin gerade durch den Sicherheitscheck."

„Ich weiß. Heb doch einmal deinen Kopf und schau in Richtung Ausgang", antwortete sie.

Jörg brauchte einen Moment, um Tina durch zwei Glasscheiben hindurch auf der anderen Seite der Sicherheitskontrollen zu finden. Da stand sie, mit ihrem Handy am Ohr, in ihrem bodenlangen, schwarzen Ledermantel, den er so liebte. Etwas abseits von ihr konnte er Meiko entdecken.

„Ich wusste, du würdest kommen."

„Ich war mir da nicht so sicher", gestand Tina. Ihre Stimme war brüchig. Ob sie wohl Tränen in den Augen hatte?

„Dafür hast du ja mich."

„Das stimmt. Werde ich dich behalten?"

„Das liegt nur an dir."

„Ich will dich. Und wie ich dich will. Du hast mich ganz schön in die Enge getrieben", sagte sie ohne jeden Vorwurf in ihrer Stimme.

„Das hast du wohl nötig gehabt."

„Wenn ich dir sage, dass ich mit dir zusammenziehen will …"

„Dann würde ich es nicht glauben. Aber versprich mir, es doch einfach einmal in Erwägung zu ziehen."

Er konnte ihr erleichtertes Lächeln nicht sehen, aber er konnte es ihr anhören.

„Dann versprich du mir, zurückzukommen."

„Versprochen."

„Und wehe, du fängst was mit dieser Pharma-Schlampe an."

„Keine Sorge. Du bist meine Frau. Und daran wird sich nichts ändern, nur weil ich auf der anderen Seite des Atlantiks bin."

Sie schwiegen sich kurz an. Die Sicherheitsbeamten musterten Jörg inzwischen mit missbilligenden Blicken.

„Ich würde dich jetzt gerne küssen“, sagte Tina.

„Ich dich auch.“

„Wann kommst du zurück?“

„So schnell wie möglich. Du wirst gar nicht richtig merken, dass ich weg war“, versprach Jörg. Er erwog kurz, nicht zu fliegen, verwarf den Gedanken jedoch. Diese Befriedigung wollte er ihr dann doch nicht geben. Sollte sie ihn ruhig vermissen. Das würde ihr guttun.

19.40 Uhr, Sachsenhäuser Berg (Frankfurt) * Extreme Situationen erforderten extreme Maßnahmen. Dieses Credo machte Ullmenaus finanziellen Erfolg aus. Und es ließ sich beinahe auf jeden Lebensbereich übertragen. Daher war es in seiner Gedankenwelt nur konsequent und logisch, dass er auf die existenzielle Bedrohung, die von Dejan ausging, mit aller Härte reagierte. Wer sagte ihm, dass nach den ersten fünfzigtausend wirklich Schluss war? Ein Erpressungsopfer, das einmal zahlte, verleitete doch förmlich dazu, gemolken zu werden wie eine gut genährte Milchkuh. Und so war in Ullmenau schnell der Plan herangereift, dieses hässliche, kleine Problem konsequent auszumerzen.

Zwar hatte er noch nie in seinem Leben auf einen Menschen geschossen, doch er ging seit vielen Jahren auf die Jagd und nahm, ohne mit der Wimper zu zucken, Rehe mit großen Bambiaugen oder stattliche Hirsche ins Visier. Einen so großen Unterschied würde es schon nicht machen. Abgesehen davon, wen kümmerte es, wer würde es bemerken, wenn es plötzlich einen osteuropäischen Stricher weniger in der Stadt gab? Es war schließlich Notwehr. Kein Mord. Eine leider notwendige Maßnahme, um dieser unsäglichen Affäre ein Ende zu setzen. Sicher, das alles war unangenehm und er trug zumindest teilweise Mitschuld an dieser Misere, doch aus Fehlern lernte man. In Zukunft musste er vorsichtiger sein. Es mochte ihm heute noch einmal gelingen, den Kopf aus der Schlinge zu ziehen. Doch es war Rettung in letzter Sekunde.

Sorgfältig wickelte er sein Jagdgewehr in eine braune Wolldecke ein. Es war an der Zeit aufzubrechen. In dem Moment klingelte es an der Haustür. Erschrocken zuckte er zusammen.

Ullmenau verharrte still und lauschte. Er konnte hören, wie seine Frau im Stockwerk über ihm aus der Küche in den Flur ging und öffnete. Aufgeregte Stimmen erklangen. Was war dort oben nur los? Er hatte jetzt keine Zeit für unplanmäßige Zwischenfälle.

„Richard! Kommst du mal bitte!" In der Stimme seiner Frau lagen Panik und Sorge.

Ullmenau legte das eingewickelte Gewehr beiseite und verließ hastig den Hobbykeller. Als er die Treppe nach oben ging, kam ihm bereits ein Mann in Polizeiuniform entgegen. Gefolgt von dieser dunkelhäutigen Kommissarin, die bereits seit Monaten gegen ihn ermittelte. Sarah Tetzer. Ein hartnäckiges Miststück. Wenn sie jetzt, am Freitagabend, plötzlich bei ihm auftauchte, konnte das nichts Gutes bedeuten.

„Herr Ullmenau, mein Name ist Sarah Tetzer. Ich bin …"

„Ich weiß, wer Sie sind", entgegnete er drohend und aufgebracht.

Für den Bruchteil einer Sekunde legte sich ein Ausdruck ehrlicher Überraschung auf Sarahs Gesicht. Hatte sie ernsthaft vermutete, er wüsste nichts von den Ermittlungen gegen ihn?

„Ich habe einen Haftbefehl gegen Sie wegen Unterschlagung, schweren Betrugs und Veruntreuung. Außerdem werden in diesem Moment Ihre Büroräume durchsucht. Leider können wir Ihnen und Ihrer Frau auch eine Hausdurchsuchung nicht ersparen", sagte sie mit kühler, geschäftsmäßiger Freundlichkeit.

„Richard, was hat das zu bedeuten?"

„Nichts, Schatz. Mach dir keine Sorgen. Das ist nur ein Missverständnis", versuchte er seine Frau zu beruhigen. Allerdings war ihm sehr wohl bewusst, wie ernst die Lage war. Wenn dieses Miststück sogar die Staatsanwaltschaft überzeugt hatte, musste sie wirklich stichhaltige Beweise gegen ihn in der Hand haben. Doch so einfach würde er nicht aufgeben. Das Spiel war noch lange nicht vorbei!

20.00 Uhr, Weingut Bergius (Rheingau) * Aus gebührender Distanz beobachteten Marge und Karola, wie die beiden Männer Händchen haltend über das Grundstück flanierten. Und beide Frauen verspürten so etwas wie mütterliche Erleichterung, als sie Zeugen dieser neuen Harmonie wurden.

„Verliebte Jungs, was würden sie ohne unsere Hilfe nur tun", stellte Marge fest.

„Sie würden unglücklich werden", antwortete Karola mit inbrünstiger Überzeugung.

„Dabei ist dieser Ort doch viel zu schön, um unglückliche Menschen zu ertragen."

„Manchmal bin ich seiner überdrüssig", gestand Karola unvermittelt. „Mein Leben lang bin ich hier gewesen. Weißt du, dass ich noch nie geflogen bin? Es gibt so viele Ecken auf dieser Erde, die ich gerne besucht hätte, aber stets hat mich dieser Ort davon abgehalten. Immer gab es etwas zu tun. Immer kam etwas dazwischen."

Marge schaute sie ungläubig an.

„Wann bist du das letzte Mal im Urlaub gewesen?", fragte Marge.

„Vor fünf Jahren. Zusammen mit meiner Schwester in Tirol."

Marge schnappte erschrocken nach Luft. Sie wagte gar nicht, ihr zu sagen, welche Orte sie bereits in ihrem Leben besucht hatte. Sie kamen wirklich aus verschiedenen Welten. Marge wurde klar, es gab hier noch jede Menge Arbeit für sie.

20.59 Uhr, Polizeipräsidium Frankfurt am Main (Frankfurt) *
Langsam fiel die Anspannung der vergangenen Tage von Sarah ab. Sie war endlich am Ziel angekommen. Nach quälend langen Ermittlungen war ihr der entscheidende Durchbruch gelungen. Richard Ullmenau saß in Untersuchungshaft. Ihre Aufgabe war erledigt; jetzt war die Staatsanwaltschaft an der Reihe. Man hatte ihr bereits signalisiert, dass es auf jeden Fall zur Anklageerhebung kommen würde. Mochte das Bataillon aus Anwälten auch noch so zetern. Ullmenau, das hatte der zuständige Staatsanwalt ihr versichert, war geliefert. Der Fall war abgeschlossen. Endlich.

Sarah nippte an ihrem Glas Wasser, lehnte sich selbstzufrieden in ihrem Bürostuhl zurück und legte die Beine auf den Schreibtisch. Plötzlich schoss ihr die Frage durch den Kopf, was sie jetzt tun solle. Mit dem heute errungenen Triumph ging auch eine Leere einher. Seit Monaten hatte Ullmenau ihre Gedanken, ihr Handeln bestimmt. Über das erste, persönliche Aufeinandertreffen, das so vollkommen unspektakulär verlaufen war, war sie beinahe enttäuscht. Sie hatte mehr erwartet, vielleicht ein hitziges Wortgefecht oder einen Fluchtversuch. Doch Richard Ullmenau rief nur seinen Anwalt an und folgte ihr dann bereitwillig ins Polizeipräsidium. Kein Showdown. Keine Verfolgungsjagd. Stattdessen pure Arbeitsroutine.

Und jetzt? Sarah musste sich eingestehen, dass es wohl an der Zeit war, sich wieder mit ihren eigenen privaten Problemen zu beschäftigen. Sie hatte Basimah seit über einer Woche nicht gesehen. Auch ihre Telefonate waren stets kurz und ohne tiefere Bedeutung gewesen. Nichtigkeiten und Alltagsanekdoten wurden ausgetauscht. Sie sprachen miteinander, ohne wirklich miteinander zu reden. Auf jeden erneuten Versuch Basimahs, endlich eine Klärung herbeizuführen, sich gar zu sehen und wieder näherzukommen, hatte Sarah abweisend reagiert. Vorgeschoben hatte sie ihre Arbeit. Den Ermittlungsdruck. Den Stress. Doch dieser Vorwand war nun nicht mehr haltbar. Sie hatte Ullmenau gestellt. Jetzt musste sie sich ihrerseits Basimah stellen.

Das dezente Klopfen an ihrer Bürotür ließ Sarah sofort wieder Haltung annehmen. Sie schwang schnell die Beine vom Tisch und setzte einen geschäftigen Gesichtsausdruck auf. Vielleicht ihr Vorgesetzter, der sie loben wollte? Der Staatsanwalt? Womöglich sogar der Polizeipräsident? Es kam schließlich nicht jeden Tag vor, dass ein derart prominenter Vertreter der Frankfurter Gesellschaft verhaftet wurde. Doch zu ihrer Enttäuschung war es Jürgen Kortsch, Teichmanns Handlanger und Assistent.

„Herzlichen Glückwunsch“, sagte er lächelnd und stellte eine Flasche Sekt auf ihren Schreibtisch.

„Danke. Sie haben es also auch schon gehört?“

„Natürlich. Man redet über nichts anderes mehr. Und warum sitzen Sie hier alleine im Büro, anstatt Ihren Erfolg gebührend zu feiern?“

Eine verdammt gute Frage, fand Sarah. Eine Antwort hatte sie jedoch auch nicht.

„Das ist übrigens ein Geschenk des Alten. Bevor er weg ist, hat er mich gebeten, sie Ihnen zu geben, sobald Sie Ullmenau dingfest gemacht haben“, erklärte Kortsch mit Blick auf die Sektflasche. „Teichmann war wohl überzeugt, dass Sie Erfolg haben würden“, ergänzte er und ein Hauch von Eifersucht lag in seiner Stimme.

Plötzlich wusste Sarah, was es noch zu tun gab, bevor dieser Fall wirklich endgültig abgeschlossen war. Es mochte zwar nur ein weiterer Vorwand sein, um nicht mit Basimah zu reden, doch es war zugleich ein tiefes Bedürfnis.

„Sagen Sie, Kortsch, Sie können mir wirklich nicht verraten, wie ich den Alten erreichen kann?“, fragte sie mit zuckersüßer Hönigstimme und brachte ihren Augenaufschlag zum Einsatz.

21.33 Uhr, Eisenbahnbrücke am Osthafen (Frankfurt) * Er würde nicht mehr kommen. Aus dieser Ahnung war in den vergangenen eineinhalb Stunden eine Gewissheit geworden. Anfangs hatte er geglaubt, Ullmenau würde sich nur verspäten. In der stillen Dunkelheit des Hafens nahm jeder zuckende Schatten zwischen den Containerstapeln und Silos Ullmenaus Konturen an, versetzte Dejan einen Adrenalinschub. Doch mit jeder Minute, die er alleine wartete, wich die Aufregung mehr der Erleichterung. Sein Mut schwand, machte der bitteren Erkenntnis Platz, dass sein Plan ein einziger großer Fehler gewesen war, geboren aus einer üblen Laune heraus, einer augenscheinlich einmaligen Chance geschuldet.

Er hatte den einzigen Freund, den ersten Menschen seit Langem, der ein ehrliches Interesse an ihm gehabt hatte, hintergangen und war bereit, den Tod eines Unschuldigen zu seinem materiellen Vorteil zu nutzen. Und die einzige Entschuldigung, die einzige Rechtfertigung dafür schien zu sein, dass er ganz unten angekommen war. Er hatte sich auf einer abschüssigen Straße befunden und hatte nun endgültig die Talsohle erreicht. In einem Anfall von Wut und Selbsthass zog er die Pistole aus seinem Hosenbund, würdigte sie eines letzten, verächtlichen Blickes und warf sie dann in hohem Bogen in das nahe Hafenbecken. Mit einem lauten Platschen tauchte sie ins Wasser ein und versank.

Dejan tastete nach den übrigen Geldscheinen in seiner Hosentasche. Er hatte noch ein paar Hundert Euro. Gerade genug für den Sprit, der nötig sein würde, ihn von Frankfurt nach Bulgarien zu bringen. Die Sehnsucht nach seiner alten Heimat war inzwischen zum bestimmenden Antrieb seines Handelns geworden. Zugleich war eine Rückkehr auch die einzig wirkliche Option, die Dejan noch hatte. Hier in Frankfurt konnte er nicht bleiben. Die Stadt war verbrannte Erde.

Dejan hatte kurz erwogen, nach Berlin zurückzukehren oder wenigstens nach Sofia. Doch das waren keine Alternativen. Das Leben, das er die vergangenen Jahre geführt hatte, war endgültig vorbei. Er hatte keine Lust und auch keine Kraft mehr, von Neuem in diese Tretmühle zu gelangen. Er wollte einfach nur nach Hause. Zur Ruhe kommen. Egal, was ihn dort erwartete, es konnte nicht schlechter, nicht armseliger sein als das Leben hier.

Dejan wandte seinen Blick ein letztes Mal der fernen Skyline zu, an die er sich so gewöhnt hatte, deren erhaben-kühle Ausstrahlung er bewunderte. Dann stieg er in den Opel Astra und machte sich auf den Heimweg.

23.00 Uhr, Friedberger Platz (Frankfurt) * Inzwischen war die Mehrheit der Marktgäste längst vor den noch immer empfindlich kühlen Nachttemperaturen in die umliegenden Kneipen und Bars des Nordends geflohen. Nur versprengte Grüppchen bevölkerten noch den Platz, die letzten Biere wurden geleert. Die himmelblauen Plastiktoilettenhäuschen verströmten einen stechenden Geruch. Die zertrampelte Wiese war zu einem Flickenteppich aus Müllhaufen geworden. Flaschensammler, die sich ein karges Zubrot mit dem Pfand verdienten, streiften suchend umher.

Etwas abseits, auf einer kleinen Bank, hatten sich Luke und Cem zurückgezogen. Seit drei Stunden saßen sie dort, unterhielten sich, diskutierten über das Leben, die Liebe und den ganzen Rest. Entschuldigungen hatte es keine gegeben. Weder von Cem noch von Luke. Stattdessen jede Menge offener Worte. Irgendwann hatten sie plötzlich Hand in Hand dagesessen, ohne diese Geste jedoch mit einem einzigen Wort zu würdigen oder zu erklären. Lukes Herz pochte heftig und schließlich nahm er all seinen Mut zusammen und fragte: „Sag mal, stehst du jetzt auf mich oder nicht?"

Cem lächelte, beugte sich zu ihm hinüber und küsste ihn.

Die junge Frau und der alte Mann

Dichter Nebel lag über der Stadt. Doch hinter dem Dunst konnte man bereits die Morgensonne erahnen. Wenn wir Glück haben, dachte der Alte, wird es heute ein richtig schöner Tag. Er hoffte es sehr, denn das feuchte, von Nieselregen und grauen Wolken geprägte Wetter der vergangenen Tage schlug ihm allmählich aufs Gemüt, auch wenn er natürlich niemals zugegeben hätte, sich von so etwas banalem wie der Witterung beeinflussen zu lassen.

Seit Teichmann vor einigen Tagen aus der Narkose aufgewacht war, hatte sich der Blick durch das Fenster kaum verändert. Regenwolken. Nebel. Grau in Grau. Dabei war das Spital Heiliger Geist doch das einzige Krankenhaus Nürnbergs, von dem aus man einen traumhaften Panoramablick über die mittelalterliche Innenstadt genießen konnte, über der protzig die Kaiserburg thronte. Doch bisher hatte Hans allenfalls die schemenhaften Umrisse der Wehranlage durch das Grau hindurch erahnen können. Eine nostalgische Schönheit prägte die Szenerie, eine Stimmung, die ihn ein wenig an Kopenhagen im Winter erinnerte, wenn Dunkelheit und Eis die Stadt fest in ihrem Griff hatten.

Wenn seine Mutter die kalte Dunkelheit nicht mehr ausgehalten hatte, war sie mit ihm, besonders gerne zur Weihnachtszeit, ins Tivoli gegangen. Die Liebe zu diesem Freizeitpark im Herzen Kopenhagens hatte der kleine Hans ins Erwachsenenalter hinüberretten können. Er liebte noch heute diesen verwunschenen Ort, der sein zauberhaftes Antlitz nur gegen teures Eintrittsgeld preisgab. Doch seine ansonsten sehr sparsame Mutter war in dieser Hinsicht stets großzügig gewesen. Er durfte Karussell fahren, Zuckerwatte naschen und Eis schlecken. Ein Besuch im Tivoli bedeutete für den kränkelnden, ernsthaften kleinen Hans einen Ausbruch aus dem Alltag. Er wurde plötzlich zu einem fröhlichen, lebhaften Kind, das voller Begeisterung all die kleinen und großen Wunder des Zauberlandes erkundete. Aus jener Zeit resultierte wohl die Liebe zu Freizeitparks, die so gar nicht zu dem Alten zu passen schien. Voller Hingabe und Begeisterung gönnte er sich noch heute diese kleinen Fluchten aus dem Alltag. Unerschrocken stieg er in jede Achterbahn und jeden noch so hohen Free-Fall-Tower. Und mit kindlicher Naivität ließ er sich von Animateuren in Tierkostümen unterhalten.

Plötzlich ergriff Teichmann eine unstillbare Sehnsucht nach Vergnügen und Zerstreuung. Wenn schon nicht in einen Freizeitpark, so wäre doch wenigstens gerne auf eine Kirmes oder ein Volksfest geflohen. Nur weg aus der grauen Eintönigkeit des Krankenhauszimmers. Nur weg von seinen eigenen düsteren Stimmungen und Gedanken.

Dabei hätte er doch eigentlich guter Dinge sein müssen. Sein Arzt, Ernst Hagenhuber, ein alter Freund aus glücklicheren Tagen, war regelrecht euphorisch gewesen. Der Tumor hatte dank der günstigen Lage ohne Probleme entfernt werden können. Sicher, auch Hans war erleichtert gewesen, doch die plötzliche Erkenntnis, dass auch er, entgegen allen Vermutungen, nicht unverwundbar sei, schockierte ihn nachhaltig. Niemand sei unsterblich, hatte Hagenhuber ihn zu trösten versucht. Er solle sich doch lieber freuen, anstatt sich wegen unumstößlicher biologischer Tatsachen zu grämen.

Der Tod, so hatte der Alte nur geantwortet, sei zwar eine Konstante, doch die Lebensdauer eine Variable. Und er befürchtete nun, die Variable sei möglicherweise gar nicht mehr so groß, wie er vermutet hatte.

„Was ist, wenn meine Gleichung inzwischen ganz einfach gelöst werden kann?", hatte er gefragt.

„Ach, du alter Esel! So sentimental kenne ich dich gar nicht", hatte Hagenhuber geantwortet. „Glaubst du denn nicht an einen Gott und ein Leben nach dem Tod?"

Sein Beruf mache es schwer, an solche Dinge zu glauben, hatte der Alte geantwortet. Er bereute es bereits, so viel von sich preisgegeben zu haben. Zwar schätzte er Hagenhuber und genoss den Gedankenaustausch mit ihm, war es doch das Einzige, was seinen eintönigen Krankenhausaufenthalt und die Untätigkeit erträglich werden ließ. Doch er wusste, dass der Arzt noch mit seiner Exfrau in Kontakt stand, und nichts wäre Hans unangenehmer gewesen, als dass seine laut ausgesprochenen trüben Gedanken seiner geschiedenen Gattin zugetragen worden wären. Ob diese Gespräche wohl auch unter die ärztliche

Schweigepflicht fielen? Er sollte Hagenhuber dringend daran erinnern.

Nach seinem Frühstück, bestehend aus einem matschigen Brötchen und einer wässrigen Tasse Kaffee, von der er den Verdacht hegte, dass sie entgegen den Beteuerungen der Schwester koffeinfrei sei, dämmerte er in seinem Bett dahin und ließ sich von Tagträumen schließlich in sein morgendliches Erholungsnickerchen treiben. Er war noch immer geschwächt und brauchte den Schlaf, vor allem da er nachts oft wach lag und sich in seinem Bett herumwälzte.

Das Erste, was er bewusst wahrnahm, war das Geräusch einer sich leise schließenden Tür und das Rascheln von Kleidung. Jemand stand in seinem Zimmer und beobachtete ihn. Dieser Gedanke vertrieb mit einem Schlag die Müdigkeit.

Es war kein Krankenhausmitarbeiter, so viel stand für den Alten fest. Die Schwestern und Ärzte hätten keine Rücksicht darauf genommen, dass er gerade schlief. Das beunruhigte ihn. Er hasste Besucher im Krankenhaus. Noch dazu, wenn sie unangekündigt kamen.

Wieder erklang das Rascheln von Kleidung. Die Person, wer immer sie war, hatte sich einige Schritte in Richtung seines Bettes bewegt. Plötzlich wurde ihm bewusst, welche derangierte Erscheinung er abgeben musste. Er spürte, dass die Bettdecke verrutscht war und den Blick auf sein bleiches, haarloses Bein freigab. Außerdem hatte er an Gewicht verloren, war eingefallen und leichenblass. Zu allem Überfluss hatte er sich im Schlaf seltsam verrenkt und lag nun mit zurückgefallenem Kopf neben seinem Kissen.

Die Person war offensichtlich nicht bereit zu gehen. Ihm blieb also keine andere Wahl, als die Augen zu öffnen. Erst einmal nur einen Schlitz breit. Es dauerte einen Moment, bis er die Person identifizieren konnte, und selbst danach, glaubte er nicht, was er sah.

„Habe ich Sie geweckt?", fragte Sarah, als sie bemerkte, dass er seine Augen geöffnet hatte.

Der Alte musterte sie eindringlich, versuchte seine Überraschung zu verbergen.

„Was machen Sie denn hier?", brummte er und richtete seinen Oberkörper so gut es ging auf. Auf die Ellbogen gestützt war er zwar nicht, wie gewohnt, auf Augenhöhe mit seiner jungen Kollegin, doch er hatte sich in eine Position gebracht, die er als nicht ganz so erniedrigend empfand.

„Es freut mich auch, Sie zu sehen“, entgegnete Sarah schmunzelnd.

„Schätzchen, das habe ich nicht gesagt.“

Sie könne auch wieder gehen, schlug Sarah beiläufig vor, während sie durch das Zimmer schlenderte und aus dem Fenster schaute. Inzwischen hatte die Sonne die Nebelschwaden und Wolken vertrieben. Vor einem strahlend blauen Himmel entfaltete sich das beeindruckende Stadtpanorama Nürnbergs.

„Schöne Aussicht“, stellte Sarah fest.

Wie sie ihn gefunden habe, fragte der Alte.

„Eine meiner leichtesten Übungen.“ Sarah hatte den Blick noch immer zum Fenster gewandt.

Teichmann schwieg. Was gab es auch zu sagen?

„Ich wusste nicht, dass Sie so krank sind.“ Es hörte sich an wie eine Anklage.

„Waren.“

„Waren?“

„Ich gelte offiziell als geheilt.“

„Das freut mich.“

„Ich muss Ihnen wohl noch gratulieren. Zu ihrem Ermittlungserfolg.“

„Danke“, entgegnete Sarah und wandte sich zögerlich von der Aussicht auf die Nürnberger Altstadt ab. In ihrer Stimme lag keinerlei Stolz, kein Ausdruck des Triumphs. Eigentlich hatte sie mit Teichmann anstoßen wollen, doch seit dem Anruf, den sie auf dem Weg nach Nürnberg erhalten hatte, war ihre Ausgelassenheit verflogen.

„Ich werde um meine Versetzung in die Mordkommission bitten. Ich habe gehört, Sie hätten da eine freie Stelle.“

„Jetzt überraschen Sie mich aber doch. Ich dachte, Sie wollten die wirklich großen Fische schnappen. Die weltweit operierenden Finanzkriminellen, die gierigen Heuschrecken und Nadelstreifen-Heuchler, die mit einer Mail tausende Existenzen zerstören.“

Sarah stockte.

„Was ist, Schätzchen? Hat es Ihnen die Sprache verschlagen?“

„Ich habe heute mit dem zuständigen Staatsanwalt gesprochen. Sie erheben Anklage. Doch das geforderte Strafmaß ist lächerlich. Es scheint, als würde aus dem Römer heraus Druck ausgeübt werden. Jeder Kleindealer wird härter angefasst als Ullmenau. Er musste noch nicht einmal in Untersuchungshaft bleiben."

„Und das überrascht Sie? Sie sind wirklich noch viel naiver als ich dachte", sagte der Alte spöttisch.

Sarah strafte ihn mit einem durchdringenden Blick, schwieg jedoch.

„Was versprechen Sie sich von Ihrer Versetzung?"

„Zeigen Sie mir, wie ich das System zur Not umgehen, austricksen kann. Ich will mich nicht aufreiben ohne etwas zu bewirken. Dafür bin ich nicht zur Polizei gegangen."

Ein kurzes Schmunzeln umspielte die Lippen des Alten. „Auch ich habe nicht immer Erfolg", gestand er.

„Können Sie mich nun in ihrem Team gebrauchen oder nicht?"

„Natürlich, Schätzchen. Aber glauben Sie mir, ich bin kein fairer Chef. Fragen sie Kortsch. Und mit dem bin ich noch nachsichtig, weil er einfach mittelmäßig ist. Mit Ihnen werde ich das nicht sein. Ich werde nicht ihr Freund werden. Wir werden uns hassen. Ich werde Sie herumkommandieren und beschimpfen und …"

„Ich habe verstanden", fiel ihm Sarah ins Wort.

„Gut." Teichmann richtete sich so gut es ging in seinem Bett auf. Er hatte wieder Oberwasser. Das genoss er. „So, und jetzt seien Sie eine gute Assistentin und holen mir bitte einen Kaffee. Und zwar einen richtigen aus dem Besuchercafé und nicht diese koffeinfreie Drecksbrühe."

Jetzt war es an Sarah zu schmunzeln. „Lassen Sie mich raten. Richtig schwarz soll er sein. So schwarz wie ich es bin."

„Genau, Schätzchen!", sagte der Alte.

Angekommen

„Ich habe das Gefühl, endlich angekommen zu sein", seufzte Luke, lehnte sich entspannt an Cems Schulter und schloss die Augen. Die Sonnenstrahlen umschmeichelten sein Gesicht.

Es roch nach Sommer. Endlich. Endlich Sommer.

Arm in Arm lagen die beiden auf einer Picknickdecke im Nizzagarten und beobachteten aus einer Entfernung die flanierenden Massen am Mainufer. Es war Sonntag. Ein perfekter Sonntag. Nachdem sie die Nacht über durchgevögelt und den Vormittag verschlafen hatten, waren sie am frühen Abend von den sommerlichen Temperaturen doch noch nach draußen getrieben worden. Nach einem viel zu langen Winter und einem viel zu kalten Frühling schien die ganze Stadt von einer tiefen Sehnsucht nach Sommer erfasst worden zu sein.

„Angekommen?", fragte Cem skeptisch.

„Ja, mit dir, hier … du weißt schon. Das Gefühl, endlich bei jemandem angekommen zu sein, den Menschen, den man so verzweifelt gesucht hat, endlich gefunden zu haben."

Cem hob eine Augenbraue, lächelte skeptisch. „Ich weiß, was du meinst."

„Aber?"

„Ich finde ankommen doof. Das würde schließlich bedeuten, dass es nicht weitergeht. Wer angekommen ist, der hat sein Ziel erreicht, hat etwas zu Ende gebracht. Aber das mit uns hat doch gerade erst begonnen. Wir sind noch lange nicht irgendwo angekommen", erklärte er, stockte kurz und fügte ironisch hinzu: „Oder verstehe ich mal wieder die deutsche Sprache nicht richtig?"

Luke lächelte. „Du dummer Türke sein. Du verstehen nicht, wenn Freund machen dir Kompliment."

Cem riss ihn herum und drückte ihn zu Boden. Lukes Handgelenke spielerisch umklammert, beugte er sich über ihn. „Du sein dummer Deutscher, du machen dumme Komplimente. Das ist Kitsch."

„Deshalb magst du mich doch. Insgeheim bist du doch auch ein Romantiker."

„Wenn du das sagst, will ich dir nicht widersprechen." Cem lächelte. Luke schien sich tatsächlich einzubilden, ihn durchschaut zu haben. Sollte er ruhig in diesem Irrglauben bleiben. Es war noch genug Zeit, ihm Stück für Stück den wahren Cem zu offenbaren. Er gab sich da keinerlei Illusionen hin; vor ihnen lag ein steiniger Weg. Wie lang er sein sollte, das würde sich noch entscheiden. Luke mochte sich das in seiner naiven Vorstellung als eine Kreuzfahrt in ruhigen Gewässern vorstellen. Ein niemals enden wollender Honey Moon. Doch Cem hatte bereits zwei längere Beziehungen hinter sich gebracht. Er wusste, es würden auch stürmische Zeiten kommen. Die entscheidende Frage war, ob Luke nach dem ersten Unwetter panisch von Bord springen und zur nächsten Trauminsel schwimmen würde, die sich am Horizont abzeichnete.

„Nur damit du es weißt, ich steh auf romantischen Kitsch, auf Rosen und Abendessen bei Kerzenschein", setzte Luke nach.

Cem schaute ihm tief in seine blauen Augen, die ihn verträumt anblinzelten. Oje, das würde wirklich noch spannend werden. Aber was sollte er machen, er hatte sich nun mal in diesen naiven kleinen Deutschen verknallt. Und zwar ziemlich hoffnungslos.

„Ich steh auf Fertigpizza vor der Glotze", entgegnete er. Dann beugte er sich zu Luke hinunter. Sie küssten sich wild und schmatzend, so wie es zwei Menschen tun, die gerade angekommen waren und eben doch erst am Anfang standen. Es sind jene Küsse, die nur Frischverliebte haben können, erfüllt von kribbelnder Aufregung und naiver Unschuld – und in angenehmer Unwissenheit über den jeweils anderen.

Nur wenige hundert Meter weiter, im Schatten einer Platanenallee, waren auch zwei junge Frauen angekommen. Allerdings nicht am Anfang, sondern am Ende einer gemeinsamen Reise.

Sarah und Basimah saßen auf einer Holzbank und stierten schweigend auf den Main. Der Fluss glitzerte friedlich im Sonnenlicht.

Sie hatten sich bewusst auf neutralem Boden getroffen, an einem Ort, mit dem sie beide keine Erinnerungen an ihre gemeinsame Zeit verbanden. Die Bank unter den Platanen gab dem Ende ihrer Beziehung eine geografische Verortung. Es hatte nicht mehr vieler Worte bedurft; die Distanz zwischen ihnen war unaufhaltsam größer geworden. Während Basimah noch versucht hatte, die entstehende Kluft zu überbrücken, war Sarah immer weiter von ihr weggerannt.

„Das war's jetzt", sagte Basimah schließlich, nachdem sich die beiden Frauen minutenlang angeschwiegen und der beruhigenden, aber zugleich illusorischen Endlosigkeit des Flusses hinterhergeträumt hatten.

Sarah nickte.

Auch wenn Basimah in den vergangenen Wochen nicht mehr wirklich damit gerechnet hatte, dass es noch eine Chance für sie beide gab, war die Hoffnung bis zuletzt geblieben. Erst, als sie am Morgen einen Anruf von Sarah erhalten hatte, war aus ihren Befürchtungen bittere Gewissheit geworden.

„Wir müssen reden“, hatte Sarah mit belegter Stimme gesagt. Eigentlich war nach diesem einen Satz alles klar gewesen. Immer wieder hatte Sarah ihr vorgeworfen, sie würden nur reden. Und jetzt wollte sie es plötzlich. Ausgerechnet jetzt, wo es keiner weiteren Erklärungen mehr benötigte.

„Bist du wütend auf mich?“, fragte Sarah leise.

„Ich bin traurig. Unsagbar traurig. Im Moment kann ich mir noch nicht vorstellen, jemals wütend zu sein. Aber das wird kommen.“

Das würde es, da war sich Sarah sicher. Es war wohl auch notwendig. Und korrekt hatte sie sich auch nicht verhalten. Letztlich war ihr schon vor Wochen klar gewesen, dass diese Beziehung an ihrem Ende angelangt war. Nur der Mut, es auszusprechen, hatte ihr gefehlt. Stattdessen hatte sie ihre Arbeit vorgeschoben, sich in einen Vorwand geflüchtet, warum es gerade ungünstig war, sich dieser Erkenntnis zu stellen. Sie hatte das Unvermeidliche hinausgezögert und das war nicht fair gewesen. Ihrer beider nicht würdig. Aber es war wohl nur allzu menschlich.

„Es ist wohl ganz gut, dass ich nach Berlin gehen werde“, sagte Basimah unvermittelt.

„Du gehst nach Berlin?“

„Ich habe ein Angebot für ein Praktikum. Es ist nur für drei Monate.“

„Aber du kommst doch wieder?“, fragte Sarah und schaute sie mit ihren großen unschuldigen Augen an. „Ich will dich nämlich nicht verlieren. Ich will, dass du ein Teil meines Lebens bleibst.“

Angesichts dieser Worte flammte kurz die Wut in Basimah auf. Wie eine Stichflamme schoss sie in ihr empor. Doch es war nur ein Vorgeschmack auf den bald folgenden Flächenbrand, der in ihrem Herzen toben und die noch immer vorhandenen Gefühle für Sarah langsam, aber beständig auffressen würde. Noch waren die Verzweiflung und die Traurigkeit zu stark, sie hielten die Wut im Zaum.

„Ja, ich komme wieder“, sagte Basimah stockend.

Sarah schüttelte zweifelnd den Kopf. Sie glaubte ihr nicht. Doch es war ihr nicht länger gestattet, Ansprüche zu stellen. Sie war es schließlich gewesen, die diese Beziehung nicht mehr gewollt, nicht mehr hatte ertragen können. Aber war es so verwerflich, Basimah als eine Freundin in ihrem Leben behalten zu wollen?

„Versprich es mir“, sagte Sarah ohne jedes Recht, dieses Versprechen einzufordern. Sarah wusste, wie unfair sie war, doch sie konnte nicht anders. Obwohl sie nicht länger mit ihr zusammen sein konnte, erschien die Vorstellung, sie zu verlieren, fast genauso unerträglich.

Basimah schwieg. Wieder loderte die Wut auf, diesmal bereits länger und gefährlicher. Wie konnte Sarah es wagen, von ihr ein derartiges Versprechen einzufordern?

„Hörst du das Rauschen des Meeres?“, fragte Sarah unvermittelt. Sie hatte bemerkt, wie sich Basimah neben ihr verkrampft hatte. Es lag plötzlich eine gereizte Anspannung in der Luft.

„Dort“, Sarah nickte in Richtung der nächsten Flussbiegung, „hinter dem Westhafen, mündet der Main in den Ozean.“

Basimah lächelte. Die Flammen erstarben erneut. Sie lehnte sich an die Schulter ihrer Freundin, oder was auch immer Sarah von nun an war, und seufzte erschöpft.

„Ja, ich kann es ganz deutlich hören“, antwortete sie.

Zeitenwende

Der Jardim Botânico der Lissabonner Universität war der exotischste Ort, den Karola jemals besucht hatte. Sie war entzückt von dieser annähernd perfekten Illusion eines Garten Edens, wandelte wie verzaubert unter einem dichten Blätterdach. Palmen, Feigenbäume und Farne säumten ihren Weg. Sie ließ sich vom befremdlichen Gezwitscher unbekannter Vögel davontragen. Nur gelegentlich erklang in dieser Oase der Ruhe das hektische Grundrauschen der Stadt, hinter wuchtige Steinmauern verbannt. Und selbst wenn der Straßenlärm zu ihr vordrang, empfand sie ihn nicht als so störend wie das Hämmern eines

Spechtes oder den Gesang einer Amsel. Beide waren ihr so müßig vertraut, erinnerten sie an Deutschland und schienen daher wie Fremdkörper in der sie umgebenden Exotik.

Der Garten, diese geplante Wildnis, war so friedlich, magisch, surreal. Sie hatte sich wohl noch nie zuvor in ihrem Leben an einem Ort befunden, der von ihrem Zuhause, ihrem Leben so weit entfernt war. Geografisch wie charakterlich.

Karola erlebte das Abenteuer ihres Lebens. Als Marge ihr vorgeschlagen hatte, spontan für ein paar Tage zu verreisen, hatte sie zunächst an einen Ausflug an die Nordsee oder in die Berge gedacht. Niemals wäre sie auf die Idee gekommen, in ein Flugzeug zu steigen und ans andere Ende des Kontinents zu jetten.

Das Buchen der Tickets, das Einchecken im Flughafen und erst recht das Fliegen an sich waren so unbeschreiblich aufregend gewesen. Wie hypnotisiert hatte sie aus dem kleinen Fenster der Boeing gestarrt, auf die immer kleiner werdenden Häuser und Straßen unter sich. Und schließlich auf die Wolken. Sie hatte niemals zuvor Wolke von oben gesehen. In der Unendlichkeit schienen sich der weiße, undurchdringbare Teppich und das heller werdende Blau des Himmels zu erstrecken. Ein berauschendes Gefühl der Freiheit war in ihr aufgestiegen. Nervenaufreibend und wohlig schaurig war der Landeanflug. Nach einer ausgiebigen Schleife über die Bucht von Lissabon hinweg schien die Boeing im Sinkflug vom Himmel zu stürzen, nur um Haaresbreite über die Häuserdächer Lissabons hinweg.

Die Stadt hatte Karola, zumindest in den ersten Stunden nach der Ankunft, verunsichert und beängstigt. Sie verstand die Menschen nicht, konnte noch nicht einmal die Speisekarte im Café lesen. Alles wirkte so anders. Und doch vertraut. Zum Glück war Marge die perfekte Fremdenführerin. Sie lotste sie durch die engen Gassen des Bairro Alto zu ihrem Hotel, regelte das Einchecken, übersetzte.

Zunächst war es ungewohnt, mit Marge ein Hotelzimmer zu teilen. Immer wieder war Karola überrascht, wenn sich die Drag Queen abschminkte, den Fummel fallen ließ, ihre Perücke zur Seite legte und langsam von einer echten Dame zu einem älteren, unscheinbaren Mann wurde. Etwas zu klein geraten, mit Bauchansatz und Halbglatze. Doch selbst an diesen Anblick konnte sie sich gewöhnen. Auch wenn sie selbst als Mann in Karolas Augen immer Marge bleiben würde und niemals zu Klaus wurde. Ihr ungeschminktes Äußere war nichts weiter als eine surreale Verkleidung.

Widerstrebend löste sich Karola aus der exotischen Idylle des botanischen Gartens und wandelte, an einem verfallenen Arboretum vorbei, in Richtung Ausgang. Es war früher Nachmittag. Zeit, ins Hotel zurückzukehren und Marge abzuholen, die sich noch von ihren nächtlichen Eskapaden in der schwulen Subkultur der Stadt erholte. Auf ihren Streifzügen durch Bars, Clubs und Saunen begleitete Karola sie grundsätzlich nicht. Sie wollte lieber früh aufstehen und die Stadt behutsam und Schritt für Schritt alleine erkunden. Mit jedem Tag entfernte sie sich, Straßenkarte und Wörterbuch stets griffbereit in der Handtasche, etwas mehr von ihrem Hotel. Jede fremdartige Kleinigkeit, jedes exotische Detail verdiente ihre Aufmerksamkeit. Zwei Stunden hatte sie in der verfallenen Igreja do Carmo zugebracht, wo steinerne Pfeiler einsam und verloren in den blauen Himmel ragten. Einen ganzen Vormittag saß sie verträumt am Ufer des Tejo, starrte den Fährschiffen hinterher und träumte davon, von Lissabon aus in die neue Welt zu starten, so wie es einst die großen Entdecker und Eroberer getan hatten.

Nachmittags holte sie dann Marge, frisch aufgetakelt, in ihrem Zimmer ab und sie machten sich gemeinsam auf Erkundungstour oder genossen in einem der kleinen Cafés in aller Ausgiebigkeit die Trägheit des Augenblicks.

Und mit jedem neuen Straßenzug, den sie erkundete, jeder Kirche, die sie besuchte, jedem Hügel, den sie erklomm, fühlte sie sich verbundener mit dieser Stadt. Lissabon erinnerte Karola so sehr an sich selbst. Eine fraglos attraktive, aber in die Jahre gekommene Dame, die ständig bemüht war, sich mit Restaurationen und Ausbesserungsarbeiten halbwegs würdevoll über die Zeitenwende zu schleppen. Doch immerhin hatte Lissabon ein goldenes Zeitalter erlebt, eine Hoch-Zeit voller Glanz und Gloria. Das hatte die Stadt ihr voraus.

Es war nicht so, dass Karola unzufrieden mit ihrem Leben war. Doch jetzt, da eindeutig mehr Jahre hinter ihr lagen als vor ihr, stellte sich wohl zwangsläufig die bange Frage, ob die Vergangenheit nicht besser zu nutzen gewesen wäre. Hätte sie ihr Leben anders leben sollen? Intensiver? Freier? Unbändiger? Wäre sie dazu überhaupt in der Lage gewesen?

Sie hatte sich diese Fragen in den vergangenen Tagen oft gestellt und sich schließlich eingestanden, wie müßig es war, eine Antwort darauf zu suchen.

Sie war immer eine Kümmerin gewesen. Erst hatte sie sich um Marco gekümmert, dann um ihre Schwester. Sie hatte ihr Leben als eine Frau im Hintergrund bestritten, beinahe unsichtbar.

Und sie hatte sich in dieser Rolle gefallen, hatte es genossen, die graue Beraterin der Familie Bergius zu sein. Diejenige, die man in Notfällen anrief, wenn es brannte. Und diejenige, die all diese kleinen Geheimnisse gesammelt hatte, mit denen Rosa es schließlich gelungen war, ihrem Sohn ein angemessenes Vermächtnis zu hinterlassen.

Das Wissen, das Karola gesammelt hatte, diente ihrer Schwester als Schutzschild und Faustpfand. Sie, die gefürchtete, wortgewaltige und skrupellose Rosa Bergius, wäre doch niemals in der Lage gewesen, den Leuten Geheimnisse zu entlocken. Genauso wenig hätte sie die Geduld gehabt, den Pfarrer stundenlang zu observieren oder in der Dunkelheit im Wagen vor dem Haus des Bürgermeisters Wache zu schieben. Und Rosa war auch keine Frau gewesen, die mit ihrer Umgebung verschmolz, unsichtbar wurde, bis die Leute gar nicht mehr bemerkten, dass sie überhaupt da war, lauschend, beobachtend. Karola hingegen war das alles. Sie war die Unscheinbare, die Leise, die Unauffällige.

Mit einem zufriedenen, glücklichen Lächeln trat Karola aus dem Schatten des Gartens hinaus auf die belebte Straße, in die aufregende, stickige Hitze der Stadt. Sie setzte ihre Sonnenbrille auf und schlug den Weg in Richtung Hotel ein, durch die ruhigen Straßen des Vergnügungsviertels Bairro Alto, das sein wahres Gesicht erst in den Abendstunden offenbarte. Dann nämlich herrschte vor den Fado-Bars und Restaurants Hochbetrieb.

Ja, die Ära der alten Karola war wohl endgültig vorbei. Die Ländereien waren verkauft, das Weingeschäft aufgegeben und mit Marco hatte eine neue Generation im Bergius-Haus Einzug gehalten. Er würde sie nicht brauchen, zumindest nicht auf die gleiche Art und Weise wie Rosa. Und dafür war sie ungemein dankbar. Schließlich war es allerhöchste Zeit, dass sie sich mit ihrem eigenen Leben beschäftigte und nicht nur mit dem der anderen.

„Lässt du dich auch ficken?“, fragte der Junge.

Meiko musste ein Grinsen unterdrücken. Dieser schmächtige Typ wollte ihn ficken? Normalerweise hätte er, ohne zu zögern, abgelehnt, aber vielleicht würde es die Leere, die Dejan hinterlassen hatte, füllen, wenn er sich, zum ersten Mal seit vielen Jahren, einem Mann hingab, ihn eindringen ließ.

Er konnte sich an das letzte Mal gar nicht mehr richtig erinnern. Er wusste nur noch, dass er sich damals dem Mann besonders verbunden und nahe gefühlt hatte. Das wäre diesmal sicher anders. Der Junge bedeutete ihm nichts. Seinen Namen hatte er längst vergessen, nur sein Profil – *HeadOnFire77* – war ihm im Gedächtnis geblieben. Aber vielleicht gelang es trotzdem, wenigstens eine Illusion von Nähe und Vertrautheit entstehen zu lassen, wenn er sich ficken ließ.

Nach beidem sehnte er sich nämlich. Diese Sehnsucht war erst durch Dejan wieder erweckt worden. Und sie schien unstillbar. Wie einfach war es doch dagegen, Geilheit zu befriedigen!

„Normalerweise nicht, aber für dich mache ich eine Ausnahme“, antwortete Meiko schließlich.

Zu seiner Beruhigung war der Schwanz von *HeadOnFire77* kurz und dünn. Es würde ihn also nicht besonders viel Entspannung und Hingabe abverlangen. Und vielleicht würde das Date damit wenigstens endlich an Fahrt gewinnen. Bisher war es doch eher eine Enttäuschung gewesen. Küssen konnte er nicht, die Zunge lag wie ein nasser Waschlappen im Mund, und beim Blasen fing er sofort an zu würgen. Aber da waren diese grünen Augen und die kleine Narbe, die sein slawisch wirkendes Gesicht zierten. Das alles erinnerte ihn zwangsläufig an Dejan.

Meiko ließ sich galant unter den athletischen Körper gleiten und brachte sich in Position. Unbeholfen riss *HeadOnFire77* die Verpackung eines Kondoms auf, quetschte den Gummi ungeschickt über seinen Schwanz und beschmierte Meikos Ritze wenig erotisch mit Gleitgel. Langsam glitt er hinein.

„Ist es okay für dich?“

„Ja ja. Schon okay“, antwortete Meiko. Tatsächlich hatte er nur einen kurzen Druck gespürt.

„Ich fang jetzt an", sagte sein Gegenüber. Dann begann er hektisch und unkoordiniert wie ein Duracell-Hase hin und her, vor und zurück zu springen. Meiko gab ein wenig ambitioniertes Stöhnen von sich. Der Pole beschleunigte noch einmal und brach kurz darauf keuchend über ihm zusammen.

Keine zwanzig Minuten später befand sich Meiko schlechter gelaunt und unbefriedigter als vor dem Date auf dem Weg nach Hause.

Die Stadt war voller gut gelaunter Menschen. Es war der perfekte Sonntag und laut Deutschem Wetterdienst sollte am Nachmittag in Frankfurt gar die Fünfundzwanzig-Grad-Marke überschritten werden. Damit wäre es der erste offizielle Sommertag des Jahres.

Normalerweise ließ sich Meiko schnell von Stimmungen mitreißen. Doch diesmal wollte der Funke einfach nicht überspringen.

Die Sache mit Dejan setzte ihm sei mehreren Wochen zu, und auch wenn der Schmerz langsam nachließ, fühlte sich Meiko längst nicht wieder auf der Höhe. Es war bisher kein Tag vergangen, an dem er nicht sehnsuchtsvoll an ihn gedacht hätte. Er fragte sich, wo Dejan wohl war. Aus Frankfurt schien er offensichtlich verschwunden zu sein. Meiko hatte kurz mit dem Gedanken gespielt, einen Privatdetektiv zu beauftragen, seine Fährte aufzunehmen. Nicht, um ihn wegen des Diebstahls belangen zu können, sondern um sicher zu gehen, dass es ihm gut ging. Hoffentlich hatte er das gestohlene Geld wenigstens sinnvoll ausgegeben.

Als Meiko zu Hause ankam, ging er aus purer Gewohnheit zum Briefkasten. Zu seiner Überraschung fand er ein kleines braunes Paket darin. Seine Anschrift war mit einer krakeligen Handschrift geschrieben, und als er sah, wo die Sendung aufgegeben worden war, begann sein Herz schlagartig schneller zu schlagen. Er hatte Post aus Bulgarien.

Schnell rannte er, zwei Stufen auf einmal nehmend, die Treppe in sein Apartment nach oben und riss erwartungsvoll das Paket auf. Ein alter, zerfledderter Geschichtsband in russischer Sprache kam zum Vorschein. Auf den ersten Blick schätzte er das Buch auf ein Alter von mindestens hundert Jahren. Beigelegt war eine Postkarte, auf der, in kitschig schimmernde Farben getunkt, die Sehenswürdigkeiten Bulgariens abgebildet waren. Meiko erkannte die Alexander-Newski-Kathedrale in Sofia und ein antikes Theater. Den Rest der abgebildeten Landschaften und Bauwerke konnte er nicht zuordnen. Die kurze Nachricht auf der Rückseite war ebenfalls in der kindlich anmutenden Krakelschrift verfasst.

Als kleine Wiedergutmachung. Ein Buch für deine Sammlung. Es gehörte meiner Großmutter. Ich bin wohl kein so guter Mensch. Aber mir geht es besser. Vielleicht besteht noch Hoffnung. Dejan

Meiko lächelte. Er konnte zwar nicht genau sagen, ob es Dejan, wo auch immer er war, wirklich besser ging, aber ihm taten diese spärlichen Worte gut. In seinem Innern löste sich ein Knoten, von einem auf den anderen Moment durchtrennt.

Bedächtig strich Meiko über den Einband des alten Buches. Dann legte er die Postkarte hinein und stellte den Gedichtband in das Regal zu seiner Sammlung.

Mit dem Lächeln eines zutiefst befriedigten Mannes trat er hinaus auf die Dachterrasse ins gleißende Sonnenlicht.

Meiko zündete sich eine Zigarette an und ließ sich erleichtert seufzend in seinen Schaukelstuhl sinken. Dejans Nachricht, war sie auch noch so kurz gehalten, war genau das, was er so dringend gebraucht hatte. Nicht, weil er Wert auf eine Entschuldigung gelegt hätte. Die Worte gaben ihm wesentlich mehr. Es war die Gewissheit, dass Dejan ihn auch gemocht hatte. Vielleicht nicht auf die gleiche Art und Weise wie er ihn, aber doch immerhin irgendwie.

Dejan hatte ihn nicht nur einfach benutzt. Er hatte in ihm tatsächlich einen Freund gesehen. Und das machte Meiko schlicht glücklich. Jetzt konnte er wirklich mit dieser lästigen Sache abschließen. Jetzt konnte er wieder er selbst sein. Meiko. Meiko Sternheim.

Epilog

Und so begann endlich der lange herbeigesehnte Sommer. Für uns alle. Die Probleme und Herausforderungen der vergangenen Monate liegen hinter uns. Sicher, es werden neue kommen. Doch für den

Moment scheint es allen gut zu gehen. Erstaunlich gut. Erstaunlicherweise.

Allerdings wird es wohl nur eine kurze Phase augenscheinlicher Ruhe sein. Bereits jetzt werfen anstehende Neuerungen ihre Schatten voraus, denn mit dem Sommer begann in der Ackerpflaumenallee 33 eine umtriebige Zeit der Veränderung. Tina bereitet sich mental und auch ganz praktisch auf Jörgs anstehende Rückkehr aus den Staaten vor. Nervös und hibbelig wie ein kleines Mädchen wuselt sie umher, mistet ihre Wohnung aus, trennt sich von Altem und schafft Platz für Neues. Sie hat sich doch tatsächlich dazu durchringen können, Jörg hier einziehen zu lassen! Was soll man dazu noch sagen?

Das ist mindestens ebenso überraschend wie die Tatsache, dass Tom seine Leidenschaft für die Gärtnerei entdeckt hat und immer öfter in den Rheingau fährt, um sich gemeinsam mit Karola durch Gemüsebeete zu jäten. Marco und er nehmen sich jetzt immer öfter mal eine „kurze Auszeit von der Stadt", wie sie zu sagen pflegen. Als Nächstes wollen sie sich einen Hund anschaffen. Tom will einen reinrassigen Labrador-Welpen vom Züchter, Marco ein armes Ding aus dem Tierheim.

Meiko konnte darüber nur missbilligend den Kopf schütteln. Der „Dreckskköter" darf weder in sein Apartment noch ins Blue kommen. Das hat er bereits angekündigt. Er ist eben wieder ganz der Alte. Und ich bin froh, ihn zurückzuhaben, kann mir gar nicht erklären, wie wir es über Monate fertiggebracht haben, ohne einander klarzukommen.

Basimah ist übrigens tatsächlich nach Berlin geflohen. Sie scheint auch dort noch immer zu leiden, aber immerhin lodert langsam Wut in ihr auf. Sie hat Sarah aus ihrer Freunde-Liste bei Facebook gelöscht. Ein gutes Zeichen. (Oder?) Zugegeben, ich vermisse sie ein wenig, doch wichtiger ist, da bin ich nun einmal sehr loyal, dass es Sarah wieder besser geht. Mochte das Ende dieser Beziehung für Basimah auch schmerzvoll sein, für meine beste Freundin kam es einem Befreiungsschlag gleich. Sie genießt es, alleine zu sein, sich nur auf sich selbst zu konzentrieren. Ich habe ihr versprochen, bald mal wieder auf eine Frauenparty zu gehen. Es soll da einen neuen Event auf einer Dachterrasse geben, wo sich schicke L-Word-Lesben treffen. Sarah findet nämlich, dass sie sich endlich mal eine unverbindliche Affäre gönnen sollte. Einfach nur Sex mit einer attraktiven, *femininen Frau. Ich würde es ihr gönnen. Über mein Vorhaben, jetzt regelmäßiger auf Lesbenpartys zu gehen, konnte Meiko ebenfalls nur missbilligend den Kopf schütteln. Alles andere hätte mich auch überrascht.*

Doch er kann nicht leugnen, dass sich mein letzter Besuch auf einem Lesben-Event wirklich ausgezahlt hat. Ohne all die Frauen wäre ich Cem womöglich niemals begegnet.

Ach ja, Cem! Es ist kaum zu glauben, ich habe endlich einen festen Freund! Eine richtige Beziehung! Und diesmal ist es einfach nur gut so, wie es ist. Gelegentlich ertappe ich mich natürlich dabei, wie ich in alte Muster und Gewohnheiten zurücktaumele, wie ich anfange, zu klammern und zu drängen. Doch dann rufe ich entweder Meiko an, der mich genussvoll an mein Versprechen erinnert, lockerer und entspannter zu werden, oder ich schaue auf den Zettel mit Samuels Telefonnummer, der noch immer an meiner Kühlschranktür pinnt. Egal wie die Sache mit Cem weitergehen wird, er tut mir gut. Und das ist doch das wichtigste. (Oder?)

Meine Konfrontation mit Samuel und den ruhelosen Geistern der Vergangenheit habe ich zu einem Essay verarbeitet und es dem schwulen Stadtmagazin in Frankfurt angeboten. Der Redaktionsleiter fand es zwar etwas zu persönlich, aber ihm gefiel mein Schreibstil und jetzt bin ich als freier Mitarbeiter unter Vertrag. Ist es nicht eine seltsame Ironie, dass mir, wenn auch nur indirekt, meine erste große und tragische Liebe letztlich den ersten bezahlten Job als Journalist eingebracht hat? In jedem Ende liegt eben, auch wenn das eine viel bemühte Weisheit sein mag, die Chance für etwas Neues.

Vielleicht werde ich ja eines Tages doch noch Nachrichtensprecher. Wer kann schon wissen, wohin mich mein neuer Job bringen wird? Wer kann schon wissen, was mir in meiner neuen Beziehung noch so alles blüht?

In den Semesterferien werde ich auf jeden Fall erst einmal, das habe ich meiner Mutter fest versprochen, für ein paar Tage nach Reinherzhausen fahren. In meine alte Heimat, mein altes Zuhause. Vielleicht hat Cem sogar Lust mitzukommen.

Ein bisschen Entspannung in der Lüneburger Heide – bei meiner Familie. Meine Mutter, die vor lauter Nervosität die Klappe nicht halten können wird, und mein Vater, der vor Unwohlsein den Mund nicht aufbekommt … Wenn ich es mir genau überlege, ist das doch keine so gute Idee. In ein paar Jahren vielleicht. Vorausgesetzt, Cem hält es so lange mit mir aus … Ich beginne wohl gerade wieder, mehrere Schritte auf einmal zu machen, anstatt einen nach dem anderen. Locker bleiben, Luke Benzer! Immer schön locker bleiben!

Aber man darf doch ein bisschen rumspinnen. (Oder?)

Wie auch immer. Eine aufregende Zeit liegt hinter uns und ein aufregender Sommer steht vor der Tür. Und so bleibt am Ende festzuhalten … Nein, falsch. Ein Ende ist das noch lange nicht. Es ist also auch viel zu früh für ein abschließendes Fazit. Ich kann höchstens ein kurzes Zwischenresümee ziehen. Ja, das wäre durchaus angemessen … Und so bleibt zumindest vorerst festzuhalten: Es wird nicht alles anders. Und erst recht nicht alles besser. Aber manche Dinge ändern sich eben doch.